ミネルヴァ日本評伝選

うつし世に女と生れて

# 原 阿佐緒

秋山佐和子著

ミネルヴァ書房

# 刊行の趣意

「学問は歴史に極まり候ことに候」とは、先哲荻生徂徠のことばである。歴史のなかにこそ人間の智恵は宿されている。人間の愚かさもそこにはあらわだ。この歴史を探り、歴史に学んでこそ、人間はようやくみずからの正体を知り、いくらかは賢くなることができる。新しい勇気を得て未来に向かうことができる。徂徠はそう言いたかったのだろう。

「ミネルヴァ日本評伝選」は、私たちの直接の先人について、この人間知を学びなおそうという試みである。日本列島の過去に生きた人々の言行を、深く、くわしく探って、そこに現代への批判を聴きとろうとする試みである。日本人ばかりではない。列島の歴史にかかわった多くの異国の人々の声にも耳を傾けよう。

先人たちの書き残した文章をそのひだにまで立ち入って読み、彼らの旅した跡をたどりなおし、彼らのなしとげた事業を広い文脈のなかで注意深く観察しなおす――そのとき、はじめて先人たちはいまの私たちのかたわらによみがえってくる。彼らのなまの声で歴史の智恵を、また人間であることのよろこびと苦しみを、私たちに伝えてくれもするだろう。

この「評伝選」のつらなりのなかから、列島の歴史はおのずからその複雑さと奥ゆきの深さをもって浮かび上がってくるはずだ。これを読むとき、私たちのなかに新たな自信と勇気が湧いてきて、その矜持と勇気をもって「グローバリゼーション」の世紀に立ち向かってゆくことができる――そのような「ミネルヴァ日本評伝選」にしたいと、私たちは願っている。

平成十五年（二〇〇三）九月

上横手雅敬
芳賀　徹

原阿佐緒自画像

（『原阿佐緒抒情歌集』昭和４年，平凡社より）

石原純と（保田にて）

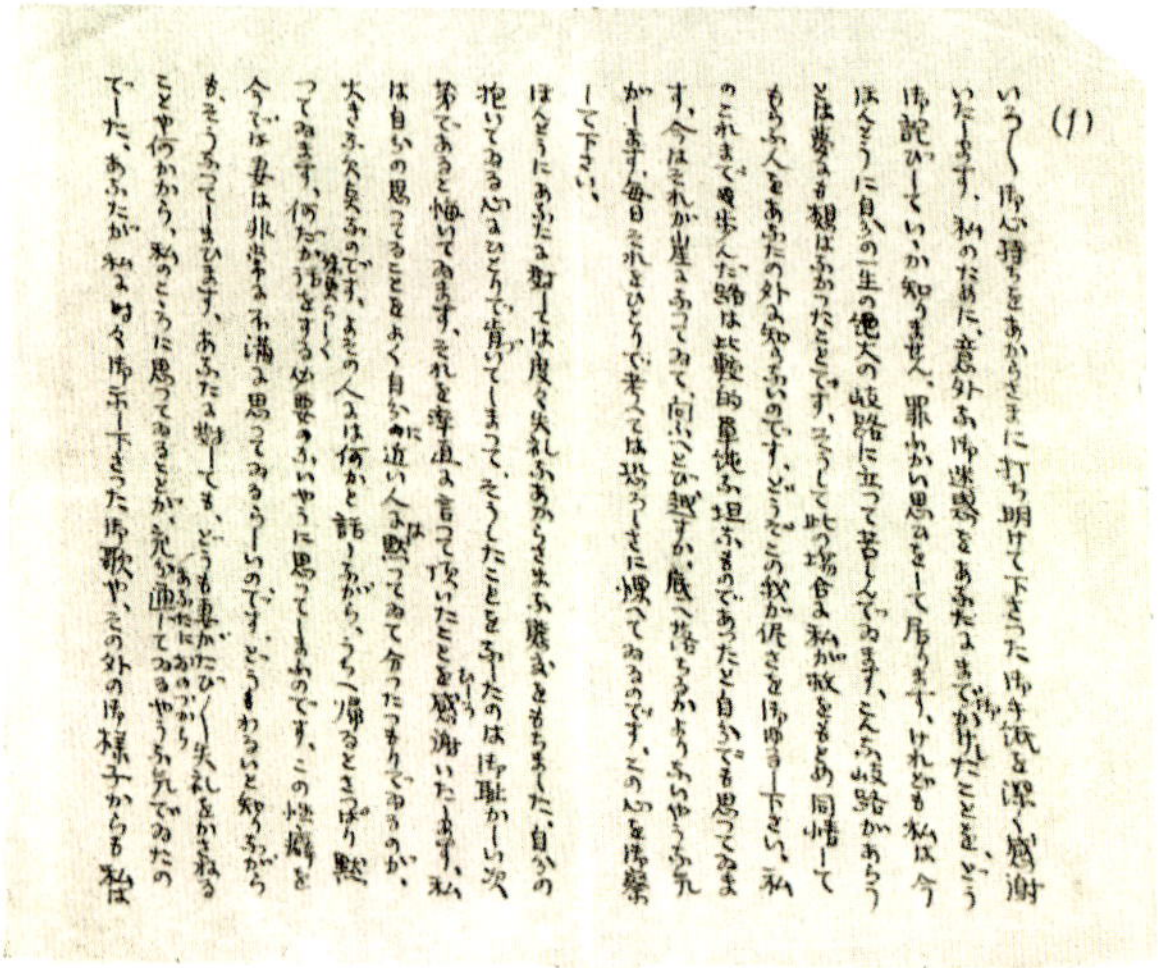

(1)

いろ〳〵御心持ちをあからさまに打ち明けて下さった御手紙を深く感謝いたします。私のために、意外な御迷惑をあなたにまで御かけしたことをどう御詫びしていいか知りません。罪ある思ひをして居ります。けれども私は今ほんとうに自分の一生の絶大の岐路に立って苦しんでゐます。こんな岐路があらうとは夢にも想はなかったことです。そうして此の場合に私が救をもとめ同情してもらふ人をあなたの外に知らないのです。どうぞこの救が得させるを御ゆるし下さい。私のこれまで歩んだ路は比較的単純な坦なものであったと自分でも思ってゐます。今はそれが崖にあってゐて、向ふへとび越すか、底へ落ちるかしなければならないやうな気がします。毎日それをひとりで考へては恐ろしさに慄へてゐるのです。この心を御察し下さい。

ほんとうにあなたに対しては度々失礼なあからさまな態度をもちました。自分の抱いてゐる心をひとりで背負ってしまって、そうしたことをしたのは御恥かしい次第であると悔いてゐます。それを率直に言って頂いたことを感謝いたします。私は自分の思ってることをよく自分に近い人には黙ってゐて分ったつもりでゐるのが、大きな欠点なのです。よその人には何かと話しながら、うちへ帰るとさっぱり黙ってゐます。何だか煩らしく話をする必要がないやうに思ってしまふのです。この性癖を今では妻は非常に不満に思ってゐるらしいのです。どうもわるいと知りながらそうなってしまひます。あなたに対しても、どうも妻がたび〳〵失礼をかさねることや何かから、あなたにおのづから私のところに思ってゐることが、気が通じてゐるやうな気でゐたのでした。あなたが私に時々御示し下さった御歌や、その外の御様子からも私は

阿佐緒に宛てた石原純の手紙

# 原阿佐緒——うつし世に女と生れて　目次

人名索引

# 図版写真一覧

図版写真一覧

## 関係地図

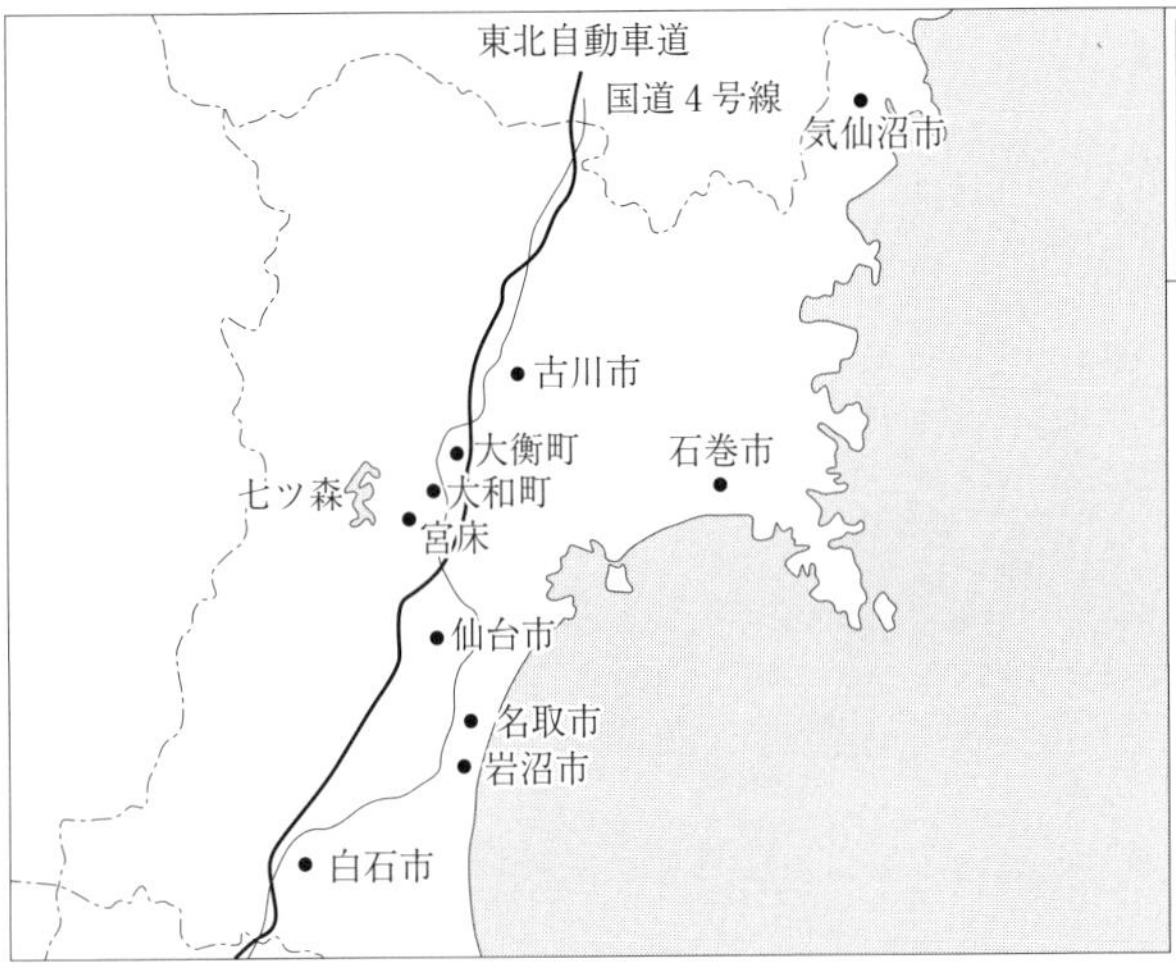
東北自動車道
国道４号線
気仙沼市
古川市
大衡町
石巻市
七ツ森
大和町
宮床
仙台市
名取市
岩沼市
白石市

## 関係系図

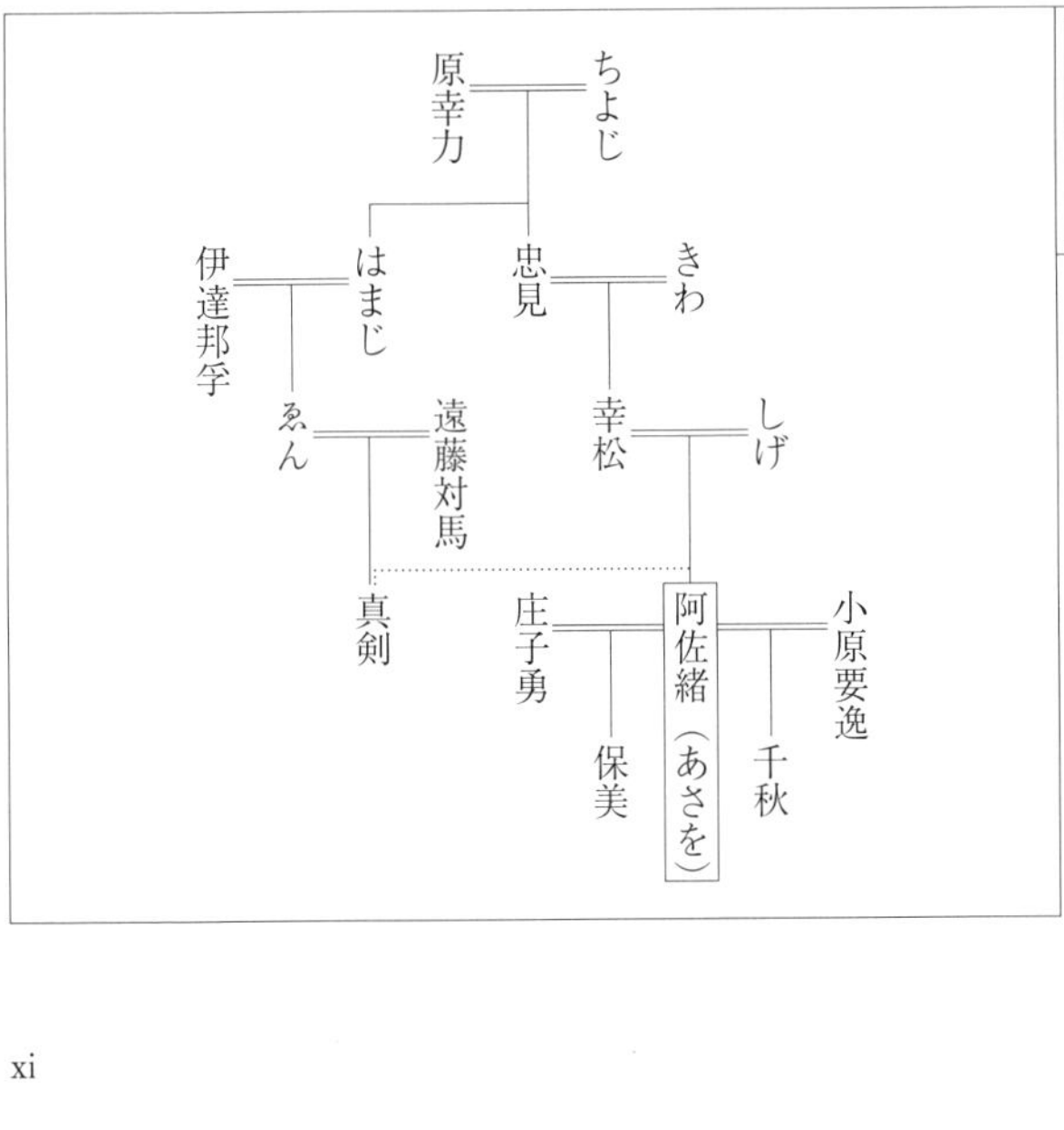
原幸力
ちよじ
伊達邦孚
はまじ
忠見
きわ
ゑん
遠藤対馬
幸松
しげ
真剣
庄子勇
阿佐緒（あさを）
小原要逸
保美
千秋

# 序　涙の海――『とはずがたり』の二条と原阿佐緒

歌人、原阿佐緒の生涯を考える時、重なって見えてくるのは、鎌倉時代の日記文学『とはずがたり』の作者後深草院二条の姿である。母と早くに死別し、父源雅忠大納言に慈しまれて美しく成長した二条は、十四歳で後深草院の寵幸を受ける。その後父が亡くなり、多くの貴人や僧らから求愛されて、宮廷での愛欲生活を送るが、三十一歳で出家し十七年もの間諸国を旅する。そして、自分の「問ふにつらさ」の人生をいつしか『とはずがたり』に語り始めるのだ。この二条と阿佐緒の精神のありように類似した歌が『とはずがたり』の中にある。それは、

わが袖の涙の海よ三瀬川に流れて通へ影をだに見ん　（巻二）

の「涙の海」の表現である。阿佐緒も二十一歳の時、歌人としての出発点となった『女子文壇』明治

四十二年四月号の与謝野晶子選の天賞の歌で、

この涙つひに我が身を沈むべき海とならむを思ひぬはじめ

と、涙を海に例えて歌っている。二条が「涙の海」とまで歌う悲しみ。それは、父親の臨終を自分の不手際で安らかに送らせてやれなかった、という深い悲しみに水源を発している。阿佐緒も十二歳の時に父を喪った。雙眼《せきがん》の父の悲しみを十分に思いやることが出来なかったという悔いを抱えて、生涯父を恋い続けた。おのが心の「問ふにつらさ」を反芻しつつ、『とはずがたり』に歌ってきたのだ。

そうして歌う阿佐緒の歌が、六百年以上前の二条の心と響き合う。さらに、阿佐緒がこれから遭遇する、女として、母としての悲しみや嘆きは、単に今から百年以上前の封建色の残る明治、大正の女性だから味わったのではない。シングルマザーの境遇も、恋愛も、女性の自己実現の願望も全て持ち越され、今後も女性の多くが背負っていく大きな命題ではなかろうか。阿佐緒はそれらを生身《なまみ》で体験し、歌ってきた。涙の海に溺れ、もがきながら、抜き手で泳ぎ渡って来た女性なのだ。阿佐緒が『とはずがたり』に語るその声が、この一冊から聞き分けられることを願いつつ、筆を起こしていこうと思う。

# 第一章　塩屋のおごさん

## 1　白壁の家

### 七ツ森と宮床

原阿佐緒は明治二十一（一八八八）年六月一日、宮城県黒川郡宮床村《みやとこ》（現、大和町宮《たいわちょうみや》床《とこ》）で産声を上げた。父幸松《こうまつ》、母しげの待ちわびた一人娘は七カ月の未熟児だった。かぼそい泣き声は、村でもひときわ目立つ、白壁の洋館から、倉の立ち並ぶ屋敷を抜けて早苗田にとどいたろうか。両親は丈夫に育つことを願って「あさを」と男のような名を付けた（戸籍上は「あさを」。「浅尾」の表記もあるが、「阿佐緒」が一般的である）。

阿佐緒が生まれ育った宮床村は仙台から二〇キロ程離れた緑深い山里である。遠く奥羽山脈の東に位置し、気温は、冬は仙台より二度低いが、黒川郡の中でも過ごしやすい土地と言われている。それは、船形山麓一帯に含まれる七ツ森の、笹倉山、松倉山、撫倉山、大倉山、鉢倉山、鎌倉山、遂倉山《とがくらやま》

白壁の家と笹倉山

が壁となって雪や風から守っているからである。この七ツ森は、昔話の絵本に出てくるような、二百～五百メートル級の小山の連なりで、眺める角度により山容は変化する。それぞれの名の「倉」とは「座《くら》」、すなわち神のいますところ、を表す。また、七ツ森は山岳信仰の修行道場でもある。釈迦の誕生日の四月八日に山伏や修験者が信楽寺を出発して、一日で七つの山三〇キロを踏破する「七薬師掛け」の荒行・難行を行って来た。この伝統を継いで今から二五〇年前の宝暦十二（一七六二）年四月八日、宮床伊達家の家臣八巻景任・景長父子が薬師如来の石仏を背負い、七ツ森のそれぞれの山頂に安置したという。以来、十四歳成人として七薬師掛けがすまない者は、出羽三山参りが出来ないものとされた。現在も、旧暦四月八日（新暦五月八日）に、各頂上に安置された薬師如来に無病息災を祈願し、一日で七薬師掛けを行う風習が続いている。

次に「宮床」というゆかしさを感じさせる地名だが、「大和町まほろば百選――未来への伝言」《七ツ森編》には、七ツ森の中で最も北の遂倉山の麓にある石神山精神社《いわがみやまみずじんじゃ》は、『続日本紀』に、桓武天皇の七九〇年、陸奥国黒川郡石神山精神社を官社にする、との記載があり、大和朝廷の信奉厚く奉幣が行われていたことを物語るという。この神社は、巨大な凝灰岩の石壁に神霊の存在を認めて祀った神社であり、神体岩の前には、坂上田村麿が植えたという、伝説の胸高周囲六・六メートルの杉の巨木が立つ。また、欅の巨木群で有名な松倉山の南麓の宮床松倉沢地内に信楽寺《しんぎょうじ》跡（明治四年焼失）がある。この寺は、平安時代に真言宗・天台宗が広まり、山岳寺院が各地に建てられるようになったのに伴い、淳和天皇の願いにより、八二四年、滋覚大師が開基した勅願寺である。『黒川郡誌』や『宮床村史』には、信楽寺の創立にあたり、宮様がお出でになり永住されたので、これまでの難波を改めて「宮所・みやどころ」とし、それがいつしか「みやとこ・宮床」となったとある。遥か一千年前も昔に、宮様がお住まいになったから名付けられたという「宮床」の地名。阿佐緒にとってひそかな誇りであったろう。手紙の封書の裏に「黒川郡宮床村　原阿佐緒」と差出人の住所氏名を丁寧にしたためる横顔が目に浮かぶようだ。阿佐緒は、修験者が厳しい修行を行った七ツ森を眺め、伊達家の領地として、しばしば鹿狩りが行われ、小城下町といわれた自然豊かな宮床で成長していく。山々の霊性と宮床の地に生まれたものの誇り高さをおのずと身に付けながら。

## 塩屋のおごさん

阿佐緒の矜持をさらに堅固にしたのは、分家原家の一人娘であったことだ。本家の原家は代々伊達藩の家臣である。小城下町と呼ばれた宮床で、分家原家は塩や糀の販売を許され「塩屋」の屋号で酒などと共に手広く商っていた。さらに多くの田畑山林の私有地を有し、家の敷地内には小作人の年貢米を収める米倉などが三つ建っていた。大正十一年の新聞報道によると当時でも十万円の財産があり、現在の金額に換算すると十億円の値打ちという（村山馨『恋の顚末』）。

何故、このように裕福だったのか。小野勝美の『原阿佐緒の生涯』には詳しい系図と共に次のことが解き明かされている。まず、慶安年間に宮床に分家した仙台の伊達氏十五代伊達邦孚《くにのぶ》に、原家分家の原幸力《こうりき》（阿佐緒の曾祖父）の娘はまじ（浜路）が側室として仕え、伊達氏から仕事の便宜がはかられたことが上げられるという。宮床には今も美人が多いと聞く。阿佐緒の父幸松の叔母にあたるはまじも美しい女性だった。それに聡明であった。系図には「母妾」と記されているとのことだが、本妻でなくとも邦孚との間に三男二女の「麗質才藻」の子供をもうけている。娘たちは明治に入ってからそれぞれ銀行家や士族の名家に嫁し、そこから四条派の画家遠藤速雄が出たり、三人の息子の一人で石巻に住む万次郎も松園と号する書家であり歌人でもあった。阿佐緒が幼児期から日本画を学び、短歌を作るようになったのも、この血筋によるものと考えてよい。それに加えて、宮床の文化的気風も後押しをする。「宮床宝蔵」によると、江戸時代、宮床の武士たちは、教育に熱心で、儒学、習字、算術、馬術、剣術、柔術と文武両道にわたって優れており、幕末には西洋流の軍事技術を研究して幕府に招かれる人もあったくらいだ。明治に帰農してからも受け継がれ、近代教育や農業改良など、優れた人材を輩出しているという。

阿佐緒の父幸松は、慶応二（一八六六）年十一月一日に宮床に生まれた。幸松は、先祖の富や偉業を守るだけをよしとせず、進取の気性に富み、明治十年代に山奥の藁屋根ばかりの僻村に、擬洋風建築のどっしりした白壁塗りの二階建ての家を建てた。絨毯を敷いた居間で英語を学び、バイオリンを弾き、碧眼の牧師が訪れるクリスチャンであったという。西洋の文化はここ宮床村にも吹き込んでいたのだ。直接関連はなかろうが、島崎藤村は明治二十九年（一八九六）の夏に仙台のミッションスクール、東北学院に赴任している。翌年刊行したのが、仙台時代の作詩五一篇を集めた『若菜集』だ。近代詩の出発といわれている『若菜集』の評判は、芸術家肌の父幸松には届かなかったろうか。「まだあげそめし前髪の……」とくちずさむことはなかったか。西洋への強い関心と憧れを経済力を背景に体現し「白壁塗りの洋館」を建てた父。新しいものを受け入れる素地は、宮床の長い歴史が培ったといえよう。

**原家の人々**
（前列左端阿佐緒，左から二人目母しげ，後列左から二人目父幸松，三人目兄真剣）

　さて、その白壁の家は現在、原阿佐緒記念館となって公開されている。大原富枝は、評伝『原阿佐緒』の冒頭に、「木口も選ばれた見事さで、百数十年を経てもびくともしない構え」と記し、さらに、基礎と素材のすべてになみなみならぬ資本と、思いの深さが注ぎこまれていて、その堅固さが、観る人の心持ちをどっしりと豊かにしてくれる。内部も広くゆったりとしていて、二階への大階段は選りすぐった欅の木目の美しい、幅一間半はゆうにある頑丈なもので、長年拭きこまれて愛《いと》しまれた歳月に輝いていたのが、一つの人格のように威厳さと重厚さを感じさせる。

と白壁の家を建てた原幸松の思いを汲み取って描写している。母屋の一階は玄関も広く、炉を切った板の間と居室が三間あり、二階には刀剣の間や納戸を入れて五間、また、長い冬の夜に賭博などしたのか一階へ密かに通じる秘密の階段もある。今は残っていないが、家の回りには長い冬に備えて米・味噌、漬物等のそれぞれの倉に、農具の倉、薪小屋、炊ぎ場、風呂場、便所も別棟にゆったりと建ち、門の内側には小作米を運ぶ馬を繋ぐ馬柵が並んでいたという。

阿佐緒はこのような家で大勢の使用人にかしずかれ、「塩屋のおごさん（お嬢さん）」として成長していく。ここで忘れてならないのは、母しげの存在だ。母は、隣町の今村（現、大和町吉岡）の豪商遠藤家の長女として明治元（一八六八）年四月二十六日に生まれた。両親は、一人娘のしげにわざわざ仙台からその道の師を招いて、花道、茶道、三味線、舞踊などの教養を身に付けさせた。しかし、実家が火事で焼失し家運が傾く。しげが素封家である原家に嫁いだのはその後というから、肩身の狭い思いもあったろうか。それはとにかく、母しげの芸術的素養は阿佐緒にたっぷりと注がれていく。後年、阿佐緒は宮床での正月風景の中で、母の手毬の毛糸の美しさについて語る（「ふるさとの正月を語

る　原阿佐緒さん」『河北新報』昭和三十年一月一日)。

○私の子供のころのお正月と言えばいつも手毬でした。母が絹糸でこしらえてくれましてね。中に弾む綿を入れて、白い糸でかがってその上に赤だの蒼だの黄色や紫の絹糸を一本一本並べるように巻くんです。今から考えるとほんとに見事な芸術品だったと思いますね。それからあの繭玉。山から水木の枝を切ってきて――これを若木迎えといいましたっけ――小さなお餅を実のようにつけるんですね。枝ぶりのひろがった水木の細くしなやかな、赤い透明さをもった枝に、一ぱい白い餅が髪かざりみたいに垂れ下がって、お祭りの花のようなのが今でも眼に浮びます。

母の手毬を芸術品と感動して眺める阿佐緒も、絹糸の色どりを考えて巻く母しげにも、美術の高いセンスがあったのだろう。阿佐緒が、幼い頃から「蘭竹畫伯といわれ、髪をおかっぱに、草色の被布を着て、いつも、墨だらけの筆を舐《ねぶ》りながら、大きな唐紙や、畫仙紙をのべては、その前にちよこんと座つていた」(『原阿佐緒抒情歌集』序言)のも、好きなればこそだ。それに、阿佐緒はかなりのお転婆だった。木登りがうまく、男の子たちを下に待たせて、栗や柿をゆすり落としたり、河童のように川で泳ぐのも得意だったと、「黒い絵具(六)――小さやかなる自伝に代へて」に綴っている。七ツ森の麓の山里で、阿佐緒はこのように健やかに成長していったのである。

## 夜釣りと煙草

明治二十八（一八九五）年四月一日、阿佐緒は宮床村尋常高等小学校に入学した。生徒数三百人ほどの小学校は家から歩いて十分程の高台に建ち、七ツ森の主峰笹倉山の山容がどこよりも美しく眺められた。阿佐緒はすっきりと円錐形に整った笹倉山が、朝日に雄々しく染まり、夕闇にたおやかに沈んでいくのを仰ぐのが好きだった。二年生の秋、両親は一人娘に英才教育を施すべく、隣町の吉岡尋常高等小学校へ転校させた。小野勝美の『原阿佐緒の生涯』によると、吉岡小学校のそばに住む黒川郡郡視学の土屋鑛蔵に阿佐緒の教育を託す。阿佐緒は九歳にもならないうちから、他人の家に起居して勉学に励むのだった。土屋鑛蔵が転任すれば伴われて角田尋常高等小学校へ転校し、他県へ転勤となれば、宮床には戻らず、母の実家の遠藤家に下宿して吉岡尋常高等小学校に通学した。その阿佐緒が小学校卒業まであと一年という、明治三十三（一九〇〇）年四月五日、原家の全財産を阿佐緒のために使うように、と言い残して、父幸松が世を去った。三十五歳という若さだった。野辺の送りをすませた阿佐緒は、母に励まされて吉岡へと人力車で戻る道々、父を思う。まず、楽しかった幼い日の父を。

父ゐまして夜釣に得たる川魚を日毎食うべし幼かりし日
（『うす雲』昭和三年）

夜の宮床川やさらに遡った渓流で、父が釣ったのは鮠《はえ》と呼ばれるウグイだろうか。鮎もこの辺りでは釣れる。それらを塩焼きにしたり、煮たりして毎日のように食べた幼い日。懐かしく心慰められる思い出である。次は煙草好きの父との思い出。

亡き父の昼寝の目覚めに吸ひつけてわがまゐらせし煙草なりしを

（『苦楽』昭和二年九月）

父は昼寝から覚めると阿佐緒を呼び、まずは一服、と煙草盆を持ってこさせる。雙眼《せきがん》の父に代わり、阿佐緒が煙管《きせる》の雁首に刻み煙草を詰め、火を吸い付ける。手渡された煙管をいかにも美味しそうに喫んでから、ふーっと煙をくゆらす父。たまには、ぷかり、ぷかりと白く大きい煙の輪を作ってくれたりもする。阿佐緒は子供の頃から煙草の香りや味に親しんだ。生涯を通して愛煙家だったのは、この父の影響である。他にも、

夕月の匂う縁の柱により尺八を吹く父に、三味線をとつて合奏してゐた母の姿も若く美しく、私には夢の様な世界だった。

（「わが青春記」『東京新聞』昭和二十九年六月一日）

とうっとりさせるような美しい思い出もある。しかし、もっと悲しい思い出があった。

目盲ひたる大酒の父とうら若き日の母思ひ今もかなしき
乱行の夫をいたはりひとすぢに吾をたのみし母なりけるを

この娘《こ》をば殺して死なむ白刃をと母を泣かせし亡父をしぞ思ふ
匂ほやかの眼をあたへつゝもの見せぬ神のたはむれいかに恨みし
亡父の瞳の片盲ひにけるかなしさを何より早く知りし子なりし

これらの歌は、阿佐緒の歌稿ノート「みそかごと」の大正元（一九一二）年十一月一日から同年十二月二十二日までの作品、三三五首中にあるという（小野勝美『原阿佐緒の生涯』）。『原阿佐緒全歌集』には一首も収められていないが、これらの歌を読むと、眼疾が進行し、苛立ちから酒に溺れたり、刹那的になって乱暴をはたらく父の悲しみを、阿佐緒が小さい胸に受け止めていたのがよく分かる。また、阿佐緒は、父の病の回復を願って黒髪を断つ母の、激しく一途な姿も記憶にとどめている。

母は、私の父の病気平癒、命乞ひに美しかつた黒髪を切つた。斯《しか》してふたゝび父の命と共に、黒髪を葬つた。
（「盟ひの證に」「特集　断髪物語」『女性』昭和三年三月号）

阿佐緒が他家に預けられて吉岡や角田の小学校に通ったのは、あるいは、英才教育、という名目のもとに、こうした両親、家庭から距離を置くためもあったのかもしれない。雙眼から全盲へと病の進む父と、必死に支える母の思いを、一人娘として一身に背負って阿佐緒は成長していったのだ。

父の死から半年後の十月、祖父の原忠見《ただみ》が五十六歳で世を去った。この二年前には祖母きわも五十歳で亡くなっている。「塩屋のおごさん」である一人娘の自分を慈しんでくれた肉親の相次ぐ死。その衝撃は、多感な少女の心に、深い喪失感、無常感、虚無感、絶望感、悲哀感、よるべない漂泊感、ゆくすえの見えない不安感を植え付けたにちがいない。特に庇護者として、娘の将来に大きな役割を担うべき父親、また祖父の死は、濃く薄く陰影をまといつつ、阿佐緒の精神の根底に根をおろしていったのである。それを物語る歌がある。

生と死のいづれの海にただよへる吾とも知らずいくとせか経む　（『涙痕』大正二年）
若くしてみ経になじむわが宿世人にはつげじ夜は泣くとも　同
白むくげ秋来て咲きぬ末の世のわが尼姿見る心地して　同

一首目は調べの流麗な歌である。が、第三句の「ただよへる」が若山牧水の、

白鳥《しらとり》は哀《かな》しからずや海の青空のあをにも染まずただよふ

の歌を連想させる。この当時、牧水の歌がいかに若者に好まれ浸透していたかが推察出来よう。が、阿佐緒の歌には、牧水のような外光性はない。一、二句目に「生と死のいづれの海に」とあるからか、暗いグレーか、モノトーンの色調を感じる。抽象的な印象の歌だが、結句の「いくとせか経む」には、

阿佐緒の深い感慨が込められている。二首目、三首目共に、「み経になじむ」、「わが尼姿」と歌っているのは、決して観念ではなく、その成育歴の中で幾度も取り出してきた言葉である。十二歳での父との死別がいかに深い痛手だったかを、これらの歌が物語っている。阿佐緒の短歌の底流には、常にある漂流意識と、そこに杭を打ち込みたい、定まりたい、という定住意識とがせめぎあっている。

### 甲冑姿と笹倉山の石灯籠

父の死から一年経った明治三十四（一九〇一）年四月、阿佐緒は仙台の宮城県立高等女学校（現、宮城県立宮城第一高等学校）に入学した。この年の入学者五四名のうち、吉岡と宮床からの入学者は二、三名だった（小野勝美『原阿佐緒の生涯』）。小学校時代、品行方正学術優等の模範生だった阿佐緒は、父の死後、一層勉学にいそしんだのだ。母もどんなにか晴れがましい気持ちで、亡き夫の墓前に阿佐緒の進学を報告したことだろう。中山栄子『宮城の女性』「白木槿の精　原阿佐緒」によれば、この時、高等女学校の寄宿舎はまだ建築されていなかったので、阿佐緒は仙台市清水小路に住む高女の教師、尾形忠吉の家に同級生数名と寄宿したという。阿佐緒は成績が良かった。特に漢詩文に勝れ夜中まで熱中して漢詩を作り、綿貫香雲から「女流の漢詩人出づ」とまで言われた。それは、元伊達家の家臣佐藤家から嫁いだ、祖母きわの縁戚につながる佐藤寅松叔父の影響による。叔父は佐藤青牛の号を持つ漢学者である。日清戦争に従軍した際に「杜甫」の古詩集を持ち帰って杜甫の研究をしていた叔父は、のちに仙台北山の輪王寺無外老師に招かれて僧たちに漢文を教えた隠れた篤学者であった。

わが叔父が碧巌録を手にしつゝうちもだしたる秋のさびしさ
（『涙痕』）

一介の農民の叔父が、古い仏書を手に秋の一室で思索にふけっている。阿佐緒はこの叔父の姿から芸術の深遠さを知る。おのずと尊敬心が伝わる歌である。阿佐緒の短歌にしばしば漢語的表現が認められたり、第三歌集『死をみつめて』（大正十年刊）において、いくつかの小題に漢詩を添えたのも、少女時代に漢詩の素養が培われていたからだ。

この頃の阿佐緒の写真が数枚ある。どれもきりりと大きい瞳を見張っているが、一様に悲しみをたたえているのが見てとれる。何かに抵抗するように、挑戦するように、負けず嫌いな少女の視線が、かえっていじらしい。そのなかに一枚、見逃せない写真がある。学芸会か何かの折の写真だろうか、羽根の付いた大きな兜をかぶった甲冑姿の珍しい写真だ。鹿皮の手甲や鎧を見ると、どうも本物らしい。色白でふっくらした頬に黒い大きな瞳の凛々しい若武者姿である。

さて、教師の家で数名の高女生と起居を共にする生活に阿佐緒はなかなか馴染めなかった。「塩屋のおごさん」として経済的に何不自由なく育った一人娘である。兄弟姉妹と争ったりむつみ合ったりの経験がないので、ちょっとした心理的なかけひきが分からない。勉強に熱中すれば、夜中までランプをつけて、同室の友人の睡眠の妨げになっているのに気付かない。日曜日など町に出れば、友人のひと月の小遣い以上の買い物を、平気でしてしまう。それがどんなに相手の嫉妬心や劣等感を刺激しているか、思いが向かないのだ。その一方で、火鉢を囲んでの他愛ないおしゃべりが苦痛でたまらない時がある。平凡だが幸せな弟妹や両親の話に適当な相槌をうてず、いたたまれない思いにうつむいてしまうのだ。父との死別、という深い傷を抱き、それを勝気にふるまうことで隠そうとする阿佐緒。心の無理はやがて体に表れる。悪い咳をするようになった阿佐緒は、とうとう県立高等女学校を三年で中途退学し、宮床に帰っていった。

母親は、阿佐緒の病状を気遣いながら、自分を責めたてる。この娘を健康に育てるのが、未亡人である自分の生き甲斐なのに、亡き夫にも頼まれたのに、なんということか、と夜の床でひっそりと涙を拭う。しかし嘆いてばかりいても仕方がない。そうだ、七ツ森の七薬師掛けの四月八日、笹倉山の頂上に安置された薬師如来様が開帳される。そこに病気平癒の石灯籠を奉納しよう。きっと仏さまは、私の祈りをかなえて下さるだろう。原家の一切を切り盛りする女丈夫の母は、翌朝石屋に赴き、早速に祈願の石灯籠を注文した。出来上がった石灯籠は、下男が背負って岩の多い急峻な山道を上り、笹倉山の山頂の薬師堂の建つ境内に奉納された。

現在も石灯籠は笹倉山の山頂に建つ。高さ一メートルに満たない石灯籠の笠の端部分は、わずかに欠けているが、竿石の正面の力強い「黒川郡宮床村　原浅尾」の刻字も、その後ろの「明治三十六年四月八日」の刻字もしっかりと読み取れる。

阿佐緒がふるさとを恋い、七ツ森の笹倉山を歌う時、この石灯籠が必ず目に浮かんだにちがいない。母の祈り、父の願いの込もった石灯籠が、あの笹倉山に建つ。そしておぼつかない人生を歩む自分を見守っていてくれる。それはどんなに阿佐緒の支えになっていたことか。

阿佐緒は宮床で療養しながら叔父佐藤青牛の手ほどきで漢詩文を習い、古い本箱から『源氏物語』や『和歌八帖』を出して読んだ。黒岩涙香の翻訳物は格別気に入って読みふけり、挿絵の異国の女の髪形やスタイルに自分を置き換えてみたりする。また、遠縁の石巻の書家で日本画家の伊達松園から書画も学んだ。そうこうするうちに健康を取り戻す。

笹倉の秀嶺たまゆら明らみて時雨来たれば空に虹見ゆ
（『死をみつめて』大正十年）

笹倉山の高くそそりたつ秀嶺《ほつね》が、一瞬、明るくなり時雨がきらきらと過ぎていく。と、思う間に、虹の柱が空へとうすく立ち上がる。はるか七ツ森の山々へ虹の橋をかけていくように。

阿佐緒はこうして笹倉山の秀嶺を仰ぎながら東京へと、虹の橋を大きく延ばしていくのであった。

## 2　緑の袴の画学生

**日本女子美術学校入学まで**

明治三十七（一九〇四）年三月、阿佐緒は、母しげと共に上京した。肋膜を患って宮城県立高等女学校を三年で中退してから一年後の早春であった。行き先は、東京でもまだ緑豊かな小石川区柳町の跡見女学校である。跡見女学校校長の跡見花蹊女史は大阪生まれで、漢学、詩文、書法、絵画に優れ、なかでも日本画の技量は高く、明治五年、三十三歳の時に明治天皇の御前で書画の御前揮毫をした程だったという。父跡見重敬《しげよし》の私塾を継ぎ、堅実な家庭婦人の育成を目指して公家屋敷の姉小路邸から神田三崎町に跡見塾を開設したのは明治八年のことである（二年後、中島歌子も歌塾、萩の舎を開き、六年後、下田歌子も桃夭女塾《とうようじょじゅく》を開いている）。当時の女学生は一般に海老茶袴だったが、跡見女学校生は「紫衛門」と呼ばれる紫のメリンスで、良家の子女たちの袴姿は目を引いた。歌人岡本かの子や女優森律子も跡見女学校生だった。思い浮かべただけでも華やいだ女学生の姿が彷彿とする。

このような跡見女学校の名は東北にも知れわたっていたろう。小野勝美の『原阿佐緒の生涯』によると、母しげは、跡見女史の下で阿佐緒に日本画を学ばせるべく宮床村からはるばると上京し、下宿を本郷壱岐坂下の荒物屋の小さい家に定めた。引っ越し荷物を解く間も惜しんで、母と娘は憧れの跡見女学校に出向いたのだが、ひどく失望落胆した。別科に設けられていたはずの絵画の学科はなくなり、琴曲、点茶、挿花の三教科のみだったからだ。下宿に戻った母は考え込む。このまま戻るわけにはいかない。子供の頃から被布を着せて画仙紙の前に座らせ、世間から蘭竹画伯と呼ばれていた阿佐緒である。女学校を中退し家で療養中も花鳥画家の先生について勉強させていたのだから、どうしても東京を去るわけにはいかなかったのだ。とりあえず、跡見女学校の書画の先生の家で個人授業を受ける手筈を整える母であった。

しかし、当の阿佐緒は自分の将来の夢をどこまで具体的に描いていたのか。幼児期から日本画に親しんではいたが、これでなくては、とまでの自覚があったのかどうか。この跡見女学校入学は、阿佐緒を跡見花蹊女史のように仕立てたい、という母しげ自身の夢の投影ではなかったか。後年、阿佐緒が自伝の「黒い絵具（三）」に語るところによると、怜悧で女丈夫型で村人の畏怖の的だった母は、未亡人として貞女の評判を保ち、後指も指されず、旧家である原家を背負ってその意志一つで支配欲をふるまおうとしていたという。この告白をそのまま受け取れば、阿佐緒は母から何らかの精神的抑圧を受け続けていたことになる。だからといって阿佐緒にはそれをはねのけるだけの強さはない。それに、こと進学に関しては、母の意志とはいえ東京で暮らせることが最大の魅力だったから、母に従うのが一番だった。日曜日になると海老名弾正の教会の礼拝に出席し讃美歌を歌う阿佐緒であった。

街路樹の緑も日増しに濃くなり、東京の町の日差しも強まった夏のある日、駒込林町に転居した阿佐緒のもとに、日本女子美術学校の入学許可の朗報が届いた。これには高女時代の友人の兄で、前年に東京美術学校西洋画家に入学していた庄子勇《いさみ》の助力があった。明治十八（一八八五）年生まれの庄子勇は、のちの阿佐緒の二度目の夫であり、俳優原保美《やすみ》の父となった人だ。阿佐緒と散歩の折りには古今集の歌や土井晩翠の詩を美声で朗唱する文学青年でもあった。庄子に限らず、当時の青年は高歌放吟をよくしていた。のちに阿佐緒の親友となる三ヶ島葭子の恋人倉片寛一も、夜の町を彷徨しながら大声で、若山牧水や葭子の『青鞜』の歌を朗詠した、と三ヶ島葭子に手紙を書き送っている。高歌唱吟は、現代の若者が街頭でギターを片手に歌うのと同じ感覚だったのだろう。

## 美大生庄子勇の青春

阿佐緒と勇は、同郷出身者の心安さからか、恋を育んだ時期があった。それは、大林昭雄が翻刻した、明治三十九（一九〇六）年五月一日から同月十五日までの勇の日記、『原阿佐緒研究　第五巻　浅尾さんから手紙がきた』（大林昭雄、平成十六年、ギャラリー大林）に記されている。勇の日記は、当時の上野の東京美術学校四年生の生活を知るのに興味深い。上野の学校の帰りに、カンバスや絵具を買いに神田へ行ったり、郊外写生に出かけたり、友人の絵のモデルになったり、自分もデッサンに励んだり、とすこぶる活動的な日々を送っている。その合間に「日本人」や独歩の「運命」を文庫から借りて読んだり、千代ちゃんと亀戸天神へ藤の花を見に行って群衆の多さに驚きながらも、藤の花の簪を贈って髪にさしてあげたり、と青春を謳歌している。また、「五月六日、春雨終日降る」の日記には、森田草平の新聞小説「煤煙」が明子と共に西那須高原の切符を買って死にに行く、いよいよ佳境に入った、此の評判が絶大で、「女生社会なんかでは大騒ぎとの事であるが、全く近代的描写の深刻なる漱石の三四郎などよりも宜いと思ふ。近かく終って仕舞ふので惜しい様な気がする」と、闊達で明るい青年らしい感慨を述べている。そして、五月十一日、この日も早く起きて、友人を訪れて議論を戦わせ、モデルを描き、学校の体操がすむと、三崎座へ女優を描きに友人が行くので一緒に行ってデッサンを二時間ほど執筆する。四時過ぎに帰宅すると、机の上に久し振りに浅尾さんからの手紙が載っている。直ちに開くと、

泣くばかりが能の女になったといふ事や、善嬢がドーシテ居るだらう等と悲しい事ばかり認めて

ある。封筒を三重にしたわけが解らなかった。歌が二首ある。

なと斯くもかなしと君が御胸に面埋めし泣き《ママ》ぬとある日
悲しみの鳥はひねもすわが胸をやと里木として泣きぬ世は美し

昔の夢を思ひ出したらしい。其れから仙台に移り住む様になった事を記してある。北目町八十五と云へば仙南の広瀬川の近所だ、何のための上仙かわからぬ。折り返し返事をかいた。自分の身の上昔日の俤とは違って居る事、善嬢の行衛は依然として分からぬ事、仙台に来たわけを教へて呉れといふ事を書いて甫めから繰りかへして見る。変りも変った吾が文面、これが三年前の恋人であるとは思はれやうか。

この日記の三年前といえば阿佐緒が上京した頃である。二人の間に恋愛があったことは、この日記から事実のようだ。だが、今二人は別れている。互いに連絡も取り合わなかったのか、日本女子美術学校に通っているはずの阿佐緒から、仙台に当分住む、という手紙が来た。勇はいぶかしく思うが、阿佐緒への返事は冷たい。自分でも驚くほどに。しかし、こうして阿佐緒が書いて寄越した流麗な恋の歌二首をわざわざ日記に書き写しているのは、それなりに、阿佐緒への思いが残っているからではないか。二首の第五句目の「泣きぬとある日」、「泣きぬ世は美《は》し」の切ない訴えが勇の胸を打つ。

庄子勇と阿佐緒の三年前、そこには何があったのだろう。ここで、阿佐緒の日本女子美術学校時代を振り返ってみたい。

## 下中弥三郎先生と小原要逸先生

阿佐緒が庄子勇の勧めで進学した日本女子美術学校の校舎は、芝公園内に建つ旧弥生館だった。松本和男編の『石上露子をめぐる青春群像』上巻によると、当校は明治三十六年四月に東京美術学校の助教授だった島田友春が設立した私立の学校で、賛助員には、宮内大臣や陸軍大将らが名を連ねていた。「女子美術技芸学校」の設立趣意書に、「実用的訓練ト精神的訓練ヲ完成シテ、時弊ヲ救済シ」とあるように、専門的な技術を身に付けることで、女子の地位向上と精神的な自覚を目指す学校であった。学科は、日本画、刺繡、家事裁縫、造花の四科で、小学校を卒業した生徒の通う普通科と、高等女学校の卒業性のための高等科の二部制だった。明治三十七年三月に送り出した第一回の卒業生は一三名だったが、二年目には一〇三名に増えたという。阿佐緒もその一人に加えられたのだ。これでやっと、日本画が学べる、と母も安堵したことだろう。

さて、進学した阿佐緒の、日本女子美術学校当時の写真がある。十六歳とあるが、左半身やや横向きの華やかで美しく大人びた写真だ。豊かな黒髪を束髪に結い、目許はすっきりと鼻筋も通り、軽く引き結んだ口元が愛らしい。着物は無地の暗色で、左袖に白地の円が浮き出ている。肩には、白いレースの花のモチーフ柄をつなぎ合わせたショールを掛けている。これは、手芸の得意な阿佐緒の手製らしい。授業科目に「刺繡」があるので、あるいはその時間の作品かもしれない。友人たちと誘い合わせて写真館にでかけ、おのおのの作品を肩に掛けて、写真を撮り合ったのだろう。少し得意気な初々しい表情は、そのためとも思われる。

この学校で新しく学ぶ国文や英文は阿佐緒の文学への目覚めを促した。その一人に下中弥三郎がいた。下中は明治十一（一八七八）年、兵庫県生まれというから、当時はまだ二十六歳の青年だ。『婦女新聞』や『児童新聞』の編集に従事し、婦人の地位向上や自由開発の開発につとめ、大正四年に平凡社を設立している。阿佐緒はこの青年教師から短歌の手ほどきを受けた。『原阿佐緒抒情歌集』序言によると、下中弥三郎は自分の雑誌、『ヒラメキ』（二号で終わり）に阿佐緒の歌を載せたことがあるという。その歌は、

小簾の間を月のもれなば病む吾の頬のやつれに君おどろかむ

をはじめ十首ほど出たのを、下中先生が「ほう、なかなか巧いね……」と褒めてくれたという。この『ヒラメキ』は、下中の親友で社会運動家の島中雄三（弟の島中雄作は中央公論社社長）と共に明治三十九年に刊行した雑誌だが、松本和男の『石上露子をめぐる青春群像』上巻には、阿佐緒の歌の掲載はない、とある。が、下中は阿佐緒の短歌の才能に始めから注目し、何かと気にもかけていたらしい。昭和四（一九二九）年には、阿佐緒の四歌集をまとめた『原阿佐緒抒情歌集』を、阿佐緒の自画像と、山田耕筰作曲の阿佐緒の歌「かなしくもさやかに恋とならぬ間に捨てなんとこそ惑ひぬるかな」の楽譜つきの一冊として自社である平凡社から刊行している。

日本女子美術学校には、もう一人、阿佐緒の人生に大きな影響を与えた英語と美術史の教師小原要逸がいた。小原は明治十二（一八七九）年、山口県に生まれ東京帝国大学を卒業した文学士で、明治三十四（一九〇一）年にはすでに結婚をしていた。阿佐緒より十一歳年上の、痩身でカイゼル髭のよく似合うハンサムな教師は、小原無絃の筆名で「明星」に加わり外国の詩集の翻訳書を多く刊行していた。

例えば明治三十八（一九〇五）年には『ロセッチの詩』、『ユーゴーの詩』、『西詩愛吟集』（与謝野鉄幹序）。翌三十九（一九〇六）年には『花の詩』、『海の歌』（下中芳岳序）など、どれも当時の女学生が手に取り、胸に抱えたくなるような書名である。装丁もロマンティックなアール・ヌーヴォー風だ。阿佐緒はこの本の訳者である教師から今描いている絵や、これから描く絵について尋ねられたり、詩の話などを気軽に語って貰ったのである。原阿佐緒記念館所蔵の「無題原稿」に綴る。

私の青春、嵐の中の青春、……短かかったとも長かったともいえる私の青春、ほの〲とした恋を恋する少女心、詩人に憧れ、美男を讃え、お茶の水の濠端の月に、勿忘草の物語に胸を躍らし、百花園の花の中に恋をさゝやかれる、それればかりか、自分が絵の對象になり詩になる、藝術を愛する少女心には、それだけで充分に幸福だった。

これを読むと、阿佐緒は庄子勇の絵のモデルになり、また小原要逸には自分を歌った美しい詩を贈られ、それこそ、うっとりと夢見心地の幸福な日々を送っていたようだ。阿佐緒の大きな瞳に見つめられた庄子勇と小原要逸の胸に恋情の火がつく。阿佐緒はどちらも自分の崇拝者であり、それを少女らしく無邪気に嬉しく誇らしく喜ばしく思っていた。二人を両天秤にかける、などという計算はさらさらなかった。まだ十代後半の阿佐緒である。ミュシャの絵のように愛らしく肉感的な阿佐緒。その黒髪も艶やかな肌の白さも、唇の赤さも全てが男を虜にすることに、阿佐緒は全く気が付かない。接吻でさえ、阿佐緒にとっては、西洋風の礼儀であって、肉欲に結び付くものであることなど、知らなかった。それを責めることなど誰に出来ようか。

## 3　二十歳の母

**日露戦争と兄真剣の死**

明治三十八（一九〇五）年六月一日、阿佐緒は十八歳の誕生日を東京で迎えた。前年に始まった日露戦争は苦戦を続けていたが、この年の一月一日に旅順のロシア軍が降伏し、五月二十七日には、日本海海戦における大勝利で東京市街は奉祝の国旗と提灯で沸き返っていた。日本連合艦隊は指令長官東郷平八郎の下、ロシアのバルチック艦隊四〇隻余のうち、撃沈一九隻、捕獲五、自沈など一二隻の大損害を与え、日本側の損害は水雷艇三隻におさめた（小西四郎編「明治国家の明暗」『日本歴史展望第11巻』昭和五十七年、旺文社）。この報を、日本女子美術学校生の阿佐緒も聞いていたろう。お洒落に関心の強い阿佐緒は、当時大流行していた二百三高地髷の庇髪《ひさし》に目をとめ、ひそかに鏡の前で豊かな黒髪を結いあげて研究していたかもしれない。二年に進級した阿佐緒の美貌は東京の水に洗われてますます磨きがかかる。駒込林町の下宿から本郷の赤門前を阿佐緒はよく通った（「黒い絵具（八）」）。人より踵の高い靴にその時分には目立つオリーブ色の袴を着けて闊歩していた阿佐緒。この頃、教師小原要逸との仲も進展していたのではなかろうか。教室や学校の帰り道に小原と二人きりで話しこんだり、阿佐緒の下宿先に小原が訪れてくる回数も増えていた。この二人の関係を、さらに進展させたことがある。それは、一人の青年の死であった。

明治三十八（一九〇五）年七月七日、原家の養嗣子で、宮城県高等師範学校在学中の真剣《またち》が二十歳の若さで結核で亡くなったのである。小野勝美の『原阿佐緒の生涯』によると、真剣は十歳の時、遠縁の遠藤家から男子の家督相続者がいない原家に養嗣子として迎えられていた。ゆくゆくは阿佐緒の婿養子となるべき青年であったが、阿佐緒には知らされておらず、兄として慕っていたのである。

夏の夜の月亡き兄が縁に寝てよくうたひける竹枝《ちくし》おもほゆ　（『涙痕』）

その日まで恋はれてあるを知らざりし死のきはにのみ抱きける人　（「みそかごと」）

阿佐緒のこの時の悲しみや失意がうかがえる歌である。原家の一人娘として育った阿佐緒にとって、兄、と呼べる人の存在は心強かった。祖父母や父が亡くなり、男性の親権者のいない原家を守っていく人として心頼みにしていたのだ。その真剣から、阿佐緒を妹としてではなく、許婚者として愛していたことを死の床で告白され、今生の思い出にと抱かれた。どうして拒むことなど出来よう。兄の墓の傍らに、青く細い小松が生えていたのを忘れずにおこう、と心に誓う阿佐緒であった。葬儀が終わり、親族も帰っていった七月二十五日、阿佐緒は母にいわれて原家の家督相続人となった。

宮床村に秋風が立ち始めた九月、新学期に間に合うように阿佐緒は上京したが、東京は騒然としていた。九月五日、日露講和条約の譲歩反対の暴動が起こり、政府系の御用新聞社や、警察、交番の焼き討ち事件が起こり、一時戒厳令が敷かれたのである。阿佐緒はこのような世情とはうらはらに虚《うつ》ろな心で学校に通っていた。父との別れ、兄との別れ、自分を最も愛し、大切に思っていてくれた人が、この世に存在しないこと。人の命のはかなさや死への畏《おそ》れ、深い嘆き、悲しみ。すっぽりと空《あ》いた心の空洞は何によって満たせばいいのか。阿佐緒は、この思いを誰かに訴えたかった。黙って聞いてくれる人が欲しかった。思い切り泣ける人の胸が必要だった。そして、それを受け入れてくれたのが小原要逸だったのである。

## 千秋誕生

うちひしがれた阿佐緒を広い胸に抱きとめ、優しく背中を撫でて泣けるだけ泣かせてくれる人。阿佐緒はただそうしていて欲しいだけだった。泣き濡れたまぶたに温かい唇が押された時も、西洋の詩や小説のように、おとなしくうっとりと受け入れていたのだ。そこから先に何があるのか、全くそれ以上のことは望まず、永遠にこの時間が続くことを願っていたのである。しかし、すでに結婚をし、三人の子の父でもある小原要逸に、阿佐緒の思いは届かない。教師と生徒、などという理性はもとよりなかったのかもしれない。いつしか二人の関係は級友にも知られるところとなっていった。この頃であろうか、庄子勇の日記にあるように、悩み深い阿佐緒が仙台に一時住み、勇へ手紙を送ったのは。いずれにしろ、翌明治三十九（一九〇六）年一月、阿佐緒は牛込区若松町七十二番地に転居し、ほどなく日本女子美術学校から、本郷菊坂にある私立の奎文《けいぶん》女子美術学校に転校した。小原との仲が、学校中の噂に晒されることに耐えられなくなったからである。

火を誘ふ油のごときわれかとも燃ゆらむおん眼見ておののきぬ　（『涙痕』）
若ければ女はかなし自らの知らぬに君を誘《いざな》ひしてふ　（『涙痕』）

自分の中の何かが異性の胸に火を焚きつけるらしい。自分はただ精神的にさえ満たされれば十分なのに、この身の何が男という異性を引き寄せ、獣に似た忌まわしい行為を掻き立てるのか。阿佐緒は妊娠、という思いもよらない事実の前で動転する。思い切って上京した母に相談すると、一瞬身を堅くした母は、火鉢の前にきちんと座り直すと、それなら結婚を、と唇を引き締めてきっぱりと言った。母は下宿を訪れた小原要逸にその話を切り出した。一歩も引かない、という母親の強い態度に小原は、実は妻子がすでにあるが、自分の母親とそりが合わず別居中であることを告白した。そして妻とは離縁し、阿佐緒と結婚する約束を母にほのめかしたのである。阿佐緒は、小原に妻子がいることを全く知らなかったのだろうか。気付いてはいても敢えて尋ねる勇気がなかっただけではないか。小原の口からそれを聞いた時、今までの恋情がすぅーと潮が引くように遠のいていった。誇り高い阿佐緒には、小原が許せなかった。どうしても受け入れがたかった。妻や子供のいる人を愛してしまったことも、甘やかな夢を打ち砕くような力で押しひしがれて、その結果妊娠したことも、ただ悔しかった。阿佐緒の妊娠はいつしか庄子勇の耳に入ったらしい。夏休みに入ったある日、久しく音信の絶えていた勇から小包が届いた。さまざまな思いに胸をかき乱しながら、包みを開くと、そこには、阿佐緒がこれまでに送った勇宛の手紙と、ナイフでズタズタにした阿佐緒の写真が入っていた。阿佐緒は自分の呪わしい肉体と胎内の生命への愛着との相克に苦悩し、故郷の父の墓に詣でる面目をなくし、かつての恋人からのむごい手紙に深く傷つき、とうとう死を決意する。

小原要逸と長男千秋
（明治41年，東京にて）

明治四十（一九〇七）年、盂蘭盆《うらぼん》の七月十六日、阿佐緒は自殺をはかった。亡き父の写真の前で蠟燭をつけた時、父が「それでいい、待っていてあげる」と言っているように聞こえた。金の蒔絵の九寸五分の短刀を喉に付き当てようとした時、次の間に寝ていた小原の母が止めに入った。それでも胸に短刀を押し当て、さらに短刀が刺さった胸を力まかせに柱につきあて、そのまま意識を失った。幸い急所を外《そ》れていたので大事にいたらなかったが、阿佐緒は病院に駆けつけた小原の「喪心したような蒼白な顔」をみた時、自分でも顔を覆いたくなるような、異常な毒を含んだ微笑が浮かび上がり、阿佐緒自身を不快にさせるものだった、と「黒い絵具（一）」に記している。

その後も、自己呵責に耐えられないと訴える阿佐緒に小原が堕胎薬を持ってきたが、飲もうとして飲めない阿佐緒に、小原は風邪薬だったと告げた。惨澹《さんたん》たる愛の結末であり、同時にここからが、阿佐緒の短歌の始まりとなっていく。

この年も暮れようとする十二月十五日、阿佐緒は玉のような美しい男の子を産み、小原は千秋と名付けた。

## 離婚の決断

明治四十一（一九〇八）年四月、母のたっての願い通り宮床村で盛大な結婚披露の宴が行われた。春休みを利用して初めて東北の山深い宮床村を訪れた小原は、「狐が出そうな道だ。こんなところに阿佐緒が生まれたのか。」と驚いた。山口県の岩国に生まれ育った小原には、四月というのに山の頂《いただき》に雪が残り、桜の蕾もまだ固いみちのくの空気が冷たく感じられたことだろう。小原は、生後百日に満たない千秋が風邪を引かないか、と心配し、阿佐緒が綿入れを重ねて着せたから、と言う言葉に安心するのだった。原家の婿入りは村でも評判だった。何しろ東京帝国大学という最高学府を卒業した立派な学士様だし、カイゼル髭を蓄えた痩身は美男俳優そっくりである。こんなに素晴らしい人を婿に選び、男の子までもうけたのだから、披露宴に招かれた親戚や村人たちは、みないちように阿佐緒に称賛の目を向けた。母親は気に入りの婿が誇らしく上機嫌だし、紋付き姿の小原も如才なく親類や村人と酒を酌み交わしている。二人のその姿は、阿佐緒の決心を少し鈍らせるほどだった。少なくとも小原のこのような言葉を聞くまでは。

　宴が果てて居室に戻った小原は、枕にうち伏していた阿佐緒を疲れただろう、と労《いたわ》ると、「自分も山猿のような人達の前でかしこまっていたので、疲れた。お婿さんも辛いね」と気安く言ったのである。ああ、やはり、この人の本心はこうだったのか、と阿佐緒は失望する。ここに来る道々も、別れをほのめかす阿佐緒に、「こんな山の中で暮らして千秋を炭焼きにするのか」と反対したのだ。千秋の将来を思っての言葉であっても、誇り高い阿佐緒は、自分の生まれ育った七ツ森や宮床を平気でおとしめて言う小原が許せなかった。そして、もう一度自分に言い聞かせる。この結婚式は世間体を気にする母親のためであり、小原を妻タミとその三人の子どものもとに返そう、と。

　小原自身の心も揺れていたろう。本屋の一軒もないこの村で山林を守っていく生活など考えられない。だが、実母と折り合いが悪く、実家に帰したままの妻と暮らすのもこりごりだ。今は若く匂やかな阿佐緒と、自分によく似た美しい千秋が愛しい。しかし、どこまでも潔癖な阿佐緒は、妻子ある小原に欺かれたと繰り返し嘆き、妻や子のもとに帰るべきだ、と不実な小原を責めてやまない。春休みが終わると、小原だけが帰京した。七月には妻タミと正式に協議離婚をしたという知らせがあったが、阿佐緒は入籍に応じず、小原が再び宮床村を訪れることはなかった。

　村の人々は、小原が去ったあとも一向に上京しない阿佐緒と千秋を不審に思ったことだろう。どうも離縁したらしい、との噂が伝わり始めると、これまで阿佐緒に抱いていた羨望と妬みの感情が、たちまち裏返しの蔑視と反感に増幅していく。人一倍鋭敏で誇り高い阿佐緒が、気付かぬはずはない。母もまた、阿佐緒以上に世間の目の厳しさをひしひしと感じていた。夫亡き後、一人娘を仙台の女学校に行かせ、男でも師範学校までがやっとだというのに、東京の美術学校に進学させ、村の中で何かと耳目を集めていた阿佐緒が、わずか二十歳で輝かしいはずの人生を暗転させたのである。それも、全く自分の意志に従って選んだ道であった。

もしも阿佐緒が、損得を考える打算的な人間だったらどうだろう。小原要逸は高名な文学者となるべき人だ。阿佐緒に妻子があるのを知らせなかったとしても、今は妻子と離婚して阿佐緒と千秋を選ぶと言い、はるばる宮床村にやってきて結婚披露までしたではないか。母親も晴れやかに自慢顔をしている。ここで自分が我慢をすれば千秋が父のない子とはならない。しかし、それでは、タミとの間の三人の男の子を父のない子にしていいのか。自分たちだけが幸せでいいのか。口を拭っていられるのか。阿佐緒はこのような自問自答の末に小原と別れた。自伝の「黒い絵具（二）」には、小原の妻にすまないという気持ちを強調した別れ、というふうに綴っている。それは分かるとしても、小原への愛情が大きくひたすらだったら、妻から奪ってでも幸せを摑もう、と考えるのではないか。阿佐緒には、それはなかった。少女から大人への階段をゆっくりと登ってゆくはずだったのに、あまりにも突然に、しかも不自然に母となったことが、阿佐緒には受け入れられなかったのだ。その元凶を全て小原にあるとして、悲しみは憎しみへと変わり、心にも肉体にも暗い闇を宿し、溶けていくことはなかったのである。また、もしも阿佐緒に経済的基盤がなかったら小原に頼っていかざるを得なかったろう。しかし、阿佐緒は違う。母と子の二人が路頭に迷う、などという差し迫った心配は持たなくてよかった。「塩屋のおごさん」の経済的基盤が備わっていたのである。

阿佐緒は「運命に翻弄された女性」とよく言われる。だがそうだろうか。たとえその一生が優柔不断で、不幸な失敗の繰り返しであっても、阿佐緒は自分の内なる声に従って最終的な決断を下す。どうしても得心出来ないもの、自分の心が受け入れられないものから、阿佐緒は飛び立つ。たとえ羽をもがれてもよろよろと逃げ出すのだ。最初の離婚もそうして自ら選び取った結果ではなかろうか。

初夏のある日、阿佐緒は思い切って笹倉山へ登った。たった一人で、山頂の七体の石仏に罰して貰うために、熊よけの鈴も付けずに、ごつごつした岩山から杉林の中を抜け、つづれ折の坂道をぐんぐん登っていった。薬師堂の前には、十五歳の時に病気平癒のために奉納した石灯籠が建つ。阿佐緒は汗を拭う間もなくひれ伏して、過去の罪に許されないものならば、たちどころにこの山の上で命をおとり下さい、と一心に神に祈った。どれだけの時間が過ぎたことか。ふと気付くと、一羽の翡翠色の揚羽蝶がひらひらと阿佐緒のめぐりを舞い、ついて来なさい、というように静かに山道を下ってゆく。阿佐緒はその蝶に導かれながら、自分が生きていることを許された、としみじみ思う。自分はまだ若い。どんなに淋しくても、人の幸福を奪った、という罪の意識からは解放されたのだ。清々しい笹倉山の精気に洗われて、阿佐緒は少しずつ立ち直っていくのであった。

# 第二章　歌の道へ

## 1　与謝野晶子に師事

宮床の秋の訪れは早い。夜のいろり端で、榾《ほた》の残り火を見つめながら肩を落して考え込む娘と並び、母は娘と千秋の将来を考える。いくら離縁したとはいえ、小原が前妻と復縁したとの噂に心を乱し、愛らしく成長するわが子に小原の面影を見出だしては煩悶する娘を母は気づかう。

宮城女学校の校章

いかにして生くべきよりはいかにして死なむとまどふ狂ほしき吾　（『涙痕』）
狂ほしく死を思ふ夜もかたはらに寝し子を見れば心なごみぬ　同
思はせよ泣かせよ母も子も寝ねてひとり夜寒むを炭つぎし後　同

狂ひはて子をさへ刺さむ日のさまのあまりさやかに見えてかなしき　同

娘が人知れずノートに書き付けるこれらの歌を母は読んだろうか。読まなくても、思い詰めた娘の横顔に慄然《りつぜん》とする日々もあったろう。自分の「死」を思うだけでなく、子までもあやめることなどあってはならない。母は、娘がこの村から離れた方がいいと考え、色々と伝《つて》を頼る。やがて、仙台市にある宮城女学校で絵画の教師を探しているとの朗報がもたらされた。

明治四十二（一九〇九）年四月、阿佐緒は宮城女学校（現、宮城学院女子大学）に絵画の教師として赴任した。母親の知人で仙台市の松坂酋七郎が推薦してくれたものだ。中山栄子著の『宮城の女性』によると、月棒は二十円、母と千秋と三人で市内立町に家を借り、翌年六月まで女学校の生徒に絵画を教えた。宮城女学校は明治十九（一八八六）年に設置認可された（「宮城学院女子大学」ホームページ）。初代校長は合衆国改革教会の宣教師、E・R・ブールボーで、予科三年、本科四年の新設校の新入生はこの年一〇名だった。仙台市東三番町に敷地二四〇〇坪の広大な土地を取得し、学校は発展していったが、明治三十五（一九〇二）年に寄宿舎の火災で全焼し、翌年東二番町に移転した。阿佐緒が赴任したのは明治四十二年四月だが、三月に「宮城女学校文学会」の機関雑誌『宮城野』が廃刊になり、新しく『萩の下露』が創刊された。阿佐緒も手に取って眺めたろう。この一年余りの教師時代について阿佐緒は自伝の中では触れていない。だが、原阿佐緒記念館には、現在も宮城学院で使用されている校章を展示している。

宮城女学校の阿佐緒（2列目右から7人目）

同校の沿革史に、明治四十三（一九一〇）年二月二十四日に「校旗制定」を決議し、校章も定められたとある。校章は、ワイナー校長や、早坂哲郎幹事が中心となって職員一同で考案したもので、福音主義キリスト教の精神に基づいているという。その校章は、宮城野萩が囲む花の輪の中に、開かれた聖書が置かれ、その上に聖霊を象徴する鳩が描かれている。輪の下方にりぼんをあしらっているのが、いかにも女子教育をかかげる学校の校章らしい。宮城野萩は清純にして強靭な人格の育成を意味するという。阿佐緒は、職員の一人としてどのような意見を述べたのだろう。色づかいは、花は金色の縁取り、りぼんと鳩は黄色、白い聖書の縁取りは金色、横が黒となっている。阿佐緒の色彩のセンスの良さは定評がある。ランプの下で、地色を考えながら構図を考えている阿佐緒の姿が目に浮かぶ。りぼんも、阿佐緒のアイディアと考えたくなる程だ。

扇畑利枝《おうぎはたとしえ》の綴る「漂泊の歌人　原阿佐緒」（『原阿佐

緒生誕百年記念』）によると、校章は博物の教師京道進次郎の助言を受けたもので、阿佐緒はグリーンを好んだという。阿佐緒が尊敬していた同僚に英文科の主任教授原田ことじがいた。阿佐緒より八歳上の津田英学塾出身の原田は、阿佐緒と同時期に勤務し、阿佐緒については、「グリーンの着物に黄と黒の帯、又は白地の着物にグリーンの帯」、「学校では不人気」、「病気で学校を休みがち」、「お金に困っていた」、「生徒のなかに熱をあげた子がいる」と扇畑に直截簡明に語り、鋭い批判の声を聞く思いであったという。全校の記念写真を見ると、年配の女教師らのなかで二十二歳の阿佐緒は小首をかしげ、まるで生徒のようだ。歌にも自伝にも記述のない阿佐緒の短い教師時代を、写真と校章が静かに物語っている。

### 『女子文壇』と与謝野晶子

明治四十二（一九〇九）年四月、阿佐緒の人生を決める大きな出来事があった。何と、阿佐緒の短歌が、『女子文壇』四月号の与謝野晶子選「和歌」の欄に堂々一位の天賞に選ばれたのだ。目次にも、「和歌、この涙……原あさえ子」と名前が載った。どんなに胸を高鳴らせたことか。そして、これから自分の進むべき道に確信を抱いたことか。この歌については、あとで述べることとして、阿佐緒が当時、女子の文学の登竜門といわれた『女子文壇』の存在を知ったのはいつだろう。創刊されたのは明治三十八（一九〇五）年一月だから、東京の日本女子美術学校に在学中の時だ。国語教師の下中弥三郎に和歌の手ほどきを受けていたので、薦められて手に取って眺めていたかもしれない。編集発行人の野口竹次郎の発刊の辞を読むと、日露戦争中ということもあり、将来国運の発展に鑑み、新国民を養成し、益す我が武国の武を輝かさんには、女子の文芸を奨励するより急なるはあらじ、女子文壇の発刊豈に已むことを得んや。

と、武国日本の子供の育成には、母となる女子を良妻賢母に、という雑誌の性格が読み取れる。が、翌三十九（一九〇六）年に編集長が詩人の河井《かわい》酔茗《すいめい》に代わると、雑誌は国家意識から、もっと個としての文学と女性の在り方に目を転じていく。四十三（一九一〇）年一月号の巻頭の「五周年」に、

想ふに現在の女性は時代とともに動揺して已まざらんとす、此際、女性を中心として文学を標榜する本誌は、文学が人生と密接すればする程、誠実の心を以て永久に若き女子の味方たるべし。

『女子文壇』（明治42年４月号）

とある。翌年に創刊される『青鞜』の出現を予言するかのような熱いエールだ。『女子文壇』の創刊時から、詩、小説、散文の欄で活躍していた信州の山田（今井）邦子や、太田（若山）喜志子ら投稿家たちが、

文学への情熱を掻き立てられ、河井酔茗を頼って家出してきたのも理解出来る。では阿佐緒の歌はどうか。天、地、人から秀逸、佳作の一七五名中、天賞一位の「陸前　原あさえ子」の歌は、

この涙つひに我が身を沈むべき海とならむを思ひぬはじめ

と、ルネ・ラリックのガラスの彫像の女身を思わる歌だ。それは情感の張り詰めた繊細さと、うねるような流麗な調べがあるからだ。ロマンチシズムとナルシシズムを秘めたいかにも晶子好みのスタイルの歌ともいえよう。阿佐緒はいつどこで、この詠風を身に付けたのだろう。天性のものだろうか。与謝野晶子も、これは、と選歌で疲れた目をしばたたせたのではなかろうか。

## 『東北文芸』の改作歌

だが、一つ疑問はある。下の四、五句の「海とならむを思ひぬはじめ」の、特に第五句の「思ひぬはじめ」の特別な歌い方だ。「思ひはじめぬ」とすれば、順当だが一首全体のうねりは停止する。歌の意味も自己に戻ってしまって読者に与える広がりが消える。韻律からみると、「思ひぬ・はじめ」の四音・三音がやや不安定だ。しかし、それだからこそ、波の揺り返しのような魅力的な感覚をもたらすのだ。この五句は、もしかしたら与謝野晶子の添削ではないか、と思い、晶子の初期の歌を見わたしてみた。が、結句を詠嘆の「かな」や体言止めにしている歌はかなり目に付くが、阿佐緒の歌のような、「思ひぬ」と、四句目を完了形にし、さらに「はじめ」と名詞を持ってきて終わる用法は見当たらない。そこから考えると、初めから阿佐緒のもので、添削はなか

った、と言えるかもしれない。私が阿佐緒の歌の出発点となるこの一首にこだわるのは、最近、仙台文学館の協力を得て、『東北文芸』（個人蔵）に掲載の阿佐緒の作品の写しを見ることが出来たからである。文芸誌『東北文芸』は、小野勝美の『原阿佐緒の生涯』によると、明治四十（一九〇七）年、当時東北学院中学部（現、東北学院大学）の学生だった柴田量平が創刊した隔月誌で、同人に渡辺亮輔、山中波泉（省二）、原阿佐緒らがいるという。創刊号は小説、評論、小品が主で、詩歌は二号からとある。ただし、柴田量平は歌舞伎役者を志願しており、市川市十郎に弟子入りのため上京したので、四十二（一九〇九）年末に廃刊になったとある。

一方、仙台文学館発行の『原阿佐緒展』図録によると、「東北文芸」は明治四十二年四月に創刊し、詩歌の掲載は二号以降から増えたとある。阿佐緒の作品が載る『東北文芸　第二』の表紙は柴田量平の絵で、上部はギリシャ風の娘が巻紙の手紙を読む装飾的な絵で、下半分に彫ったような文字で『東北文藝　第二』とある。刊行年月日は、明治四十二年七月十日だ。この第二を、二号と考えれば、四月が一号の創刊号となるのではないか。阿佐緒にしても明治四十二年四月から宮城女学校に勤務し仙台に在住していたので、加わりやすかっ

『東北文芸』第二（明治42年７月号）

たと思われる。その内容は、目次の「我が演芸部第一回試演庇髪」「自画像」や、「夕潮會詠草」などの項目から、校内の文芸雑誌的な雰囲気がうかがわれる。阿佐緒の『女子文壇』天賞入賞を知った青年の一人が同人参加を呼びかけたのかもしれない。だが、これ以後の発表はなく、小野の言うように短命に終わった雑誌と思われる。

さて、明治四十二（一九〇九）年七月の阿佐緒の作品を見てみよう。題名は「白百合」で、作者名は「原あさを」とあり、二〇首の短歌を発表している。そのなかに、『女子文壇』の天賞と同じ「この涙つひに我が身を……」の歌が載るが、第五句は「思ひつつ寝る」と変えられている。

これは、阿佐緒の推敲だろうか。「思ひぬはじめ」に、納得のいかない思いを抱いて改作したのだろうか。改作後の方が一読して意味が明解になるが、その分、屈折がなく、読者は立ち止まることをせずに先へと通りすぎてしまうだろう。それに、「寝る」と具体的な動作を示されると、掛け布団の柄が目に浮かんでくるようで、涙と海のイメージが縮小限定されてしまう。阿佐緒は活字になった『東北文芸』の改作を見て、しばらく考えこみ、やはり初出歌に立ち戻ったのではないか。歌集『涙痕』（「初版本」）の巻頭歌であり、阿佐緒の代表歌といわれるこの歌は、晶子が選んだ『女子文壇』の初出歌であることを、まず記憶したい。それと同時に、阿佐緒が一首に対して推敲、改作を試みたことも、大事に考えたい。天賞になったからと舞い上がらずに、自分の本当に納得のいく表現を模索していたことが、『東北文芸』の一首から読み取れるからである。

「白百合」の二〇首中の他の作品にも少し触れたい。

戀すてふ言葉ふたたびわが前に云ふなと君はの給へされど
悲しみの鳥はひねもすわが胸をやどり木として啼きぬ世は春

ここに挙げた二首の第五句に、先の「思ひぬはじめ」と類似の方法が顕著に表れているのが分かる。一首目の、「の給へされど」は、「恋をしているという言葉は二度と自分の前で言うな、と君はおっしゃるのですね、でも……」と余韻を含んだもの言いだ。二首目は、以前、庄子勇の手紙に記したのと同じ歌（結句の「美し」を「春」と改作）だ。歌意は、「悲しみの中にある鳥は一日中ずっと私の胸を宿り木にして鳴いています。この世は春爛漫というのに」と浪漫風だ。第五句の「啼きぬ世は春」の歌い方は、「この涙つひに我が身を沈むべき海とならむを思ひぬはじめ」の五句と同じく、体言止めにしているところがよく似ている。以上の二首から、『女子文壇』の天賞の歌は、おそらく晶子の手が入ったものではなく、阿佐緒の独自な息づかいから生れた用法であると言えよう。

阿佐緒はこの『女子文壇』登場をきっかけに、与謝野晶子に「純粋の抒情詩を作る人」（『涙痕』序文）と評価されて、歌の道に進んでいく。白壁の家で絵筆をとれば子供が泣く。子供のお守りをしながら勉強出来る仕事を探して、阿佐緒は歌を選ぶ。いや、歌の女神から選ばれたのかもしれない。自分の気持ちが表現出来た時に感じた慰めを支えに、歌を全生命（『原阿佐緒抒情歌集』序言）とする一生が始まる。

## 2　『スバル』と阿佐緒

### 絵筆から万年筆へ

与謝野晶子選の『女子文壇』で天賞に選ばれた阿佐緒は「新詩社」に入社し、真剣に短歌を作り始めた。美術学校出身の阿佐緒は、宮城女学校で絵の教師をし、村の人から頼まれるままに、屏風に美人画なども描いたりもしていた。この頃のものか、「原阿佐緒記念館」に阿佐緒の菩提寺、龍厳寺所蔵の「白衣観音像」が展示されていたのを見たことがある。気品のある観音像で、衣の襞も優美に描かれていた。しかし、幼児を育てながら、絵筆を握り芸術の道を辿るのは難しかったようだ。

阿佐緒が二階の自室で絵を描いていると、千秋が母を呼び求めて、おぼつかない手足で幅一間半もある欅の階段を登ってくる。阿佐緒は絵筆を握ったまま他の部屋に駆け込んで隠れる。けれども、千秋が泣きながら寂しそうに帰ってゆく姿を見ると阿佐緒は可哀相になって、絵筆を投げ捨て子供を抱き上げながら、自分も泣くのだった。こんなことが絶え間なく続くうちに、子供のお守りをしながら出来る勉強として、阿佐緒は短歌を作り始めた（『原阿佐緒抒情歌集』序言）。この述懐は興味深い。まず、明治四十年代に、阿佐緒は自ら離婚を選んだこと。次に子育てをしながら自分の進むべき芸術の道を考えていたこと。この二点からも、阿佐緒が先進的な考えを持つ女性だったと考えられる。また、絵筆よりも短歌にその道を見出だそうとしたことは、現代でも共感し得る普遍性がある。何故なら、短歌を作るのに必要なのは紙と鉛筆だけだし、家庭の主婦なら割烹着のポケットに入れておけばいつでも取り出せるものだからだ。

阿佐緒は、こうして短歌を作り始めた。だが、書き留めておくだけでは勉強にならない。誰かに師事したい。そう考えて、当時女子の文学の登龍門的な雑誌と言われた『女子文壇』に投稿したのだろう。それが、見事に与謝野晶子選で天賞に輝いたのだ。普通ならここで弾みをつけてどんどん投稿を続けていくのだが、どうしたことかこの年の入選歌はなく、佳作の欄にも名がない。阿佐緒は、女学生の頃から漢詩が得意だったたし、島崎藤村の『若菜集』を読んでは詩を作ったりしていたが、短歌はあまり沢山は作れなかったらしい。それでも時々、「一、二首でも自分の気持ちが表現しえたと思うと、この上もなく慰めを感じた。だんだん私はひたむきに歌を勉強するやうになつた。子供と歌と、……それが当時の私には、全生命だった。」と『原阿佐緒抒情歌集』の「序言」に記している。その熱意が与謝野晶子にも伝わったのだろうか。明治四十三（一九一〇）年三月から、『スバル』に作品が載るようになったのだ。

阿佐緒は『女子文壇』の選を受けたのちに「新詩社」に入社したが、作品の発表の場である『明星』は、すでに明治四十一（一九〇八）年十一月に百号を以て廃刊していた。「新詩社」社員の作品発表の場は、『明星』の血脈を継ぐ文芸雑誌『スバル』（明治四十二（一九〇九）年一月～大正二（一九一三）年十二月）の「新詩社詠草」の欄であった。森鷗外を中心とした『スバル』の内部執筆者は、高村光太郎、与謝野晶子、石川啄木、吉井勇ら。外部執筆者は上田敏、与謝野寛（鉄幹）、北原白秋、木下杢太郎ら。今、最も注目される気鋭の作家、詩人、歌人らの活躍する場に、阿佐緒は「新詩社同人」の岡本かの子、三ヶ島葭子《みかじまよしこ》、原田琴子らと共に、短歌を発表する場を得たのである。

### 『スバル』初登場

阿佐緒の『スバル』初登場は、明治四十三(一九一〇)年三月号である。掲載されるに至った経緯は倉片みなみ編『三ヶ島葭子日記』上巻から知られる。三ヶ島葭子は、阿佐緒より二歳年長でこの頃、東京府西多摩郡小宮村の尋常高等小学校の代用教員をしていた。生来病弱で埼玉県立女子師範学校を三年で中退したのち、三年間の療養を経て回復し、秋川沿いの山間の女教師として自炊生活を送っていたのである。少女時代から文学が好きだった葭子は、『女子文壇』に熱心に投稿し、丁度阿佐緒が天賞に選ばれた時、初めて佳作の欄に歌が載ったのである。熱心さと清新な作風が与謝野晶子の目にとまり、『スバル』にも薦められたのであろう。日記には、与謝野晶子のもとへ数十首の歌を送るとあり、添削を経て掲載となっていたようだ。明治四十三(一九一〇)年三月三十一日の日記には、「今日は五十首ばかり集めて『新詩社』へ送るのを書いた。ろくなのは一つもない。晶子様がさぞお困り遊ばすだろうと思った。」と綴る。『スバル』四月号に載った作品の一三首がその時の歌のようだ。次の四月二十三日の日記では、十三首が掲載された四月号が届いたらしく、「はやくスバルへたくさん揚げられればよいと思ふ。歌よむことがなくなれば私は今生きてゐたくない。」と思い詰めて記す。また、五月一日には、「きのふ新詩社からかへしてよこした原稿には一つもろくなのがなかったので悲しかった。」と嘆く。翌五月号の『スバル』の掲載歌は四首だったので、余程落胆したのだろう。五月五日には、「たとひ一つでも自分の心もちを人の目に残してからでなくっては死なない。」とまで歌への思いを熱く掻き立てている。

葭子の歌に対するこの熱情を阿佐緒と比較するとどうだろう。葭子は学校の近くの雑貨屋に下宿し、帰宅すれば全て自分の時間として使えた。ハレー彗星が接近するという夜空を眺めながら、日記を綴り、投稿の下書きを書く。投稿は『スバル』だけではない。『女子文壇』へは短歌に美文、書簡文、散文を、若山牧水の『創作』が創刊されたと聞くやそこにも投稿する、まさに、短歌一筋に邁進していたのだ。それが出来る環境、いや、それしか出来ない所に暮らしていたのだ。

だが、阿佐緒は葭子のようにはいかない。父親のいない子は、そのぶんの愛情を母親に求める。四六時中つきまとう子の世話をやきながら、村人や家のものにも気を使っていたろう。どうしてこんなことになったのか。考えれば考えるほど、別れた夫のもとへ思いがいく。恋しいというよりも、恨み、呪う気持ちが強かった。その思いをどう歌にするか。葭子のように、実体のまだない恋の憧れを、夏の雲がぐんぐん湧き上がるように歌うことなどもはや出来ない。阿佐緒にとって恋とは、打ち砕かれた非情な残影だ。しかしその残影を抱えて生きていかなくて

『スバル』（明治43年３月号）

はならなかった。何故ならそれは阿佐緒自らが選んだ道だからだ。阿佐緒は自伝「黒い絵具（三）」にこう綴る。

男性に復讐するには、男性よりもすぐれたものになることだ。自分はあらゆる力をもって、それに向かおう。

と。阿佐緒は男性に対して、反抗心に溢れ燃えあがる炎を常に焚きつけていたという。その熱い血の滴りが、歌となって表れた、とも独白している。阿佐緒は、迷いつつ悩みつつ、一首一首を深く詠み込んでいったのではないか。いずれにせよ、『スバル』への投稿は続いた。それらは葭子の日記にあるとおり、与謝野晶子の選を経、添削されたものが掲載されたと考えてよいだろう。

ここで阿佐緒の『スバル』発表歌数を見てみたい。明治四十三（一九一〇）年は二九首、四十四（一九一一）年は八七首、四十五（一九一二）年は三三首、大正二（一九一三）年には二五三首で、総合計数は四〇二首と、歌数が段々増えていくのが分かる。ちなみに、三ヶ島葭子の発表歌数は四九九首、岡本かの子は一四五首である。

次に阿佐緒の明治四十三（一九一〇）年の歌を見てみたい。この年は、近代文学史の上でも注目される年である。何故ならこの年三月に、若山牧水が『創作』を刊行し、続いて四月に、武者小路実篤、志賀直哉、有島武郎らが『白樺』を、五月にはフランス帰りの永井荷風を主幹に『三田文学』が創刊された。同じこの月、ハレー彗星が地球に大接近するというので日本も騒ぎになっていた。六月には天皇の暗殺を企てたとして、大逆事件が起こった。八月には韓国統監府において日韓併合条約が調印されている。こう書き連ねただけでも、明治から大正へと、大きな潮流のうねりが感じられる。その頃、阿佐緒は、東京から遥か遠いみちのくの、杏の白い花の咲く寒村で、幼児の手を引いて散歩をしながら短歌を考えていたのだった。葭子と同様に、与謝野晶子から葉書が届き、『スバル』に載せるための歌稿を選んで送ったのであろう。だが、葭子のように、五〇首も集められなかったのか、『スバル』三月号の初出歌は二首のみ、「昴詠草」欄の男性の歌に混じって載る。「原あさを」と名前がひらがなである。

生《いき》と死のいづれの海にただよへる我とも知らず夢みつつ経ん
しら梅にみだれ降る日のうすあかり障子の前に黒髪を梳く

一首目、「生《いき》と死」という強い対比で始まり、海に漂う、と自分をやや突き放して歌っている。阿佐緒二十三歳の歌である。この漂流感は阿佐緒の心奥の孤独の声だ。二首目、「みだれ」は「みぞれ」の誤植か。灰白色の世界に黒髪の色が艶めく。阿佐緒らしい流麗なリズム感は三句切れの「うすあかり」の効果によるものだろう（『涙痕』には、「白梅に霙する日のうすあかり障子のもとに黒髪を梳く」と改作）。次に四月号の歌を見てみたい。この四月号は三ヶ島葭子待望の『スバル』初掲載号でもある。

目次に新詩社同人として「霞」と「永日」の欄がある。女性は「霞」の欄だ。まず、原田琴子から始まり、山村龍子、小幡文江と、『女子文壇』で活躍する名前が見え、三ヶ島葭子は六番目で一三首、阿佐緒は最後の七番目で七首、名は「原小百合」とある。阿佐緒はこの筆名が気に入ったのか、この年も、翌年、翌々年も使用している。「原あさを」、「原阿佐緒」となったのは、四十五（一九一二）年の九月号と、大正二（一九一三）年である。三ヶ島葭子は『スバル』ではこの名前だが、『女子文壇』の歌以外の散文では、「枯葭」、「賤の女」、「山の女」などと筆名を使い分けている。いかにも葭子らしいし、阿佐緒の「白百合」もやはり阿佐緒らしい。

ある時はものうれはしき母と居ていのりに明けし夜もありしかな　（『スバル』明治四三年四月号）
破帽額《われもかう》あはれや花のたぐひとも見えずさびしく秋の野に咲く　（『スバル』明治四三年十一月号）
歌あらぬ日は夜も寝ねず物思ふわが二十《はたち》こそいとうれしけれ　同

一首目、娘の将来を案ずる母と当の娘。囲炉裏端が目に浮かぶが暗くはない。「ものうれはしき」という語が柔らかい印象を与えるからだろう。二首目。「破帽額《われもかう》」の漢字がその形態を表す。漢詩文に親しんでいた阿佐緒ならではの語の選択か。「あはれや花のたぐひとも」のひらがなの響きが美しい。阿佐緒は三ヶ島葭子の歌集の序（大正十年）で、歌集名が『吾木香《われもかう》』であるのを、葭子の「つつましい寂しい御性格の象徴』と言い、自分の寂しい境地の古い歌に共感してくれたとして、この「破《われ》帽額《もかう》」の歌を記している。三首目は、短歌への言挙《ことあ》げの歌。「二十《はたち》」は年齢というより、二十代を言い表していると考えたい。阿佐緒は絵筆を短歌に持ち替えた。歌うことで自分が少しずつ変わっていく。まさに「いとうれしけれ」の選択の二十代だったのだ。

## 『河北新報』「夕潮会」と山中波泉

阿佐緒が「いとうれしけれ」と短歌の道を歩み始めた時、その大きな牽引車の役目をつとめたのは、山中波泉（省二）である。小野勝美の『原阿佐緒の生涯』によれば、山中は明治十九（一八八六）年生まれで、仙台第一中学（現、仙台第一高等学校）に在学中に与謝野鉄幹、晶子の新詩社に入会した。東北の少年の心に新詩社の浪漫主義は魅力的だった。山中は『明星』の明治三十七（一九〇四）年、三十八（一九〇五）年に合計一二首を発表しているが、歌の調べがいかにも晶子調で女性的ともいえる歌である。仙台の短歌愛好家の青年たちの中心的役割を担っていた山中は、「夕潮会」を結成し、機関誌をもたぬためか「河北新報」紙上に会員の短歌を発表していたという。『東北文芸』を通じて交流があった阿佐緒も「夕潮会」同人となり、原小百合の雅号で明治四十三年に二〇首ほどの歌を発表している。同書より四首を引く。

目を病みていく日いぶせくこもる子に皐月雨ふり桐の花ちる　（明治四十三年六月十七日）
ふるさとの家こそ見ゆれ百合の咲く切通してふ峠に来れば　（明治四十三年六月三十日）
男とはみなわが前にひざまづくものと思へりおごれる少女　（明治四十三年七月八日）
君くみませ蜜よりあまき少女子のこゝろにわきし恋の泉を　（明治四十三年七月十三日）

一首目は第二句が「いくひ・いぶせく」、第四句が「さつき・あめふり」、第五句が「きりの・はなちる」と三、四音を重ねた阿佐緒らしい流麗な調べの歌だ。二首目も故郷の家への思いを二句切れできっぱりといい、三句以下で初夏の峠に立つ作者の心の弾みを伝える。三首目は述懐の歌である。一人娘として父親から溺愛された阿佐緒は、男性というものは誰もが自分にひざまずくもの、と思って育った。しかし現実は違った。阿佐緒にはその屈辱と悔しさが一生ついて回る。四首目は阿佐緒にひそむ小悪魔的な嬌慢な部分の表れた歌だ。

阿佐緒は、「夕潮会」での歌会に誘われることもあったろう。三ヶ島葭子が西多摩の寒村で、一人ひたすら作歌に励んでいたのとは異なる、開かれた場が阿佐緒にはあったのである。山中は仙台第一中学を卒業後、農林省等に勤務した。東京の麻布谷町の三ヶ島葭子の借家の前に住み、弟の山中登と共に、葭子と交流があったことが大正五（一九一六）年頃の日記に記されている。

大正十（一九二一）年七月末、阿佐緒と石原純の恋愛が公になり阿佐緒が非難された時は、山中も葭子と共に阿佐緒を弁護する文章を『婦人公論』九月号に発表した。阿佐緒と長いつき合いのある山中だが、同号の三ヶ島葭子の「生けるものの悲しみ」の、人間の根源に迫る厳しく鋭い文章に比べると、山中の「涙から祈禱へ」は表層的で、阿佐緒を賞賛する思いから解き放たれていない。阿佐緒と出会った時から終生変わらぬ思いだったのであろう。

## 黒髪の歌

明治四十四（一九一一）年の早春、郵便夫から雑誌や手紙の束を受け取った阿佐緒は、胸が春子の雀のように躍る。『スバル』に自分の歌が何首採られているか、与謝野晶子先生は、自分の歌稿をどのように添削して下さったのか。二階の自室に戻ると、窓から見える七ツ森の笹倉山の秀峰を背に封を開けて文机の前で早速読み始める。この三月号の、新詩社の女流の詠草欄の「歌　その二」の今月号の一番は、いつも楽しみな三ヶ島葭子様で、一四首。今度も恋の歌が多い。なかでも、

はらはらと櫻散るかなうつくしき戀に亂るる命のごとく

の歌が華麗で、どこか思い切った強さもあっていいと思う。自分の歌は、原田琴子様、加納とよ子様、服部文子様、三宅誠子様、小澤あや子様に続いて一番最後に一二首が選ばれている。「原小百合」の名前のすぐあとに白百合の歌が四首並んだのが特に嬉しい。

白百合に似るとはやされ年頃を戀なくて経ぬ寂しくて経ぬ
ふと思ふうすき氷の上を踏むあやふききはにわれのあること
おほらかに花ずり衣著るときに君を思へば胸たかく鳴る
ただ君をすぐれて思ふとばかりにかろびたる名を負ひしわれかな
わがために死なむと云ひし男らのみな長らへぬおもしろきかな

白百合の歌は、下の句を思い切って繰り返して歌ってみた。与謝野晶子先生も、御歌集『佐保姫』のなかで、

撥《ばち》に似るもの胸に来てかきたたきかきみだすこそくるしかりけり
さきに恋ひさきにおとろへ先に死ぬ女《をみな》の道にたがはじとする

とこのように、同じ意味合いの言葉を繰り返し胸に叩き込むように歌っておられる。私はこの調子が好きだ。自分の歌を見直すと、「ふと思ふ」の歌が採られている。薄くてすぐ割れそうな氷の上を踏む、そんな危ういところに自分はいるのだ、と白百合の花と同様に気持ちをそのまま打ち明けた歌だ。「花ずり衣」の歌が採られてよかった。露草の花で色を摺り出した新しい着物をまとい、帯を胸高に締めた時の晴れやかさは、恋のはじめに似ている。「ただ君を」の歌は、辛い、失った恋の思い出だ。あの人を優れた尊い方と思ったばかりに、軽々しい女、と自分は言われるようになった。ほんのしばらくのことだったのに……。私に言い寄り、私のためなら死のう、と言った男たち。誰も死にはしない。のうのうと生きているではないか。いっときでも信じた自分が今となっては何だかおかしい。

『スバル』の四月号が届いた。「歌　その三」にはいつもの方達。順序は入れ替わって自分は一〇首で、三ヶ島様の前にある。

ぬれ髪を肩に放てば筋ごとに陽炎《かげろふ》のぼり春風ぞ吹く

この黒髪の歌は少し工夫した。髪の歌は与謝野晶子先生の、

髪五尺ときなば水にやはらかき少女ごころを秘めて放たじ
その子二十櫛《はたち》に流るる黒髪のおごりの春のうつくしきかな

の名歌があるので自分にはもうとても歌えない。でもやはり歌ってみたい。洗った髪を肩に広げて乾かす時の心地よさ。艶やかな黒髪の一筋ごとに陽炎がのぼっていく。私はその時、春の女神になる。あの、ボッティチェッリの「ヴィーナスの誕生」の裸身をおおう豊かな金髪のように、光をまとうのだ。それにしても、大貫（岡本）かの子様のお歌は何と大胆なことか。

髪とけば魔ともなれとかおどろしく亂りて止《や》まぬ野邉の秋風　（『明星』明治四十年十月号）
用もなき黒髪なれば捨てに来ぬ信濃平の草になれとて　（『スバル』明治四十二年十月号）
かくばかり物思ふ身に二つなくふさへりとして髪を放ちぬ　（『スバル』明治四十三年十二月号）

これらのお歌は以前読んだ時から忘れ難い。たっぷりとした黒髪を、魔ともなれ、と歌い、用もな

いから捨てに来るといい、髪を放つことで恋の告白をしたり、と髪の毛を分身として多彩に歌い込んでいる。自分には考えもつかない、怖いくらい力のある女流歌人だ。最近お歌を出されないのが惜しい。

本当に『スバル』は読み応えがある。自分は何度でも読み返す。与謝野晶子、与謝野寛両先生をはじめ、茅野雅子、吉井勇、石川啄木、北原白秋、森鷗外、永井荷風、高村光太郎、木下杢太郎、堀口大学、佐藤春夫氏らの短歌や詩や小説……。毎号、毎号待ち遠しい。東京は今の自分には遠く、歌集一冊読むのもなかなか思うようにはいかない。だが、与謝野晶子先生にお教えを受けることが出来るのだから幸いとしよう。

### 師の君の添削

阿佐緒はこのように自分に言い聞かせながら、短歌の道に精進したのだ。それを裏付けるのは、仙台文学館所蔵の、「原小百合」の署名が記された五枚綴りの和紙に筆で書かれた短歌四〇首である。

それぞれの歌には、「ꝏ、×」が施されている。因みに四〇首中、ꝏの付いた歌は六首、×は五首、他は「、」や棒が引かれた無印の歌が三首ある。これが何年の作品であるか、『スバル』と対照してみると、明治四十四（一九一一）年十一月号に発表の一七首中、十六首が添削を経て推敲された歌であることが判明した。この号では、目次にも原田琴子、三ヶ島葭子らとともに原白百合と、独立した章立てで名前が載っている。因みに前号の十月号では、三ヶ島葭子、原田琴子が独立した章立てで各三二首、三六首の歌を発表しているが、阿佐緒は目次に、「歌　その六　原田小百合等」と誤植され、歌は一六首で阿佐緒の後に三名の歌が続いての掲載である。これらの事実から次のことが考えられる。この十一月号は、与謝野晶子の推挙で阿佐緒に独立の章を立てようとしたこと。そのためにいつもより歌の数を四〇首と多く提出させたこと。そのなかから一六首が採られたこと。これは、三ヶ島葭子や原田琴子についても同様で、彼女らはその熱心さで阿佐緒より早く独立の章を持つことが出来たと考えられる。しかし、この掲載のかたちは定まったものではなく、『スバル』の頁の割振りであろうか、明治四十五（一九一二）年を見ると新詩社の女流の欄に組み込まれることも多い。

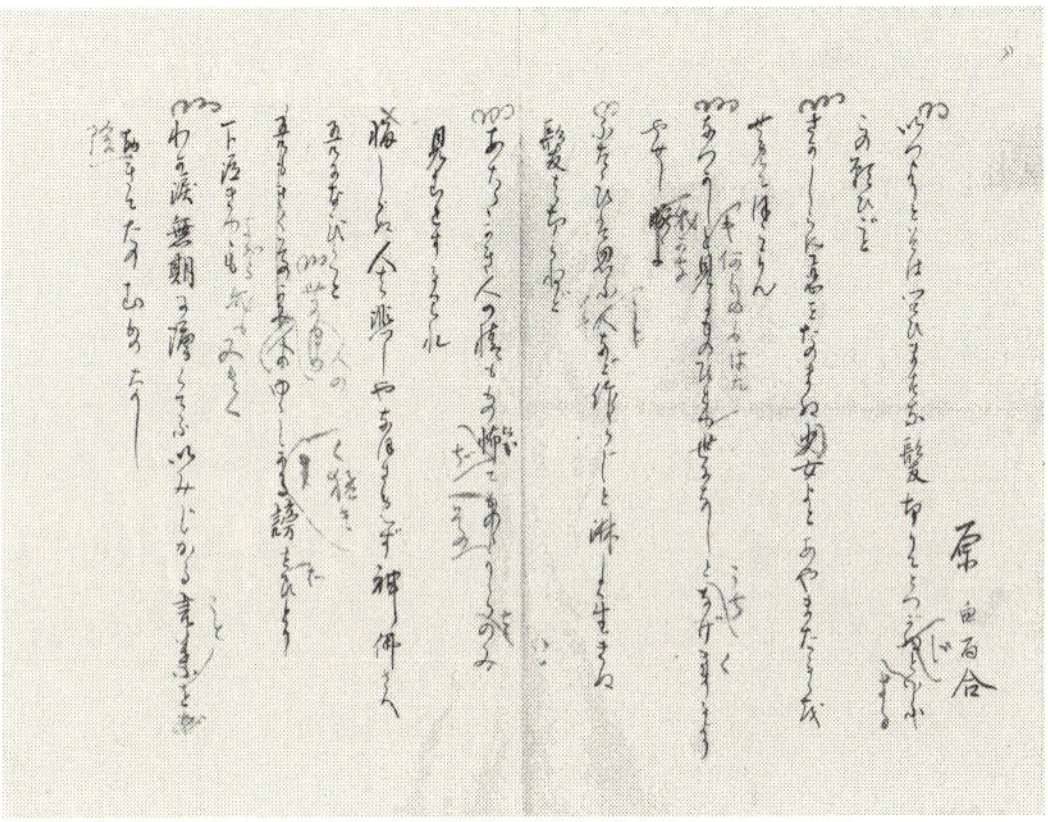

師の君の添削

では、この阿佐緒の歌稿に朱筆を入れたのは誰か。三ヶ島葭子の日記に、与謝野晶子に添削されて返された原稿には、「一つもろくなのがなかったので悲しかつた。」（明治四十三（一九一〇）年五月一日）とあることから、阿佐緒も晶子の添削を受けていたと考えられる。それは、「 」の赤印と添削が施された三首に黒い傍点を付け、三首目の下部に阿佐緒自身の書き込みで、（点をつけ候三首は、師の君にとて成りしものに候へど心のかたはしをもうつし得ぬはかなしく候）とあり、『スバル』にも発表されていないところから推察される。『スバル』時代の学びの一例として、文法上の間違いの指摘も含めて高度で適切な師の君の添削の一部を紹介したい。

（添削）　キ何ものもはた　なげくより　我かな
（元作）なつかしと見るものひとつ世になしとうちなげきするやせし腕よ
（改作）なつかしき何物もはた世になしと打歎くより痩せし我かな

このように改作され、『スバル』の巻頭二首目にある。推敲を経たことで、説明臭が消え、思いがすっきりと一本に強く出ているのが分かる。他に「ゐ」のついた、

（添削）　こと　除
（元作）ゐわが涙無期《むご》に湧くとふいみじかる言葉をおきてたのむものなし
（改作）わが涙無期《むご》に湧くとふいみじかることを除きてたのむものなし

は、二箇所の指摘を推敲し、高く張った調子と、打ち返す波のような韻律が生まれている。次の、

（添削）　を　へ　すら
（元作）大空の塵のごとくもとびかひるかの蜻蛉《あきつ》さへ生をたのしむ
（改作）大空を塵の如くも飛びかへるかの蜻蛉《あきつ》すら生をたのしむ

は、与謝野鉄幹の「大空の塵とはいかが思ふべき熱き涙のながるるものを」（『相聞』）を踏まえた歌のようだが、元作の「大空の塵の」を「大空を塵の」とすること、また「とびかひる」の、文法上の訂正、さらに「さへ」と「すら」の助詞の働きの相違への気付かせ方など、適正な指導だ。晶子の朱筆の添削を前にじっと考えこみ、何度も推敲する阿佐緒の真剣な後ろ姿が目に浮かぶ添削例である。

## 3　針に貫かれし蝶

### 蝶の日記帖

歌の道を歩み始めた阿佐緒に恋心を抱く青年は多かった。それを裏付ける日記が「原阿佐緒記念館」に所蔵されている。これは、阿佐緒が庄子勇に宛てた手紙と共に、仙台市の水石研究家中村老石宅に保存されていたA５判の二冊の日記帖である。この二冊の表紙には美しく彩色された揚羽蝶の切絵が貼り付けてある。表紙を開くと、第一頁は「水無月初めの日」とあり、約八頁にわたるペン書きで思いのままに綴っている。達筆だが漢字は草書体だったり、平仮名も変体仮名や続け字、崩し字が多く判読不可能な箇所もかなりある。この書体で書かれた日記の内容は主に、

阿佐緒の日記帖表紙
（明治45年６月～７月）

自分の孤独や日々成長する息子千秋の愛らしさ、そして自分を慕う文学青年との交流がOさん、Iさん、Yさんなどという頭文字でさまざまに書き連ねられている。これらを読むと第一歌集『涙痕』の恋の歌が、別れた夫への思慕や恨みだけでなく、他の青年との華やかだが実りのない恋、という実態を伴った歌群であることが分かる。日記には母や叔父叔母のことも綴られている。特に叔父の佐藤寅松の漢詩を何回か書き写してもおり、かつて「女流の漢詩人出づ」と女学校で言われたほど漢詩に熱中したという逸話を裏付ける。この一冊目は六月十五日で終わっている。

二冊目は翡翠色に紅が添えられた鮮やかな揚羽蝶の絵がノートのほぼ中央に貼ってある。一冊目と形は同じ大きさでやや左上方に羽を広げて、一冊目の蝶と向き合う形だ。蝶の傍らには、花菖蒲とも射干ともみえる紫と白の花が描かれ、上部中央に小筆で左から「みなつき　ふみつき」と記す。内容は六月十三日から七月十五日までの長文の日記である。美術学校で学んだ阿佐緒らしい色づかいやデザインのセンスの良さが、この二冊の日記帖の表紙絵からうかがわれる。また、両方とも蝶をあしらっているのも興味深い。何故なら阿佐緒の代表歌の一首、

生きながら針に貫かれし蝶のごと悶えつつなほ飛ばむとぞする

の歌が思い出されるからだ。阿佐緒のこの蝶の歌は『スバル』の大正元（一九一二）年九月号に発表された「涙」七四首中にあるので、あるいは、と日記を繰っていくと、はからずも六月十二日に他の五首と共に記しているのが分かった。そして『スバル』の発表歌の「貫かれし」が、

生きながら針にぬかれし蝶のごと悶えつつなほ飛ばむとぞする

と、「針にぬかれし」と平仮名で書かれていることから、しばしば「針につらぬかれし」と読まれるが、阿佐緒自身の書き付けから「貫《ぬ》かれし」の読みが判明した。それにしても激しい歌である。背中に針を突き刺された蝶が苦しさに悶えながら、なお飛ぼうとして羽をもがくさまに、自分自身の姿をなぞらえており、何ともいえない凄みがある。自虐というより、加虐的傾向さえ感じる歌だ。この歌に明治四十四（一九一一）年九月に創刊された『青鞜』の田村俊子（明治十七〔一八八四〕年～昭和二〇〔一九四五〕年）の小説「生血」の影響を見る。阿佐緒が果して読んでいたかどうかは定かではない。が、文学青年の一人中沢さんから「真白な清そな百合の姿の『淑女雑誌』が送られてきた」という記述があることや、「青鞜」にも大正二（一九一三）年一月号から歌が掲載されているところから、何かの折に目にする機会はあったとも考えられる。いずれにしても、この阿佐緒より四歳年上の小説家で

あり女優である田村俊子の短編「生血」に、阿佐緒の「生きながら針にぬかれし蝶」の歌に共通を見出だすのである。

それは、ある男と一夜を過ごした娘が、男への憎しみを抱きつつ自虐的に金魚鉢の金魚を水の中から取り出し、「胡麻粒のような目の玉をねらつてピンの先を突き刺す」箇所だ。処女だったらしい娘はその時自分の人差指も突いてしまう。男から逃れようとしてもそれが出来ない娘の、「いやだ。いやだ。いやだ。」「何《ど》うにでもなれ。何《ど》うにでもなれ。」の独白は、樋口一葉の「にごりえ」のお力の声にも重なる。自我と現実社会との不適合にもがく明治の女性の肉声を、阿佐緒もその身体の奥深くに秘め持ち、短歌に表出していったのだとこの蝶の歌から思うのである。他にも阿佐緒は蝶の歌を書き付けたのと同日の日記に、「この頃は歌の数が多い、のろいの歌や獨亂《ママ》の歌、死をもてこの恋おくる再生の日なきを知って涙しても」と記したのちに、

　この女寂しき女死を思ひ歌を思ひて今日もなほ生く

の歌や先の蝶の歌、そして、

　夏の虫死をたのしめるごとくにも火に身を投ずわがごとくにも

と書き付けている。阿佐緒にとっての「死」や「歌」は青年期特有の憧れなどではない。深い絶望を味わったものの真実の願いであり、声である。阿佐緒のこの思いは、耽美的退廃的傾向の強い「スバル」の中で受け入れられ共有され、明治から大正へと、年号が変わる年にそれは顕著になっていく。

吉井勇様から
の御消息

さて、阿佐緒の歌を六月八日の日記からもう一首引いてみたい。日記の下書きの歌がそのまま『スバル』に載っているからだ。それは、

いちじろきおとろへやうと吾を見て泣く人なきか涙こひしき

の歌で「スバル」（大正元（一九一二）年九月号）に掲載されている。先の蝶の歌も「ぬかれし」が漢字に変えられた他はどれも何の手も入っていない。明治四十四（一九一一）年十一月号の晶子の添削例から考えると不思議な気もする。が、これも六月十九日の日記に、

午後旅の省二さん（山中省二のこと）から新聞とはがきが来た。新聞には晶子先生が五月十九日午後四時巴里に安着なすつた報があつたといふことと与謝野先生の飛行機を観る、記があつた。

とあり、与謝野晶子が夫鉄幹に会いにパリ（巴里）へ旅行中だったことから得心がいく。また、この記述から阿佐緒の二冊の日記が明治四十五（一九一二）年夏に書かれたものと断定出来よう。晶子の

帰国は半年後の十月だったから、阿佐緒のこの『スバル』九月号の七四首という、これまでにない大作の一挙掲載は与謝野晶子のあずかりしらぬもので、添削を経ていないことも確定した。それでは誰の推挙か。これも日記の記述から、吉井勇であると思われる。

吉井勇（明治十九（一八八六）年〜昭和三十五（一九六〇）年）は阿佐緒より二歳年上である。同年生まれには、石川啄木、古泉千樫、三ヶ島葭子、谷崎潤一郎、萩原朔太郎、平塚らいてう、高村智恵子らがいる。伯爵家の次男の勇は「新詩社」に入社し、『明星』に短歌を発表する。早稲田大学では、耽美派の「パンの会」を北原白秋と共に興し、『スバル』創刊にも加わった。明治四十三（一九一〇）年刊行の第一歌集『酒ほがひ』は青春の放蕩と享楽を甘美に歌った歌集で、青年たちを魅了した。三ヶ島葭子は日記に、恋人の倉片寛一とこの歌集について語りあう場面を記し、阿佐緒は『スバル』の明治四十五（一九一二）年二月号の「歌」の欄に二四首を発表し、その中に、

なつかしき人の集なる「酒ほがひ」わが泣くこゝをわれきくごとき
みやび男はよき少女なき寂しさに夜を晝につぎさかみづくらし

と『酒ほがひ』への傾倒ぶりを歌っている。このように『酒ほがひ』を読み込んでいた自分の元に、当の本人の吉井勇から手紙が来たのである。有頂天になったのも無理はない。阿佐緒は二冊目の日記帖の第一頁目に、六月十三日とまず記してから一気に溢れるようにその喜びと興奮を綴っていく。

今日は恐らく今月中の一當値のある日となることを信ずる。それは思ひもかけぬ吉井勇様から御消息があつたことによつてである（中略）

吉井勇様、私はこの勇様、といふ一字にどれほど心ををどらしていることであらう。私はこの御名まへを見ただけで文意がどうであらうとそれらのことは知らなくてもよいとまで思った。それでも私はすぐに讀むだ　はしりがきで

非常に多忙なりしため御稿拝見いたす時なくまことに失礼いたした

両日中にお送り申す候　何卒次の分御送付願候

あれはスバルに出しても差支なく候

とただこれだけであったが私は文字以外の文があるやうな気がした。まだ見ぬ人だがなつかしい同名の人、明星で知ったこの君の名、わが思ふ人の名と同じながら私は思ふ人をもいさむ様と呼んだ

まるでうぶな少女のような日記の文面である。のちに結婚する庄子勇と吉井勇がたまたま同名であることもあって、阿佐緒の情感は潮のように豊かに溢れ流れ出て、七頁にわたって日記は綴られていく。歌を作り始めた時から、庄子勇と同名であるので親しみを覚えていたこと。それゆえに『酒ほがひ』を読んで「なつかしき人の集なる『酒ほがひ』わが泣くこゝをわれきくごとき」と思わず歌が出来たことや、「晶子先生ほどではないが私はこの人の一部分の歌がすきだ」として『酒ほがひ』の巻頭第一首、

悲しみぬ恋ふべからざるを恋ひ在りける吾と思ひ知るとき

を書き、「私は生涯この歌を忘れることが出来ない」と記す。

酒ほがひ宴のはての寂しさに身を嚙まれつゝわが酔ひは醒む

（『青鞜』大正二年二月号）

「乞児《ほがひびと》」が食を乞うように、酒を乞う人は恋を乞い、何よりも歌を乞う人であった。こうして原阿佐緒は、益々歌を生き甲斐としていく。

# 第三章　歌人として

## 1　『青鞜』と『アララギ』へ

### 『シャルル』創刊

明治四十五（一九一二）年七月三十日、明治天皇が崩御し年号が大正と改まった。その年の十一月、仙台に詩歌を中心とした文芸誌『シャルル』が創刊され、二十四歳の阿佐緒も賛助員として参加した。フランス語の「熱」を意味する「シャルル」の命名は、「シャルル」社顧問の詩人山村暮鳥である。編集発行人は柴田量平。柴田は、先にも触れたように東北学院中学部に在学中に『東北文芸』（明治四十二年）を創刊したが短命に終わり、その後を継ぐ文芸誌として『シャルル』を創刊した。のちに仙台の実業家となり『東一番丁物語』を著すなど郷土史研究家として文芸運動に長く携わった柴田は、当時、詩人の山村暮鳥に深く心酔していた。

山村暮鳥、といえば「いちめんのなのはな　いちめんのなのはな」とまばゆいような平仮名を連ねた詩で有名だ。群馬の貧しい家に生まれた暮鳥は、教会に通うなかで通訳となり、やがてキリスト教日本聖公会の伝道師として東北各地を回った。暮鳥より六歳下でミッションスクールで学んでいた柴田と出会ったのもこの頃と考えられる。山村暮鳥と「シャルル」を結び付ける人として、柴田の他に同人の早坂亥質がいる。早坂亥質は早坂掬紫の号で創刊号に詩を発表しているが、「シャルル」社の印刷所の早川活版所の植字工であった。阿佐緒の第二歌集『白木槿』も早川活版所からの発行である。早坂はクリスチャンの詩人で救世軍兵士として活動していた。詩人山村暮鳥との交流も教会を通して生まれたのであろう。「シャルル」のもう一人の顧問に歌人前田夕暮がいる。実質的編集に携わったシャルル社同人の青年は合計十二名おり、柴田や早坂の他に新妻莞《にいづまかん》や、熊谷武雄、山中波泉《やまなかはせん》（省二）らの名がある。のちの毎日新聞学芸部長のジャーナリスト新妻莞は、この頃短歌を作っていたようだ。熊谷武雄は気仙沼の歌人で、前田夕暮が明治四十四（一九一一）年に創刊した『詩歌』の同人になっている。その一年後に『シャルル』は創刊されたから、前田夕暮に顧問を依頼したのは熊谷であろう。

さて、『シャルル』創刊号の七十八頁の大冊の目次を開くと、「シャルル第一巻第一號」と大文字の書体の次に、総数二十五名の執筆者の名前と作品名が載る。まず、前田夕暮の「秋」が巻頭を飾り、阿佐緒の名が四番目にある。もう一人の「シャルル」社顧問の詩人山村暮鳥は、詩「銘」の作品を掲げて掉尾を飾る。編集後記には「△本號發刊に際し親身も及ばない程種々と聲援して下さった前田夕暮、山村暮鳥の両兄の芳情を心から謝して止まない。」との謝辞がある。この数行からも、同人や編集発行人の創刊への熱い思いが伝わってくる。編集後記には、五〇頁の予定が八〇頁となったこと、投稿作品中、短歌には少なからず手古摺り、没書や修正したのもあるので、今後は洗練された傑作をよせて欲しい、との苦言も記されている。「シャルル社詠草」は（其一）から（其三）まであり、男女二十数名の作品が掲載されている。作品数は多い人で一一首から、少ない人は一首のみの掲載だ。全体に浪漫風、耽美的傾向なのは『スバル』等の影響によるのだろう。この後記に続いて賛助員として若山牧水を筆頭に、土岐哀果、水野葉舟、斎藤茂吉、古泉千樫、白鳥省吾、茅野雅子ら二十五名の名前がある。これらの歌人たちが地方の文学運動に共鳴し、名前だけでも快く協力したのだ。作品の寄稿も依頼があればいつかは、という心づもりがあったのではなかろうか。一地方の文学青年たちが、新しい大正の世に一つの雑誌を刊行する。それは顧問となり、賛助員となった詩人や歌人たちにも大きな期待を抱かせるものではなかったか。こうした熱気に阿佐緒も包まれていた。創刊号の巻頭の四番目、歌人では前田夕暮の次に作品が載った阿佐緒。この目次の扱いをみても、阿佐緒が当時の仙台の若い文学集団のなかで、大きな位置を占めていたことが分か

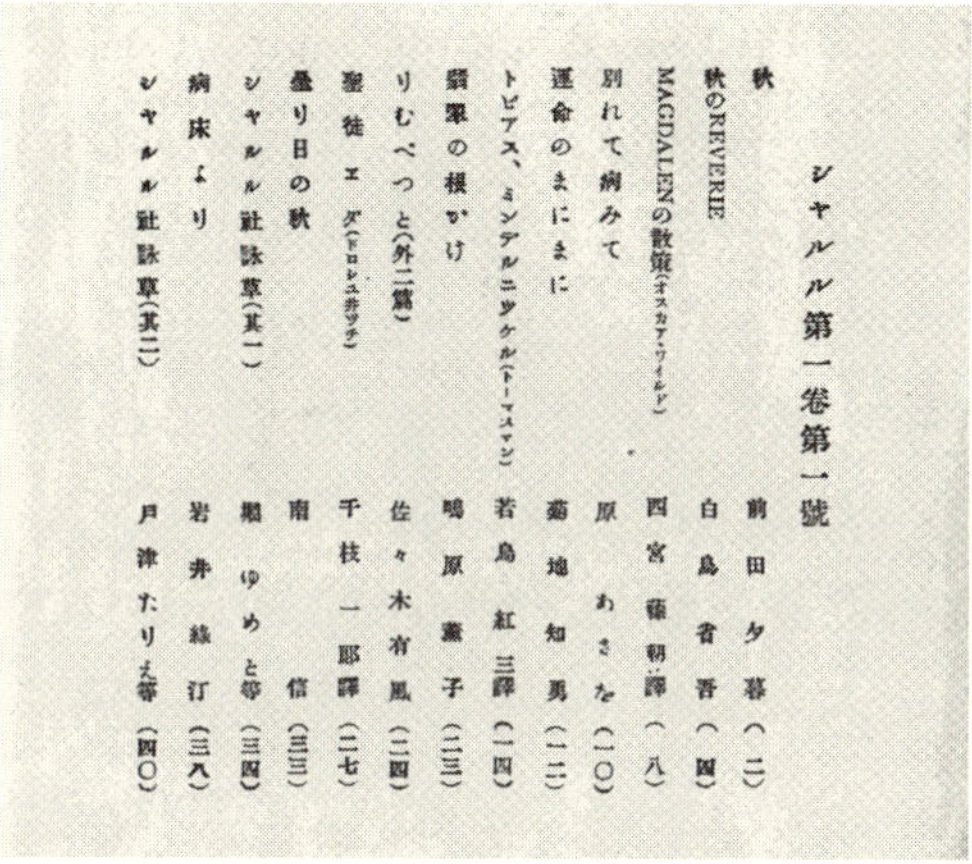
シャルル第一巻第一號

| | |
|---|---|
| 秋 | 前田夕暮（二） |
| 秋のREVERIE | 白鳥省吾（四） |
| MAGDALENの散策（オスカア・ワイルド） | 西宮藤朝譯（八） |
| 別れて病みて | 原あさを（一〇） |
| 運命のまにまに | 菊地知勇（一二） |
| トビアス、ミンデルニツケル（トーマスマン） | 若島紅三譯（一四） |
| 翡翠の根かけ | 鳴原蕙子（二三） |
| りむべつと（外二篇） | 佐々木有風（二四） |
| 聖徒エグ（ドロレス井ツチ） | 千枝一耶譯（二七） |
| 曇り日の秋 | 南信（三三） |
| シャルル社詠草（其一） | 觀ゆめと等（三四） |
| 病床より | 岩井絲汀（三八） |
| シャルル社詠草（其二） | 戸津たりえ等（四〇） |

『シャルル』創刊号目次（大正元年11月）

る。中央の文芸誌『スバル』の目次に名前が載り、二〇首、三〇首の短歌を発表している阿佐緒であれば当然であろう。阿佐緒の「別れて病みて」二〇首から引く。

君恋し見ましとあまり歎くより病みそめしとも思はれて泣く
わが病むをかなしげもなく文にさへたはれごといふ君をなげきぬ
白木槿秋来て咲きぬ末の世のわが尼姿見る心地して
父あらばあらばと泣かる母をさへねぎらふ日なくわが病める時

綿々と病む身、病む心を歌う阿佐緒である。別れた恋人への思いはまだ断ち切れずに病むと訴える。病むと伝えても本気にしてくれない男の不実さ。そして、第一歌集『涙痕』の代表歌に数え上げられる「白木槿」の歌。これらの作品の続きから読むと、この「尼姿」には説得力がある。重い病気にかかった自分、家に籠り、寝床からふと窓を見ると、夏の終わりの庭先に白い一重のむくげの花が咲いている。たった一日で命を終える花のはかなさ。その花に出家した自分の尼姿を思い浮かべると歌う。一読してすっと胸に入る歌である。最後の歌も、父がいればと嘆く母の、悩みのもとである病身のわが身を不甲斐なく歌う。阿佐緒の真実が表れた歌群であるといえよう。

## 阿佐緒の決心

大正元（一九一二）年から大正二（一九一三）年へ、阿佐緒の短歌への思いはいよいよ本気になってきた。それは何故だろう。何が阿佐緒の思いを駆り立てているのか。

東京から遠く離れた東北の宮城県の一女性。仙台の街から二〇キロも険しい山道を越えた小村の、一人息子を抱えた二十五歳の女性が短歌で身を立てようとする。一見、マイナスの要因に思えるものが、実は芸術を生み出す大きな原動力となるのはこれまでよく言われてきたことだ。阿佐緒は脱皮しようともがいていた。離婚した若い母親と五歳の息子の暮らしは、山持ちの裕福な実家に身を寄せることで成り立ってはいるが、心の中の深い空洞を何で埋めるか。明治四十二（一九〇九）年、『女子文壇』四月号の短歌欄で「天賞」に選ばれた阿佐緒。大正元（一九一二）年『スバル』九月号には、吉井勇の推挙で「涙」七十四首の大作が掲載され、「シャルル」の扱いと同様、阿佐緒は大きな自信を得た。自分の思いを短歌に託して歌うことに、喜びと救いを感じ取っていく。胸中に渦まくさまざまな思いを、短歌という限られた形式で歌い切れた時のかすかな充足感。それが活字となって誰かの目に触れ、共感されたと知った時の魂の震え。歌うことで得た喜びや震えは、ともすれば喪失感や空虚感、倦怠感に苛まれる病気がちの阿佐緒のゆくてに小さな希望の灯をともす。文芸雑誌の作品掲載を通して阿佐緒は、歌うことがおのれを見つめ直す手だてであり、他者の心とつながり合えることを実感していく。そして阿佐緒はいつしか、もっと多くの読者を対象とした一冊の歌集の出版を夢見ている自分に気付くのだった。

阿佐緒は歌集出版を実現すべく行動を起こす。自分の思いが大それたことかどうかを誰に相談すべきだろう。仙台の「シャルル」の同人の誰彼の名が頭に浮かぶ。が、やはり東京の吉井勇様に思いがいく。吉井様には、最近何度か手紙をやりとりした心安さがある。好みのグリーンの巻紙を取り出すと、思い切って手紙をしたためるのだった。ほどなく、吉井勇様から返事が届く。神楽坂山田製の四百字詰め原稿用紙にさらさらと走り書きの文字だ。歌集刊行は大いに賛成だが、丁度この十月に与謝野晶子先生が欧州から帰国されたのでまず話してみてはどうか、処女歌集なのだから、ねんごろに準備をして、与謝野晶子先生に選歌をして戴き、序文もお願いしたらいい、自分も序歌で応援できるかもしれぬ、との助言だった。阿佐緒はその言葉に素直に従い与謝野晶子先生に手紙をしたためる。丁寧に墨をすり、白い巻紙を広げ大きく息を吸って、まず欧州の長い旅からのご無事な帰国を祝い、それから自分の歌への思い、悲しい境遇、歌集を出版して過去と別れ、新たな出発をしたい、と思いの丈を綴っていく。やがて、与謝野晶子先生から返事が届いた。上質な巻紙に流れるような美しい書体で、歌集出版を快く承諾したこと、出版社は東雲堂を推薦すること、またさらに付け加えて、新詩社同人で『女子文壇』、『スバル』で活躍中の岡本かの子様もこの暮れには歌集を出版するようだ。同じく新詩社同人で『スバル』の主要歌人の原田琴子様も準備をしていると、大いに阿佐緒を励ます。そしてかねてから推薦してはあるが、「青鞜」の社員となり、『スバル』だけではない発表の場を広げてはどうか、その場合、自分の添削は必要ない、自由に発表するように、と勧めて下さるのだった。

## 「青鞜」新入社員へ

与謝野晶子先生の温情溢れる手紙を何度も読み返した阿佐緒は、自分の胸に手紙を当ててから机の上に置き、両手を合わせて祈ると文箱の蓋を開けてそっと収めた。そして机に頬杖をつきながらしばらく考えるのだった。女性ばかりの文芸誌『青鞜』の名は勿論知っている。仙台でも購読している友人がいて何回か見せて貰ったことがある。『青鞜』は今から丁度一年前の九月に創刊号が出たのだった。与謝野晶子先生の巻頭詩「そぞろごと」の、「山の動く日来る。……すべて眠りし女《をなご》今ぞ目覚めて動くなる。……一人称にてのみ物書かばや。われは女《をなご》ぞ／一人称にてのみ物書かばや。／われは。われは。」の呼びかけに自分は心を揺さぶられた。平塚らいてう氏の「巻頭言」の「元始、女性は実に太陽であった。」も覚えている。「女性解放、女性の自由解放」の言葉も。こんなにきっぱりと言えるのは、きっとまだ男性の何たるかを知らないからだ、とやや身が引く気がしたものだ。ただ、「女性とは斯くも嘔吐に値するものだろうか。……女性とは斯くも力なきものだろうか。」の嘆きには共感した。この『青鞜』には、新詩社同人の岡本かの子様、原田琴子様、三ヶ島葭子様も随分前から短歌を発表している。それぞれ題が付き歌数も多い。特に原田様、三ヶ島様は『スバル』と同様、ほとんど毎月の出詠だ。よくそんなに歌が作れること、と驚いてしまう。自分に出来るだろうか。でも、折角与謝野先生がおっしゃって下さるのだ。「青鞜」に入社の手続きをしよう。

阿佐緒は早速「青鞜」社に社費（一カ月三拾銭）と、入会規則にある本人の写真として千秋と一緒に撮った写真と短歌「あまき縛め」二九首を送った。締切りは毎月十五日というからそれに間に合うようにである。こうして「青鞜」社員の手続きを終えた阿佐緒はまた、考える。そして気に入りのグリーンの巻紙を机の上に広げると、筆を取り一心に手紙を書き始めた。さほど時間もかからずに書き終えた阿佐緒は、封書の表書に「東京府下本所緑区三ノ三一瀧澤方」と記すと、名前を大きく「古泉千樫様」と記した。阿佐緒には考えがあったのだ。今度の歌集を出したら、自分は生まれ変わりたい。歌も変わりたい。もがきながら、新しい世界に飛び立つのだ。それには、「スバル」や、これから入る「青鞜」だけではない。もっと違う歌い方を学んでみたい。前から考えていたのだが、「アララギ」がいいと思う。このことを誰に頼んだらいいか。「シャルル」の私の歌を読んで下さったとかで、「アララギ」の古泉千樫様から心の込もった御手紙がこのあいだ届いたばかり。どうやったら入会出来るのか、きっと親切に教えて下さるだろう。やがて古泉千樫から返事が来た。十二月十三日付で、

「拝復　アララギ十二月号は休刊致し候に付き一月号より御送り申し上げ候間御了承被下度候」

との知らせがあり、恋多き女、原阿佐緒の大きい瞳がぱっと輝く。来年の一月が待ち遠しい。こんなに待つ喜びを感じるのは久し振りだ。こう呟きながら雪の降りしきる庭に阿佐緒は目をやった。

**新ラシイ女と阿佐緒**

師走のある日、阿佐緒は『青鞜』大正二（一九一三）年一月号を受け取った。アダムとイブに似た裸身の男女が、手をつなぎ木下に立つ表紙絵の右上に、小さく「第三巻第一號」の文字が見え『青鞜』が三年目に入ったことを物語っている。阿佐緒は二階の自室で、はやる胸を押さえながら、かじかんだ指先を火鉢にかざしてからそっと頁を開いた。目次に目をやると、まず、

巴里雑詠（詩）……………一三……与謝野しやう

の活字が目に飛び込む。ああ、与謝野晶子先生の巴里の詩があるのだわ、早く読みたい、と呟きながら目次に目を走らせる。野上弥生訳の「近代人の告白」（ミュッセ）、長谷川時雨の脚本「王昭君」、茅野雅の詩「日常生活」……どれも面白そうだ。はて、自分の短歌はどのあたりに載っているのだろう。小笠原貞の小説「ひな鳥」、荒木郁の小説「愛の郷へ」と辿ってきて、やっとあった。

あまき縛め（短歌）……………九三……原阿佐緒

『青鞜』（大正２年１月号）

随分、後ろに置かれているがいいだろう。初めて載ったのだもの。三ヶ島葭様の「夢の夢」は自分のすぐ次だ。そしてまた、小説や訳書のあとに、岡本かの様の短歌「Sよなとてさは聞きわけのなき」という長い題名が載っている。お二人とも『スバル』の新詩社詠草欄では、与謝野晶子先生のお墨つきの方々。『青鞜』にはどんなお歌を出していらっしゃるのか、あとでゆっくり読みましょう。それにしても、この一月号は厚い。いったい何頁あるのだろうか。目次の最後は「編集室より」で、そこには、一三六頁とある。だがこの一月号は欲張って「付録」まである。それもまあ、六一頁も。厚いはずだ。目次には、らいてう訳の「恋愛と結婚」（エレン・ケイ）をはじめ、伊藤野枝ほか七人の論文がずらりと並んでいる。題名は「新しき女の道」、「人類としての男性と女性は平等である」、「新しい女に就いて」、「新しい女の解説」、「超脱俗観」、「諸姉に望む」、「私は古い女です」と何だかものものしい。阿佐緒はそっと頁を開いていく。本当は自分の歌の頁を最初に読みたいのだが、一番に開く勇気がない。細く白い指先で目次の次の頁を繰ると、そこはいきなり広告だ。西洋人の若い女性が二人、丸テーブルに向き合って何か書いている。その右横に大きく、「新ラシイ女は萬年筆の所有者也」の宣伝文句。絵の下には、「新らしい教育、新らしい道徳、新らしい修養、新らしい趣味、新らしい職業、新らしい家庭、の婦人は皆萬年筆の愛用者也、新らしい大正の日記や家庭帳簿や手帳や葉書は新しい萬年筆を用ひて愈々新らしかるべき也」と、「新らしい」を何度も唱えている。「新しい女」を標榜する文芸誌「青鞜」の読者向けの商魂たくましさが、手に取るように分かり何だか微笑ましい。でも、本当にこれからは萬年筆の時代だ。いちいち墨をする毛筆よりもずっと便利だもの。自分も東京にいた頃、この広告にある日本橋の丸善で萬年筆を買い、今も重宝している。思い出すと懐かしい。次の頁は、『女子文壇』の創作欄で活躍しておられた長曽我部菊様の小説『情熱の女』の広告。「三百六十頁」とあるから、きっと読みごたえのある内容なのだろう。その隣は尾上柴舟先生著として流麗な筆書きの『日記の端より』の広告。その次は北原白秋氏の叙情歌集『桐の花』の広告だ。「凡てこれ快くして悲しき氏が内心の息づかひと清新なる感触の記録なり。今や新装成る。」この紹介文がいい。早速取り寄せて読んでみよう。発行所は東雲堂。桐の花の絵も気が利いている。その隣は、三木露風氏の詩集『白き手の獵人』の広告。やはり東雲堂の発行所でふくろうの絵が目を引く。「求むるところに手を述べよ。遠く行け。静かに歌へ。」の呼びかけがいい。次の頁は若山牧水氏の『死か藝術か』。隣はああ、吉井勇さまの『水荘記』。「奇しく凄艶なる七篇の物語を収む」という。この二冊も東雲堂だ。自分の歌集もここで出す方がいいのかしら。この『青鞜』も同じ発行所だし……。そう思案しながら頁を繰っていた阿佐緒の手がふっと止まった。岡本かの子著の歌双紙『かろきねたみ』の木版刷りの広告に目を奪われたからだ。広告文は長いが、「かろくやさしく、なつかしき女史の気持ちは、頃合ひの年数を経た櫻の板につゝましく彫られて、稍々にじみ勝に刷り出された薄墨の色に、その情緒の顫へを窺ふことが出来る。」の箇所にうっとりする。岡本さんの歌は『スバル』で拝見している。色彩感覚が独特で恋の歌も力強く、一度読んだら忘れられない。

春の夜の暗《やみ》の手ざはりぼと〳〵と黒びろふどのごとき手ざはり
多摩川の清く冷たくやはらかき水のこころを誰に語らむ

もうすっかり暗記している『スバル』や『青鞜』のこのお歌も歌集に収めてあるかしら。これまでの歌はたくさんおありだろうに、たったの七〇首を収めた歌集とは、どんなに素敵な歌集だろうか。羨ましい気がする。これも発行所は東雲堂。自分の歌集はどうしたらよいのか、また与謝野晶子先生にもご相談してみよう。

阿佐緒は一通り広告を見終わると、本文へと頁を繰っていく。与謝野晶子先生の「巴里雑詠」。

「巴里《パリイ》の宿の朝寝髪／しろい象牙の細櫛で／梳けばほろほろ、あさましく／昨日も今日も落ちること」

いつもながらの艶やかな詩だ。朝寝髪といえば、昔から愛唱している『万葉集』の「朝寝髪われはけづらず美はしき君が手枕触れてしものを」を思い出す。晶子先生の詩にある象牙の櫛は柘植《つげ》の櫛とはどう違うのかしら。日本人の黒髪には合わないのかしら。「しろい象牙の細櫛が／鑢となりて擦り切るか。／戀を貪るこらしめに。」とも歌っておられる。象牙の櫛だと黒髪がやすりのように擦り切れてしまうらしい。でもそれを、「恋をむさぼるこらしめ」とお歌いになるのだから。本当に巴里まで与謝野鉄寛先生を追って行かれたのだもの。その情熱は素晴らしい。また詩もたおやかで美しい。さて、いよいよ私の短歌。もう見ないわけにはいかない。「あまき縛め」一二九首。

うれしかる苦みを今君によりに心におぼゆあまきいましめ

若き日の世にもかなしきみそかごと忘られぬま丶年くれてゆく
気まぐれに別れし親に似しやなど児をし叱れば涙流る丶

どれも寂しいし、悲しいし、泣いて、運命をのろって、捨て鉢になって、涙を流して、の歌ばかり。晶子先生とは違うのだもの。私は恋の何かも知らないままに、男におしひしがれ、そして母になった。男と子供と三人で家庭を築く道もあったが、ままならなかった。母親の絶望も世間のあざけりや冷い視線も痛いほど感じる毎日だ。私の胸の内は、周囲の人には言えない。たとえ、打ち明けても分かってはもらえないだろう。今の私の心の友は短歌だけだ。私はこの三十一音に一人ぼっちの心の中を語りかけるのだ。恨みも悲しみも嘆きも短歌に歌い込める。それで、気持ちが晴れるわけではない。かえって悲しみが深くなるときもある。辛くなるだけのときもある。でも、私は歌うのだ。歌うことは私にとっては訴えること。この煩悶や憂愁を私は三十一音の調べにのせて訴えるのだ。この世の特定の誰に向けて、というのではない。短歌、という歌の女神に向かって私は思いの丈を訴える。今はそれでいいのだと思う。歌の女神がいつ私に微笑んでくれるのか、それは知らない。でも、いいのだ。私は歌っていく。この「青鞜」に。

阿佐緒は暮れかかった二階の窓から、七ツ森の小高い山の連なりの中でもひときわ美しい、笹倉山のなだらかな稜線に目をやるのだった。階下から、息子千秋の母を呼ぶ声が聞こえる。磨き込まれた欅の木目の美しい階段を一段一段登る幼い足音が近付いてくる。さあ、行かなくては。阿佐緒は、

『青鞜』をそっと閉じて机の上に置いた。「編集室より」の四名の「新入社員」の中に自分の名前が載っているのをもう一度確かめ、千秋の呼ぶ声に「はい、はい」と元気に答える自分に少し驚きながら。

このようにして阿佐緒は「青鞜」の会員となり、大正二（一九一三）年一月号から、無期休刊となる大正五（一九一六）年二月号の一カ月前の一月号までに、九回、合計二〇四首の歌を発表していく。歌数としては、三ヶ島葭子の一〇一六首にはおよばないが、同じ新詩社の原田琴子が二四七首、岡本かの子が二〇〇首であることから、彼女らとほぼ同程度の発表数であったといえよう。阿佐緒は、こうして同時代の若い女性たちの最も先鋭的な雑誌『青鞜』に加わり、自分なりの歩みで彼女らが模索する「新しい女」の一人となっていく。

### 阿佐緒とスフィンクス

明治天皇の諒闇で、常の年より年始客も少なく静かな元日の夜、阿佐緒はランプの灯の下で『スバル』の新年号を開く。『スバル』には、明治四十三（一九一〇）年から作品が掲載されているので、『青鞜』の新年号が届いた時のようなどきどきした思いはない。それでも阿佐緒はかすかなときめきを覚えながら頁をひもとくのだった。『スバル』では目次といわず「内容」という。そこには、まず森鷗外訳の小説「馬丁」、与謝野寛訳の詩「野のあた」、佐藤春夫の「詩數章」、与謝野晶子の歌「爐」、上田敏訳の詩「木々の物語」、岡田八千代の小説「路傍の人」等、そうそうたる名前が載る。そのなかに、「はかなごと」歌……「原あさを」の名もあった。見開き二頁の一五首から引く。

少女にて思ひそめにしひとりさへ十とせなほかく遠く見てあり
恨みにも泣きにも六つの子をたよる親の心もあはれになりぬ
若き日の思ひ出ばかりうたふこと今のおのれをなみす寂しさ
今日ゆくはわがためにのみつくられし女の道か寂しはかなし

一首目の「思ひそめにしひとり」とは誰だろう。十年前に出会った人、見初めた日からそれとなく思い続けている相手、は庄子勇のことであろう。この一連を読むと、どういうきっかけか二人の間で恋が再燃したようだ。ずっと胸の中に押しとどめ、我とわが心を偽っていたのに、思いがけなくそれが露見し驚く自分。本当は初めから庄子勇が好きだった。何の障壁もなくあの人と一緒になっていたら、と目の前にいる六歳の千秋をつい恨めしく思う。「恨みにも泣きにも六つの子をたよる」の歌と合わせても、そんな自分に慄然とする。親としてどうなのだ、と自分をたしなめ押しとどめようとするのに、情けないことだ。同じく『青鞜』一月号に、

気まぐれに別れし親に似しやなど児をし叱れば涙流るゝ

と、幼い千秋の心を踏みにじるような物言いをしてしまい、涙を流す歌を作った。情けない自分だ。阿佐緒は悩みつつ思いとどまろうとする。今を生きている私、六歳の子の母である私、歌うことを知

った私、その今現在の私を何故受け入れることが出来ないのか。思い出にばかり心が片寄るのは、自分の今を侮《あなど》り軽蔑しているからではないか。何と寂しい、悲しいことだろうか。「思ひ出」は阿佐緒にとっては懐かしい甘美な夢などではない。自分はまだ囚われているのだ。あの悲しい恐ろしい「思ひ出」をどうして忘れられようか。だが、と阿佐緒は考える。自分は歩いていくのだ、と。今日行くこの道は自分のためだけに作られた女の道。寂しくもあり、はかないこの道を歩みださねばならない。そうだ、「昨日の吾」を捨てて細い道を自ら作ろうと歌ったのだから。こうして阿佐緒は歌うことで自己の心をのぞきこみ、その心に三十一音の言葉を添わせる。そうすることで心を整えているのだ。同時にこんな歌も作った。

ときがたき謎をあたへて別れけりスフインクスにもあらなくにわれ

阿佐緒がスフィンクスを歌う。少し驚くが、三ヶ島葭子も、「寂しさを歌ふ人なくなりし時ろをまの国は亡びしときく」(「創作」明治四十三年五月号)とローマ帝国滅亡の原因は文化より軍事優先となったからと、歌っている。葭子のこの歌を選んだのは、若山牧水。阿佐緒の歌は『アララギ』ではなく吉井勇や森鷗外らの新浪漫主義の文芸雑誌『スバル』に掲載された。明治から大正へ、西欧文明が流入してから四十年余り、このように若い女性の歌人らも西欧の文化や歴史を咀嚼《そしゃく》していたのだ。
さて、阿佐緒のスフィンクスの歌だが、なるほどこう歌われてみると、何か相通うものがある。ギリシア神話の女面獅身で、旅人に謎をかけては解けないと殺していたスフィンクス。が、オイディプスに正しい答を言われてしまい海に身を投じて亡くなったという。阿佐緒はその誇り高いスフィンクスに自らをなぞらえ、慕い寄る男性たちを挑発して歌ったのだ。上《かみ》の句からいきなり一息に「ときがたき謎をあたへて別れけり」と、解き得ない謎をかけて別れてきたことだ、と感慨を述べる。下《しも》の句の独特な韻律も阿佐緒らしい。普通なら「スフインクスにもあらざる我は」とざっと読み下していくところを、「スフインクスにもあらなくに」と一旦切り、最後にすっと差し出すように、あるいは言い放つように「われ」と歌う。この歌い方は、阿佐緒が『女子文壇』明治四十二年四月号に投稿して与謝野晶子選で天賞となった、「この涙つひにわが身を沈むべき海とならむを思ひぬはじめ」の悠揚とうねるような韻律や結句の名詞の収め方と似ている。阿佐緒は「はじめて思ひぬ」などと説明的に収めず、「思ひぬ」までを大切に歌い込め、「はじめ」を最後に言い放つことでぱっと光彩を与えて強く印象付けた。先に挙げた歌も、スフィンクスではないのに、と否定しつつ「われ」を最後にもってきたことで一層あざやかに、謎めいた表情のスフィンクスと我とを同格に表している。

阿佐緒は、未だ自分でも摑みがたいおぼろげな感情を、色付けし形付け新しく踏み出す道を模索し始めている。豊かな情感に深い自己省察も加えて阿佐緒は歌の道を進む。

それがより具体的になったのが、『青鞜』大正二年二月号「宴の後」の二〇首の歌だ。

　われに似るさびしきをみな子を捨てゝ嫁ぎ來るてふ夜の雪よかなし

晴やかに着よそへるその姿こそ別れし子には魔とも見ゆらめ
酒ほがひ宴のはての寂しさに身を噛まれつゝわが酔ひは醒む

以上三首は、近しい人の婚礼の祝宴での歌である。花嫁は初婚ではない。何らかの事情があって子供と別れ嫁いできた女性に、阿佐緒は心を寄せる。「さびしきをみな」、「子を捨てゝ」の強い表現に自分自身の葛藤が滲んでいる。阿佐緒は宴の席でうつむく花嫁の内面に思いをはせる。結婚、とは何なのか、幸せとは何か、という思いが渦巻く。そして近い未来の自分を重ねる。子を置いて結婚する。自分に子と別れることが出来るのか。母の花嫁姿が子には「魔」と映る。阿佐緒の厳しい内面が表出した歌だ。また、阿佐緒は宴席で祝杯を飲み干したあとの寂しさも歌う。吉井勇の歌集名『酒ほがひ』を詠みこんだ歌だ。阿佐緒の悩みは深い。庄子勇の求婚が現実にあったとして、古い忌まわしい思い出も全て知り、その象徴ともいえる千秋も含めて一緒に暮らそうと庄子が言ったのか、どうか。

これらの歌について、古泉千樫は担当していた『アララギ』大正二年三月号の歌壇評で、

▲原阿佐緒氏の宴の後（青鞜）い丶ところを捉えて居る。もう少し表現に苦心したらい丶歌になろうと思ふ。無造作に寂しあさましなどの主観的語句や何をさへとか何々もとかいふやうな言葉で満足しないで努力する必要がある。

と三首を挙げて率直に阿佐緒の歌を評している。表現の苦心についての言葉は今もうなずける指摘である。四月号でも、阿佐緒を取り上げている。

■原阿佐緒氏の歌・・・・・（スバル）張りつめた所があり乍らともすれば概念的に陥つて居るのは残念である。

千樫の言う「概念的」は、手厳しいが今も通用する作歌上の基本だ。これらの指摘を受けて、阿佐緒も自分の歌を見直す。与謝野晶子の下で恋や夢や空想を絢爛豪華に歌ってきたが、二十代半ばを過ぎれば現実と向き合わざるを得ない。それをどう歌っていくか、古泉千樫はテレパシーを送っているのだ。

## 『アララギ』の初出歌

では、阿佐緒の「アララギ」入会に大きな役割を果たした古泉千樫（明治十九〔一八八六〕年～昭和二〔一九二七〕年）は歌人としてどのような歩みをしてきたのだろうか。ここで少し触れておきたい。大正二（一九一三）年当時の「アララギ」は、近代短歌史の中でも重要な位置を占めており、阿佐緒の入会も歌人としての大きな転機になったからである。

古泉千樫（本名幾太郎）は、明治十九年九月二十六日に千葉県安房郡吉尾村（現、鴨川市）に中農の長男として生まれた。学業に秀でた千樫は小学校の准訓導となり、『日本』、『萬朝報』、『心の花』などに短歌の投稿を始めた。十九歳ですでに、

みんなみの嶺岡山の焼くる火のこよひも赤く見えにけるかも

と、早春の嶺岡山の野焼きの様子を、何ともいえない伸びやかな調べにのせて歌っている、この歌を含む一二首が伊藤左千夫に絶賛され、『馬酔木』明治三十七年八月号に「古泉千樫」の名で掲載され、以後短歌の道に邁進していく。この千樫の歌の導き手となった伊藤左千夫とはどんな歌人か。千葉県成東出身の伊藤左千夫（元治元〔一八六四〕年～大正二〔一九一三〕年）は正岡子規（慶応三〔一八六七〕年～明治三十五〔一九〇二〕年）を師と仰ぎ、明治三十三〔一九〇〇〕年、

牛飼《うしかひ》が歌詠《うたよ》む時に世の中のあたらしき歌大《おほ》いに起《おこ》る

（『左千夫歌集』）

と、今まで公家や貴族ら上流階級のものだった短歌を、上総の国の牛飼いも歌う時代が来た、自分たちが新しく切り開いていくのだ、と力強く歌った。子規没後『馬酔木』（明治三十六〔一九〇三〕年六月）を、続いて『アララギ』（明治四十一〔一九〇八〕年十月）を創刊し、長塚節、石原純、斎藤茂吉、古泉千樫、中村憲吉、土屋文明ら同行者に加えて、信州から柿の村人（島木赤彦）の歌誌「比牟呂」も合流し、近代短歌の大きな源流を創った。小説『野菊の墓』を著して夏目漱石に高く評価されてもいる。また、森鷗外の観潮楼《かんちょうろう》歌会（明治四十〔一九〇七〕年～四十三〔一九一〇〕年）に参加し、明星系や心の花系の他派との交流をはかった。左千夫の、「歌は生の叫び」とする新しく活力溢れる「アラ

ラギ」の運動は多くの青年を鼓舞する。千樫もその一人であった。明治四十一（一九〇八）年五月、二十三歳の千樫は文学への思いやみがたく、また、十歳年上の人妻、きよとの恋愛問題もあって、教職を辞して上京した。左千夫の援助で本所区緑町の二階にきよと生活を始め、就職も左千夫の縁で「心の花」の石榑《いしくれ》千亦《ちまた》が理事をつとめる永代橋の帝国水難救済会の救難課の事務員の職を得た。千樫は勤めの帰りに「無一塵庵」と名付けられた左千夫の家に立ち寄り、『アララギ』の編集を手伝った。本所区茅場町の町はずれで左千夫は、低地ゆえの水害を幾度も蒙《こうむ》りながら、二〇頭の牛を飼い牛乳の搾取販売業を営んで子沢山の家族を養っていた。千樫は歌う。

むらぎもの心うれしもこの庵《いほ》にわれは宿《とま》りて朝あけにけり　　（『定本古泉千樫全歌集』）

よき人にともなはれつつ亀井戸の藤なみの花わが見つるかも　　同

これらの「左千夫先生に目《まみ》ゆ」（明治四十（一九〇七）年）の歌から千樫の伊藤左千夫への傾倒ぶりが読み取れる。千葉の同郷であることや、石原純や斎藤茂吉などの東京帝国大学出身のエリートではないことに親近感や安心感もあったろう。尊敬する師にまみえ、家にも泊めて貰った喜びが素直に明るく伝わる。牛を飼い茶葉を挽き、子沢山の家族を養う生活だが、文学への志は熱く高い。それを肌身で感じた庵の夜だったのだ。左千夫も千樫に温情を注ぐ。森鷗外が、豪華な洋食と酒つきで、本郷区駒込千駄木町の自宅二階十二畳の間で催していた観潮楼歌会に、斎藤茂吉と共に千樫も伴って出席した。同じく、与謝野寛に伴われた石川啄木や吉井勇や与謝野晶子夫人、また、北原白秋、佐佐木信綱と出会い、作歌の上で大きな刺激を受けていく。だが、「アララギ」の若手らが、新味の歌をと挑戦することを、左千夫はよしとしなかった。斎藤茂吉に次の歌がある。

よろこびて歩《あり》きしこともありたりし肉太《ししぶと》の師のみ
ぎりひだりに　　　　（『ともしび』昭和二十五年）

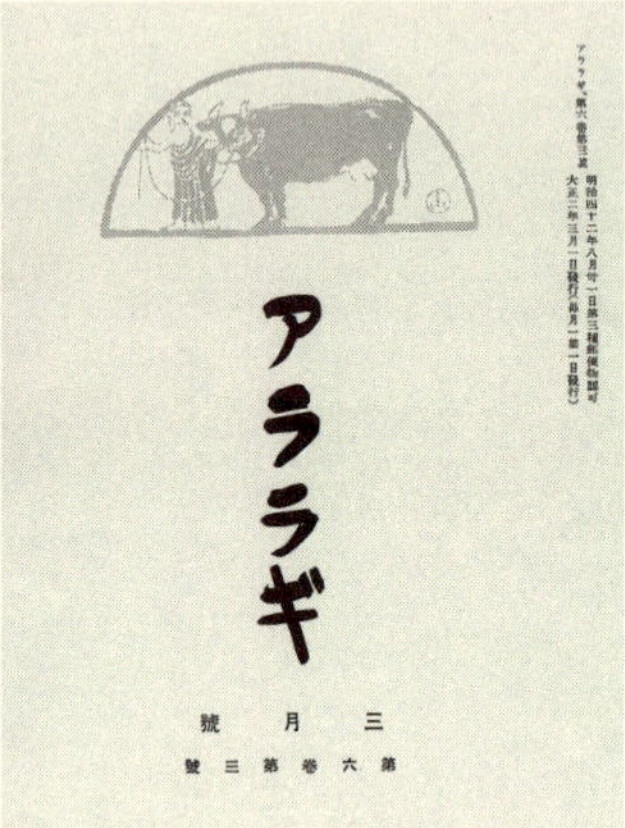

『アララギ』（大正2年3月号）

恰幅《かっぷく》のよい伊藤左千夫の右や左に、千樫と自分が先生、先生、とまつわるようにして歩き、その語る言葉をひとことも聞き逃さないようにと耳を澄ませ、冗談を言っては闊達に笑い合った日もあった。「ありたりし」の決然とした過去形がいかにも茂吉らしい。何故ならば、明治四十五（一九一二）年四月十三日に石川啄木が二十七歳で亡くなった頃から、自然主義の影響もあり、新しい歌い方や素材を果敢に実行する斎藤茂吉たち若手の歌を、伊藤左千夫は罵倒し断固として認めず、深い亀裂が生じていたのだ。このような「アララギ」内部の対立を知らない阿佐緒は、自分の短歌の新しく羽ばたく場を求めて「アララギ」入会を、雪深いみちのくで決意したのだった。

さて、阿佐緒と古泉千樫との間にどういうやりとりがあったのか定かではないが、阿佐緒は「アララギ」に入会した。新詩社の与謝野晶子に師事しているが、歌の発表機関である「明星」はすでに終刊していた。『スバル』や『青鞜』に発表はしているものの、阿佐緒には物足りないものがあったのだろう。当時は結社間の派閥意識なども薄く、会員の動向も比較的自由であったようだ。いずれにせよ、阿佐緒の『アララギ』初掲載は大正二（一九一三）年三月号であった。阿佐緒は、石原純との恋愛問題で退会を余儀なくされる大正十（一九二一）年四月号までに合計四十四回、六四九首の作品を『アララギ』誌上に発表した。石原純や古泉千樫、斎藤茂吉、島木赤彦、釈迢空らがそれぞれ切磋琢磨し合うなかで、『アララギ』の目指す、対象を深く見つめて生を写す写実の技法を身につけようとした阿佐緒。歌人原阿佐緒を形成していく上で大きな役割を担ったのがこの『アララギ』であった。

その出発となった『アララギ』第六巻第三號を見てみよう。全五四頁の『アララギ』の目次の巻頭は、木下杢太郎の長詩「暖炉のそば」。次は千樫の「そら豆の花」、茂吉の「呉竹の根岸の里」と続いて、伊藤左千夫の評論「歌の潤ひ」（これは、ドイツ留学中の石原純の連作を高く評価した論）に歌「小天地」などが並ぶ。そして十四番目、二四頁に「氷雨ふる朝」原あさをの名が見出だされる。頁は見開き二段組に四名の八首ずつが掲載されていて読みやすい。阿佐緒の歌の巻頭は、

雪の日に子の足袋などを縫ひ居れば今更に吾の母らしきかな

といきなり主婦の歌である。「アララギ」の志向する女性の歌はこういう傾向なのか、と思わせる歌だ。だが、よく読むとこれは母親として自足している歌ではないことが分かる。それは「今更に吾の母らしきかな」という下の句に、自分を客観視した自嘲気味な思いがうかがえるからだ。

汝がたよるひとりの母が戀に身をはふる日などのあらばやと泣く
思はせよ泣かせよ母も子も寝ねてひとり夜寒を炭つぎし後

一首目は「スバル」調の濃い主情性があるし、二首目は、浪漫的な激しい内面を、炭をつぐ、という具体的な動作を伴うことで、現実に着地した説得力を帯びた歌としている。
大正二（一九一三）年の冬から春へ、阿佐緒は歌集刊行を念頭に「スバル」、「青鞜」、「アララギ」へと、旺盛な創作意欲を燃やす。そして、思わぬ早さで阿佐緒の思いはかなえられていくのであった。

## 2　第一歌集『涙痕』刊行

**『涙痕』初版本と改版本**

阿佐緒の念じていた処女歌集『涙痕《るいこん》』の出版。まだ先のことと考えていたのに、思いがけず広島の一青年の熱情によって、大正二（一九一三）年五月十日、またたくまに出版されたのだった。この年は、北原白秋の『桐の花』（一月）、島木赤彦・中村憲吉共著の『馬鈴薯の花』（七月）、そして斎藤茂吉の『赤光』（十月）が刊行された年である。明治から大正へ、日本の近代文学が大きくうねり始めた潮流の渦へ阿佐緒も一石を投じた。与謝野晶子が女性の恋愛や性を肯定し高らかに歌いあげた『みだれ髪』刊行から十二年、阿佐緒は、恋愛に傷つき、嘆き、恨み、それでも生きようとするところから歌い始めた。晶子を万葉歌人の額田王《ぬかたのおおきみ》に例えれば、阿佐緒は、万葉から平安時代へ、女流歌人の歌が怨嗟を深めていく橋渡しとなった笠郎女《かさのいらつめ》といえようか。

『涙痕』の版元は東京市京橋区の東雲堂だが、発行者は社主の西村陽吉ではなく、広島県安芸郡仁保島村の西野義雄である。印刷者は広島市岩見屋町の久保木筆助。印刷所も同市内の実蓮館印刷部とある。この発行者についてはのちに述べたい。定価は五十銭。菊半裁判で現在市販されている能率手帳と同じサイズである。表紙は、上方に横書きの「涙痕」の文字、中央に山百合の花が一輪と蕾が一つ、しっかりした枝ぶりに描かれ、花の部分のみ背後に青い色が施されている。絵の作者は阿佐緒だろうか、作者の明記はないが原小百合のペンネームを持つ阿佐緒の歌集にふさわしい表紙だ。頁を繰ると、中扉の左上に横

『涙痕』（初版本，大正２年５月）

書きで「涙痕」とあり、右下にやはり横書きの「原阿佐緒」の名が印刷されている。次の頁を開くと、

師の君與謝野晶子さまに捧げまつる

との献辞が目に入る。短歌への門を開いてくれた師与謝野晶子に感謝し、晶子の系列に繋がって歌っていくことを表明した一行だ。次の頁を繰ると阿佐緒の顔写真が現れる。この六月で阿佐緒は二十六歳になる。玉子型のすっきりとした色白の顔、その顔の半分以上もあろうかと思われるほどたっぷりと高く結った黒い束髪。眉は太く意志的に描かれ、その下の大きく見開かれた瞳は憂いを含みじっと訴えかけるようである。唇は小さく品よく閉じられ、今にも涼やかな声が聞こえてきそうだ。小柄な肩をそっとすぼめたような着物姿は、現代の若い女性が憧れる大正ロマンそのものだ。この扉の写真を眺めていると、うら若く見えるがすでに娘時代は過ぎ去り、かといって母性が押し出されてもいず、しっとりと美しく可憐ななかに、誇り高く気性の激しさが映しだされているのが分かる。その美しい歌人の歌集の名が『涙痕』とあれば手に取って読みたくなる人も多かろう。それに加えて、次の頁には第一線で活躍する女流歌人、与謝野晶子の序文が寄せられているのである。少し長いが引用したい。

阿佐緒様、あなたの御境遇を知つてゐる私は、何時も、
わが戀は、美くしき所作のなかに、

死と時と薄命との移りゆく
悲劇の如くはげしかりき………
また大火事の如く赤く且つ黒かりき。

と歌つたと云ふエレンヌ・ピカル夫人の傳記を思ひだします。ピカル夫人は佛蘭西現代の閨秀作家の中でノアイユ公爵夫人に次ぐ程の盛名ある女詩人だと聞きました。そして

愛と素朴とを伴ふ眞實を………

と此女詩人が自らの詩を歌つたのは、やがてまた、あなたのお作を評するに適當な言葉ではないでしやうか。私が巴里に滞在してた時、或詩人がピカル夫人を評して、「夫人の名誉は其眞實を語る一個の女たるにある。絶望と涙と忍従とに満ちた戀は、高價な悲哀と慰め難い思出とを作つた」と教へてくれました。才走つた詩人、官能の鋭敏な詩人乃至矯飾の詩人の少からぬ我國の詩壇に、あなたのやうな純粋の叙情詩を作る人があるのを私は嬉しく思つて居ます。

うき戀を根として寄しき百合さきぬ白きまことの青き涙の

與謝野晶子

愛弟子原阿佐緒の歌とその人生を、フランスの女詩人に重ね、「絶望と涙と忍従とに満ちた戀は、高價な悲哀と慰め難い思出とを作つた」その結晶としての第一歌集出版を祝う、師与謝野晶子の真情が溢れる序文である。「夫人の名誉は眞實を語る一個の女たるにある」との序文に阿佐緒はどんなに

勇気づけられたことか。文末に添えられた浪漫風の師の歌もまた、『涙痕』の表紙絵にぴったりといえる。この与謝野晶子の序文に加えてさらに心を弾ませるのは、吉井勇の序歌を得たことだ。

序歌

みちのくの阿佐緒が歌をきく時は善知鳥のごとく悲しいかなや
みちのくの雪のひかりを思ふだに阿佐緒の歌は悲しなつかし
うち日さす都にありて君が歌かなしと云ふはわればかりかは

「善知鳥」とは、謡曲の、人間の業の深さを暴きだし、血の涙を流すという名から来ているようだ。吉井勇は、善知鳥の呼びかける悲しい声、涙が歌となり、雪の光の輝きをまといながらも悲しい、みちのくの女流歌人阿佐緒の歌よ、と五首のうち四首に「悲し」の語を織り込んだ万葉風の声調高い歌で、『涙痕』の特色を言い表した。与謝野晶子の序文と吉井勇の序歌を戴いた第一歌集『涙痕』は阿佐緒の歌人としての第一歩の、強い基盤となったのである。次に四六三首の歌から少しみてみよう。

火を誘ふ油のごときわれかとも燃ゆらむおん眼見てをのゝきぬ　（「戀と死」）
おほらかに花ずり衣着るときに君をおもへば胸たかく鳴る　（「涙痕」）
春の雨傘にきゝよくふりそゝぐ君に逢ふとき鳴る胸のごと　（「孔雀草」）

戀といふめでたきものに劣らじと子をし抱けば涙ながるゝ　（「かなしき母と子」）

若ければ女はかなし自らの知らぬに君を誘《いざな》ひしてふ　（「あきらめ」）

若い女性の恋の陶酔と失意が自虐的、加虐的、主情的に激しく歌われている。地上より足元が浮き上がり観念的になるところを、父のない子と生きる思いが、必死に押しとどめている。それゆえに、涙が尽きないのだ。そうした思いを、阿佐緒独特のしなやかな韻律で歌い奏でている。ひたすらに歌に訴える素朴で純な強さが、いかにも可憐で哀れ深く心に沁みてくる歌集なのだ。

次に、歌集名『涙痕』について触れておきたい。涙の痕を、るいこん、と漢語の二字で読む。聞き慣れない言葉だが、それゆえに印象が強い歌集名だ。阿佐緒はどこからこの言葉を得たのだろう。少女時代から漢詩文に親しみ日記にも折々漢詩をしたためる程だから、何かの漢詩にあるのか。試みに『シャルル』創刊号を開くと、目次に「山中波泉『涙痕集』」とある。頁を開くと、「涙痕集」の副題に、「此集を故上村初美子の霊前に捧ぐ」と記し、挽歌二〇首が掲載されている。歌はどれもやや甘く感傷的だが、「涙痕」の語を直接使った歌はない。この頃、阿佐緒はすでに歌集の準備に入っていたことだろう。自分を慕う山中波泉の歌の題に阿佐緒はヒントを得たのか、あるいは、反対に阿佐緒の歌集名を聞き知っての山中の題名かは定かではない。が、歌集名『涙痕』に前例があったことは記憶にとどめておきたい。

しかし、どうしたわけか、阿佐緒は五月に刊行した『涙痕』から僅か二カ月後の七月に、改版本を

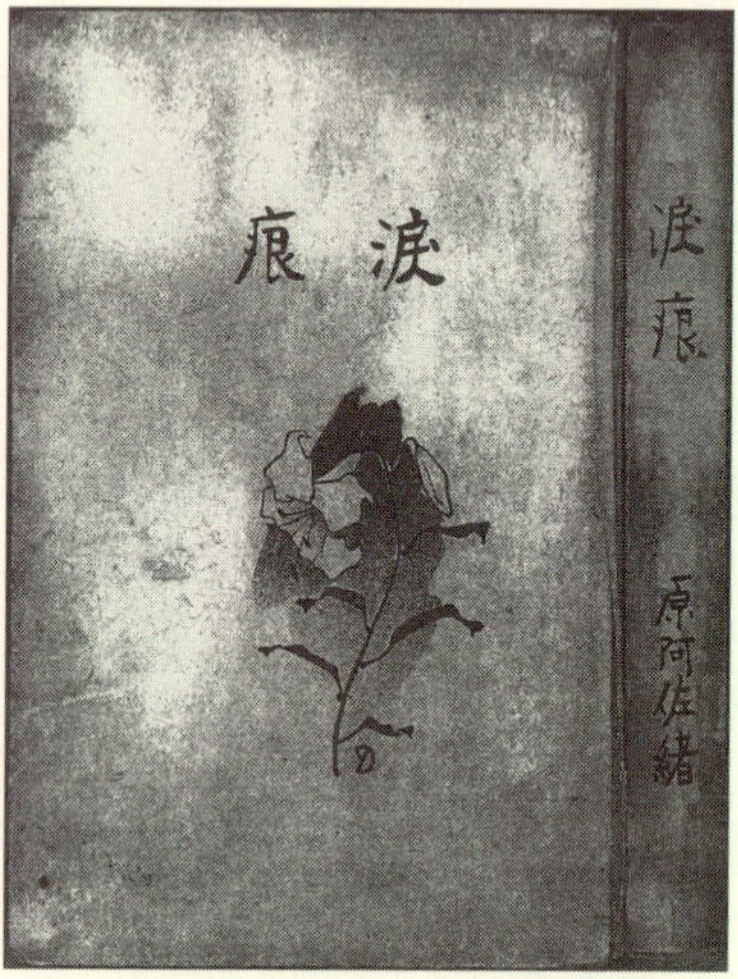


『涙痕』（改版本，大正２年７月）
（表紙の文字が活字から手書きになり，
なかの写真や歌の配列も５月刊と異なる。）

刊行した。勿論再版になったわけではない。僅かふた月の間に何故このようなことが行われたのか。どこがどう違うのか。見てみたい。原阿佐緒記念館所蔵の初版本と改版本の二冊を比べると、明らかにその違いが分かる。まず、表紙だ。『涙痕』の文字が活字ではなく達筆とはいえない書体となり、山百合の絵は少し小さめで、背景が青から緑になっている。もっと驚くのは中扉の顔写真が着物は同じだが、改版本はしっかりと正面を向いていることだ。初版本の写真の、うぶで怯えさえ含んだ愛らしさは消え、肩にも瞳にも力が入っていることで、女一人で子を抱えて生きていく現実が透けて見える。その頑張りようがかえって痛ましく思われる。阿佐緒はこの写真を換えたくて改版本を作ったのか。いや、それだけではない。改版本には、中扉に山百合の絵が加わり、与謝野晶子の序文と吉井勇の序歌は前の通りだが、目次が変わっているのだ。これには驚く。どう考えたらいいのか。

　すでに定本の小野勝美監修の『原阿佐緒全歌集』では『涙痕』は初版本がそのまま収められている。「解題」には、「一頁三首組、四六三首」とあるが、「さりげなく母とかたりぬ児と笑みぬ人の戀しくかなしきときも」（「戀と死」）の一首が抜けている。よって、全四六四首となる。しかし、改版本は一頁二首組で、歌数も四五首削り四一九首である。目次も次のように変えられている。

（初版本）
涙痕第一　九六首
涙痕第二　九五首
戀と死　六〇首
孔雀草　五四首
かなしき母と子　四一首
あきらめ　一一八首

（改版本）
戀と死　五六首
涙痕　一四〇首
孔雀草　四八首
かなしき母と子　四〇首
あきらめ　一三五首

したがって巻頭歌も当然のこと、

初版本　この涙つひにわが身を沈むべき海とならむを思ひぬはじめ
改版本　この戀を捨つる期すでにおくれたりはた遂《と》ぐる期のなき世ながらに

と変わる。二冊の歌集を見比べると、初版本の三首組より、改版本は二首組なのでゆったりして読みやすい。それに、初版では、「この戀を捨つる期すでにおくれたり」の「お」が「ね」の誤植で惨澹たるものだ。やはり変えざるを得なかったのだ。改版の「戀と死」から始まる方がぐいぐいと読者を引き込んでいく力がある。吉井勇の手紙に、「『涙痕』改装本ありがたく存じ候。これならばかなりよく」（大正二年七月六日）とあることから、初版本には阿佐緒をはじめとして周囲のものも、どこか残念に思うところがあったようだ。吉井勇の八月三十日付の手紙には、「『涙痕』評判よろしき様子に、何となく私もうれしく候」とある。阿佐緒も胸を撫で下ろしたことだろう。

ではこの二冊の『涙痕』は何を語るのか。発行人の西野義雄の書簡を基に考えてみたい。

### 『涙痕』発行人、西野義雄の恋文

原阿佐緒の第一歌集『涙痕』に、五月の初版本と七月の改版本の二冊がある。これはいったい何を示すのだろう。詩歌関係では名の知れた東京の出版社「東雲堂」が、二カ月のうちに改版本を出すようなことをするのだろうか。評判が良くてたちまち再版、ではない。何か不都合があってのことにちがいない。そこで、改めて奥付に記された発行者の名前を見ると西野義雄とある。これは、原阿佐緒記念館に保管されている原家寄贈の書簡類に、ある時期、大量の手紙を送った人物と同じ名前だ。以前閲覧した時は阿佐緒ファンの一人からだろう、とさほど気にしなかった。だが、『涙痕』の発行者と分かれば手紙の内容が気になる。きっと二冊の『涙痕』の意味が見出だせるはずだ。手元の取材ノートのメモにある日付分について、原阿佐緒記念館に複写を依頼すると、数日もおかないうちに大部の手紙の写しが学芸員の高橋郁子さんから届いた。

他人の手紙や日記を読むのは恐ろしいことだ。一人の人間が胸襟を開いてほとばしるように相手に託した思いを、全く他人の自分が読んでいいのか、資格があるのか、と常に後ろめたい気持ちに襲われる。だが、一方では、火中に投ぜられることなく、こうして大事に保管されてきたのは、いつか誰かに読んで欲しい、そこに、真なるものが隠されているから、という無言の訴えではないか、と思う。私がここで知りたいのは、何故二冊の『涙痕』があるのか、ということに限る。それを知ることが、原阿佐緒という歌人により近付ける方法だと思うからである。

さて、それでは、西野義雄とは誰なのか。阿佐緒に宛てた手紙は、大正二年三月十三日から、同年八月二十日までに全部で六十五通ある。ほぼ二日おきの手紙数である。この数は単なるファンレターにしては多すぎる。何か差し迫った事務的なことも含まれているのにちがいない。私はその書簡のコピーを順を追って読み始めた。

西野義雄から阿佐緒に宛てた最初の手紙は、毛筆ですらすらと書かれた封書で、「原あさを様」と書かれた横に「至急」の二文字が書き添えられている。切手の上に押された日付は「2・3・11」とあり、名前の下に「2・3・13」のスタンプが押されている。差出先の広島県安芸郡仁保島村から宮城県黒川郡の宮床まで二日かかったことになる。封書の中身は達筆のペン書きで、「アポロン社用箋」と書かれた縦書きの用紙にびっしりと三枚にわたって用件が書かれている。しかし、これを用件と言っていいのだろうか。まず、最初の一行から驚いてしまう。きっと、何回かやりとりがあってその後だと思うが、一部を現代仮名遣いにして紹介したい。

西野義雄からの書簡（大正2年3月11日）

> 白百合さま、どうぞ一切を正面からおっしゃって下さいまし。（中略）どうぞ私を信用して下さい。後日になって悔ゆること——は私としてあり得べき事ではありませぬ。（中略）安心して下さい。そして悦んで下さい。私は私の財政のゆるす範囲内において歌集として出版する事にいたしました。体裁は菊判半切で一頁三首ときめました。表紙は「陰影」のやうな灰白色か「別離」のやうな薄空色の色紙へ二色刷を用いる事にしました。

この最初の一頁だけでいくつかのことが判明する。第一に、書き出しが、「原阿佐緒さま」ではなく、「白百合さま」とあるところから、思慕を交えた手紙であること。次に、『涙痕』刊行の準備が大正二年の三月には決まっていたこと。第三に、出版費用は西野義雄側が持つこと。これは重要だ。阿佐緒の歌がすでに一般に知れ渡っていなければ、このような企画は有り得ないことではないか。いくら原家が大地主とはいえ、自費出版の歌集刊行はおおごとだ。まして改版本まで出せば費用がかさむのは必至だ。しかし、出版社持ちの刊行となれば肩の荷は随分軽くなる。気に入らない箇所があれば、前号で述べたように大胆に改版することも出来ただろう。だが一方では、このように出版社主導での刊行となると、執筆者の意見はなかなか言いにくい。阿佐緒の逡巡もそこにあったのだと思われる。

西野義雄は何を急いでいるのか、体裁も表紙も色合いまで、決めてしまっているのだ。それに『涙痕』の表画も、自分の好きな灰白色の色紙に「あなた様が思し召し画を絵いて至急お送り下さい。」と、美術学校出身の阿佐緒と知って依頼している。さらに、「口絵としてお肖像を一葉入れる」こと、広島では粗末だから大阪でその作業を刷る、とまで言っている。もう、自分のプランに夢中な口ぶりだ。さらには、序文は、自分の友人で与謝野寛氏に師事していた國学院大學卒業の旧明星派の落武者がいるので、その友人から吉井勇氏に依頼出来る、よって大至急歌稿を送って欲しい、と阿佐緒を促している。ここには、「牧水氏なれば師弟の関係がありますから、何でもして呉れますが」と自分との親しい関係をにおわせつつ、最近の歌は格調が変わってきたので、「あなたのお歌とは全然合ひません」とまで言い切っている。阿佐緒の歓心を買おうとする心理が強く働いている文面である。

阿佐緒はどんな気持ちだったのか。歌集の刊行、それも出版社が費用を持ってくれるとは有り難いことだ。しかし、もう一歩踏み切れないのは、この青年をどこまで信頼出来るか不安が生じていたことだろう。事実、この手紙には、『アポロン』という雑誌を文学青年たちと出したが、親の反対などもあり出版はしたが採算が外れたことが詳しい経緯で書かれている。そうかと思えば、自分は諸国放浪の旅に出たいこと、自分たちの雑誌へ歌をもらえるのは嬉しいが少し待って欲しい、といささか無責任でもある。それに、阿佐緒から届いた写真があまりに若いのに驚いた、などと、阿佐緒にすっかり心を奪われた様子でもある。阿佐緒は満更でもなくはないだろう。喜ぶべき話には違いないのだから。しかし、何だか一方的な話ではある。それを危惧する阿佐緒の心理がうかがわれる。おそらくその思いが届いたのか、三月十九日着の手紙では、急いでいたことを詫びている。これは、ほとんど恋文である。南米ボリビアへ六月に出発予定だったこと、しかし取りやめた。父も老いた、自分は継母にかしずく身である、などと綴っている。西野義雄は阿佐緒より少し若い文学青年のようだ。他の手紙で父と兄が印刷関係の仕事をしているらしいことも分かってきた。前の手紙で、阿佐緒の息子千秋に小包を送ったり、可愛がってあげて欲しい、などと記すのを読むと、阿佐緒に母性愛を求めているのかもしれない。手紙には、「実際このごろは歌集の事とあなた様のことばかり思っているのでございます。」と告白している。その熱に押されるように、歌集の内容への助言を的確に述べているのだ。

序文の吉井勇氏へは自分から頼むと言い、晶子様とお二方がお書き下されば尚しあわせ、と答え、又、「初めての歌集だから、五月が八月になっても完全なものに、お歌稿もお返ししますから、おゆつくりと章を別けて……」と、編集者らしい心遣いを示している。さらに、歌集の章立ても「三章、五章、十五章でもお心のままに」といい、『シャルル』や二月号の『スバル』の歌、『アララギ』のも変わったのがありますれば、歌数も四五〇首まではかまいません」と阿佐緒の意向を汲んでの丁寧な応対だ。また、歌集の構成は、「四十五年以前、四十五年、大正元年、大正二年と年別に別けて四章くらいにしたい」、章の名前は、「あなたさまがお歌の種類でお別け下すって」くれた方が安心、と書いたあとで、「何と云ひましても自分のものでないものは何に限らず心づかひなものでございます。」といささか愚痴めいた心境を吐露し、「表画はぜひあなた様にお願ひしたい」「写真は種板、原板が願へないか」とあくまでも早く正確に進めようとの意志を示している。

その後も幾度も熱い手紙が阿佐緒のもとへ届く。しかし阿佐緒は体調を崩して十分な対応が出来なかったようだ。四月八日着の手紙は、「残念ながら不完全なものとなりました。慚愧の念に堪へません。」と悲壮感溢れ、「章立ては自分で六章に別けた」と断り、表画も自分が二、三日中に描く、発行が予定より十五日遅れたこと、など憔悴して書き綴り、「兎に角悲しい運命が此の歌集にまで付き纏つてゐるのでしょう、さう思つて一切をあきらめなすって下さい。」と締めくくる。

そして五月一日、阿佐緒の逡巡通り、不備の多い初版本が広島の一青年のもとから刊行された。『涙痕』初版本はあまりに拙速すぎた。五月三十日に記した阿佐緒宛の手紙には、五百部刷った内の寄贈は五十部、阿佐緒へは三十部、東雲堂に送った四百部はそのまま返送されて、宇品駅にあるが、見るのも嫌で、放ってある、そのうち、全て焼却するから安心なすって下さい、と失意そのものの内容が綴られている。

阿佐緒の第一歌集『涙痕』は、このような過程を経て刊行され、またすぐに改版された。阿佐緒はどこまで自覚的であったのだろう。相手の主導をセーブしたりこちらの意向をはっきりと示さないのは、気の弱さからか、ただ楽天的だからか。結果的に、煮え湯を飲むことになっても、阿佐緒は身に沁みない。しかし、誇り高さは人一倍の阿佐緒である。『涙痕』の改版へと西野義雄を駆り立てて行くのであった。

## 『涙痕』改版本の正誤表

大正二（一九一三）年六月、原阿佐緒の第一歌集『涙痕』の改版本の発行が大詰めを迎えていた。編集発行人の西野義雄は進行状況を、はるばる広島から仙台宮床の阿佐緒のもとへ頻繁に書き送っている。その内容はもうほとんど恋文だ。例えば、六月四日着の六枚の便箋には、歌集の発行が遅れればいい、出来上がるのが寂しい、失敗して改版するのが嬉しい事にも思われる、などと綴ったあとで、「でも早く発行しませねば。寄贈が遅くなりますと前の失敗のとりかへしがつきませんから。」と、改版本刊行を口実に阿佐緒へのつのる思いを綴っている。また、封筒の上書に「『心の花』新井恍、涙痕批評」と記し、「新井恍氏が『ふるへる花』と『涙痕』と比較批評を試みておりました。こんなことがありはしないかと、気を揉むでおりましたが残念で御座います。私の目に触れましたのでは六新聞と三雑誌が紹介しております。この位ゐでしたら直にとりかへしがつきますから御安心下さいまし。（後略）」と、報告している。因みに「心の花」六月号を見てみると、新井恍太郎が「ふるへる花と涙痕」と題して歌集評を行っている。その書き出しはこうだ。

私の机の上に殆ど同時に閨秀歌人の新刊歌集が三冊まで置かれた。装幀、植字等に最も意匠を凝したものは青木穠子の「木だま」、気の毒な程不出来であつたのは原阿佐緒子の「涙痕」で、其中間を占むるのは原田琴子の「ふるへる花」であらう。

この評から『涙痕』初版本がいかに不十分なものであったかが分かる。西野義雄も暗澹としたことだろう。だが歌集評そのものは丁寧に書かれたものだ。新井氏は、「口惜しさ胸に燃えはありなしの自力をたのむはかなき心」等一四首の歌を挙げ「寂しい悲しいの思ひの底なる『素朴』」が自分の心に沁みたと記し、「その悲しい経過に生ひ立つた『涙痕』の価値は、獨り阿佐緒子が半生の紀念たるに止まらぬと思ふ」と結んでいる。西野はこの内容までは知らせていない。

改版本の準備は続く。西野青年は地方出版社ゆえの言い訳を何度も念押ししながら、包装材は石版で刷らせたので、夏らしくすっきりしたことや、北原白秋の『桐の花』のように、クロースで銀の白百合を置きたかったが、見本の切地さえない。ゆえに、「御気に召さなくても是で我慢して頂きます。」（六月七日）と綴り、また「今度こそは私が準備に半ヶ月を費やして広島としてはベストを盡くしましたのです。この小さな努力を汲んでやつて下さい。」（六月十五日）と自信ありげに報告する。

こうして六月二十日、改版本が発行された。しかし、またもや不備が目立ち、古泉千樫や阿佐緒から誤植についての困惑と怒りの手紙が直ぐに届く。西野義雄は陳謝しつつ阿佐緒の無責任さに抗議する。

何故初めの涙痕を御覧下すつたときその一冊をとつて下さつて全部誤植御訂正の上御送り下さいませんでしたか、今誤植について是ほど仰しやつて下さいますなら何故あの時仰しやつて下さらぬ、それが誰でもする当然の方法だと存じました。

（七月二日）

歌集の誤植は大きな問題だ。助詞一つでも歌の内容が大きく変わってしまうのは、歌人であれば誰も身に覚えがあろう。大正時代は専門の校正者も少なく、著者校正もなかったのかもしれない。事実、三ヶ島葭子も歌集『吾木香』（大正十〔一九二一〕年二月刊行）に七十数カ所もの正誤表を付けている。出版社は『涙痕』と同じ東雲堂でも、実態は夫の会社の新聞活字の文選工が拾った植字であった。

雑誌や新聞での誤植であれば歌集収録時に訂正出来るが、歌集となれば正誤表をつけるほかはない。ここに西野義雄が送った正誤表を見てみると、誤植は全部で十八箇所ある。誤植の中でも、仮名遣い程度は許せるとしても、「君と笑はむ」が「君を笑はむ」では意味そのものが異なってしまう。阿佐緒がどんなに驚愕し落胆したか、手に取るように分かる。

しかし、改版してこうなのだ。その責任は一人西野義雄だけではなかろう。西野は七月二日の手紙に、そもそもこの歌集を出版するのは、「雑誌の臨時増刊号」のような目的のもので、歌集としては「他日　東都より御発行下さるやうに御願ひしたように私のおぼろげな記憶に思つて居りました。」と弁解している。それゆえに、「こんな不便な広島からあれだけのものでも出版した私の小さな努力を買つてやつて下さい。」と、やや居丈高に綴り、「私の四月からの心労を少しでも御察し下さいましたら誤植のことなどあんなにまで仰しやつては下さるまいと存じました。」と、歌集の誤植への無自覚な発言をしている。これには阿佐緒も唇を噛みながらうなずくほかはない。体調が思わしくなくても何でも初版本を見たらすぐに告げるべきだったのだ。しかしこの時の阿佐緒は自分より相手を責める思いで一杯だ。

「誤解だと悟らせる、泣いてあやまるまで責めてやりたい」と仰しやいましても、今の私には悟るほどの誤解は持つて居りませぬ。あなたがあの私の手紙を御覧下さる夕方私はこちらで泣いてお詫びをして居りました。（中略）阿佐緒様、一時も早く御目にかゝりたう御座います、御目にかゝつて御詫びがしたい、御言葉が聞きたい。（七月四日）

阿佐緒からの激しい怒りの手紙は、青年の中のある隠微な思慕をますます煽り立ててゆく。そして、とうとう西野青年は、七月十五日、宮床の阿佐緒のもとへと出かけていく。

**君もかなしく**
**船出するらむ**

西野義雄は、『涙痕』の改版本の不具合を謝りに阿佐緒のもとへ出かけることを決めてからも、各雑誌の書評に目を配っていた。七月六日付の手紙には『早稲田文学』七月号の「新刊書一覧」の『涙痕』評を書き写している。

「愛と素朴との伝へる真意を謳ふ真に於いて此著者は現歌壇稀に見る人である、如何にも女らしい弱さと優しさとが集中、五百首に近い歌の中を流動して読者の心を真実の涙の中に誘ってゆかないでは止まぬものがある。徒に官能の靡爛《ママ》や表面ばかりの才気を誇る歌人の多い現代にあつて此作者は、けしや百合の花園の中に咲いてゐる一輪の白い撫子を思はせる。
　おなじ世に生まれてあれど君と吾空のごとくに離れて思ふ
死にがたき命を與へ死ねといふ戯ぶれ好きの戀の神かな」

この書評の担当者は明記されていない。与謝野晶子の「序文」を幾分なぞってはいるが、「如何にも女らしい弱さと優しさ」が「真実の涙を誘う」と、阿佐緒短歌の真髄を端的に言い当てている。『心の花』の書評で、まず装幀の不出来を指摘された西野青年は安堵したろう。「無責任な新刊批評記者の中から、新たに此の新知己を得たことをあなたと共に悦びたいと思つてをりました。」との記述がその気持ちを伝えている。それにこの「新刊書一覧」には、田山花袋の『椿』、山村暮鳥の處女詩集『三人の處女』、田村俊子の『誓言』、平塚明子の『圓窓より』、森田草平『女の一生』、西川文子らの『新しき女の行くべき道』、故石川啄木『啄木歌集』、松村英一第一歌集『春かへる日に』等の詩歌、小説をはじめ翻訳小説や評論も幅広く紹介され、わが『涙痕』がそのなかの一冊であることも誇らしかったろう。十二日付の手紙にも、「『馬鈴薯の花』といつしよに『涙痕』の広告を出しましたから東京朝日にも読売にも大阪朝日にも毎日にも出るはずだと存じて居ります。」と久保田柿人（島木赤彦）・中村憲吉共著の『馬鈴薯の花』と並ぶかのような書き振りだ。また、『アララギ』七月号に掲載予定の一頁広告も古泉千樫の心配りだと感謝している。こうする間に阿佐緒の怒りも収まっていく。『涙痕』発刊の礼として、自作の短歌を書いた色紙や短冊、写真、また「地方歌壇にその人あり」の『仙台日々』の『涙痕』書評等を送ったらしく、礼をしたためた十三日付けの手紙もある。

それから何度かやりとりのあった後、西野青年は七月十七日か十八日、宮床の白壁の家を訪れ、十二日ほど滞在した。それは、七月二十九日に仙台駅、同月三十日に上野駅で投函した感傷的な手紙から知ることが出来る。

姉さん、長い間御世話になりました。何と御礼を申し上げていいのでせうか、うれしかつた、かなしかつた十二日間、私にとつて一生忘れることの出来ない十二日間、思ひ出の十二日間、（中略）姉さん、歌つて下さい、歌つて下さい、

（七月二十九日）

と、十二日間の滞在で阿佐緒にすっかり馴れ親しんだことがよく分かる文面だ。阿佐緒はこの青年の滞在をどう歌ったか。大正二年九月号の『スバル』一七首の歌がそうだろうか。

泣きにのみ来しといふ君手もとらずわがあることの堪へがたきかな
生死もわかかぬ旅路のはなむけにやるもかなしき黒髪のはし

はるばる訪れた崇拝者を前に、当惑している阿佐緒の姿がうかがわれる歌だ。この他にも『詩歌』十月号の「かなしきたはむれ」の一六首中にもっと踏み込んだ歌を載せている。

わが唇にいと柔らかき火の破片《かけら》せまりて来とも身のふるへけり
この男血の走るまでうたばや、なごまむか吾が狂ほしき心

阿佐緒の恋は実りがない。どんなに慕われても満たされることがないのだ。それは何故か、西野青

年は白壁の家に滞在しながら、さまざまなことを感受性鋭く受け止めていたようだ。七月三十日、仙台駅の雨の降る待合室で記した手紙は、「あゝ姉さん」と呼びかけ、「許して下さい、許して下さい」と二度も繰り返してから次のことを記す。

あなたの昨日の夕方の御はなし、私には妬ましいやうに思へました、その強い御心が……。華美な姿を好むでするのも男への反抗心だつたと仰しやいましたね、反抗心だけでもひとりで通して見せるとは、何て哀しい御言葉なのでしやう、姉さん、貴女も愁いでしやう、
私がやうやうの思ひでき〻出して多少あなたの御周囲は知つてゐたつもりでゐましたけれど、想像より以上、あなたは随分烈しい周囲の圧迫を受けていらつしやる、
前に黒髪を御断ちなすつた御心もあらまし想像出来ないこ〻ともありません、姉さん、世の中つて随分愁いもので御座いますのね

と阿佐緒の心情に深く寄り添った言葉を綴っている。「華美な姿」は男への反抗心から、という阿佐緒に強さと孤独を感じ取る。宮床村の暮らしの中で、想像以上の精神的圧迫感と疎外感を味わっている阿佐緒に同情し、生きていくことの愁《つら》さに共感を示している。母を早くに亡くした西野青年は、繊細で優しい心根を持っていた。時には甘えたり拗ねたりしながら、阿佐緒の置かれた状況を把握していたのである。

さて、広島に帰郷した西野義雄はそのまま慌しく南米出発の荷造りをし、上京した。八月二十日着便の差出人の住所は、「横浜市にて　よしを　八月十八日午後」とある。

御別れの際にさし上げるべき何物ももたないのを残念に思ひます、万年ペンでもと思つて丸善で買つて来ました、使つてやつて下さい、つまらないものですが是でかなしい御歌でもかいて下さい、二十一日に出帆いたします。今日は最後に横浜の書店をずつと歩いてみました、涙痕は一冊も見当たりませんでした。晶子先生の「青海波」の小形の分と吉井勇氏の「昨日まで」とを買ひました。「昨日まで」は中々ハイカッ《マ マ》てゐます。「青海波」は前の四六判の方がよう御座いますね、かうした歌集が南米の曠野へもつてゆかれるのですよ、またかきませう、今私は涙ばかり湧いてちつとも書けません　呉々も御体を御大切に　　十八日夜　　よしを

あさを様

南米へ発つ寸前まで書店で『涙痕』の売れ行きに心を配り、阿佐緒に丸善の万年筆を贈り、与謝野晶子や吉井勇の歌集を求める西野青年。阿佐緒の心も動かされていたのが、次の歌から知られる。

生きてまた相見がたかる別れにぞありけるものをただに別れつ　（『アララギ』大正二年十月号）
吾がこゝに泣ける涙を切《せち》に欲り君もかなしく船出するらむ　同

青年のいよいよの船出に阿佐緒も涙したことだろう。後年、阿佐緒は、「原阿佐緒集」（『現代短歌全集第十八巻』昭和六年、改造社）の後記、「この集の終りに」に、

處女歌集「涙痕」の歌を讀んでみていつも自分の感ずることは、飽くまでも純情の滲み出てゐることだ。歌の調子のすつかり變つて了つた今になつても、懐かしく、涙ぐまれ、ほほゑまれるのはこの「涙痕」である。

と記し、「懐かしく、涙ぐまれ、ほほゑまれる」のは、あの『涙痕』の発行人西野義雄を含めての思いではなかろうか。（『阿佐緒抒情歌集』〔昭和四年、平凡社〕には改版本〔抄出〕、『現代短歌全集第十八巻』〔昭和六年、改造社〕には六十首が自由配列、『現代短歌全集第二巻』「涙痕」〔昭和五十五年、筑摩書房〕には初版本、小野勝美編『原阿佐緒全歌集』〔昭和五十三年、至芸出版社〕には初版本が収録されている。）

## 3　歌物語「涙」

### 伊藤左千夫先生逝く

夏の半ば、阿佐緒は宮床で『アララギ』大正二年八月号（第六巻第七号）を受け取った。頁を繰って目に飛び込んだのは、大きな黒枠に「大正二年七月三十日　伊藤左千夫先生逝く」の簡潔な二行の文字である。『アララギ』の発行日は八月一日とある

が、最終の校正で何とか間に合ったのだろう。編輯所便に古泉千樫は、

△伊藤左千夫先生脳溢血で七月卅日午後六時俄かに亡くなられた。先生は平常誠に健康な方であられたのに今俄かにかういふことになつて私共何とも驚愕痛悼に堪へない。先生はまだ五十であつた。あとに女のお児さんが九人ある。

と記す。伊藤左千夫の最も身近にいた千樫の悲痛な思いが、なまなましく伝わる数行である。「アララギ」はこれからどうなるのか。門人たちの危惧をよそに、伊藤左千夫という大樹のもとから、新しい若芽は育ち、青葉をそよがせようとしていた。

翌『アララギ』九月号に、斎藤茂吉は近代短歌の最高峰といえる連作「死にたまふ母」五六首を（五月作）と断って、一挙掲載した。

みちのくの母のいのちを一目《ひとめ》見ん一目《ひとめ》見んとぞいそぐなりけれ
どくだみも薊《あざみ》の花も焼けゐたり人葬所《ひとはふりど》の天明《あめ》けぬれば

これらの歌の掲載と同時に五頁目に、まさに『赤光』（大正二年十月刊）の巻頭を飾る「悲報来」の、

ひた走るわが道暗《みち》ししんしんと堪《こら》へかねたる我が道暗し

を代表歌とする八首（『赤光』には一〇首）を、（八月作）として上段に載せ、下段には「屋上の石」（八月作）八首を掲載した。茂吉はあたかも伊藤左千夫急逝の弔い合戦のごとくこれらの歌稿を、『アララギ』発行所と『赤光』の版元である東雲堂へ、八月のある日、急遽届けたのだろう。

では、古泉千樫はどうしたか。千樫は『アララギ』九月号の巻頭頁に、伊藤左千夫の

世にあらむ生きのたづきのひまをもとめ雨の青葉にひと日こもれり

の遺詠「ゆづり葉のわか葉」の五首（六月作）を載せ、心を添わせるように同号の末尾に、「深夜」十七首を発表した。

あらしのあと木の葉の青の揉まれたる匂ひ悲しも空は晴れつゝ
眼つぶれば深夜の海の蒼波《あをなみ》の遠ひかりつゝ寄せてくるかも

二首とも青葉の色や匂い、海の青い波や光を歌う。直接の表現はないが、初夏の風の音や、寄せてくる波の音が聞こえてくるようだ。静かでおとなしいが、叙情歌の良さをしみじみと味わえる歌であ

る。これはストレートな挽歌ではない。だが、かすかな心の揺らぎの感じられる歌である。千樫は次の頁の「編輯所便」に、左千夫先生の亡くなられたのは、未だ夢のようで堪え難いこと、四十九日の法要は、子規の十二周忌と合わせて行うこと、そして、『アララギ』十一月号の全部を左千夫先生の追悼号として出す、出来るだけ各方面の方の執筆を願いたい、などを記している。「アララギ」を立ち上げた師伊藤左千夫の追悼号に、いま全力をそそごう、と心に決めたのである。

## 阿佐緒の歌物語「涙」

みちのくの秋の訪れは早い。九月初めともなれば稲穂は色づき、七ツ森の山々の麓では、椎や楢や櫟の実が、青いまま落ちて木下に散らばる。原家の持山では茸採りも始まった。白壁の家の庭に長く咲き続けていた白木槿の花もいつか終わり、虫の音がしげく聞こえる頃、栗の実が熟れて地に落ち、茶色いつやつやした実を毬の中からのぞかせる。阿佐緒は毎朝栗の実を丹念に拾うと、下男に言いつけて、『涙痕』の刊行で世話になった与謝野晶子先生、吉井勇先生、そして特に改版本では面倒をかけた古泉千樫先生へ送る手筈を整えた。ひと仕事がすむと阿佐緒は二階の自室で、この半年の間に西野義雄から届いた、たくさんの手紙や葉書の束をひとまとめにして文箱にしまった。いつか懐かしく読む時が来るかもしれない、と自分に言い聞かせながら。次に阿佐緒は文机の前にかしこまって座ると『スバル』九月号を開いた。自分の歌「わが手」四〇首を見たかったのは勿論だが、思いがけず、目次に「涙痕を讀む（評論）……柏木松雄」とあるのに気付いたからだ。歌よりもまず、と頁を繰ると、何と上下二段組七頁の評が載っているではないか。阿佐緒は西野義雄に知らせたかった、としみじみ思う。その思いは読後一層強くなるのだった。書き出しはこうだ。

原阿佐緒女史の歌集『涙痕』は、その品質の純《ユニック》なるに於いて、はたその詩風《スタイル》の素朴《シムプル》なることに於て、近頃稀に見る作品の一つである。此集のいづれのペイヂを開いて見ても、必ずそこに著者其人の透き通つた性格の片影が窺はれ、その柔らかなる氣息づかひの微細なる震動に触れることの出来るのは、誠に感嘆に値すべき特徴である。

やや自己陶酔的な耽美的な文体だが、例歌はどれも厳選されたもので、なかなかの力量だ。阿佐緒は、やはり刊行してよかった、と胸をなで下ろし、改めて西野義雄に感謝するのだった。

次に阿佐緒は『青鞜』九月号を開く。手紙文に短歌一五首を五首ずつ織り交ぜた歌物語が掲載されたからだ。「涙——原あさを」は、九月号全一八三頁の巻頭の、茅野雅の詩「小曲二章」に続いて、三頁から八頁にわたり掲載された。

黒髪を断たれむそれに劣らじなかなしや君が消息は絶ゆ
おとろへて涙もろふもなりし子を母も泣くらむあぢきなき世ぞ

と、まず便りの途絶えた恋人への恨みつらみや、娘心を思う母の姿を嫋々と五首歌い、次に文が続く。

私の枕元に薄く黠つて居たランプがホツト音を立てゝ強い油煙の香を殘して消えた後も暫く闇が

つゞきました。暁の青白い光がほのかに硝子戸を透して私の顔に這ひ寄つて來たとき私の顔は石のやうに冷たくなつてたのを知りました。斯うして夜から暁にかけて一睡もせぬ夜がいく夜となく續きます、……

と、夜から朝へ眠ることの出来ない身を、ランプの火や硝子戸という具体物を通して訴える。続いて、

……子を抱いてひとりある女の境遇がこのやうな不自然な戀をさせたのか、とにかく私を飽くまで空想的な女であつたのに貴方はあまりに現實的であつたのでしやう。貴方を滿足させることの出来ない私はやがて私自身が醒めてゆかなければならなかつたのです。私と貴方の十年といふ長い月日をかたるのにこんな大づかみな言葉ではとてもかたりつくすことが出来ないのです。……

と恋人への揺れる内面を告白しつつ、冷静に分析しようとし、「私と貴方の十年」と、遂に恋人を特定した。この時阿佐緒は二十六歳。十年前、といえば肋膜炎で高女を中退し、宮床で療養しながら、日本画を習っていた十五歳の頃である。阿佐緒は友人の兄で東京美術学校西洋美術学科の学生庄子勇に出会う。病気が快癒し日本女子美術学校に進学した阿佐緒は、庄子勇と甘美な青春のひとときを過ごす。しかし、阿佐緒が小原要逸を知り二十歳の母となったことで別れる。勇は卒業後、山口県の中学校の教師となって赴任した。それでも、二人の心に恋の燠火《おきび》は残っていたのだ。小原と離婚し郷里

宮床に子と暮らす阿佐緒を訪ねたこともあったのだ。そうした関わりを阿佐緒は「私と貴方の十年」と敢えて綴ったのだ。後半、阿佐緒は記す。

薄倖な兒は戀ももたない淋しい尼のやうな若い母ひとりのやるせない愛と涙を一身に浴びておひたつてゆくことでしやう。

母である阿佐緒の、開き直ったような強さのうかがえる文面である。忘れる、別れると言いながら相手の心に踏み込んで、父のなき子もろともに、私の愛を受け入れよ、と阿佐緒は詰め寄る。そして最後に、歌を添える。

とげもせぬま丶に醒めたる寂しかる十とせの戀も終らむとする

短歌が媒体となっているので読みやすく、一途で捨て身な阿佐緒の性情がうかがえる「涙」である。「父のない子の母」の恋の悩みは、『青鞜』の編集に携わるらいてうはじめ若いスタッフの心に、いつか自分たちにも起こり得る切実な問題として深く届いたのではなかろうか。ちなみにこの九月号の広告欄に一頁大の『涙痕』の広告が掲載されている。もしかしたら、「弱い女です」と自らを位置付けながら決して引かない、そっとにじり寄って自分の意を通す阿佐緒こそ、新や旧と関わりない本質的な女の一典型なのかもしれない。

## 灰燼の家

十二月半ば阿佐緒は上京し、芝区愛宕町の旅館白山館の伯父原忠雄の部屋に滞在した。三ヶ島葭子の十二月二十二日の日記に「原様は何の用か、東京の芝へきてをられる。ある旅館から出した手紙である。」との記述がある。古泉千樫に第二歌集の刊行について相談するためだったのか。阿佐緒が本所区南二葉町の千樫の家へ近づくと火事があったらしく、人だかりがし、道路も水びたしで煙がくすぶっている。胸騒ぎを覚えながら小走りに急ぎ、千樫に出会った。千樫の歌集『屋上の土』（昭和三年五月刊）の「灰燼」にその様子が歌われている。

急ぎきて人だちしげきわが門《かど》にかがやく目見《まみ》をふと見つるかも
灰燼の暗くなびかふ夕庭にたどきも知らに相見つるかも

一首目の初句に「急ぎきて」とあるように、千樫は火事の報に、勤め先から急いで帰り、門前で美しい阿佐緒と出会う。類焼を免れた家の夕庭で会釈を交わすのみの二人。その姿が実らぬ恋のゆくえを暗示している。

ひたぶるに家人《かじん》は物をしまひ居りかなしき人は帰りけるかも

千樫は妻のきよを阿佐緒に紹介したろうか。火事に怯える二歳の長女葉子を背負い、十月に生まれたばかりの次女條子を二階のひと間に寝かせて、庭から家の中へとせっせと荷物を運び込む妻きよ。千樫より十歳年上だが、鼻筋の通った西洋風なほっそりとした美人だ。きよは人妻で一児の母だった。が、千樫の熱烈な求愛を受けて五年前、教職を辞した千樫を追って房州から上京した。千樫の帝国水難救済会の事務職員の給与は、当直があっても低い。それでも短歌の集まりにはきちんとした服装を整えてやる賢妻だ。それなのに、今千樫は美貌の女流歌人「かなしき人」に心を奪われている。きよはそれに気付いていたろう。だから「ひたぶるに家人は物をしまひ居り」とろくに顔も上げずに立ち働いていたのだ。千樫は、阿佐緒に心を残しつつ後始末に追われる。家族の無事はもとより、厖大な書物も、それに何よりも「アララギ」発行所の編集人として、新年号の原稿が印刷所に入校済みだったか、或いは校正の段階に進んでいるか、とにかく焼失しなかったことに大いに安堵した。

その後、阿佐緒とどんな連絡を取ったのか、日をおかずに稲毛海岸の海気館で二人は落ち合った。次も千樫の「灰燼」中の歌である。

**相嘆く夜**

夜の海の暗きを見つつ君居たり一人し居りて何をか思ひし
闇の海に赤き火ひとつおぼつかなひとりし君をおきにけるかも

阿佐緒は松林の向こうの暗い海を見ながら煙草を吸っている。なぜ話がすんだら帰らなかったのか。

どうやって一人で帰ったらいいのか地理が不案内だからか。しかし、どうしても嫌な人なら裸足ででも逃れるすべはあったろうに、阿佐緒は煙草を吸っている。こうなっても仕方がないと思っているのか。寂しさや不安定さを抱えた阿佐緒の目の前に、あの火事場で千樫を支えてきびきびと立ち働く妻きよの面影が、ちらつく。悲惨な状況でも、妻、という動かしがたい場に、あの人は安住している。自分のように子供を抱えてひとりぼっちで生きている女にはない充足感を、阿佐緒はきよの全身から受け止めたのだ。

しかし、その夫は自分に夢中になっているではないか。それは、何も自分が招いたことではない。自分は何とも思っていないのに、勝手にのぼせあがっているのだ。自分は思いのままになどならない。煙草を燻《くゆ》らしながら阿佐緒はひそかにそう念じていたのだ。

千樫は、後年阿佐緒とのこの一夜を八首にまとめている。歌集『屋上の土』には「灰燼」一連に続けて収め、『定本古泉千樫全歌集』（昭和三十七年、石川書房）には、「燭影」と題して改作も試みながら、八首が「灰燼」の後に並ぶ。

さ夜ふかみ小床になびく黒髪をわがおよびにし捲きてかなしも
燭《しょく》の火をきよき指《および》におほひつつ人はゑみけりその束《つか》のまを
夜は深し燭を續《つ》ぐとて起きし子のほのかに冷えし肌のかなしさ
うつつなくねむるおもわも見むものを相嘆きつつ一夜明けにけり

朝なればさやらさやらに君が帯むすぶひびきのかなしかりけり

いずれも肉体を伴う相聞歌だが、清冽な感興を湧き起こす力のある歌で、千樫の代表歌といわれている。

千樫は伊藤左千夫の勧めで『万葉集』を始め『古事記』や『日本書紀』を独学でよく学んでいた。また、『アララギ』で写実の技法を取り入れると共に、『スバル』の象徴的、耽美的な歌や、小説なども熱心に読み込みそれらを自然と歌の世界に反映させていたのである。

岡野弘彦はその著『歌を恋うる歌』に、千樫は白秋のようなきららかな才能は持たず、茂吉のような力強さもなかったが、天性の抒情のこまやかな美しさは、短歌の理想の形を見せていると評し、千樫の歌を最も高く評価した釈迢空は、「日本の短歌は本質に従うて伸びると千樫の歌になる」と言い、千樫は、「あらゆる時代の歌を調和した発想法を持つてゐた」とも言ったという。

同じ歌人である阿佐緒は千樫の歌の力に気付いていた。歌人古泉千樫に傾倒していたからこその、松林の一夜であったのだ。

**隅田川の一銭蒸汽の上で**　大正二（一九一三）年十二月二十五日、千樫は芝の白山館内の阿佐緒に一通の葉書を書き送った。そこには、朝、大川を一銭蒸汽で下りながら『文章世界』の北原白秋君の「城ヶ島の落日」を読んで、感激に打たれたこと、早速白秋君に端書を書いたが、「なほ物足らなくてあなたにこれをお話いたすのです。是非ごらんなさい、あとからならお送りしてもよろしい。

今日は事務室にて」としたためてあった。阿佐緒と一夜を過ごした親しさから、まず告げたくなったのだろう。その頃、阿佐緒の気持ちはどうだったのか。

けうらなる吾子の寝顔にくちづけて人恨むこと忘れむとする　（『我等』大正三年一月号）
狂はむとすなる心のたまゆらに光りて消えぬ暗き身内《みうち》に　同

阿佐緒にとって、満六歳になった千秋の存在は何よりも心強いものであった。子に頼り、子によって生かされている自分。わが子と恋の間で揺れる自分の内奥をのぞきこみ、それを歌にすることで、訴えているのだ。誰に、といえば「歌の女神」にであろう。そして阿佐緒は、「狂はむとすなる」と、狂気の兆しを、「たまゆらに光りて消えぬ暗き身内《みうち》に」と、一瞬の光のゆらめきと捉えて歌った。突き詰めた張り詰めた心境を、光や白刃に託して流麗に歌う技量はかなりのものである。千樫もそれに感心しつつ読む。深い傷手を受けながら。

この『我等』一月号の阿佐緒の「山雪集」の三八首を千樫は再読したというから、あの松林の夜以降に一度目は読んでいたのではないか。そして、阿佐緒の心はやはり、自分にはないと寂しく納得したのだろう。しかし、どうしても阿佐緒に尋ねずにはいられない。

あなたは「私の身はいく年前と同じでした」と言はれる。私は身と心とをどうしても離して考ふることの出来ない人間です、……あなたは「勝利者」だと言はれる。誰に対して勝利者と言ふのですか。……そんなことを通り越した筈です。

（一月三日）

阿佐緒の手紙にはきっとこうしたことが書かれていたのだ。「身と心は違う」と。はからずも千樫と一夜を過ごすことになってしまったが、心まで与えたわけではない、そして心を与えなかった自分は恋の「勝利者」だと。千樫は、連綿と乱れた心のままに筆を走らせる。自分たちの関係を「兄と妹」と言いつつ、妻は同棲者、一切拘束しないとまで言ってしまう。振り子のように揺れる心を繋ぎ止めるのは、歌への思いだ。それは、阿佐緒を辛うじて引き寄せる細い鉤針であった。

一月十八日夜十一時事務室にて、

今夜は当直です、……あなたは今頃どんな考へを持っていらっしゃるだらう、むろん、もうちいちゃんをしっかり抱いておやすみになって居られるでせう、（さういへばこの間私は貴方の眠ったお顔を見なかったことを思って妙に寂しくなったのでした）……ニーチェは「別れの時」といふことをよく云った、どん〳〵生長《ママ》するものは常に「別れ」の悲哀を感ずる、……あなたのお手紙が来てゐればよいと思ってゐる、どんなことが書いてあってもよいから来てゐればよいと思ってゐる、歌集のこと、それでは原稿を拝見するまで……

千樫の苦しい胸中があますところなく綴られた恋文である。阿佐緒はまるでギリシア神話の、メドゥサだ。蛇の頭髪を持ち見るものを石に変えたように、千樫の心を奔流に巻き込み溺れさせ、暗い淵に凍りつかせる。「原阿佐緒」の名入りの薄いグリーンの便箋に綴られた言葉に、いちいち反応せざるを得ないほどの文面だったのだ。このような千樫であったから、茂吉たちが心配して矢のように催促する『アララギ』新年号の遅れも二の次になっていたのだ。そして、家族のことも。

一月二十日、千樫の恋の狂熱を、一度に醒まさせる事態が生じた。それは、阿佐緒への手紙にしばしば登場した生後三カ月の次女條子の突然の死であった。

いかにせばを
のれたふとく

杉林暗きがなかにひた坐《すわ》りこらへかねたる涙なるかも
かぎりなき暗にうごめくけだものの心を感じひた土に臥す

子を亡くした親の慟哭の歌である。特に二首目は、何ともいえない暗く凄まじい自虐の歌である。この悲しみの元がどこから来ているのか、次の歌にあるように、暗い塊を飲み込んでいるからだ。

をんなに我が逢ひし時かなし子のたらちねの母の乳は涸れにけり

千樫は「をんなに我が逢ひし時」と、うめくような声を発する。一見、その「をんな」という呼称には、ある冷ややかな侮蔑が籠っているように思える。しかし「我が逢ひし時」と言い置くことで、抜き差しならない「逢ひ」であったことを自らに言い聞かせるのだ。だが、それを知った妻は嘆きや怒りや悲しみのあまり赤子に与えるべき乳が止まってしまった、と千樫は自分を責め苛む。

ここに挙げた歌は、『アララギ』大正三年三月号の「柩を抱きて」三四首と、『詩歌』大正三年四月号の「挽歌」一四首から引いた。「灰燼」からの竜巻に揉まれたような千樫の恋は、娘條子の死という大きな代償の元に終息していく。しかし、歌人の業か、千樫は『アララギ』に「柩を抱きて」を発表しながら、次の二首を同号の後半の頁に、埋草として滑り込ませた。

うつゝなく眠るおもわも見むものを相嘆きつゝ一夜明けにけり
朝なればさやらさやらに君が帯結ぶひゞきのかなしかりけり

千樫はさらに、『アララギ』四月号に「桃の花」八首を発表した。三首を引く。

桃の花遠《とほ》に照る野に一人立ちいまは悲しも安く逢へなくに
との曇る春の曇りに桃のはな遠くれなゐに沈みたる見ゆ
桃のはなくれなゐ沈むしかすがにをとめのごとき女なりけり

桃の花は桜より色が濃い。しかしその花が曇り日の遠い野に咲くのを見ると、明るさよりも寂しさを覚える。千樫は桃の花の濃厚な桃色を、遠くに沈めて歌う。一夜の肌の悲しさを、乙女のようにはかなくあえかな女の物言いや姿に例え昇華させて、恋を終わらせたのであった。

では一方の阿佐緒はどうしたのだろう。『我等』三月号、四月号から引く。

わがせしことみなあやまりのごとくにも思はれて来し日のかなしさよ　（『我等』三月号）

いかにせばをのれたふとくをかされず生き得べきやと泣くも兒のため　同

戀二つひと時にせし狂乱もなごみてただにのこるかなしみ　（『我等』四月号）

阿佐緒は悔い、自省し、懺悔する。しかし、又どうすれば自分を尊び、なにびとにも侵されず生きられるか、それも児のために、と自問する。最後の歌の「恋二つ」とは、西野義雄や古泉千樫のことを指すのか。「狂乱」したのは、阿佐緒よりむしろ相手の方だ。それゆえに「なごみて」と立ち直りの早さを歌えるのではないか。阿佐緒はこうして再び一歩前に歩き出すのである。

# 第四章　母の恋

## 1　かなしみの玉

石川啄木の「林中日記」

宮床村に春が近づいた。小川や田圃を閉じ込めた厚い氷も、彼岸を過ぎる頃には溶け始め、家々の屋根の雪がきらきらと光りながら雫《しずく》をこぼす。夜、阿佐緒は千秋が寝入ってから『スバル』の終刊号（大正二〔一九一三〕年十二月号）を手に取った。去年の暮れに読んで感激した石川啄木の「林中日記」をまた読み返したくなったのだ。この「林中日記」は、明治四十五（一九一二）年四月十三日に二十六歳で亡くなった石川啄木を惜しんだ友人の平出修が、自ら編集する『スバル』の最終号に三十七頁にわたって掲載したものである。「明星」の同人で弁護士の平出修は、『スバル』の廃刊にあたって、創刊者の一人石川啄木の「林中日記」（明治三十九年三月四日〜三月二十七日）をどうしても活字化して遺したかったのであろう。「林中日記」には、故郷渋民尋常高等小学校の代用教員として村人や同僚たちから聞いた世間話として、義憤をもって書き記した次の話がある。それは、孤児である十九歳の女教師が、妻子があることを隠した男性に愛情を捧げて懐妊し、伯父の家で子供を産む。が、その行為を憎む伯父一家は女教師を一室に監禁し、子供に会わせない、というのだ。啄木は悲憤慷慨して綴る。

純潔な處女の心身を弄んだ男にこそ罪はあれ、彼女の戀に何の罪があらう。（中略）罪なくして人生最大の不幸に沈んだ彼女こそ、当然深い同情に値する資格があるのだと考へる。更に況んや、かの孩提《をさなご》に至つては、彼女の初戀と終生の不幸との美しき涙の記念碑ではないか。人生の靈酒に醉へる彼女が、不用意の間に授けられた天の賚物《たまもの》ではないか。すべての神の兒等とひとしく、天の清浄と愛とを名殘なく享けたものではないか。

阿佐緒はこの部分にくるといつも涙が溢れる。自分と似た境遇の女性の心をこんなにも啄木が理解してくれていたこと、「不用意の間に授けられた」子供を「天の賚物《たまもの》」といい、「天の清浄と愛とを名殘なく享けたもの」と、世間に向かって大きな声で言ってくれたことに、何より励まされるからだ。

何ものの音もまじへぬ雨の夜を亡き啄木の日記よみて泣く

（『我等』大正三年三月号）

庄子勇と原阿佐緒（大正3年か4年頃）

啄木が「林中日記」を執筆したのは二十一歳の時。詩人の鋭い魂が明治の現実社会の中で苦悩しつつ、声をあげる。阿佐緒はこれを読んですぐに、文通している西多摩の三ヶ島葭子に、ぜひ読んで欲しい、と手紙を送った。

### 庄子勇との結婚

そして、もう一通を、庄子勇に宛ててしたためる。阿佐緒の気持ちはもう固まっていた。庄子勇と共に暮らしたい、結婚したい、と。

勇様、ゆるして下さいまし。……このやうなやさしいことを御仰つていたゞいたに何といふ御あいさつを私は申し上げたので御座いませう。……勇様、十年近い長い年月をあなたとの思出によつて美しく生きて来られた私を思ひかへして見て下さいまし。肉体は人のものとなつたいく年、その中にもかつて忘れなかつた人、私はそのあなたにも捨てられた捨てたとして今日までそれでも何につけ思出しては口惜しがつたり恨むだり恋ひしがつたりしてはては自棄にもなりしながらまゐりました。勇様、これが真実の御心で御座ゐましたら私はすべてを犠牲にしてもあなたにつきませう……あなたにも私のためにすべてを犠牲にして下さるだけの御覚悟が御ありなさるのでしやうか。私はそれを伺はなければなりません。……

阿佐緒は告白する。「肉体は人のものとなつた」が、どうしても忘れることが出来なかった庄子勇。その彼の心が今大波のように自分に向いてきている。だが、母親の反対と、原家の戸主という難題が阿佐緒の前に立ちはだかる。

戀なにぞ身はた何ぞと泣かれけり親とかなしくいさかひてのち　（『アララギ』大正三年三月号）
親にさへ別るることも否まじとちかはむとして涙ながるる　（『我等』大正三年八月号）
わが命犠牲《にへ》とすべきかはた親をうしなふべきかまどひ死ぬべし　同

相手が好きだから一緒に暮らす、あるいは相手のもとに嫁ぐ、そんなふうに言えたらどんなにいいか。阿佐緒は選択を迫られる。庄子勇と結婚するために、自分を犠牲にして、つまり親と別れると誓えるのか。歌では「ちかはむとして涙ながるる」と逡巡を表すのに、手紙では「あなたにつきます」と言い切ってしまう阿佐緒。しかし果して、東京美術学校出身の画家で、士族の家柄の庄子勇が、仙台の山奥の原家の婿養子になれるのか。また、阿佐緒の一人息子の千秋を、わが子として慈《いつく》しんでくれるか。いや、そうでなくてはならない。だから、尋ねたのだ。私もすべてを犠牲にする覚悟だから、あなたにもそうして欲しい、「私のためにすべてを犠牲にして下さるだけの御覚悟」があるのか、ないのか。悩みが沸点に達すると、阿佐緒はすぱっと切り替わる。そして、激しく一途に迫るのだ。これには、庄子勇も応える他はなかったろう。

思はれて妻となる身を匂はせて春は来にけり髪も長《た》くらん
（『我等』大正三年六月号）

阿佐緒の婚姻の歌である。「思はれて」という初句に喜びがこぼれる。待ち遠しい祝宴の春までに、黒髪もたっぷりと豊かに伸びるだろう、と歌う阿佐緒である。息子千秋にとって新しい父とはどんな存在か。大正三（一九一四）年五月五日に千秋が仙台市常磐町の勇宛てに送った葉書が原阿佐緒記念館にある（宛名の毛筆は阿佐緒の手による）。

オトウサン　オテガミアリガタウ　オカイリニハ　ワタシ　クマガエマデ　オムカイニマイリマス
サヨナラ　　オトウサマ　　原千秋

自分の父、小原要逸の顔を知らずに育った千秋のカタカナの「オトウサン」がいじらしい。阿佐緒の結婚の報は、三ヶ島葭子のもとにも届いた。葭子はこの三月に、西多摩郡小宮村の小学校の教師を辞め、二歳年下の文学青年倉片寛一と結婚するため上京した。しかし、寛一は電灯会社の人員整理にあって失職し、さらに、埼玉県所沢で乳牛を飼い販売業を営む寛一の両親は、長男の結婚に反対だった。葭子はそのような不安定な立場にあったが、三年来の文通の友で、歌の道の同行者である阿佐緒の結婚を喜び、「御結婚の御報告に接し改めて御慶び申上げます　御一家の御繁盛と共にあなた様の御幸福の永遠ならんことを御祈り申上げます」（六月一日）、「御良人様の御仕事画と承つて私までうれしくなりました　どうしてもあなたの御幸福です　私にはさうよりほか御想像されません　どんなにか御高尚な御生活でせう　誰も御羨み申すでしよう」（六月二十三日）と書き送った。

## 神田猿楽町の葭子を訪ねて

婿養子となった原勇と、阿佐緒の母との間でどのような話し合いが行われたのか、九月初め、小学校に通う千秋を母に託して、妊娠六カ月の阿佐緒は勇と共に上京した。赤坂仲之町に仮寓を定めた二人は、十月二日、神田猿楽町の砂糖製造業の二階に住む妊娠八カ月の葭子と寛一の下宿を訪れた。

葭子は初めて会った阿佐緒の印象を日記に記す。阿佐緒が思っていた通り美しく、思っていたよりも優しく、にこやかに笑窪さえ見せているが、『涙痕』の写真より、ずっと瘦せていらっしゃる、と。そして、同性の眼で観察する。「格好のいい庇髪や高くしよいあげた帯の上から着長されたちりめんのお被布が本当によかつた。」と賛嘆し、「勇様は新しいセルに新しい黒絽のお羽織」と書き添える。下宿のおばさんまでが、「美しい奥様ですね、たいへんなお客様ですね。」と驚いたというからさぞ華やかに立派だったのだろう。それから、十日ほどして、今度は葭子と寛一夫妻が阿佐緒夫婦を訪ね、文展の絵葉書や西洋から取り寄せた画報など見せて貰って大いに語らい、四人で外出する。と、町の店の前にいる人々は、阿佐緒の赤い襦袢の襟や、派手なメリンスの羽織と着物のそろいに、帯の結び目を高くした姿や、前髪を二つに分けて後ろで巻いた髪形や、目のぱっちりした三越の生き人形のような顔に思わず引きつけられた様子で、一緒に歩く葭子は、「花嫁の顔見せをする舅のやうな心もちがした」と、葭子らしい自虐さで十二日の日記に綴った。

葭子の語る通り、阿佐緒は人の目を引きつける美人だった。大きな瞳は持って生まれた美しさだが、葭子が細かく書き記すように、着物の趣味も髪形も個性的で艶《あで》やかだった。夫の勇も阿佐緒の美貌が自慢だった。しかし、自分が阿佐緒の実家の仕送りで暮らす売れない画家であることに、次第に焦り始める。さらに阿佐緒が女流歌人として名の知れた存在であり、青年が訪ねてきたりすると平静でいられなくなる。仙台文学館所蔵の阿佐緒の「歌稿手帳」に、「馬鹿馬鹿誌」と勇の手で記した、歌の下書きの空隙に、「何卒僕の心に不快を感ずる様な歌は詠まないで下され……原家の功利に益ある可しと思はれず……むしばみたる心・さかり行く心を引きとめて愛の充実を計らん為めには斯かる心起こりたりとて紙上にする必要なかる可く存候。」と書き込む勇であった。

一方の阿佐緒は、妻として、また第二子を妊った母としての安らぎと満ち足りた思いを次の二首に表している。

**原保美誕生**

安寝《やすい》せし背子のかたへに未だ見ぬ児の衣を縫ふ秋の夜ふけに　（『白木槿』）
しかすがに心ぞふるふ新らしく母となる日を吾が見むとして　同

大正四（一九一五）年一月二十八日、阿佐緒は玉のような元気で愛くるしい男の子を出産した。「保美《やすみ》」の名は、去年の暮れの二十八日に親友三ヶ島葭子が出産した女児「みなみ」にちなんでの名と言われている。が、後年、原保美が『原阿佐緒のおもいで』（原阿佐緒記念館友の会編）の中で、

保美を抱く阿佐緒（大正４年頃）

安かれと母のつけたる万葉の安見児《やすみこ》の名のありがたきかな

と歌っているように、『万葉集』の藤原鎌足の「吾《われ》はもや安見児《やすみこ》得たり皆人の得かてにすとふ安見児得たり」（巻二・九五）からの保美であろう。阿佐緒は、保美に常に語ったのだ、お前の名前は、あの『万葉集』の、とても得難い一人を自分が得た、と誇らしげに歌った名前から採ったのだよ、と。それほど、喜びに満ちた勇との愛の結晶の子であったのだ。

日差しが春めいてきたある日、阿佐緒と葭子はそれぞれの赤子を抱いて写真館で記念写真を撮った。葭子は緊張している。夫の仕事も定まらず、自分も病弱の身でこの赤子をどうして育てていこう、と

半分泣きそうな顔で、腕の中から反り返るように元気一杯のみなみを抱いている。阿佐緒はもう二人目だから落ち着いて、金太郎のように男らしい保美を抱き上げて満足げに、そして婉然と微笑む。この時、葭子は二十九歳で、阿佐緒は二十七歳。今から百年近く前の、女性にとって困難の多い時代に、短歌を道しるべに生きた二人に、子供が授けられた。それはどれほど大きな生きる支えであったか。また、その子らが、母の短歌や創作を世に顕し遺したことか、四人の写真が物語っている。

さて、この年の春頃、阿佐緒は保美を抱いて帰郷した。産後の肥立ちが思わしくなかったことが表向きの理由だが、生活の基盤を原家に頼る勇は、阿佐緒に引け目があったのだろう。阿佐緒の自伝「黒い絵具（三）」に、夫は、阿佐緒の回覧する雑誌を婦人雑誌のみとし、『新潮』や『青鞜』、『太陽』など買うとそれで殴った、とある。「理屈を言ってはかなわない、女房に負けるのは嫌だから腕力制裁でやっつけてやるんですよ、歌を詠む女房などは持たぬもの亭主を尻に敷島の道……ってね」と聞こえよがしに他人にうそぶいたという。三ヶ島葭子の夫寛一は、貧乏だし癇癪持ちですぐに鉄拳を飛ばすが、それでも、葭子の創作活動には深い理解を示し、助言も惜しまなかった。しかし、勇は違った。

人妻はかなし歌よむことをさへみそかごとするごとく恐るる

（『白木槿』）

阿佐緒の絶望は深く、保美と共に千秋や母の待つ宮床村へ帰っていくのだった。

## 与謝野光、秀と宮床の夏

宮床に帰郷した阿佐緒のもとに、与謝野晶子から手紙が届いた。それまで何度かやりとりがあったのか、三月十五日消印の書簡に晶子は、阿佐緒の返書への礼をしためる（扇畑利枝「漂泊の歌人　原阿佐緒」『原阿佐緒　生誕百年記念』）。そして、子供たちが大きくなるまで忘れられない夏休みになるでしょう、と、夫妻の長男光（十三歳）と次男秀（十二歳）とが宮床で過ごす夏休みへの感謝と期待を、流れるような書体で巻紙に綴った。七月二十八日消印の与謝野寛の書簡は、父親らしく具体的に日程や交通機関を報せる。光、秀の両児を七月二十八日午前八時の汽車で、原家の親類の令嬢と出発させること、「仙台にて甚だ心苦しく候へども」御親戚に一泊させて貰うこと、翌日は熊谷まで車、あとは徒歩で御村へ参る予定であること。そして、なお心づかいを示す。それは食事など、決してお構ひなさらぬように、として、「朝のパンなどは全く無用に候」と断っていることだ。山中の村の暮らしが寛にどれだけ分かっているのか、与謝野夫妻の親としての心情が忍ばれて微笑ましい。二人の少年は七月二十八日から八月二十三日まで楽しく過ごしたようだ阿佐緒の長男千秋も八歳だから、一緒になって村の子供たちと川や山で遊んだことだろう。

黄に熟れしいちご繁《し》みなる枝垂枝《しだりえ》を子はかつぎ来も夏草深野《なつくさふかの》　（『白木槿』）

近寄れば光ひそめてうつつなき螢かなしも夜の青葉に　同

螢らのうつし命を吾が子はも卵の殻に入れてよろこぶ　同

沢蟹をここだ袂に入れもちて耳によせきく生きのさやぎを　（『死をみつめて』）

夏草の野から、おのおの黄色く実った野苺の枝を肩に担いできたり、夜は蛍狩りをして青葉の裏に点滅する蛍を眺め、また卵の殻に入れて蛍の光を透かして喜び、渓流で探した沢蟹を袖や袂に入れて、ごそごそと歩き回る音に耳を澄ませたり、と少年たちは宮床村の夏休みを堪能する。晶子は、日に焼け背も伸びて帰京した子供たちと、宮床の土産の百合根を食べる夕餉の風景をリズム豊かに詩にした。

新秋雑詠（抄出）　　與謝野晶子

上《うへ》の我子《わがこ》は二人《ふたり》づれ
大人《おとな》の如《ごと》く遠《とほ》く行き、
夏《なつ》の休《やす》みを陸奥《みちのく》の
山邊《やまべ》の友《とも》の家《いへ》に居《ゐ》て
今朝《けさ》うれしくも歸《かへ》り来《き》ぬ。

（中略）

貧《まづ》しけれども、わが家《いへ》の
今日《けふ》の夕食《ゆふげ》の樂《たの》しさよ
黒川郡《くろかわぐん》の山邊《やまべ》にて
我子《わがこ》の採《と》れる百合《ゆり》の根《ね》を
我子《わがこ》と共《とも》にあぢはへば。

（『讀売新聞』大正四年九月五日、日曜附録）

**与謝野一家**

（大正初年，左より七瀬，八峰，麟，晶子，光，秀，後ろは寛）

少年たちも二十四日に阿佐緒に宛てて礼状をしたためた。光は四百字詰めの原稿用紙二枚に、別れてから東京の人になるまでの旅路を細かく述べ、兎を汽車に乗せるのを止められたが、手続きすれば大丈夫と分かったので、今度持ってきて下さい、迎えに行きますから、と少年らしく率直に頼んで、「まづは二十何日の間の御世話に御礼申します」と大人っぽく締めくくる。弟の秀も礼儀正しい。お土産の礼をまず述べ、「やつちんの病気はいかがですか、おばあさんの病気ももう好い方でせう」等々。そして最後に「千秋君は何をしてますか、何れ此の秋に会へるでせう」となかなかの達筆で記す。千秋に上京予定があったのか。「やつちん」は保美のことだ。与謝野光は、この夏休みのことを、『晶子と寛の思い出』（平成三年、思文閣）に回想し、阿佐緒について「人に好かれるんですよ。男の人を転々と渡り歩くように言われるけれど、そうじゃなくて、男の人が好くんだと思いますよ。とてもやさしい人だから……」と語っている。少年たちは宮床の夏と共に、阿佐緒の優しさを胸に刻んだのである。

与謝野家の少年たちには、ただ「やさしい人」と映った阿佐緒。だが、その内面は複雑だ。

『青鞜』無期休刊

髪も身もひきちぎりたき心地して秋風にたつ吾ぞ魔のごと　（『青鞜』大正四年十月号）

忘れしや思ひいますや知らねども兒を見せまほし君を見まほし　同

夫と別れて暮らす妻の心には「魔」が棲む、逢いたい、児の成長を夫に見て欲しい、と阿佐緒は勇に激しく切り込む。またある時はなよやかに空閨の淋しさを訴える。

うつり香もたえだえのわが夏衣わかれて三月はや着る日なし　（『青鞜』大正四年十一月号）

初袷襟もさびしくかきあはす木犀《もくせい》の香の寒き雨の日　同

しかし、やはり案ずるのは、わが子のことだ。

晝も吊る蚊帳の寂しさわが病める床にしばしば兒の寐ねに来し　（『青鞜』大正四年十一月号）

豆太皷ひとり振りつつ遊ぶ兒を見つめて思ふ遠きわが背子　（『青鞜』大正四年十二月号）

かなしみの玉かわが子は抱きてもうちながめても涙さそはる　（『白木槿』）

両腕《もろうで》に重きを堪へぬ吾子が身のゆたけきを抱きてこころよろこぶ　（『死をみつめて』）

息子千秋は「オトウサマ」の不在をどう感じていたのか。八歳といってもまだ母の乳房が恋しい年だ。病む母の蚊帳をそっと持ち上げて母の胸処にすり寄って子は眠る。ようやくお座りも出来るようになった保美が、玩具の豆太鼓を振って無心に遊ぶ。この愛らしさを夫に見せたい、と思う。まことに子供は、悲しみの玉のようだ。抱いても眺めても自然と涙が溢れだす。四首目は、良く太った元気な子を抱く母の喜びの歌。この二首から思い出すのは、「悲しみの結実《みのり》の如き子を抱きてその重たさは限りもあらぬ」（中城ふみ子『乳房喪失』昭和二十九年、作品社）の歌である。中城ふみ子も三人の子を連れて夫と離婚した。三十二歳の若さで乳癌で亡くなるのだが、子の存在は阿佐緒と同様、中城にとっても、悲しみ、哀しみ、また愛《かな》しみそのものであったろう。

あきらめよ都のぼりをあきらめよとて降るごとしみちのくの雪　（『青鞜』大正五年一月号）
生きてわがなすことのみな値ひなく思はれて來しことの寂しさ　同
吹雪する朝けの窓に見る山の今日は見えずも淋しわが兒よ　同

阿佐緒は夫との修復を願っている。だが、母しげはそれをよしとしない。婿らしいことを何もしない勇に、不信と怒りがつのるばかりだったのだ。阿佐緒は雪に閉ざされたみちのくの宮床村で、深い憂悶に沈む。吹雪に閉ざされて笹倉山も今日は見えない。山頂に奉納した石灯籠もすっぽりと雪にうもれているだろう、淋しいことよ、と両腕に抱いた二人の愛児に呟くのであった。

阿佐緒の失意は続く。『青鞜』が大正五（一九一六）年二月号をもって遂に無期休刊となってしまったことを、三ヶ島葭子から知らされたからだ。いや、阿佐緒より葭子の方が落胆は大きかったろう。前年の十二月号に、葭子は「『私の見た生活』――らいてう氏の所論をよみて」の優れた論を発表した。それは、妊娠を知った平塚らいてうが、働く女性が子を産み育てることと、自由な魂の発露との矛盾を投げかけた論文を読んだ葭子が、女性が子を産むことによって、その魂は制限されるのではなく、他の一方の生活から新しい意味を酌み来ることによって拡大され深化されるもの、と、自分の体験から真摯にらいてうに応えたものだ。葭子は、この『青鞜』にほとんど毎号、時には一〇〇首を一挙に掲載し、入会から四年間で一〇一六首もの作品を発表した（阿佐緒は合計一一〇四首）。与謝野晶子の推薦で「青鞜」に入会した新詩社の岡本かの子や、葭子、阿佐緒、原田琴子ら

右から原阿佐緒，保美，みなみ，三ヶ島葭子
（大正4年3月）

は、『青鞜』には晶子の添削や選歌を経ずに作品を発表した。特に葭子は、夢幻的な絢爛豪華な恋の歌で『青鞜』の若い編集者たちをうっとりさせるが、やがて、結婚という現実と立ち向かう。病弱な身で赤子を抱え、貧困と、夫との性の不一致による暴力に耐えながら、小説家として独立を目指してひたむきに努力する。次の歌は、葭子の『青鞜』九月号の一〇〇首歌中の四首である。

何よりもわが子のむつき乾けるがうれしき身なり春の日あたり
まづ何をおぼえそむらむ負はれてはかまどの燃ゆる火など覗く子
われいまだ道の半ばと思ふとき思ふことみなはかなくなりぬ
子のためにただ子のためにある母と知らば子もまた寂しかるらん

一首目の、子の襁褓《おしめ》を洗って干し、さらりと乾いた喜びの歌など、女流歌人の歌の歴史で葭子が初めてだ。二首目は、子供のたしかな成長を歌って普遍性がある。三首目は、「青鞜」に加わった女性の一人として、もっと学びたい、もっと伸びたい、という人間としての欲求と、挫折感も歌う。最後の歌などは、現代にも十分通用する歌だ。葭子も阿佐緒も、「青鞜」の女権拡張の思想を体現することは出来なかった。が、明治から大正へ、少しずつ世の中が変わり始めていく黎明の時に、自らも小さな松明を掲げて、ひっそりと歩いていた。そういう物言わぬ女性たちの歩みを、三十一文字の短歌に表していたのが、葭子と阿佐緒であったのだ。

## 2　『白木槿』刊行

### 与謝野晶子の励まし

阿佐緒は、大正五（一九一六）年二月の『青鞜』の無期休刊をきっかけに、『アララギ』への再出詠を決意する。大正二（一九一三）年に入会したが、大正三（一九一四）年の四月号以来、休詠が続いていた。古泉千樫との一件や、自身の結婚、出産も続き、大正四（一九一五）年の『アララギ』の出詠歌はない。この年は「青鞜」の十、十一、十二月号に合計八六首を発表したのみである（葭子は三六七首）。自分はこれでいいのか、と阿佐緒は考える。もっといい歌を作りたい、歌人として立っていけるようになりたい、第二歌集も刊行したい、そう考えた阿佐緒は、「アララギ」の斎藤茂吉に師事を仰ごうと、手紙をしたためた。

茂吉はその手紙をどう読んだか、六月一日に阿佐緒に宛てた返書（「書簡　四八六」『斎藤茂吉全集第五十二巻』昭和三十一年、岩波書店）には、阿佐緒の「御作を小生が拝見して極めて我儘に取捨してもよろしく御座候はゞ」拝見すること、この件について、赤彦、千樫、憲吉に相談したところ、「よからん」とのこと、そして、一つ気掛かりなこととして、「貴女の師なる與謝野夫人などの關係はいかゞなもの」か、自分が拝見することを不愉快に思わないか、小生の経験でも不愉快なことがあったので、「そのへんの事もう一ぺん御返じ願上候」と注意深く念を押す。さらに山田（今井）邦子は、「赤彦が厳選している、小生も我儘に選させていたゞきたく」と断り、「御稿を返却せずに、選だけを

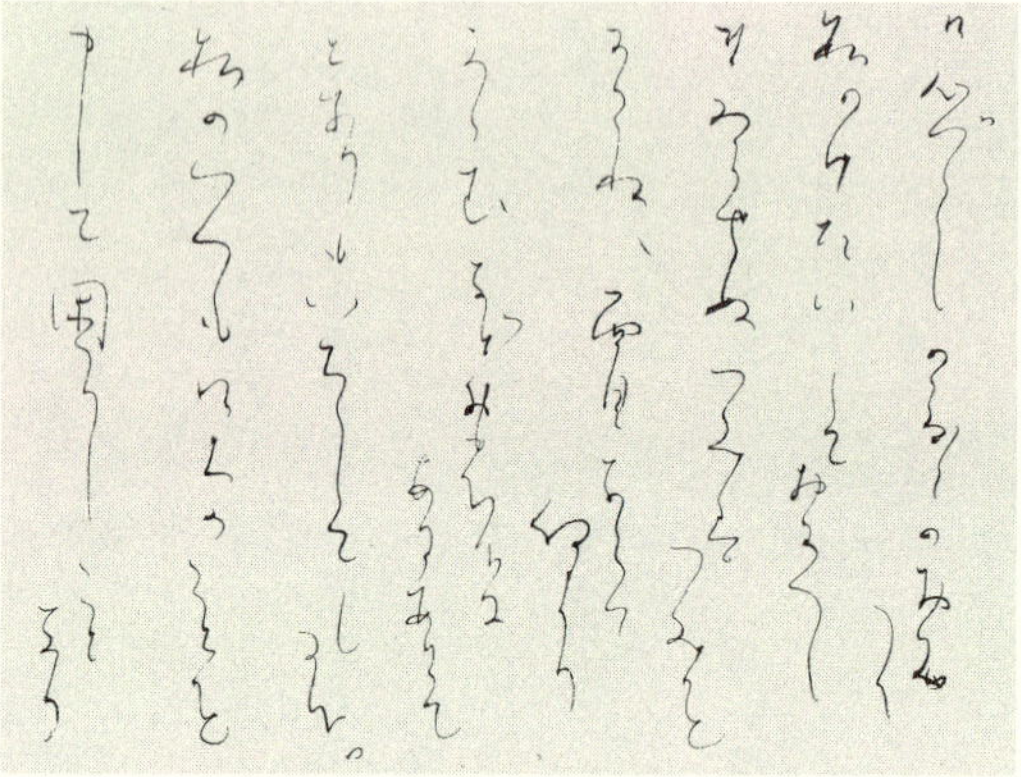

与謝野晶子の手紙（大正５年６月27日）

アララギに載せる」、と率直な内容である。

阿佐緒は『女子文壇』以来晶子に師事し新詩社に入会したが、作品の発表誌である『明星』はすでになく、『スバル』も『我等』も終刊し、『青鞜』も休刊した今、晶子に歌を見て貰う機会はなかった。葭子は東京に住んでいたので、晶子から歌会の誘いがあれば出席するが、阿佐緒にはそれもない。また新詩社の浪漫風な歌より、山峡の家で、子供と暮らす現実に根ざした歌を作るべきではないか、と思い始めていたのである。阿佐緒は茂吉の返書を読んで考える。本当に斎藤先生のおっしゃる通りだ。与謝野晶子先生にお断りしなくては、と手紙を書く。おそらくこの時の手紙か、晶子から阿佐緒に宛てた大正五年六月二十七日付の毛筆の封書が原阿佐緒記念館にある。そこには、まず、阿佐緒から心尽しの文を度々貰いながら返事が遅れたことのお詫びがしたためられている。この時、晶子は三十八歳。この三月に十番目の子となる五男健を出産し、手紙にも「保美様お下駄にあるき給ふよし」と記したあとに「今度の私の子も大きくなり候」と女同志の心安さで記している。また、前夜に歌会が催されたらしく、徹夜で五〇首を作ろうとしたが、という記述もある。続いて、葭子様の病気、名古屋の琴子様の別れ話、と新詩社の女流を気遣い、さらに阿佐緒に呼び掛ける。

あなた様は今は親のためにもあらず　子のためにもあらず　勇さまのためにもあらず　自らのためにすゝみ給ふが　そのまま誰がためにもよき道のひらけ候こと、思はれ候

晶子は阿佐緒に、悩み多くとも、今はきっぱりと自分のために歌の道を進むように、と説く。晶子もそうしてきた。だから、自分の道の前には、かすかだが光明が差している、と言いたいのではないか。手紙には、三歳のアウギュストが膝に寝ているので、筆に墨がつけられない、と断り、また、光、秀がいつも宮床を懐かしがり、この夏も誘われたことを嬉しがっているが、今年は山口県に行く予定、などとうちとけた文面となっている。こののち、阿佐緒と晶子、また、茂吉との間でどのようなやりとりが合ったのか、一応手続きを踏んだ、ということで、茂吉の添削はスタートしたようだ。

## 斎藤茂吉の添削

大正五年九月十九日消印の阿佐緒宛斎藤茂吉の添削の封書が、所沢の「三ヶ島葭子資料室」にある。六月一日の手紙には、原稿は返却せず、と断っているが、これは、阿佐緒が提出した原稿用紙の歌に、茂吉が添削を施したものである。茂吉の添削や忌憚のない意見を阿佐緒はどのように受け止めたのか。ここに、第二歌集『白木槿』中の歌と照らし合わせ、阿佐緒の推敲した歌をとして一部紹介したい。

＊ほの霧らふ眼近の山の高松のしんと立ちつつ昼久しけれ

コノ歌特別ニ悪イト思ハネド、ナゼカウ易々トシテ世ノ流行調ニナリタガルモノカ、イブカシ。アララギ調ガ（ソノ癖ガ）別ニ絶対ノモノデハナシ叙情詩ハ作者本来ノ純調ナカルベカラズ。

（注『白木槿』に所収。）

＊吾子居ねば雨に向かひてこの母は茶碗に乳をしぼり居にけり

（雨に向かひて）コレハ女人ノ気取リ癖ナリ。男ニモ男ノ嫌ナ癖あれどもオンナノ癖はマタ特別ゾカシ。

（注「雨に向かひて」を「ひとりこもりて」と推敲し、母の一人の姿を表す。）

＊湯の宿の暁起きを野に出でてとりし楢の実掌に青あをし

コノ結句、なぜ殊更に「青あをし」とことわらねばならざるか

（注「青あをし」を「冷たけれ」と推敲し、実際に触った実感を主とする。）

＊よわければ身にも代ふべきいとし児に乳離れを強ふ悲しき母かな

「身にも代ふべき」コレモモツト直截ノ方ヨカラン

（注「身にも代ふべき」を「未だ幼なき」と推敲して感情を排し、子の年齢を表す。）

○笹倉の高嶺の霧の明りつつ晴れゆくなべに淋しあさあけ
（注　これは○がつき、添削なし。）

以上数例だが茂吉の添削と阿佐緒の推敲である。阿佐緒が茂吉の指摘を真摯に受け止め、熟考し、試作した過程が浮かんでくる。この添削以外にも、七月二日付の葉書（「書簡補遺、七九一四」『斎藤茂吉全集第三十三巻』）には、

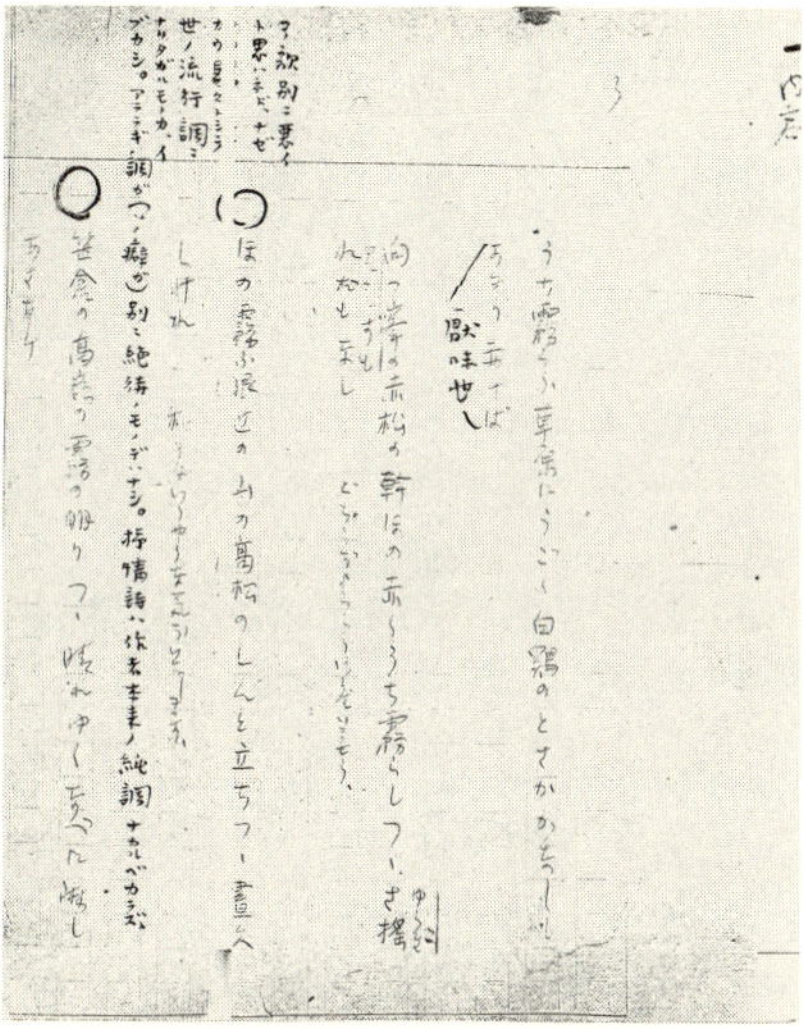
斎藤茂吉の添削（大正５年９月19日）

拝啓八首選して送申上候今回の御歌、駄作おほくアララギ一頁分にならず、至急二十首ばかり作つて送つて見て被下願上候次回よりは、眞に苦労して御自分で選して五十首限り御投稿願上候

とあり、茂吉の厳しさと、それだけ期待をかけている、という励ましが感じられる。阿佐緒は奮起したろう、『アララギ』八月号「夏雑歌」一七首、九月号「峡の家」、「白樺」計

一六首、と一頁二段に歌の掲載で、目次にも、女性では山田（今井）邦子と名が並ぶ。阿佐緒は、茂吉に師事したこの頃のことを、次のように述べている。

兎も角も私は、大きな信念のもとに、意を決して斎藤茂吉先生の御教を乞ふべく、お願ひした。さうした決心を容れて頂いた後の私は、驚くべき熱意をもつて歌に對つた。斎藤先生の一言一句は、全身的に私をむちうち励まして下された。涙痕時代の奔放さや、大膽さや、悪い意味での誇張した作など、やゝ影をひそめて、『白木槿』の中半は、歌に落ち着きを見せて來たと思ふ。

（「原阿佐緒集　この集の終りに」『現代短歌全集第十八巻』）

阿佐緒がこれほどに感謝した茂吉の添削。それを葭子も見た。丁度八月から静養のために宮床を訪れていたのだ。そして、決心する。自分も「アララギ」へ入ろう、と。葭子は阿佐緒と相談し、同じ『アララギ』編集長の島木赤彦に宛てて、入会の許しを乞う手紙をしたためるのであった。

### 新しい分水嶺

葭子が帰京した九月の末、阿佐緒は入院中の東北帝国大学付属病院の病室のベッドで第二歌集のゲラの校正に余念がない。根を詰めると熱が出るので、休み休みだが。

やがて、体調も戻り退院した十一月、阿佐緒のもとに、第二歌集『白木槿』が届いた。発行所は東京の東雲堂だが、印刷は『東北文芸』や『シャルル』の短歌の仲間の早坂亥質。四六判の体裁で、黒の布地に背の部分が赤、という斬新な色づかいだ。二羽の矮鶏《ちゃぼ》の扉絵は、日本画家でデザイナーの杉浦非水（妻は歌人杉浦翠子）、装丁は鈴木杏策、題字は仙台の歌人仲間で「詩歌」の熊谷武雄。歌数は『涙痕』以後の四四四首である。阿佐緒は「自序」に、「一年余もみちのくの山奥に老いた母親と二人の子供らとのみ籠つてゐる私は歌はずにはゐられないで歌つてまゐりました。（中略）『白木槿』を分水嶺として新しい道程にのぼりたい心持ちからこの集を出すことにいたしました。」と記す。全体の構成は、「観雲聴水」、「みちのくに幼児と」、「こもり妻」、「映像」、「青玉集」の五章に分かれている。

歌壇では、まず『アララギ』が大正六年一月号の「新刊紹介」の一番に取り上げ、「阿佐緒氏は最も多くの雑誌に歌を出す一人である。従って氏の歌は大抵達者である。序文でも威張らず、凡て謙遜の態度であるのはいい心もちである。」として、視覚、嗅覚、聴覚と体全体で受け止めた次の二首を挙げる。

『白木槿』（大正５年11月）

朝の窓開け放てれば山の霧流れ入りつつ木槿花白し

秋づける日向に干せるほし梅の匂ひかなしも昼のこほろぎ

『詩歌』も、大正六年一月号の「新刊紹介」で、「氏の歌に一種の才能が閃めいてゐた以前の華やかな時代の歌と比較すると今はずつと素直に地味になつて眞実味が加わつて来た。氏はよい素質を持つてゐる。表現は特殊である。」と綴る。また、『詩歌』大正六年二月号に熊谷武雄が「陸前の大廣土に住まつて居られるせいか、お歌がゆたかに軟らかき調子のうちに言ひ知らぬなつかしみがみなぎつてゐます。」と浪漫風な歌を挙げ、今井邦子は『短歌雑誌』(大正六年十二月号)に「著者の心の勢力」に感服し、女性の「センチメンタルな世界から、いかにかして本然の世界に出やうと願ひ、そして歩んでゐます。」と的確に評している。阿佐緒のこの頃の歌について、『文章世界』の大正五年十月号の前号批評「新進歌壇十一人集」において、若山牧水は「ものかげからひそやかに物を見るやうなつゝましさも見えて可懐しいが、全体から受ける力がどうしたものか強くない」と評し、前田夕暮は「女性特有の香気と粘着力とを持つてゐる。言葉なども目立つて洗練されてゐる。作者には少し才能がありすぎる」と評している。阿佐緒も手応えのあった『白木槿』を後年、こう回想する。

涙痕時代に於いて、叙情歌ばかりを作つてゐた私は、やうやく自分の歌について考察しなければならないことを感じ出した。みちのくの山深かい處に住んで、常に静かな起臥にあつて大自然の抱擁を飽くことなくむさぼりながら、さうした境地から生まれる詩情をば、無意識的に殺してゐたことに気がついたのであつた。偶然の機会から、「アララギ」を讀むで、痛切にそれを感じたのであつた。さうして自分の歌に對する信念が動搖してをる時、発表機關であつた、「スバル」や「我等」がなくなつた。(中略)私は家庭の事情で、一兩年歌作をなしえなかつた—。そしてその後に作つた歌は、期せずして調子が變つたものが生れた。自然に對する観方や感じ方なども變つて素直に表現出来るやうになつてゐた。所謂自然と融合した渾然たる境地に自己の感情を見出すことが出来るやうになつた。同時に等しく叙情詩でも主観的なものばかりではなくなつたのであつた。

（「原阿佐緒集　この集の終りに」『現代短歌全集第十八巻』）

阿佐緒は、夫と別居するなかで、歌を自らの杖とした。「アララギ」で歌い直そうと、斎藤茂吉に師事して数カ月後の『白木槿』刊行である。阿佐緒の歌へのなみなみならぬ思いが籠った歌集であり、新しい分水嶺がここから始まるのであった。

**夫の絵筆**

阿佐緒は自然に目を向けた歌を志向するが、女性性を身に濃く宿した阿佐緒本来の歌も作る。

硝子戸の外の闇より死ぬばかり身をうつ蛾ともならましものを

（『白木槿』）

夏の夜、灯火をもとめた蛾が、何度も何度も窓を打つ姿に、夫と離れ棲む我が身をなぞらえて激しい。この歌に、戦後、二十九歳で未亡人となった森岡貞香の、

追ひ出しし蛾は硝子戸の外にゐて哀願してをるはもはやわれなり

（『白蛾』昭和二十八年）

飛ばぬ重き蛾はふるひつつ女身われとあはさりてしまふ薄暮のうつつに　同

われのもつ假面のひとつあばき出し白蛾くるしみにそりかへりつつ　同

の歌が重なる。軽やかに艶やかに舞う蝶ではなく、夜の闇に鱗粉を光らせて灯火に集まる胴体の太い蛾に、自分の姿を映す。知らず知らず女盛りの身のやるせなさを蛾に見出だしている歌だ。

阿佐緒は夫勇に逢いたかった。『白木槿』中に、

児の手とりかたくりの花今日も摘むみちのくの山は春日かなしく

裾短かに吾子《あこ》に着せたる白妙の衣はうれし菖蒲刈る田に

馬を見に行かなとせがむ児を抱き朝春寒に霜を踏みてし

赤き緒の下駄はくまでになりし児の手を引けばかなし夫《つま》遙かなる

と、保美の成長著しい姿を歌っているのに、勇からは便りがない。遂に阿佐緒は大正六（一九一七）年春に上京する。阿佐緒にどれだけの目算があったのか、『アララギ』、『詩歌』、『文章倶楽部』などに短歌を発表し、『青鞜』の無期休刊を引き継いで山田たづが発刊した『ビアトリス』（大正五（一九一六）年七月～大正六（一九一七）年七月）四月号にも、小説「疑惑」を発表した。そこには、婿養子の勇を、何とか宮床、あるいは仙台でもいいから帰郷させて、安泰した家庭を営みたいと考える原家と、

それを受け入れない勇との葛藤が描かれているが、中途半端なかたちで終わっている。阿佐緒の上京は、勇を断ち切ろう、見返してやろう、であったのか。母に子供たちを預け、知人のつてで書店の店員の職を得て上京したのだ。しかし、あの蛾の歌にもほの見える夫への思慕は身体の底深くにうずいている。ひっそりと働いていたはずなのに、夫とどうやって出会ったのか、夏には一緒に暮らし始めていた。三ヶ島葭子の六月十日の日記に、「山中登（仙台の歌人山中波泉の弟で、葭子の隣人。「水甕」の歌人）さんと阿佐緒さんの話をする。勇さんと今度一しよになつたらそれこそもうよほどの覚悟でなくてはならない。などと。」とある。原家の財産を浪費し、阿佐緒の歌への情熱を理解せず、家庭に閉じ込めようとする勇のことは、葭子たち周囲のものも知っていた。だから、その「覚悟」を阿佐緒に問いたかったのだろう。七月一日の日記には、生前の葭子が、六本木の勇の姉の家に暮らす阿佐緒と勇を訪れた記述がある。阿佐緒と葭子が話している横で、八号のカンバスに向かう勇は、生活のためと言い訳をし、「目の覚める様な景色の絵」を、「不思議なほどけばけばしい色を出して」三枚も四枚も描いていったという。この時のことか、阿佐緒は『アララギ』八月号に、

わが背子の絵を描く音を病みゐつつほのかにきけばまうら淋しき

と歌っている。葭子の言うように、夫勇は、芸術のためではなく生活の糧を得るために、カンバスに向かっている。阿佐緒は、お前が行けば安くしてくれるから、と夫に言いつけられて、小さいブリキ

のバケツを提げてペンキ屋にペンキを買いに何度も行く。これが、ルフランや、ニュートンの絵の具ならどんなに楽しいか、と溜め息をつきながら（「黒い絵具（三）」）。

今、夫が描いているのは同人誌『嬰児』の表紙絵だ。「詩歌」同人の原三郎がこの四月に発行し（小野勝美『原阿佐緒の生涯』）、阿佐緒も作品を依頼されている九月号。はからずも天使が二児をしっかり抱いている姿を勇は描く。阿佐緒は夫の筆音を聴きながら、病の床で一人、涙を滲ませる。どうしてこう何もかもうまくいかないのか。勇の第二子となる子を妊もったのに、医者は出産までもつかどうか、と危ぶんでいる。そんな身で、東京にいられない。帰郷を決心した阿佐緒の耳に、しきりに刷毛を急がせる勇の筆音が届くのであった。

# 第五章　聖女と妖婦

## 1　エーデルワイスの押し花

### 石原純の見舞い

阿佐緒は夫に思いを残しつつ九月に帰郷した。体調は思わしくなく晩秋、東北帝国大学付属病院東二号十四番室に入院し、異常妊娠のための手術を受けた。阿佐緒は、子を産めなかったばかりでなく、もう二度と出産のかなわぬ体になった衝撃と悲嘆を、夫に訴え、共に泣いて欲しかった。しかし、夫は訪れない。ひたすら待つのは、母が時々連れてくる息子の千秋や保美と病室で過ごすひとときだった。

年が明ければ退院、と目途がついたある晴れた日の午後、阿佐緒の病室を見舞いに訪れる人があった。子供たちのためにと毛糸のシャツを編んでいた阿佐緒は、看護婦の持ってきた名刺に驚く。居ずまいを正して待っていると、病室の引戸を控え目にノックして、額の秀でた洋装の紳士が現れた。年齢は三十半ば過ぎであろうか。もの静かに微笑みながら、どうぞ臥したままで、と手で合図をしてから、「アララギ」の石原純《いしわらじゅん》です、と名を告げた。たまたま用事があったので、と失礼を詫びるその声は低いが明瞭だ。「石原純」の名前は勿論知っている。「アララギ」の重鎮であり、東北帝国大学理科大学教授で理学博士であられる立派な学者先生だ。その先生が、歌の仲間から聞いて、とは言うけれど何故わざわざ、と阿佐緒は恐縮する。年の瀬ということで、同室の女性の患者は外泊して、阿佐緒一人きりの病室に、黒革の鞄を提げ、外套と帽子を小脇に抱えた紳士は、かしこまって立ったままだ。元々、口数の少ない方なのか、すすめられた窓際の椅子に申し訳なさそうに腰掛けると、阿佐緒の枕元に開いたまま置かれた歌の手帖を見やりながら、病状を尋ねる。そしておもむろに、実は、来年早々、「アララギ」の仙台歌会を自宅で開くので、体調と相談の上、よかったら出席願えないか、と慇懃な態度で来意を告げた。その途端、阿佐緒の、黒目がちの大きな瞳がぱっと見開き、青白い頬にもさっと赤味が差した。そしてそのまま、一気に語り始めるのだった。

何と思いがけない、嬉しいお話でしょう、と。阿佐緒は真っ直ぐに石原純の目を見つめると、鈴の転がるように可愛らしい弾んだ声で、ええ、勿論、伺わせていただきます、退院後もしばらく通院のため、病院前の親類の家に泊まることになっているので、お邪魔でなければ、是非参加させて下さい、ときっぱりと承諾する。そして、問わず語りに、昨年来、添削をお願いしていた斎藤茂吉先生が、今度長崎医学専門学校教授として赴任されるので、がっかりしていました。島木赤彦先生は、よく葉書を下さり、この十一月号の「みちのくの秋」二八首には、わざわざ病院宛に、「十一月号貴歌ハあれ

ハ大したものに候　年に一二回あの様なもの出来れバ大したものに候」と『アララギ』の編集者として葉書を下さいましたが、私にはどれがいいのか、よく分かりません。

あまさかるみちのくの國におとろへてわが病み居れば夫にも逢はず
やうやくに起きて座れる母われの膝をまくらぎ眠れり吾子は
小川邊の土手の蔓草手にひけば瑠璃なす玉のぬれてあるかも
冬籠りの吾兒らのためにたくはふと栗をつなぎて夜をふかしけり

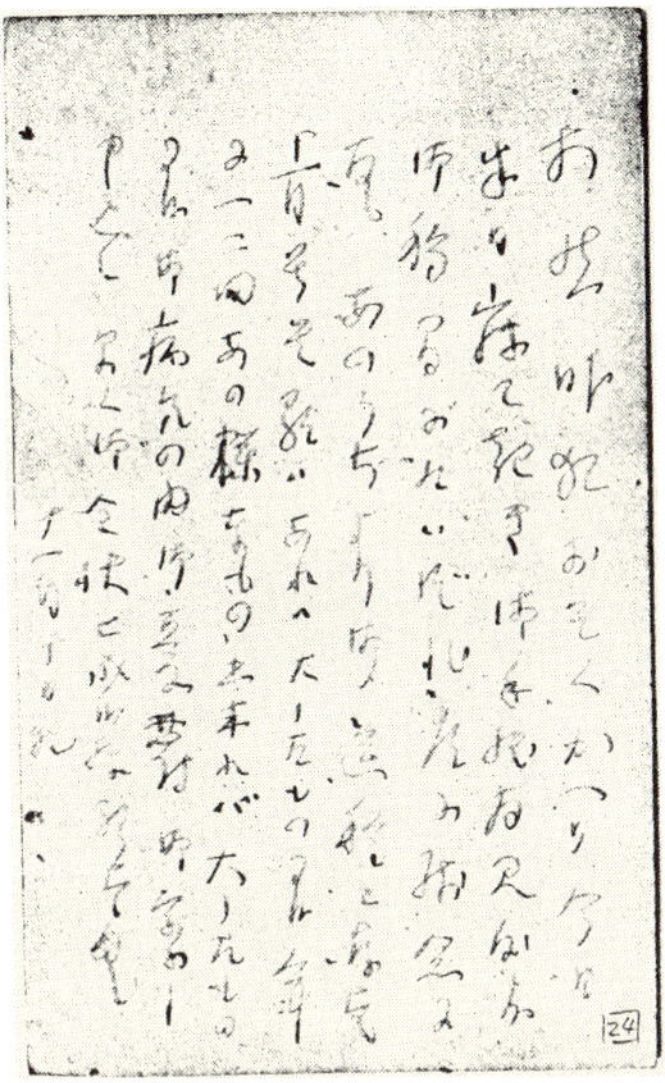
島木赤彦の葉書（大正６年11月11日）

こんな歌がいいのでしょうか。島木赤彦先生に添削をお願いしましたが、作歌の上で今迷っております。これから、石原先生の歌会で直接に教えを請うことが出来るとは。こんなに光栄で嬉しく励みになることはありません、と嬉しげに晴れやかに笑いかけた。

石原純は、病室に入った時の、阿佐緒の憂わしげで消え入りそうな寂しい表情が、歌会の話を聴いた時から、まるで、水を得た魚のように、ぴちぴちと艶やかに明るく変化したことに心を動かされる。それは、久しく忘れていた、アール・ヌーヴォーのミュシャの絵のようであり、留学時代に出会った、生き生きと美しい西洋の娘たちの姿を思い出させるのに十分だった。阿佐緒の話に耳を傾けるうちにかれこれ三十分もたったろうか、純は長居を詫びて立ち上がった。阿佐緒は、枕元の虹色のストールをすばやく手に取って羽織ると、ベッドから降り、布製の小さい赤い上靴を履いた。阿佐緒の妖精のような愛くるしい動作や、立ち上がると、何と小柄な人か、自分の肩にやっと届く、その寄る辺ない姿に純は一瞬胸を突かれる。そして、玄関先まで見送ろうとする阿佐緒に、廊下は寒いからと、固辞するのだった。

### 伊藤左千夫と石原純

その日以来、純は時々病室を訪れては、阿佐緒の話に耳を傾け、また阿佐緒が立ち入って尋ねる短歌との出会いや、阿佐緒が入会する以前の初期「アララギ」の話などを少しずつ語るのだった。その話をまとめると、純は、明治十四(一八八一)年一月十五日、東京の本郷教会の牧師の父石原量《ひとし》と母千勢の長男として生まれた。斎藤茂吉より一歳、古泉千樫より五歳、阿佐緒より七歳上である。六歳の時、母親が弟妹を遺して病死したというが、これは親友の三ヶ島葭子と同じだ。自分も十二歳で父を亡くしたので、片親育ちに共感を覚える。純は成績は優秀だが牧師の家計は貧しく、十五歳の時に弟謙と共に、巣鴨の牧師田村直臣が経営する自営館に入塾して、昼は学校に通い夜は活版所で働いたという。きっといろいろな苦労があったにちがいない。第一高等学校から東京帝国大学理科大学物理学科に入学した頃から、短歌に関心を持ち、「阿都志《あつし》」の名で『日本』

に投稿、根岸派の伊藤左千夫の門下に入り、明治三十六（一九〇三）年『馬酔木』の二号より短歌を投稿するようになる。同年十月、父と弟が腸チフスに罹って帝大病院に入院、十一月に父が亡くなった。

病む父に一夜を侍り霜は踏む朝の帰りに世らは静けし　（『馬酔木』明治三十九年一月号）
交譲葉のふる葉の落ちて淋しきにひとりぞこもる年の睦月を　同

父親を一夜看取って帰る朝、世の中は何等いつもと変わらず、霜を踏む音が厳しい世の定めを伝える。母亡きのちの十八年、自分たち子供三人を育ててくれた父が亡くなった。ゆずり葉の厚い枯れ葉もすっかり落ちた家の庭で、一人こもる睦月。青年の苦悩といいしれぬ孤独が歌われている。阿佐緒は純から貸して貰った『馬酔木』の歌を読み、そっと涙を拭うのだった。

そんな純にとって、豪放磊落で懐の深い伊藤左千夫の存在は大きな心の支えであった。本所区茅場町で乳牛搾取業を営む左千夫の家を純が初めて訪れたのは、明治三十六（一九〇三）年の秋だった。炉を切った座敷で愛蔵の茶釜や「無一塵」の額面を眺めながら、夜更けまで短歌の話をして、電車がなくなるとそのまま泊めて貰うこともしばしばだった。左千夫は純を気に掛け「何にかとことあげせずて来たるべし梅も咲きたり茶もひきてあり」（「石原純へ」『伊藤左千夫歌集』明治三十七年三月二日）と誘い、純が歌会で「席上の歌作」（即詠）に苦しんでいると、左千夫は元気な声で、「そんなことでは

**石原純のドイツ留学の歓送会**
（前列左から３人目が石原純，４人目は伊藤左千夫，後列左から１人目は斎藤茂吉，３人目は古泉千樫，明治45年２月か３月頃）

だめだ、僕はもう数首出来た」と言って励ます。純が、歌会の合間に数式を書き連ねた紙を前に考え込んでいると、物質の分子とか電子とか、ラヂウムとか地球や天体のことなどを率直に尋ねる。明治四十三（一九一〇）年五月十九日、ハレー彗星が太陽に近付き地球に尾が触れるという夜は、同郷の歌友蕨真《わらびまこと》の協力を得て出来上がったばかりの茶室「唯真閣」に皆を集めて彗星来降を待った。左千夫をはじめ純も「彗尾《ほゝきを》のながくし曳けば飛ぶを近みうち見る天を掩ふときあらむ」（『アララギ』同年三月号）等数首を作り、左千夫の若々しく進取的な素質が若い門人を引きつけたと語るのだった。

話は前後するが、純は明治四十（一九〇七）年に中学時代の同級生で麻布天文台に勤務する橋本昌矣《はしもとまさお》の姉逸子と結婚し、翌四十一（一九〇八）年四月長女雅代が誕生した。一月に『馬酔木』が終刊し、十月、左千夫が『アララギ』を創刊し、長塚節、斎藤茂吉、古泉千樫らと参加した。この十一月に、『明星』が百号をもって終刊したのは象徴的、と純は阿佐緒に語るのだった。翌年、二十八歳の純は、アインシュタインの相対性理論に基づく研究を始め、日本初の相対論の論文を発表。明治四十四（一九一一）年には、東北帝国大学開設にあたって、三十歳で理科大学教授に任ぜられ、妻と三歳の長女雅代と一歳の長男紘《ひろし》と共に仙台に転居したのだった。翌明治四十五（一九一二）年、二年間の海外留学を命じられた純は、伊藤左千夫らが催す送別会で盛大な見送りを受けて、三月末に敦賀からウラジオストックへ、そして送別会でしたためた書「陸行千里」そのままに、シベリア鉄道でドイツに入った。ミュンヘン大学では「独楽の理論」のゾンマーフィールド教授に、また、ベルリン大学、そして大正二（一九一三）年四月半ばよりスイス連邦工科大学のアインシュタイン教授の下で学んだ。

人もあらぬ實験室の夜の更けにしづかに響く装置を聞きぬ　（『アララギ』大正二年一月号）
そぼぬれしせまき歩道のしきいしを一つひとつに踏みて行きけり　（『アララギ』大正二年二月号）

二首とも、入会したばかりの『アララギ』誌上で阿佐緒が愛読した歌だ。夜更けの実験室に響く装置の音に、学究の徒の厳しさを感じた。二首目は「獨逸より」一九首と小文の中の一首で、堅い石の歩道を歩む靴音に、異国暮らしの孤独が身に沁みた。

伊藤左千夫は『アララギ』大正二年三月号の「歌の潤ひ」に、純の「獨逸より」を取り上げ、「一首一首を読んでそれぞれ生きた感情に触れさらに全体を読去つて又全体から受ける共鳴の響きが暫くの間読者の胸に揺らぐのを禁じ得ないのである。予は是等の歌を潤ひの或る歌、味ひを以て勝つた歌として推奨したい。さうして又理想的に成功した連作の歌として奨揚したい。」と絶賛した。

かつて正岡子規の連作の試みを評価し「連作之趣味」(『心の花』明治三十五年一月号)を発表した左千夫は、自らも一つの主題のもとに歌う「連作論」を推奨しており、純の異国での連作に「我が意を得たり」の思いを強くしたのであろう。左千夫のこの言葉は純を力付ける。四月号に「獨逸より」(其二)、(其三)、(其四)として七頁半に及ぶ短歌八六首と小文の長大な連作を発表した。そのなかに、

仙台のちひさき家にこどもらは甘え泣くらむ凍ゆる冬を

と家族を思う歌がある。仙台の留守宅の幼子を思う父の歌は優しく懐かしい。小文には、日本から二十日遅れで届く妻逸子の手紙に、「うばたまの黒髪しきて長き夜を君こひをれば堪へがてぬかも」の歌が書かれていたとも記しているのを、阿佐緒も微笑ましく読んだ記憶がある。伊藤左千夫は仙台の留守宅に紅梅焼きの菓子を送って妻子を感激させたという。また、石原純の今度の連作について、同年五月二十九日付の封書で「御滞欧中の貴詠は貴君御生涯の御紀念のみならず大正初頭に於ける大いなる光彩」と達筆で褒めたたえた(理科ハウス所蔵)。

左千夫は、歌は全身を込めた心の叫びであり、純粋な感動の直接表現であるとして、最近の「アララギ」の斎藤茂吉ら若手の技巧に走った表現を真っ向から批判して対立し、編集を降りていた。もし、

純が日本にいたら、事態は変わったかもしれない。が、左千夫の頑固さは増すばかりで、孤立を深め、遂に七月三十日に脳溢血で急死したのだった。その報を、八月も半ば過ぎに受け取った純はどんなに驚愕し悲嘆にくれたことか。来年の初夏には故国に帰り、先生に話そうとした歌への思いやさまざまな事柄をそのままにせねばならない。一人の死によって永遠に閉ざされる思いの数々……。スイス（端西）の山腹の下宿の窓から、街の屋根やその向こうの青い湖水を、呆然と眺めた日のことを、純は決して忘れなかったし、阿佐緒にもまだ話すことは出来なかった。

仙台歌会

（前列左より4人目が石原純，右隣が原阿佐緒，大正7年か8年頃）

## 仙台歌会の報告

大正三（一九一四）年五月に帰国した純は、東北帝国大学理科大学教授となり、翌年春に次女綏代《やすよ》が誕生した。大正五（一九一六）年六月には、アインシュタインの相対性理論に基づく「電媒室内における光波進行の研究」により理学博士の学位を授与され、その翌年の正月には次男統《おさむ》が誕生し、世間的な眼から見れば順風満帆の三十代半ばであった。島木赤彦が編集人となり、発展し始めていた『アララギ』誌上にも、留学時代の歌の、「シベリアの旅」、「孤村の方へ」（大正五年）を一年間で一九六首、また「孤村の方へ」、「諸の國びとの集まり」（大正六年）を同じく一〇一首発表した。特に大正六（一九一七）年十一月号には、「チユーリツヒのテロニツシエ、ホツホシユーレで私は始めてアインスタイン教授に逢うた。言ひ難い敬虔と喜悦とに充たされながら私は近代物理学に革命を成就した此の若い碩学に相對した。」の題詞に続けて、

名に慕へる相對論《さうたいろん》の創始者《さうじしや》にわれいま見《み》ゆるこころうれしみ
世を絶えてあり得ぬひとにいま逢ひてうれしき思ひ湧くもひたすら

と、日本で初めてアインシュタイン博士の相対論を紹介した自分が、今その博士と対面した震えるような喜びと畏れとを表した歌を収めている。さらに連作「霧降る國」や「児ら病める日に」（大正七年）を同じく一六九首、と旺盛に作歌していた。その原動力は、石原邸で開かれるようになった「仙台歌会」であろう。『アララギ』大正七年一月号に純の報告が記されている。

大きな都会に育ち住み馴れた私には仙臺は限りなく淋しい處であつた。……。外國へ行つて歸つて来てからもやはり同様な感想が續けられて来た。共に歌を語り得る人々の全く居なかつたことも私に大なる淋しさの一つを與へる所以をなしてゐた。近頃になつて私の同僚の掛谷君がその眞摯な

生活を歌はうとする興味を有せられることを知つて、稍こゝろ強く感ずる様になつた。若い二三の人達も私を訪ねてくれる様になつた。時々は歌会も開いて見たいと思つて舊臘始めて私の寓居で寄り集まつた。此新年には丁度原阿佐緒氏も當地の大學病院を退院せられて尚少時滞在して居られたので一緒に集會された。さうして一月十日の夜會者九人の小集が催されたのであつた。私は自らの追憶の為にこれだけの事を記して置きたい。

純は、科学者であり詩人である自分の求道的な心の内を語っている。伊藤左千夫に出会って師事し、同人たちと切磋琢磨した青年期。異国で留学生として学ぶ困難さ、そのなかで歌うことで自分の心を整え、新たな自分を発見し、周囲へと視野を広げた体験、また、日本からの伊藤左千夫をはじめ、斎藤茂吉らの手紙の励ましを得たこと、帰国して学問的には世の評価も定まり、家庭も子宝に恵まれているが、何か足りない、心の乾きを感じていたこと。しかしそれが漸く、潤い始めてきたのだ。短歌の仲間を得、歌会を開き、さらに原阿佐緒が出席したことが何より大きな喜びであったのだ。だから、わざわざ、その出席の日を待って『アララギ』誌上に「自らの追憶の為に」と断って掲載したのである。それは、この文章に続いて並ぶ、出席者九名中の純の歌から知られる。

ほそほそとひとさそふ如く雪はらの路うねりゆくかなたの村に

純はこの時、いや、あの病室を訪れた時から、ひそかに原阿佐緒の面影を追うようになっていた。それは、この道行きを暗示するような、雪はらの細い路を歌った一首から知られることである。

### 添削とエーデルワイスの押し花

阿佐緒が望んだのか、あるいは、石原純から申し出たのか、阿佐緒の歌に添削、というより控え目な指摘や感想をしたためたA５判の大学ノート一冊が仙台文学館に所蔵されている。大正七（一九一六）年の正月の前後から春先までの二〇〇首余りの作品を記したノートは、何首かまとまると、提出したのか、それとも、一冊になってから提出したのか定かではない。が、『アララギ』の四月号をはじめ、翌年まで何首かを誌上に発表している。添削は、赤字で○や◎の他、特に印がなかったり、再考を促す意味か、読点が付いているだけの歌もある。頁を繰って行くと、歌の横に、一字一字刻み付けるように正確で、科学者らしい（これは斎藤茂吉も同様）文字で書き込んだ箇所がいくつもある。

わが飼へる懸巣の餌を忘れなと子に云ひおきて家を出でけり

（石原純）（淡々しい中に云ひしれぬ親しみのこもつたうたです。私の大へん好きな歌です）

あまづたふ日の照り透り雪の山光寒しも遠つかなたに

（石原純）（「あまづたふ」は日のめぐりゆく時間的の感じを伴ひますから、此のうたでは「あからひく」などの方が適当かと思ひます）

このように枕詞の用法の指摘もある。阿佐緒はこれを読みながら、本当にそうだった。自分が歌いたいのは、太陽が今差し透る雪山の姿なのだから、日がつたい渡っていく「あまづたふ」よりも、明るく光る「あからひく」の方が正確だ、と納得する。だが、この「あからひく」の語の響きは自分の歌には合わない、と思ったのか、この歌は発表されていない。

陽の明かき楢の林に巫鳥《しとと》ゐて枝うつり鳴けり雪も消《け》なくに
わが馬子が石を投ぐれば飛びたちて姿を見せぬ小さき巫鳥《しとと》は

これらの山路を歌った数首には「此前后数首のうた快くとゝのつたうれしさをおぼえます」との書き込みがある。阿佐緒は呟く。こういう山々や小さな冬鳥を眺めて歌う時、自分の心も解放される。それがいいのかしら、と。他の指摘も納得出来る。有り難い、本当にもっと精進しなくては、と思いつつ、頁を繰っていく阿佐緒の手がふっと止まった。ノートの後半に記した、

ゆくりなく人は来ませり髪結ふと部屋乱しゐしそのひと時を
文机のおしろひの瓶かくすまもあらなく君の入りを来ませり
見すまじき拙な歌どものこしつゝ吾が去なむ日の逼れるものを

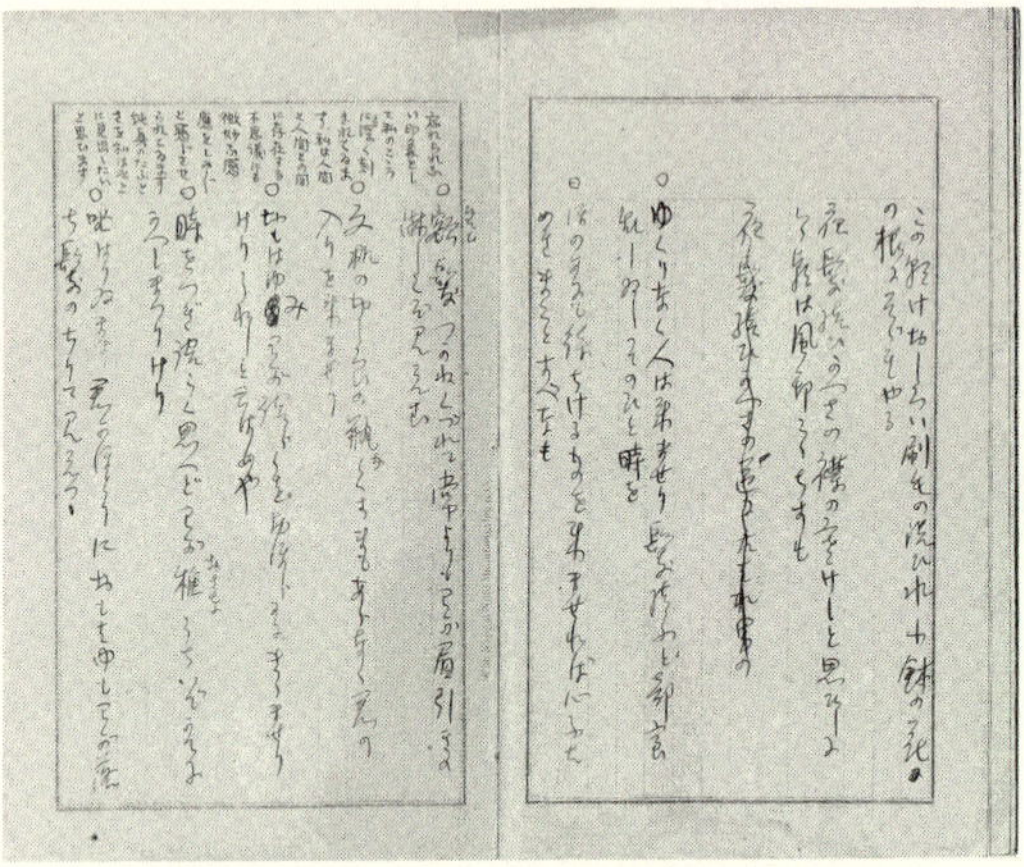

阿佐緒の歌稿ノート（上部の書き込みは石原純）

これらの歌の余白に「忘れられない印象として私のこころに深く刻まれてゐます、私は人間と人間に存在する不思議にも微妙な感應をしみ〴〵と感じさせられてゐます　純真のたふとさを私はそこに見出したいと思ひます」と、細かく書き込まれている箇所に気付いたからだ。阿佐緒は胸騒ぎを覚える。が、一方で、そんなはずはない、私のうぬぼれかもしれない、と打ち消す。添削をして戴くのは控えよう。歌会は私の唯一の勉強の場だしたくさんの人もいるから、なるべく出席しよう。そう思案しつつ、阿佐緒は雪解けの道を馬に揺られて宮床へ帰った。しかし、予感は的中する。石原純から届いた三月十六日付の封書に、白い一輪の押し花が差し挟まれていたからである。手紙には、「こなひだ御目にかけやうと思つたエーデルワイスの花」とあり、『アララギ』大正六年一月号の「孤村の方へ　四」で歌った、「あるぷすの白よもぎぐさ触れもみれば裏にも面にも柔毛《にこげ》は生ふる」の、「『白よもぎぐさ』が之です。」とある。「夏でも雪のある程の高山でなければ生へないので、非常に珍重されてゐます。」とある。そんな大切な思い出のエーデルワイスの花を、わざわざ贈って下さった。どうしたらよかろう。阿佐緒はそう呟きながら、文箱にそっと封書を収めた。

婦は服、嬬は属

宮床に遅い春が訪れた。阿佐緒は満三歳になった保美と畑の畔道をゆっくり歩く。土筆を摘み、なずなの白い小花を鈴のようにして、保美の耳元に鳴らすと、ぱっちりと大きな目をした保美は、くすぐったそうに声をあげて笑う。元気になった母と野道を歩くのは久し振りなので、保美は嬉しくてたまらない。母の先になり後になり、くりくりと良く太った手足で子犬のようにじゃれついて離れない。

阿佐緒はすこやかなわが子の姿を眺めながら、昨日届いた夫からの便箋十枚の手紙を反芻する。それは、原家が起こした離婚訴訟を思いとどまらせようと、阿佐緒に復縁を呼びかける文面であった。勇は言う。阿佐緒は「優しい心根」を所有しているが、母親の「勝気な負け惜みの様な分子」が阿佐緒に加わっていること。阿佐緒の「皮肉を言ふことを知らぬ性質や鷹揚に出来上つてゐる性質等はお前の生命として認めて居る」と美点を認めた上で、「法廷で権利を争ふ等といふことは何だか浅ましいことである」と、離婚訴訟を取り下げるようにほのめかす。勇は阿佐緒の性格をよく飲み込んでいて、阿佐緒の「過去の失敗は盡く意志の薄弱に原因すると思ふ。其為に最愛の良人までも誤解を招き信用を失つて放棄せられなければならぬ。」と説く。この手紙を母が読んだらきっと激怒し、勇をさげすむだろう。それは、耐えられないことだ。別居を続けながら原家の仕送りに頼っているのは、芸術の道を志しているからだ。それに何よりも保美の父親を悪く思いたくない。だが、自分が歌を作るのを嫌がり、短歌の雑誌を取り上げ屑籠に放り投げたのも事実なのだ。

案の定、手紙の最後に勇の本心が顔を出す。「心身全部をなげかけて偕老を契る決心になれ」と、結婚生活の持続を訴えたあとに、「妃を后といふのは夫の後と云ふ意味、婦といふ文字は服の意で夫の服従を意味し嬬は属する意味である。……夫は常に妻を監督保護し妻は之に従ふ義務を有すとある……敢てお前はサクリファイスを知らぬ女ではない、誘わくに陥り易すい弱さがあるのだ」と、あくまでも阿佐緒を自分の支配下に置きたい意志を伝えている。サクリファイス（犠牲）をいとわずに、歌などやめて夫に従属しろ、というのか。それは駄目だ、自分は歌を捨てられない。歌のない生活など考えられない。阿佐緒は保美の手をしっかりと握ると、陽炎のもえる野道に目をやった。

保美は、千秋と同様に父のない子になるのか。大丈夫、育つ。と阿佐緒は丈高い笹倉山を見上げて、十一歳の長男千秋を思い浮かべる。千秋は中学校の入学準備のために、仙台の知人の家から立町小学校に通学しているが、弟思いだ。先の勇の手紙と共に原阿佐緒記念館には、何通かの千秋の手紙を所蔵しているが、大正七年六月二十日付のカタカナの手紙は、「ヤスミクン」という語りかけで始まる。今日は節句なので、餅をついたでしょうね、と優しい。「ニーサン」もあと少しで夏休みになること、今試験で忙しいが、終わったら宮床に帰るからおとなしく待っていらっしゃい、「カーサンモ」いま二つ寝たら帰りますよ、と、指を二本つきたてた絵で二つを表しているのが微笑ましい。千秋の父親の小原要逸は、東京の京華中学校の国語科の教師（教え子に比較文学者の島田謹二や映画監督の黒澤明がいる）で千秋の成長に責任を持ち、阿佐緒の母原しげと折々文通を続け、千秋も休みには上京して父に逢うこともあった。父譲りでハンサムな千秋は、原家の長男として祖母の期待を背負い、病弱な母を支え、異母弟を思いやる、年齢より早熟な少年に成長していた。

この年の夏、三ヶ島葭子が宮床の白壁の家を再訪した。夫の寛一が北海道に出張するのに併せての来仙だ。医者の許しも出たので、「今夕上野出発、二十七日の午後には宮床へ繰り込む予定です」と意気込んでいる。その葉書のなかで見逃せないのは、「あなたのお宅にゐる間だけなぐらないやうにと嘆願してゐるのですけれどそんなこと何の役にも立ちますまい。」との記述だ。水産関係の新聞社の編集者の職を得た夫倉片寛一は、葭子より二歳年下の文学好きで、葭子の短歌や創作活動に理解を示していた。が、短気な所があり、病弱な葭子を性的に圧迫していた。葭子は夫の暴力も日常的なこととして何気なく書いたのかもしれないが、阿佐緒は驚く。そして、自分も勇と暮らしていた時、何かというとすぐに殴られたことを思い出し、身震いした。

東京から宮床の白壁の家までおよそ一日がかりで訪れた葭子は、一昨年よりずっと痩せ細っていた。十日程の滞在中に二人は夜通し語り合う。葭子は創作の悩みを。これまで中村星湖先生に短編を見て貰って、「ある夜」（『早稲田文学』大正四年八月号）や「途上」（『ホトトギス』大正四年十月号）「その頃のこと」（『東方時論』大正六年三月号）等を発表してきた。今度思い切って書いた夫との性的不和の短編は、先生から内容が不明瞭、独り合点、発表する覚悟が出来ているか、と返送されたばかり、もう小説は無理だわ、と告げる。阿佐緒は、離婚の悩みと、雲の上の人の石原純先生から戴く手紙に困惑していることを溜め息まじりに告げた。葭子の帰京後、阿佐緒は終日働くようになった。

夕餉すと子ら座らする厨のうち蚕棚《こだな》つくりてせばく皆居り　（『アララギ』大正七年十月号）
やうやくに桑やり終へて欅ながら座はる夜ふけをこほろぎ鳴くも　同
女にて家守ればかなし草鞋はき山境ひ見に吾は来しかも　（『アララギ』大正八年一月号）
山に来てひとり鉈振る自らのさびしきふりも今はなげかね　同

養蚕を手伝い持山を見回るなど、現実に根ざしたこれらの歌から、離婚を前提とした阿佐緒の戸主としての意識が感じとれる。

年が明けた大正八（一九一九）年、純は『アララギ』二月号の「仙臺歌會消息」に、歌会は続いて開かれているが、「原阿佐緒氏は此處から少し離れた郷里の山の家で冬ごもりして居られる。御子さんから正月になつて『朝起きて外を見たれば初日出空あかあかとうつくしきかも』などといふ子どもらしい歌を書いてよこされた。」と記す。千秋は、仙台の借家の母のもとを訪れる人の中で、石原純先生を一番尊敬していい人だと信じていた。数学を教えてくれたり、東北学院中学部に進学した時は祝いに辞書をくれたり、弟に花火をくれる先生。その先生に歌を見て貰えるのが嬉しかったのだ。阿佐緒は仙台の借家で千秋の面倒を見、石原純宅で開かれる「アララギ」の歌会に時々出席していた。

## 学士院恩賜賞とA女像

さて、『アララギ』大正八年六月号の「編輯所便」に、「石原純氏學士院恩賜賞拜受のため五月廿四日上京仕るべく、祝着の至り存じ上げ候。」と島木赤彦が記す通り、五月二十五日上野の美術学校に於いて、学者にとって最高の名誉である第九回恩賜賞及学士院賞（賞状賞牌および金一千円）の授賞式が行われ、純は身重の妻を伴って出席した。受賞は「相対性原理、万有引力論及ビ量子論ノ研究」によるものだ。

ひたすらに虔《つつ》しみごころ我に湧きぬ希《ねが》ひ稀なる賜ものくだる

『アララギ』七月号「賜賞」一八首中の一首である。学士院賞の中でも特に優れたものに与えられる恩賜賞を弱冠三十八歳で受賞した純。その感激が率直に、幾分裃《かみしも》を着けた公的な感じを纏って歌われている。各方面での祝賀会や学会や講演で忙しい八月二十日、純の妻逸子は五人目の子となる三男糺《ただす》を出産し、慶びごとが重なった。

しかし、このような時に、いやこのような時だからこそ、人の心に達成感や到達感と共に、頂点を極めてしまったものの虚しさが襲うのか。あるいは、そこからもっと高いもの、得難いものを手に入れたい、という欲望や飢餓感が増幅されるのか。純にとっては阿佐緒がその対象であったのか。これまで数年にわたって『アララギ』誌上で、阿佐緒の歌を読み、その寂しい境遇に同情を寄せ慰めになろうとした純。病院に見舞い、歌会で共に短歌を批評しあうなかで、恋心が芽生える。青年と娘ならば、何の支障もなくその恋を育てられる。が、二人の場合はあまりにも障壁が大きかった。まず、純には家族がいる。地位も名誉もある、それこそ雲の上の人だ。世界的物理学者、日本の宝とまでほめそやされる、その人が阿佐緒の名を、「かの寂しい『犠牲』の女主人公の名『ヂュリヤナ』」（「黒い絵具（十七）」）になぞらえて、二人きりの時や手紙に「ヂュリヤナ様」と呼びかけるようになっていた。まるで少年のように純真なその思いを、どうして受け入れることが出来よう。

みちのくに美しい初夏の訪れた六月一日、阿佐緒と勇の協議離婚が成立した。保美は阿佐緒が引取り、婿養子の勇に千円を贈与することが条件だった。当時、家一軒が三百円で建ったという。これは、二年前に阿佐緒が書いた「御身に服従せぬやうの事ある時は、全財産を提供する云々」の紙片が証文として裁判所に提出されたためである（「黒い絵具（十）」）。

祖先《おほおや》のたまもの尊しかれども今や人の手に滅びんとする　（『アララギ』大正八年五月号）
うからららのなげけるなかにかすかなる自らをたのみ生くる吾はも　同

阿佐緒の父幸松が「原家の全財産は阿佐緒のために使え」と遺言した通りになっていくことを、親類の者は苦々しく思っていたろう。母しげも、阿佐緒自身もその思いはひしひしと感じていた。しかし、阿佐緒はそれらをはねかえす。離婚も、千秋の進学も自分が決めたことだ。その責めをこれから自分は果たす、と決意を堅くする。だから、この夏、阿佐緒の小学校の同級生で、東京美術学校出身の画家、菅野廉《かんのれん》から肖像画を描きたいと言われた時、すぐに承諾したのだった。油彩「A女像」は、大衡《おおひら》村ふるさと美術館の「菅野廉記念絵画常設展示室」に現在も展示されている。暗い臙脂色の窓布を背景に、濃緑の縞の着物を着た阿佐緒が両手を組んで座る。花瓶に活けられた大輪の薔薇かダリアの花と同様に、くっきりとした目鼻立ち、唇もふっくりとなよやかで、肩から背に広がる黒髪も艶麗な、阿佐緒三十一歳の姿だ。その瞳は強い力を放つものの、憂わしげで寂しげな阿佐緒の内面も惻惻と伝わる。美術館の図録によると、この頃菅野廉は結核性カリエスで帰郷していた。のちにパリに遊学し東北画壇で活躍した画家の、若き日の心象が描き出した「A女像」である。

## 2　『玄土』創刊へ

### 岐路に立つ

人の噂は早い。阿佐緒の離婚は仙台「アララギ」の歌人の間でも囁かれ、純の耳にも入った。自由の身となった阿佐緒のもとへ「アララギ」の若手歌人や、詩人、画家たちが前より頻繁に訪れる。やがて阿佐緒は純の教え子で二歳年下の青年に心を許すようになった。純も阿佐緒の借家や宮床でその青年に何度か出くわす。何と辛いことか。家では、阿佐緒と純との仲をまことしやかに伝える人の言葉に惑わされた妻がいきり立つ。まだ思慕するだけなのに。思い切って阿佐緒に胸の内を伝えると、好きな人がいます、と拒まれる。純は追い詰められて懊悩し阿佐緒に訴える。

私は今ほんとうに自分の一生の絶大の岐路に立つて苦しんでいます、こんな岐路があらうとは夢にも想はなかつたことです、……今はそれが崖になつてゐて、向ふへとび越すか、底へ落ちるよりないやうな気がします。毎日それをひとりで考へては恐ろしさに慄へてゐるのです、……自分のこれまでの生涯にいくらかの仕事はしてゐるつもりで、此上生命を惜しむ必要はないのです、子どものことなどは思はれますけれども、それは妻がどうかしてくれるだけの力をもつてゐることを私は信頼してゐます、私はむしろ心弱く生きて来たのです、いつ自分の生命を終わつても思ひ残すことはないのです、三十代を終るまで生きてゐればそれで充分だとずつと以前から思つてゐました。さうして丁度今年がそれであるので、これが自分の運命のおのづからな道であるやうな気がします、家庭のことを心配して下さる御言葉をありがたく存じます、家庭をそこなふことは大きな罪であること、さうなれば世間に対しても自分はその侭でゐられぬことも承知してゐます、……私の生涯はどの路ながいとは思ひません、私のこの心をあなたが忘れずにゐて下されば、それでも充分な宜いやうな気もいたします、これ以上あなたの愛の救をもとめやうとする自分の心は余りに〳〵我侭なものだと思ひます、……この手紙は御読みの後は御心にだけのこして、火中して下さい、これだけは是非聞いて頂きたいせめてもの御願ひです、

純の真情を綴った六枚に及ぶ恋文である。自殺までほのめかす純の胸奥には、一体どれだけの虚無が渦巻いていたのか。原阿佐緒記念館所蔵のこの手紙には、日付けも名もないが、一、二月頃の妻の悪阻、夏休み、等の記述から、大正八年の夏前後と考えられる。純は家庭をそこなう罪も、世間からの糾弾も、阿佐緒との恋の成就も予感しているのが分かる。しかし、阿佐緒にはその愛を受け入れる

ことは出来ない。自分を姉のように慕う青年に引かれるのも、純の愛を拒む口実ではなかったか。

阿佐緒は晩秋から再び大学病院に通う身となった。千秋を知人に預け、病院前の本田屋旅館の二階の一室に身を寄せる阿佐緒のもとへ、文学青年や画家志望の青年らが集まってくる。そうした彼等との会話から、自分たちの会のようなものがあってもいいのに、ひとつ雑誌でも作ってみようか、という話が持ち上がる。是非、自分たちの雑誌を、と意気込む青年たちに、阿佐緒も顔を輝かせて、ええ、何とか雑誌を出しましょう、石原先生もきっと喜んで助けて下さいますわ、と鼓舞する。正月に帰省した文学青年らも集まって、具体的に話が運んでいく。月刊誌と決まり編集を『仙台日日新聞』の記者三浦一篤《いっとく》が任され、純は誌面の割り付けなど何度も指示をしたという（本多真紀「文芸誌『玄土』――その創刊前夜」（仙台文学館ニュース第十号、平成十八年））。

年が明けた大正九（一九二〇）年、純は『アララギ』の一月号に評論「短歌連作私論」四頁を発表した。現代短歌でもしばしば取り上げられる一首の独立性と連作の問題に取り組んだ評論は、次の二月号から十二月号まで七回にわたって連載された。特に、六月号、八月号は、斎藤茂吉の連作「死にたまふ母」四章五九首について、例歌を挙げながら丁寧に読みやすく解いた優れた論である。

## 葭子、みたび宮床へ

このように多忙な純であったが、阿佐緒への思いは募るばかりで家庭の中も冷えきっていた。四月始め、学会で上京していた純は、麻布谷町五十番地の二軒長屋の陋屋に暮らす三ヶ島葭子を訪ねて阿佐緒の手紙を届けた。それは、帰仙する純と共に宮床へ来て貰えないか、という突き詰めた内容だった。葭子は大阪で水産新報社経営のために単身赴任をしている夫に相談し、「カワセキノフダシタユキ」の電報を受け取ると、風呂敷包み一つで純と共に仙台へ発った。次の三首は葭子の歌である。

面やつれ囲炉裏にゐるは友なりき土間なるわれにしばし気づかず　（『アララギ』大正九年六月号）
なやみもちて病みゐる友はかつて見ぬさびしき顔をすることのあり　（『アララギ』大正九年七月号）
生ひたちの異なる思《も》へばこの友にわがさびしさは告げがてにけり　同

葭子は純の憔悴も、阿佐緒の面がわりした姿もつぶさに見、その苦悩の深さを知るが、自分にはなすすべがない。阿佐緒の袷を縫おうと針を運びながら阿佐緒の訴えに耳を傾けるばかりだ。そして、つくづくと思う。いくら厳しく気難しいといっても実母に甘えられる阿佐緒。離婚で家運が傾いてきたといっても、下男や下働きの女中が何人も働く原家のお嬢さん育ちの阿佐緒。子供だって、阿佐緒は手元に置くことが出来るではないか。病弱で血痰をみたこともある自分は、娘みなみを夫の実家の所沢に預けてたまに会うだけだ。この間も夫から、所沢の両親がみなみの写真を大阪へ送ってくれた、と喜んだ手紙が来たが、自分のところへは送ってくれない。所沢と麻布谷町は近いから、しかたがないことだが、嫁の自分など軽くみられているにちがいない。夫の仕送りは十分とはいえず、二階に下宿人を置いて縫物の内職を続けている。夫がいないので、性的な圧迫から今は逃れていられる。それなのに、近頃夫の背後に若い女の影を感じて、自分は苦しんでいる。そんなことも聞いて欲しかったが、とても無理だ。金銭のことで一度も卑屈になったり、惨めさを味わったことのない友に、所詮告げるべきことではないのだ。葭子は、帰京してからの仕事のあれこれを考える。姑に頼まれた縫物の仕上げと、脱稿間近の、神学者の曽孫、[illegible]ヶ島義信（日歌輪翁）の「碑文を写す」の創作の完成だ。歌ばかり読んでいられればいいが、小説という形式で書かなければならないものがある、と今も創作への意欲を燃やしていたのである。葭子は、阿佐緒の[illegible]を数日で縫い上げると、帰京した。いつでも相談に乗るから、と言い残して。

病み臥やる吾が邊にありて吾が袷縫ふと針もつ遠く来し友　（『アララギ』大正九年五月号）
家毎に杏花咲くみちのくの春べをこもり病みてひさしも　（『アララギ』大正九年六月号）

葭子が滞在中の阿佐緒の歌である。五月号は「かたくりの花」八首、（葭子は「ためらひ」八首）、六月号は「山國の春」二四首（葭子は「みちのく」八首）を作った。「家毎に杏花咲く」は阿佐緒の代表歌の一首といわれている。

## ヂユリアナさまの鈴蘭

石原純は、阿佐緒のこうした思いを唯一理解出来る存在であった。阿佐緒の華やかさや愛らしさや激しさに憧れ、崇める青年はたくさん居る。しかし、短歌を通して阿佐緒の真情を理解出来るのは、純しかいない。それは、恋というより、愛、に近いものであった。純から宮床の阿佐緒に宛てた五月八日付の手紙には、「ヂユリアナさま」の呼びかけで

始まる。阿佐緒はかねてからの約束か、純に、それも自宅ではなくどうも大学に、鈴蘭の花を贈ったようだ。お礼を述べた後に、

ダリヤかと思つてゐたら鈴蘭だつたので一層うれしかつたのです、私はそれを見ながら涙に襲はれずにはゐられなかつたのです、人間の霊の交感のふしぎさを思ひました、相懐かしむいのちの姿を思ひ描きました、そうして運命のもたらす羈束を寂しまずにはゐられません、（中略）ア丶ラギ五月号御らんのことと存じます、御歌の出てゐる月はやはり私にはうれしいのです、来月もぜひ御出しを願ひます、自分の歌も他人はどう思つて見てくれるか判りませんけれど、ほんとうに心もちを解して読んで頂ける人が一人でもあると思へばそれで満足です、（中略）次の週の土曜からでもあがつて御めにか丶ればと思つてゐます、ほんとうに寂しくて私は堪らなくなつてゐます、こんなこと許して下さいますか、私は落ちついて考へてゐる余裕のない程にかなしみに充たされてゐます、いますぐ一分間でも御めにか丶れたらどんなにうれしいだろうとも思つたりします、私の愚をお笑ひになるあなたではないと思つてこんなこと申しあげます、いま私の手の鈴蘭をしみ〴〵と眺めながらこれを書いてゐます、御身体御大切に、どうぞ、

五月八日　　　　純

ヂユリアナさま

純は、『アララギ』の一月号から五月号まで（四月号は休詠）「國境」、「國央」、「終驛」、「學寮」、「山原」、「雨日」と一〇八首を掲載している。これらは前年八月の信州木崎の夏期大学の折の歌だ。五月号「雨日」には、

いねがてし夜の果てゆくに雨はやまず山の濕りの我を壓《お》しくる

と、寂しく鬱屈した心が歌われている。純は、こうした歌を阿佐緒が読み、共感してくれると信じていたのだろう。因みに純の『アララギ』掲載歌は、この年の六月号「學会の日」一八首、七月号「曇り」八首をもって終わっている。三首を引く。

銀杏の樹並みつらなれる道の奥赤き煉瓦の雨に濡れみゆ　（六月号）
ひたむきにここにこもりてもの究むるひとありと思ふこころ褒まし　同
桐のはな甘き粘みをもちてさく曇りのなかにわが佇《た》ちひたる　（七月号）

六月号の「學会の日」は、母校東京帝国大学の学会に出席した折の一連である。純はどこまでも慎ましい。学士院恩賜賞を授賞したことで、母校の教授に迎えられれば、という思いはいささかもなかったのか、胸中が察せられる。七月号の「曇り」は、宮床を訪れた歌である。晩春、梢高く咲く淡紫

『玄土』（創刊号）

色の花を、「甘き粘み」と歌うところが独特だ。純は阿佐緒の帰りをどこで待っていたのか。かつて阿佐緒が語った、麓から頂上まで一里以上もある笹倉山へ、阿佐緒が一人で登り、過去の罪を祈禱して神に許されたという話を思い出しながら、白壁の家の門前で梅雨曇る夕べの空を見上げていたのかもしれない。

### 『玄土』創刊号

仙台の文学青年らによる文芸雑誌『玄土』の創刊号は、四月始めと計画していたが、純の多忙や精神的苦悩など、さまざまな紆余曲折がありようやく八月に創刊された。純が創刊同人の花輪庄三郎（匠三）に送った七月三十一日付の手紙に、「『玄土』は漸くすべての故障を排して出来上がる運びになりましたことは、お互ひによろこばしいと存じます。明日は多分印刷も出来上がつてくる筈です。来たらすぐお送りいたします。思つたより立派になるつもりで、それもうれしいと存じます、経費の都合で頁数はずつと減らしましたけれど、之はどうも仕方ありません、それでも早坂氏などの好意でこれだけに行けるのです」と創刊の喜びの声が綴られている。文面には続いて、同人出費（三円）や、毎月必ず出せるよう購読を知り合いに勧めて、と純が会計まで細かく携わっていることが分かる。

画家真山孝治の描く清楚で凛とした一輪のかたくりの花の表紙を繰ると、全五三頁の目次に、創刊辞、短歌、詩、小説、「創造の愛」（感想）、短歌会の記事の他、巻末には「玄土社基金募集」として寄付（一口一円）を募り、石原純、原阿佐緒、熊谷武雄、真山孝治の諸氏の短冊、色紙、半切を寄付に応じて贈る旨を記す。では、まず「創刊辞」を見よう。

……吾々は斯の東奥の地に住んで、おほらかな重い空気に浸つてゐます。それは、吾々に素朴なそうして謙虚な心をもつてひたすらに歩みを続けさせるために恰好な周囲なのでありますまいか。眼ざせるひかりに面接し得る日は、いつめぐつて来るか判りません。けれどただ倦みたゆまない歩みが吾々を幾らかづつでもそれに近づけてをることを確く信じてゐます。この自信の心は吾々を力づける糧であり、そうして疲れを癒す慰めであります。

「玄土」—そこにあらゆる生命の萌芽となるべき種子が蒔かれ蔵されてゐることを思つてゐます。

玄土社同人

真摯で謙虚で静かな情熱を燃やす純の創刊の辞である。次頁からは、石原純の「冬陽」一一首、原阿佐緒「夜を明して」一一首、尾形亀之助「冬」五首、他四名の五首が続く。

気象学の煉瓦室建ち赤いろの壁ひかり居り冬めく日なたに　（石原純）

街屋根の向うの空の細き月いまか消ゆらく天あけむとす　（原阿佐緒）

たまたまは遠きともしび消ゆるがに町に雪降る夜の静もりを　（尾形亀之助）

純の歌には物体の把握力と描写力が、阿佐緒の歌には言葉の伸びやかさが、尾形亀之助の歌にはのちの詩人らしい感覚のフレッシュさがある。他に目を引くのは、純の「創造の愛」（感想）だ。ニーチェのツアラツストラの警言の「あらゆる偉大なる愛は同情と宥恕との自覚を超越したものである。なぜなれば愛はその愛する者をも創造しやうと欲するからである。」を引いて、「真正の愛に充ちて生きる」ことについて述べているが、これは、自分自身や阿佐緒に向かっての言葉だろうか。または、『玄土』創刊同人の、早坂掬紫、花輪庄三郎、尾形亀之助、久世英一、小野平八郎、遠藤静、山中波泉、山中登、真山孝治、三浦一篤や、二木静枝（阿部静枝）らに語りかけているのか。創刊号には短歌会や真山孝治の展覧会の予告も載っており、仙台の芸術運動の一翼を担った感がある。『玄土』の読みは「くろつち」が主だが「玄土《げんど》社」の明記もある。「同人雑記」に画家真山孝治が「玄土は石原先生の命名だ。我等の暗いそして力強い郷土に相應しい名だ。先生には結社以来、發行になる迄御親切な御助力は、陽に陰に何んなに力強さを與へて下されたことか知れない」と謝意を記す。

因みに、真山孝治（明治十五〔一八八二〕年～昭和五十六〔一九八一〕年）は、原阿佐緒の恋人と言われているが誤解である。原阿佐緒記念館発行の『原阿佐緒のおもいで』に寄せた真山孝治の娘真山嚆の「私信一通」の記述によると、阿佐緒と父真山孝治は、日本画家遠藤速雄の兄妹弟子だった。父はのちに洋画に転向、「白馬会」に属して文展入選、入賞した画家であり、石原純の教え子でも新聞記者でもない。評伝等に「真山孝治」と実名で登場する恋人は、父から直接聞いた話では、阿佐緒より二歳年下の東北帝国大学理学部出身でのちに新聞社社長となった小野平八郎だという。「黒い絵具」の小山、後に述べる『婦人公論』大正十年十一月号の東花夫と同一人物でありここに訂正しておきたい。

さて、『玄土』の終刊までを述べると、大正九年八月創刊の『玄土』は、合併号（大正九年十二月号と大正十年一月号）を含み、大正十二年三月号まで発行された。仙台での編集発行人は三浦一篤だが、大正十年七月号から東京本郷の、山中登（山中波泉の弟で歌人）となる。仙台文学館、国会図書館の所蔵は共に欠号が多く全三十一冊の確認はまだ出来ていない。だが、この『玄土』は、阿佐緒と純にとって意味深い文芸誌であった。それは、第二号となる『玄土』九月号の「同人雑記」の阿佐緒の言葉からも察せられる。雑記には、夜更け、湯屋の向かいの下宿の二階の一室に、湯を落とす音や、湯槽に水を汲み込むポンプの音が聞こえると、目覚めているのは自分一人ではない、ああして働いている人があると思って心強い、と記す。ずっと以前から不眠症気味の阿佐緒は、眠り薬の力を借りなくては眠れない。そんな夜、自分一人の幸福などは考えてはならない、女性としてのいのちと別れて、自分のいのちの全部でなければならない子供のもとへ帰る、そこに幽かな幸福が待つ、と自分に言い聞かせるように「……たとへ『玄土』はさゝやかなものであつても、どうかして完全なものに成長さしたいと希ふ私どもの希ひはみんなの誠実と真摯とを失はない態度に於いて初めて実現される事だと存じます」と、仙台に創刊した『玄土』への思いを綴っている。

純は『アララギ』へは同年七月号を最後に短歌の発表はないが、『玄土』には、心に沁みる相聞歌を発表していく。次の四首は、大正九年十月号の「夜の山路」一一首中の歌である。

**「夜の山路」**

うれふればしろき夜靄も我になつかしとほき山路《みち》にこよひ来にけり
ふたがはは丘ながく續けりみちのおもてたゞしろくみゆ夜空のもとに
にはかなる雨にうたれて夜をくらき道よりあがる埃《ほこり》のにほひ
寝しづまる山の村廻《わ》に我がたどり戸を漏る灯《ひ》さへ見ぬがさぶしき

阿佐緒を訪ねて、仙台から五里の夜の山路を徒歩で辿る歌である。夜の靄《もや》のなかを一人で歩くと、視覚も嗅覚も聴覚も触覚も全て冴えざえと鋭くなる。にわか雨に遭いながら、険しい山路をひたすら急ぐ純。何を求めているのか。辿り着いた夜の村の中でもひときわ目立つ白壁の家。寝静まって灯も見えない心細さ。それでも、熱に浮かされたように、純は戸を叩く。阿佐緒にどうしても会って訴えようという一心で。

こういうことが、何度もあったのか、「黒い絵具（二十二）」に同じような場面が描かれている。それによると、離れを貸している校長先生の奥さんが、夜なべ仕事をしていて来客らしき人に気付き、阿佐緒を起こしにきたという。二階の部屋で保美に添い寝をしていた阿佐緒は、階段をあわてて降り、井戸端へランプを持っていくと、純が暗がりに悄然と立っている。あまりに疲れ切ったその姿に胸が一杯になるが、母のことを思うと簡単に招じ入れられない。思い切って母を起こすと、きちんと身仕舞いを整えてから出てきて、剣もほろろの挨拶をする。女中が濡れた羽織や足袋などの始末をしているうちに母の気持ちも和らぎ、客間に床をとったので、早くお休みになられるように、とすすめたという。

阿佐緒は、二階の床で保美の寝顔を見ながら、あの夜露に濡れた先生の寂しげな、しかし突き詰めた表情を思い出して慄然とする。以前、仙台の下宿で、阿佐緒の愛が得られないのなら、と紐で自分の首を締めようとした夜と同じ気配を感じ取ったのだ。もはや、先生の愛を受け入れるほかはない、と、一方では思う。だが、どうしても出来ない、とかぶりを振るのだ。一、二年前、石原邸で開かれる仙台歌会に出席していた頃、石原夫人から、面と向かって、純を愛しているのか、子も母も捨てられる、というなら、夫をあげる、といきなり言われたことを阿佐緒は思い出す（「黒い絵具（二十）」）。その時は反射的に、愛していない、とはっきり断った。自分の過去は醜い、人を愛する資格も愛される資格もない、とまで言い切ったのだ。夫人は、それなら夫の方が悪いのだろう、夫は学問以外には価値のない人間だから、と阿佐緒に言う。しかし、阿佐緒は心の中で、先生の価値はもっと外にもある、と呟いていたことを思い出す。それでも、自分はやはり、先生を愛せないし、愛を受け入れることも出来ずにここまできたのだ。あの将来も何も未知の青年こそ、自分にふさわしい、と愛を受け入れようとしているのだ。だが、それが、先生を苦しめ混乱させている。自分さえ犠牲になれば、そして先生の愛を受け入れればいいのか。煩悶するまま夜が明けた。郭公《かっこう》（閑古鳥）の声が、笹倉山の麓から次第に木々を移りながら近づいてくる。純も耳を澄ませて聞いていることだろう。

穂並揃ふ麦の根元の黄ばみそめて閑古鳥鳴く夏となりけり
病む母にしばしばはよらず夕さりし門邊に吾児が吹くラッパはも

阿佐緒の『アララギ』七月号「いたつき」一七首中の一首である。この前には、眠り薬で寝ようとする歌が数首並ぶ。一首目は、麦秋の村と閑古鳥ののどかな声がよく調和して、東北の明るく澄んだ夏を表す。自然の風景に五感を傾けて歌うことで心を救われているのだ。二首目は、病身の母に甘えず夕暮れの門でラッパを吹いて遊ぶ子の姿を歌う。悩みの果てに生み出された琴線に触れる歌である。

## 3 妖婦と呼ばれて

### 萩珠翠の手紙

大正九（一九二〇）年九月十七日、阿佐緒は東北帝国大学理学部の石原純宛に便箋五枚の手紙を書き送った。差出人の名は「萩珠翠」。消印は富谷となっている。この封書は、石原純の第五子で三男の石原紀の孫にあたる森裕美子（理科ハウス館長）が所蔵し、近代文学者島村輝の翻刻と共に、その写しが原阿佐緒記念館に寄贈されたものである。阿佐緒宛の厖大な書簡類は遺族の原保美より原阿佐緒記念館に寄贈されているので閲覧出来るが、阿佐緒から出した手紙はほとんどなく大変に貴重である。それを読むと、阿佐緒の気性の激しさにまず驚く。

悔ひても〱たりないやうなおろかさをくり返して私はどうしやうといふのでせうか、私は生き甲斐のない人間となつてしまつたことをつく〲思ひました、けれども御ゆるし下さいまし、このころの私は、やりところのない凶暴な感情のもとに自分をしひたけて居ります、……私は自分にまけました、自分自身の意志を征服することが出来ずに無茶苦茶に行動しました、盲目的に

それでも私は考へてしたことぢやないかと自分を叱つて居りました。私はさうしないでは居られないのでした、先生、どんなにでも御にくみ下さいませ、私はだまつてすべてをうけます、何故先生はこんな人間をにくむでは下さらぬかと思ふことがあります、今はもうにくむで下さる価値もありません、私はだまつて最後の審判を待ちませう、すまないことのかず〲を御ゆるし下さいませあらためて御ゆるしを乞ふ日もあるかも知れませんが御わびをいたしておきます……私は今までの誇りに満ちた生活とはまるで反対なやうなみじめな境地にある自分をみいだすことがあります、（中略）私はいつまで経つても先生から同じやうな御言葉を御親切をうけます、いつも同じな先生から、私はそしてそれを御うけすることを罪だと思はないやうにはなれない自分を思ひます。……

阿佐緒は、何をしたというのか。「無茶苦茶に、盲目的に」行動したこととは何か。考えられるのは、青年と一線を越えたことではないか。そうすることで、阿佐緒は純から愛想づかしをされることを願ったのだ。純は、阿佐緒から告白されていたのだろう。乙女の日に凌辱され、子をもうけたことを。それ以来、「男性に対する復讐の念の強かった彼女は、どんなに優れた男性の前にも降伏しない……どんな場合にも弱さなど示すものか、……男性を冷笑することによって不幸な自らを慰めて来た」（「黒い絵具」（十八））と、語って来たのだ。

阿佐緒は自ら性的に欠陥があると告げたのかもしれない。性の交渉の場でも自分は満足を得られず、与えられない。庄子勇との結婚生活が一年程で別居に至ったのも、極言すれば、根源的に性の不一致があったのだ。世間一般にいう愛の結晶の子は授かったが、阿佐緒には精神と肉体の合一による歓びの結実とは思えないのだった。阿佐緒は自分を性の対象と見る者を忌避し、冷笑した。純は、阿佐緒の来し方に、深い理解と同情を示し、これまで積極的に性的な働きをすることはなかった。だから阿佐緒は安心してここまで付き合ってこられたのだ。

しかし、青年は違う。最初の夫小原要逸に面影の似る、阿佐緒を姉と慕う青年に引かれ、遂に一線を越え、初めて性の歓びを知ることが出来た。だから、阿佐緒は純の愛を退け、手紙で決別を告げたのだ。いや、あるいは青年との性の交渉はもっと前からのことであったのかもしれない。だからあのように純は煩悶し、阿佐緒を追って夜の宮床を訪れたのだろう。では、この手紙の「無茶苦茶に、盲目的に」行動したとは、何か。おそらく切羽詰まって青年とも別れ、上京を決意したのかもしれない。

また手紙にある「今までの誇りに満ちた生活とはまるで反対なやうなみじめな境地」とは、手紙にある、千秋の月謝等なにがしかの金銭を純から借り、それをまだ返していないことを指している。阿佐緒は、純に蜘蛛の糸で絡め取られていくような恐れを感じ、宮床にも居られない、と悩んだ末に、三ヶ島葭子を頼って上京したのだ。

## 阿佐緒の小説「右の足」

しかし、また一つ考えられるのは、『玄土』（大正十年一月号、第二巻第一号）に、阿佐緒が発表した小説「右の足」の存在である。それは、自分の右足の美しさを知った女主人公小枝子が、右足に接吻されると性の愉悦を覚えることに気付き、恋人の青年や同宿した女友達に接吻をして貰う。やがて運命の迷路に立った小枝子は、自分が滅びることで、相手も自分も救われると考える。そして「死を豫知した瞬間、然かも意識を失はぬ中に醫師に右足を切斷して貰」い、右足の一番形の好い指の一本を、緑の小箱に入れて送る、と高熱のなかで考える、という被虐的な内容である。退廃、官能、虚無が色濃く漂うが、未完の域にとどまっている。

女性の足へのフェティシズム、性的倒錯を鮮烈に描いた谷崎潤一郎の『刺青』（『新思潮』明治四十三年十一月号）を阿佐緒は読んだことがあったろう。そして、阿佐緒は男性の側からの性的愛玩物である「足」を、女性の側からの性的嗜好として、この「右の足」への偏愛を告白したのだ。阿佐緒はこの原稿についてだろうか、十月十五日消印の「玄土」の同人、三浦一篤宛の葉書に、「今日先生の方へつまらないものを書いた原稿を御送りしたの。二十枚ばかりの、とても見られたものぢやないのだけれど」と綴っている。仙台文学館所蔵の「右の足」は二百字詰め原稿用紙二十枚に書かれており若干の訂正はあるものの、『玄土』にこのまま掲載されている。阿佐緒が、十月十七日付の純宛の手紙に記したのは、この原稿も含めての「無茶苦茶」な行動ではないか。青年も、阿佐緒のこうした性的嗜好に、自分が奉仕し愛玩物となっていく恐れから阿佐緒との訣別を決心したのではないか。

純は、阿佐緒の手紙やこの「右の足」の原稿を読んで、ますます混乱に陥り、十月末、遂に阿佐緒を逗子の海辺の宿へ連れ出した。阿佐緒は、「黒い絵具」の最終章近い（三十四）に、阿佐緒が青年にすべてを与えたことも知り、不具に近い肉体のことも知った上で、阿佐緒を愛すると誓う純により、「過去のすべてが浄化されてゆくのを感じさえした」と綴っている。阿佐緒はこの時、ようやく父性愛に満たされたのだ。父の死後、二十年を経て三十二歳の阿佐緒は、純の、愛娘に接するような穏やかでこまやかな性愛に応えつつ、この身が浄められていくと感じたのである。だが、自分が救われることで悩みの淵へ突き落とされる純の家族の悲しみも、同時に思う阿佐緒であった。

**麻布谷町**

大正九（一九二〇）年十月末から、麻布谷町五十番地（現、港区六本木一―一―十四）の陋屋で始まった阿佐緒との暮らしを三ヶ島葭子は次のように淡々と歌う。

もの書きて夜な夜なおそく寝る友のつづく力にひそかにおどろく　（『行人』大正十年二月号）

わが病めばすべなし街のわびずまひまだ馴れぬ友の味噌買ひにゆく　同

阿佐緒は実家の屋敷内に米倉や味噌倉があるので、都会のこまごました量り売りの暮らしに戸惑うことも多かったろう。麻布谷町は、その名前が示すように低地で、南を六本木の台地、東を市兵衛町の台地、北を霊南坂教会のある台地に囲まれた谷地であるため、関東大震災の被害も少なかった。お化け屋敷といわれていたスペイン大使館や、永井荷風の偏奇館、ホテルオークラもこの近くである。家の間取りは、間口二間、なかは玄関二畳奥六畳、その奥に三畳、二階は六畳の南向きで、天徳湯が並びにあり、浅蜊屋、納豆屋、煮豆屋などが毎朝のようにやってくる下町であった（倉片みなみ「母のこと」『三ヶ島葭子』）。倉片寛一と同僚でのちに古泉千樫の「青垣」の同人となった橋本徳寿はこの家をよく訪れたが、「どんなに健康な人でもこの部屋に一年も住んでいたら結核になつてしまひ相な陰鬱な気の漂ふてゐる部屋」（『古泉千樫とその歌』）と記す。だが、葭子は「二階ある家にうつりて久しぶり夕べの雲の動くを見たり」（『アララギ』大正八年七月号）と歌うように、二階から空が見渡せる家を気に入っていた。夫は大阪で単身赴任中であり、縫物の内職や、『少女号』に少女向けの短歌と随筆の執筆も大正九年から始まっており、比較的健康に過ごせた頃であったから、阿佐緒の下宿も引き受ける事が出来たのだった。

葭子の「事実を闡明す」（『新家庭』大正十年九月号）によれば、阿佐緒の滞在はほんの一週間ほどと思っていたが、本や鏡台を持ってきたのに驚いた、とある。その翌日、純が講演のために上京し、葭子の夫の寛一も大阪から上京したので、浅草へ行った。その時に撮ったものか、学齢近いみなみを中心に倉片夫婦が並び、その右端に純、左端に阿佐緒が並んだ写真がある。きちんとスーツを着こなした寛一、白いハイカラーに三つ揃い、銀時計らしい鎖がのぞく石原純。二人とも壮年期の充実した男

**東京にて**

（右から，石原純，倉片寛一，倉片みなみ，三ヶ島（倉片）葭子，阿佐緒，大正９年秋頃）

性の風貌だが、葭子も阿佐緒もどこか放心したような寂しげな表情でカメラに収まっているのが印象的だ。数日後、阿佐緒は、石原純に説得されて帰仙したが、また一人で葭子を頼って上京した。『アララギ』大正十（一九二一）年一月号「われ」三八首にその頃を歌う。

ひとつひとつ吾が子が拾ふ栗の実の蟲喰も捨てず吾が掌に持ちたり

両腕《もろうで》に重きを堪へぬ吾子が身のゆたけきを抱きて心よろこぶ

心しづめて寝よと臥床ゆ手をのべて吾が手とる友も泣きてしゐるを

うつし世はかなしかりともしまらくはこの友によりて命つがましを

阿佐緒の心は何によれば満たされるのであろうか。最愛の我が子を母に預けて上京した阿佐緒。友の理解と同情を得てもなお心には大きい穴が空いている。その空虚を埋めようと、歌作りに励むのか、また散文に力を入れるのか。阿佐緒は下宿代を払うものの、経済観念はなく料理も苦手で葭子が面倒を見ることが多かった。二人で夜遅くまで歌を作り、島木赤彦のもとへ出かけて指導を仰いだり、古泉千樫が『アララギ』の校正の仕事を依頼に訪れることもあった。

この年の十一月から一カ月間、純は京都帝国大学文学部の委嘱により、物理学理論を講じることになり、阿佐緒に京都への同行を求めた。しかし、阿佐緒は応じない。いくら純の愛を受け入れたといっても、妻でもない自分が、学問の世界へ同行出来るものか。固辞する阿佐緒を説得してくれるように、純が頼んだのだろう。葭子の夫倉片寛一から、葭子が阿佐緒を案内して大阪へくるように、との電報が来た。葭子は迷う。夫が単身赴任をして一年になる大阪へ、妻として一度は行かねばと思っていた。また、会社のつてで安く印刷出来るからと、夫に勧められ、念願の第一歌集の刊行の選歌もほぼ終えたところだった。序文は阿佐緒が夜を徹して書いていてくれる。それらを持参して入稿せねば、と思っていた矢先だったのだ。こういう葭子の側の都合もあり、気の進まない阿佐緒に、同道を勧めたのかもしれない。

汽車ぬちにひと夜眠らず朝あけて露霜にぬれ木原を見るも　（『玄土』大正十年六月号）
乱れ心つくろふ間なみ汽車より降り寂しき人をあが見つるかも　同
草青くはだらに見ゆる朝寒の鴨の河原に火を焚く人あり　同

心に沁みる一連である。京都の駅で阿佐緒を迎える純に寂しさを見、初冬の朝の鴨川に火を焚く人を眺めるこれらの歌に、阿佐緒の心象が映る。

年末、純は仙台へ帰ったが阿佐緒は麻布谷町に残った。葭子が所沢の夫の実家で嫁として母として過ごしている時、阿佐緒は「友の家に元日の夜をひとり居り遠き子を思ひはやく寝ぬるも」(『アララギ』大正十年二月号)と歌って、孤独な自分は自分として元日の夜を早く床に着くのだった。

大正十(一九二一)年の正月、阿佐緒は谷町の家で、葭子の第一歌集『吾木香』の序文の案を床のなかで練っていた。阿佐緒の序文は、かなり長い。初めは謙遜めいた言い訳や、歌集名の『吾木香』について、自分の古い歌の「吾木香あはれや花のたぐひとも見えず寂しく秋の野に咲く」を引用し書きなずんでいる様子がうかがえる。が、机の前に座り直したのか、短歌の道へ共に出発した新詩社時代の葭子の歌を思い出し、華麗で才気煥発で空想的な恋を恋する歌に圧倒されたこと。その華やかさのなかに、実感性が滲み出ているのは、まじめな生活態度に依るのだ、と書き付ける。そして、「女性としては見難い程の率直さと、素朴さと、真摯とに満ちている葭子様の歌は、たとへ艶かしい技巧の匂いや余韻嫋々の響きに乏しくとも、ぎごちないとも思われる太い線で、直線的に詠み下している所に、思いがけない力で人の胸に突込んで来る強よさがあることを思はせられます。」と葭子短歌の真髄を解き明かす。続いて、最近の葭子の歌から「透徹したひと筋の道を真っ直ぐに、一つの焦点に邁進していく強い信念を感知する時、私はいつも深い感激と新らたなる懺悔の念とを与へられます」と記し、大きい溜め息をつく。阿佐緒は知っていたのだ。きっと葭子の歌は残るだろう、と。百年経ても、葭子の歌は残る。今は地味で注目されなくとも、葭子の歌は歳月に磨かれ、愛唱されていく。それらを葭子の歌から感じ取った阿佐緒。その鑑賞眼は阿佐緒が歌人として一流であることを示す。

## 靈南坂の霧

二月、三ヶ島葭子の第一歌集『吾木香』が刊行された。本来なら阿佐緒の第一歌集『涙痕』の翌年の大正三（一九一四）年に『眠りの前』として刊行するはずで、与謝野晶子の選歌も経ていたが、結婚生活の窮乏や病気等で出版に至らなかったのだ。版元は東雲堂で、装画は倉片寛一と青年時代から親友の画家中川一政が吾木香の絵を描いた。葭子は嬉しかった。夫の会社の文選工が拾った植字なので、誤植が多く七十数カ所の正誤表をつけなければならなかったが、『アララギ』の広告や島木赤彦が四月号の編集所便の紹介、歌集評が緒雑誌に載る計画も聞き、胸をふくらませた。

そんな二月のある日、純が上京して葭子の家の二階に数日を過ごした。それを知って、島木赤彦や、斎藤茂吉、古泉千樫らが訪れ、阿佐緒との恋愛を思いとどまるように進言する。だが、純は一切の返答を拒んだ。この時の歌か、『玄土』七月号に「靈南坂」一一首が載る。

靈南坂降《お》りぎはちかき廣場みちほのかにうごく霧のなかゆく
この坂を降りくる人なし昨夜の雨のやや乾くみちは凍りてありけり
さむき日のこころ獨りなるさびしさに坂みちのうへゆとほ空をみる

おそらく、純のこの孤独感を理解出来るものはいないだろう。だから歌に思いを託すのだ。三十一文字に心を映しだすために、坂や広場や石塀や道や樹々、といった回りの景色を構造的にしっかりと捉える。そしてそのなかに、霧の動き、昨夜の雨、凍る道、朝の遠空、といった自然の気象の動きや推移を鋭敏な感覚で受け止め、言葉に表す。そして、一人の人間の本質的な孤独、絞りだすような寂しさを歌の調べに差し出すのだ。純のこの空漠とした思いを、いったい誰が受け止められるのか。阿佐緒にすらその全てを負うことは出来ないのではないか。

三月、純は大学病院に一カ月入院し『玄土』六月号に「病床連作」三四首を発表した。

祖母《おほはは》のみまかりにしと報らせこしこのぬばたまの夜のひそけさ
祖ははのいのちあらなく哭きたればゆふかたまけて熱いでにかり
我がおもふひとにも遇はず春さむき病ひのとこに雨をききをり
うつそみはいたづきおほし離れゐるひとも病むといふに遭はずかなしき

病床で聞いた母方の祖母青木治子の訃報。六歳で母が病没してから弟、妹と共に父方の祖母石原しんや、母方の祖母に面倒を見て貰った。その祖母に別れを告げることの出来ない慟哭を、純は歌に託す。入院中は妻が看病にあたったというのに、恋情のいたしかたなさか、その思いは阿佐緒に傾くばかりだ。退院後の五月から純は療養のために伊東の温泉で過ごすことになり、阿佐緒が同行した。

みちのくの吾が生れし国にたえてなき木に果《な》りてゐる大き夏蜜柑　（『死をみつめて』）
とりのこせる夏蜜柑の実つぶらつぶら葉ごもり見えて花咲きてあり　同
ま日にけに相居馴れつつおのおのに言にいでぬ思ひなしといはなくに　同

何とあどけない大柄な歌だろう。夏蜜柑がたわわに金色に実る暖国。自分のふるさとでは見たことがない、とそのままの驚きと喜びを歌う阿佐緒。久々に晴れやかな笑顔がのぞくようだ。純は執筆にいとまがない。養生のために温泉に来たのに、と思いつつ、阿佐緒はこの静かな暮らしに次第に馴れていく。互いの心のうちは言い出せないままに、と歌うことで、中年の不倫の愛の難しさを垣間みせる。ひと月後の六月、純は仙台へ、阿佐緒は宮床へと帰った。

**石原博士遂に辞職**　大正十（一九二一）年七月、石原純は宮床を訪れ一週間滞在した。阿佐緒は「解剖臺上に横たはつて」『婦人公論』大正十年十一月号（第六年第十二号）の文中に、二人が作った歌を挙げている。

山に来てこころ寂しからず霧しらむ朝のひかりにすがしく浸る　（石原純）
家裏につゞく桑畑に朝出《いで》てくろく熟れたる桑の實をつむ　同
たまたまにあひ見しけふを畑山に桑の實を採るとわれら来にけり　（阿佐緒）
桑の葉のいまは乏しき枝たわめ熟れくろみたる實をもぎにけり　同

純の心はすでに決まっていた。「こころ寂しからず」と歌いつつ、朝の光の中で黒く甘い香りを放つ桑の実を、阿佐緒や保美と採っては口にし、恋の充足感に静かに浸っていたのだ。阿佐緒は同誌に「J氏によつてJ氏の理想に近づいて行かうとまで思ひつめました。この時の山の家の僅か七日間の生活は、以前のそれよりも二人にとつて有意義なものとなり、深刻な暗示のそれであつたと云つてもよいと思つてゐます。」と綴っている。

しかし、世間はこの恋愛を認めなかった。阿佐緒が、共に生きていく決意を固め、帰仙する石原純を見送ったその日、新聞記者から阿佐緒をひどく驚かす手紙が届く。それは、数日後に、二人の恋愛を事件として報道するという予告だった。純の北三番町の自宅へも新聞記者が訪れ、博士の談話として『東京朝日新聞』の七月二十六日（火曜日）五面の中程に、「戀の噂に石原博士　社會の煩しさを語る」（「仙臺電話」）の大きな見出しと二段組の記事を載せた。それは、「學士院の受賞者として世界的に有名なアインスタイン相對性原理の研究者たる北大理學部教授石原純博士は又歌人としても知られ従つて閨秀歌人原女史との間に兎角の噂があつたところ最近になり噂は益擴まり博士夫人いつ子は……」として、夫人は二人が相愛なら、「私は潔く子供を伴れて實家へ戻ります」と語ったというが、博士は、仮に妻が身を引いても「斯うした煩しい社會に生きて居る私たちにはオイソレと實現する譯にはいきますまい」と多くを語らず噂も否定しなかった、と伝え、一大事件の報道の先鋒を切った。これを受けて、『報知新聞』は、二十八日（木曜日）（二十七日夕刊）の第四面中段に、「學術擁護のために石原博士に忠告　東北大学の教授學生が」の見出しのもと「石原博士と原女史との同棲問題に就いて東北大学の教授および學生連は學術擁護の為に石原博士に勧告を試みやうとして打合せをしてゐる」（「仙臺」）との記事を載せた。純は、世間を騒がすこれらの報道の責任を負うことを決意して、二十八日の夜十時、単独で小川正孝東北帝国大学総長の自宅を訪れ、「病気職に堪へず」の辞表願いを提出した。それを待っていたかのように、翌々日の七月三十日（土曜日）の朝刊各紙は四、五面に大々的に石原純と原阿佐緒の恋愛問題を写真入りで報道した。一例を挙げると、

「女歌人との関係から石原博士遂に辭職　歌人原阿佐緒女史との啻ならぬ感情」（『讀売新聞』）

「女歌人との戀に悶江て石原博士辭職す　あの噂が立ってから責任を痛感して自宅に籠る　國寶とまで推賞された世界的學者の迷ひの心」（『東京朝日新聞』）

「戀ゆゑの此の處決　歌人原阿佐緒女史との巷の噂が事實となつて石原純博士辭職す」（『東京日日新聞』）

「病氣職に堪へずとて辭表を提出した石原博士　原阿佐緒女史との経緯が直接の原因『此の學才を失ふのは残念』と小川北大總長」「學界を隠退する世界的物理学者　社会は鋭利な刃を以て博士を裁かうとして居る」「多くの異性を弄んだ妖婦　原阿佐緒、甘つたるい戀文と詩とが異性を蕩かす唯一の武器　見よ、妖婦原阿佐緒の犯罪史を（1）」（『河北新報』）

とこの通りである。見出しや念入りな記事の内容、添えられた三段、四段抜きの写真を見ると、それ

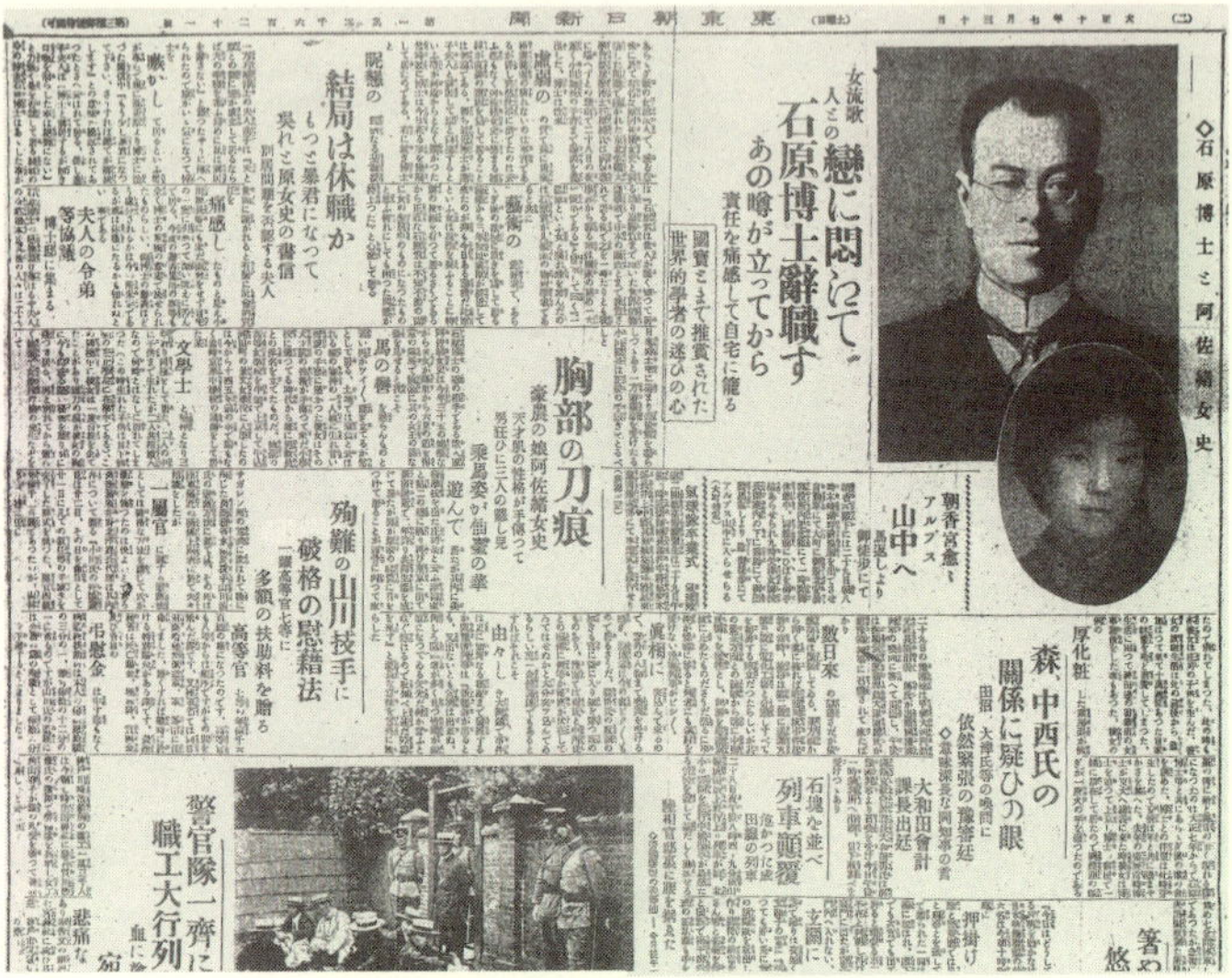
東京朝日新聞　大正十年七月三十日

◇石原博士と阿佐緒女史

女流歌人との戀に悶えて
石原博士辭職す
あの噂が立つてから
責任を痛感して自宅に籠る
國寶とまで推賞された世界的學者の迷ひの心

朝香宮殿下 アルプス山中へ

胸部の刀痕
豪農の娘阿佐緒女史
天才肌の詩想が手傳つて
乘馬姿が

結局は休職か
もつと暴君になつて

森、中西氏の關係に疑ひの眼

殉難の山川技手に破格の慰藉法
多額の扶助料を贈る

警官隊一齊に
職工大行列

石原純と原阿佐緒の恋愛報道
（『東京朝日新聞』大正10年7月30日付）

らがあらかじめ用意されていたことが分かる。写真もまた、純は各紙ともドイツ留学時らしい三十代前半の一枚がほとんどだが、阿佐緒は、赤子を抱く写真（『讀売』三十日）、丸髷の顔写真（『東京朝日』三十日）、ボアの襟巻に紋付き（『河北』三十日）、さらに、石原純と原阿佐緒の広瀬川の写真（『河北』三十一日）等を掲載している。こうした記事から浮かぶのは、国宝と称せられる世界的物理学者、東北帝国大学教授、理学博士、家族持ちの純が、妾にでもすれば良かったのに、真正な恋、などというものに迷って職を捨てるという、そこに大衆の隠された嫉妬心や揶揄や嘲笑がのぞくことだ。また、恋の相手が、仙台の山奥の素封家の一人娘で美貌の女流歌人、今も恋の浮名を流し父親の違う二人の子の母、とくれば、大衆の覗き見趣味は掻き立てられる。とにかく誘惑した女を、妖婦、毒婦として目を覆うような憎悪の記事を何日も連載して溜飲をさげているようだ。

それに、これだけ書き立てても足りないのか、地元の『河北新報』は、それまでの連載小説「戊辰秘話覆面の女」(百六十二話)が完結したのを機に、十月四日から「まさを」という女主人公の「蘭《あらゝぎ》双紙」(巽そめ子「丙午畫」)の連載を開始した。九月三十日の掲載予告は、「取り扱った経緯《いきさつ》が経緯《いきさつ》だけに自由な構想が許されなかつたらしいけれど、それだけ、或る事實が活きて居ます……」と、明らかに阿佐緒がモデルの通俗小説と宣言している。阿佐緒の半生を知り抜いた書きぶりの連載小説は、翌十一年九月八日、「世間から離脱して最高戀愛の權威に活きやうとしてゐる二人は……静かな同棲の地を求めては人目を避けつゝ居所を轉じてる。流浪の異端者のやうに――完」と浪曲調の連載小説を三百六十回で閉じた。作者は河北新報社編集主任藤原非想(相之助)という(扇畑利枝「原阿佐緒ノート」『原阿佐緒　生誕百年記念』)。阿佐緒が、宮床村はもとより宮城県内の人々からうとまれ、長く省りみられなかったのも、こうした報道の扱いが一因となっていると思われる。

### 新聞報道と斎藤茂吉らの談話

さて、話をもう一度七月三十日に戻そう。これらの報道の中でわずかな救いは、『讀売新聞』の七月三十日の報道に、歌人たちの意見が書き出されていることである。新聞記者は辞職の報が水面下で伝わった時、記事にすべく、次の四氏のもとを訪れて話を聞いている。それは、茂吉が八月一日消印の石原純宛の封書(理科ハウス所蔵)に、「診断書」を送ったこと、「初めは何のための休職か腑に落ちざりしゆゑ、躊躇いたし居り候が、休職になるための要用のこと分かり候ゆゑ今日おくり申し上げ候。是非御用立て下されたく願上候。」と記した上で、「一昨々日、新聞記者、三四回訪ねまいりはじめて報知、朝日に記事のりしことを知り……」と緊迫した文面から知られる。茂吉のもとへは、「三枝博士（貴下の門下）と学生一人上京、休職のことも承り、ために診断書もおくりあげ候次第なり。」とあるところからも、大事件になるとの予測が働いていたようだ。

『讀売』の記事では、まず、二人を良く知るという人が語る。阿佐緒は、「女流歌人としては一流で情熱のある純真な歌を作る、……絵も描き漢詩も作る多芸な女性、石原博士が恩賜賞受領の世界的学者で女史が恋愛的経験を過去に持つてゐるので同情が博士に集まつてゐるやうだが阿佐緒といふ人は世間に伝へられるやうな強い性格の人ではない、その歌にも知られるやうな極素直で母としての愛も充分に持つてゐる心の優しい人である」と語ったとある。これは、阿佐緒を若い日から知る山中省二の談話か。続けて記者は、「アララギ派の巨人で博士の友人である古泉千樫氏」は「丁度花を愛する者が漸次花の色に惹きつけられて往くやうになって行ったのと同じ……あの温厚なそして謹厳な博士が恁うなつたと聞いた時、どんなに苦しんで居たといふことも判るので寧ろ同情をして居る」と、冷静な談話を載せる。

次に、「アララギ同人である斎藤茂吉氏は博士と女史とが同人である短歌雑誌『玄土』を前にして、『博士の人格は謹厳の二字で盡きて居る。……博士の話に據ると原氏との間は月日が経つに従つていつの間にか愛情に變つて来たのだと云ふ事であつた。……博士は理學者らしい難かしい歌ばかりを詠んで居られた。今から考へると此問題が起こつた為めでもあるが昨年頃からはよりよい歌を詠まれて居る……博士が今春病床に臥し乍ら詠んだ歌が六月と七月の「玄土」にも載せられてある。

我がおもふひとにも遇はず春寒き病ひのもとに雨をきゝをり
うつそみはいたづきおほし離れゐる人も病むといふに遇はずかなしき
さびしさは極まるものなししたしめる人の家ゐにむかひ来につゝ

の三首はそれらしい歌と思はれる……私は私の如き単純な常識では到底解決し得ないと思つて居る
そして依然として博士を尊敬する念を持つて居る』」と、純の歌への鑑賞力の深さを語る。茂吉は、先の純宛の八月一日消印の封書に、「新聞記者には最初沈黙を守り、何もいふまいと存じたりしが、却つて疑惑空想をさせること悪しとおもひ少しく話したり、御了承願ふ」と断る。後年、茂吉も若く美しい女弟子と恋をするが、弟子たちのはからいで茂吉の死後まで決して公にはならなかった。それらも併せて感慨深い談話である。

記事は最後に、「昨年十一月から先月五日迄東京で同居してゐた原女史の親友三ヶ島葭子女史は語る」と続く。「原さんは男性に対して何の警戒も持たない無邪気な人」、「先生を學界から失ひたくない為めにした事が今では却つて反對の結果となつたのは原さんも堪へられぬ悲しさだらう」と、阿佐緒側に立って一部始終を語る。

これら歌人の談話は、好奇と非難の一大報道に荷担したかのようだが、丁寧に読めばそれぞれが自身の見識のもとに、石原純と原阿佐緒に敬意をもって語っていることが分かる。それは、二人の恋愛の真の苦悩と煩悶をよく知り得た仲間であるからだ。

しかし、翌三十一日（日曜日）の『讀売新聞』「仙臺電話」は、「石原博士は全く面會を避け女歌人郷里へ逃げる　原の發表が博士破滅の元」と一方的な阿佐緒非難の記事を載せた。純は、ジャーナリズムに対して一切弁明しなかったが、友人の九州帝国大学工学部教授の桑木或雄に宛てた八月三日付けの返書に、渦中の人の真情をせつせつと綴っている（西尾成子「石原純をたずねて　第22回　科学ジャーナリストとして」『科学』別冊 May 2009, vol. 79, No. 5、岩波書店）。石原純は、桑木氏の手紙が、新聞報道に触れていないこと、「それをお避け下さった御心もちを厚く感謝」をするが、かえって心苦しい、と信頼する友人に胸中を吐露する。そして、

世評の浅薄さに對して私は今更にかなしく感じますが、それは止むを得ないことでせう、たゞ私の理想だけを、私の知つて下さる人々に信じて頂けることと思つてはゐます、たとへそれが人生の複雑な事情のために、又人間の弱さのために自分の思ふ様にはゆかないとしましても、私はそれに對して悔をもたうとは思ひません、併しともかく世を騒がした責を負はねばなりませんので大学の方へは辞意を決してゐるのです、それに對して休職の辞令が出ることになつてゐます。

と、苦悩を滲ませつつ、辞職への固い決意を告白している。だが、純の言う「私の理想」を、阿佐緒はどれだけ理解しているのか、共にその道を歩む意志があるのか。「複雑な事情のため」人間の弱さのため」とは、互いの家族のことや、阿佐緒自身の気持ちの弱さを指しているのだろう。三十一日の『東京朝日新聞』（「仙臺電話」）の、「私は石原さんを誘惑はせぬ　事の善悪は別として本當の自分を理解して呉れと女優髷の阿佐緒語る」のインタビュー記事が全てを語る。

阿佐緒は無防備だ。慎重に客観的に対応すべき時なのに、聞かれるままに話してしまう。それが反発や嘲笑すら買う、と気付かない。真実を語れば理解してくれる、と他人をたやすく信じてはいつも手酷く裏切られる。純はそこに危惧を抱き自分が守らねばと思ったのだろう。当然、この記事を追って、『河北新報』の八月一日は連載「見よ、妖婦原阿佐緒の犯罪史を（3）」の他に、「阿佐緒に釋明演説を　記者有志から要求した」の見出しで、「石原理学博士を喰つて俄然その詩よりも歌よりも世間に名声を博した妖婦原阿佐緒」を文化生活研究会講演会の席上に引っ張り出し「惚氣《ほれけ》なら惚氣《ほれけ》懺悔なら懺悔演説」をさせようと「挑戦状を發した」と結ぶ。純が、桑木氏に記した手紙の「世評の浅薄さ」はこれらを示すし、「世を騒がした責」もまた阿佐緒のこの記事を胸においてであろう。阿佐緒はこの時のことを、「黒い絵具」の最終章（三十五）に、「虚偽に満ちた社會に對する憤激と、非難に對する絶望とから、せめて肉身の汚辱を救ふためにあらゆる謝罪の意をこめて」したためた遺書を母親が見つけた。この早い発見がなかったら、「一世を震駭するやうな大聲の非難を一身に浴びて、生きもがくことをせずに済んだかも知れなかつた。」と記す。この時の思いを『短歌雑誌』大正十年十月号（第四十一号）に「被讒」六首、「暗き影」七首として同時に発表している（『死をみつめて』所収）。

世《よ》の人《ひと》の吾《あ》に負《お》はす名《な》のかくばかりゆゆしきをいかに堪ふべき吾《あれ》かも　（「被讒」）

けだしやも吾《あれ》しあらねばさきはひを世《よ》にまたくして生《い》くべき君《きみ》かも　同

汝《な》がうへによき母《はゝ》となりまみゆべきを許《ゆる》せよといへば子《こ》は泣《な》きにけり　（「暗き影」）

生《う》みの子《こ》が思《おも》へることのかたはしもえ知《し》らぬ母《はゝ》の桑《くわ》切《き》る音《おと》すも　同

阿佐緒は、純との恋愛がここまで誹謗中傷されると思っていなかった。自分が貶められるのはいい。だが、それが肉親にまで及んだことが堪え難かった。千秋は東北学院中学校在学、と書かれた。どんなに肩身の狭い思いをするか、保美は小学一年生だが、学校で苛められるだろう。どうやって謝ればいいのか。泣きながら許して欲しい、と子に言えば子もまた泣くばかりだ。娘を遠目に見ながら、黙々と畑で桑を切る母。自分は何の言い訳も出来ない。夜更け、娘の遺書を見つけた母は、声を押し殺して泣く。自分は母をまたも悲しませている。父を早くに亡くした阿佐緒は母に依存しつつ反発してきた。しかし、今は進退極まる。子らを母に託し、純と生きるほかない。阿佐緒は胸の中で「世の人の吾《あ》に負はす名のかくのみにゆゆしきをいかに堪ふべき吾かも」（『死をみつめて』）と呟く。自分は悪しざまに妖婦と呼ばれている。それに堪えていかなくてはならない。生きる、ということがその名を背負って堪えることなのだ。六月に伊東の温泉から帰り、自分は長い黒髪を鋏で切った。あの時、をみな子のよわさはげますと手づかみし髪のぬくみに鋏を強よむ（『死をみつめて』）

髪すらをなど惜しまめやゆるさるべくはいのちを生きて子らによらしめ　同

と歌ったではないか、弱さを励まそうとして黒髪を断った自分。髪など惜しいものか、よりよく生きる日を考えよう。阿佐緒は鏡の前の断髪の自分と向き合い、きっと目を見開くのであった。

「科学ジャーナリスト」として

純の辞職願（二年後に辞職）は、東北帝国大学の総長や教授会、恩師の長岡半太郎博士らの非常な同情により休職扱いとなった。この時、純にはもう大学に戻る気持ちはなく、「科学ジャーナリスト」の道を歩むことと決めた。西尾成子「石原純をたずねて第22回　科学ジャーナリストとして」（『科学』別冊 May 2009, vol. 79, No. 5、岩波書店）によると、新聞に報道されるや、岩波書店（一九一三年創業）は、大学辞職後の物質上の援助を、新興の改造社（一九一九年創業）も自然科学叢書出版計画の顧問役をそれぞれに申し出た。斎藤茂吉の先の手紙には、岩波によるように、との長岡博士からの助言を伝えているが、純には東京の実家に戻った家族のこともあり、両方の書店が利するように配慮をしたとある。

さて、斎藤茂吉は純を説得するつもりで初秋の静養先の信濃富士見高原に誘うが、阿佐緒も同行してきたので諦めた。富士見ホテルで二人は執筆に専念する。西尾の同書によると、純は『相対性原理』（岩波書店）を書き上げ、序に「大正十年九月二十二日信濃富士見にて」と記した。次に『エーテルと相対性原理の話』（岩波書店）の序には、「一九二一年一一月二七日安房保田に於て」とあるという。十二月、『アインスタインと相対性理論』（改造社）と相前後してこの三冊は刊行された。西尾は、日本近代文学研究者紅野謙介の「石原純の宇宙『科学』と『文学』を座標軸として」（二〇〇八年十月二十六日、日本近代文学会報告）から、「石原純の『出来るだけ平易に且つ簡略にその要を汲む』（『アインスタインと相対性理論』序）、『一切の数式を省く』ことでむしろ『相対性原理そのもの、ほんとうの意味を究める』（『相対性原理』序）と言い切った勁さは、石原がただの科学者でも啓蒙家でもない、属性も担い手も異なる複数の言説を駆使する希有な書き手であったことを示している」を紹介している。まことに、純の類い稀な才能とその魅力を言い得た指摘である。西野によると、この三冊の売れ行きはよく、『アインスタインと相対性理論』は初版の翌日に再版、翌年三月には二十四版となったという。

## 『死をみつめて』刊行

阿佐緒もまた、純の傍らに机を並べる。そして、第三歌集『死をみつめて』の「序言」を書き上げて、九月十日、と記した。阿佐緒の第三歌集は春頃、『睡蓮』か『合歓木の花』の歌集名で刊行予定だったが、のびのびになっていた。出版社の玄文社は、この一大事件を同社発行の家庭婦人向け雑誌『新家庭』（大正五年三月号～大正十二年九月号）の九月号に特集「石原博士の戀愛問題」を組むこととし、「アララギ」の杉浦翠子、今井邦子、三ヶ島葭子に、寄稿を依頼する。同時に、阿佐緒の歌集の刊行を急いだのだろう。『讀売新聞』（八月九日）に「死を凝視めて　原あさをさんは（今まこんな歌集を編みつ、あり）」「石原博士や離婚した二人の男性、若い美術家との恋愛関係を闡明《かいめい》するものだといふのだから、右発表の暁には伊藤燁子夫人の『几調の蔭に』と同様の注目を惹く事であらう」との記事が載った。また、同紙（九月四日）に「死をみつめて原阿佐緒」一〇首も載った。

吾がこころを思ひあやまりゐる友に言解かずしてともに寝にけり
けながくも思ひたもちし苦しさをいまぞうちいでて友に泣きける
うつし世はかなしかりともしまらくは此友によりて命つがましを

麻布谷町の葭子との真情溢れる歌だが、最新刊の歌集名を印象付けている（このうち七首を歌集中に「焚身苦」として所収）。島木赤彦は『アララギ』九月号の「編集所便」に『死に面して』を出版の由傳聞せり。世説紛々の間に際して歌集を出版す際物として世に迎へらるるの覚悟あるを要す。」と苦言を呈した。赤彦は、才能を期待していた阿佐緒が、四月以降、歌稿を送ってこないことはいたしかたないとしても、世情を煽り立てる出版界に踊らされていくさまが我慢ならなかったのだ。それに、「アララギ」会員への影響も心配だった。だが、それは杞憂だった。「アララギ」は事件後かえって会員が増加し、阿佐緒の歌集も十月三日に定価二円で刊行されるや、七日後たちまち再版されたという（小野勝美『原阿佐緒全歌集』解題）。

世間の人は四六変形判で函入り、茶のビロードの表紙、一頁三首組のこの『死をみつめて』を読んでどう思ったか。巻頭の「序言」は悲痛だ。自己の行為に対する強い反省と自責、純情な子供たちや、

『死をみつめて』（大正10年10月）

老いた母親、家を傷つけたことへの遠い祖先への謝罪、それらの上に「尚また、自分を唯一のものとして愛してゐる私の対象者の苦悩をも滅じたい心願」で、「死」を願った、とある、歌集名はここから生まれたのだ。阿佐緒は生と死の分岐点に立ち、歌集を編むことで救われ、生きる信念と力を得た、とも語る。この強いメッセージを放つ言葉は共感を呼ぶ。阿佐緒は、富士見高原の一室の机上で、自分に言い聞かせるようになお綴る。「『死をみつめて』一巻をかたみとして、私は私の過去に別れを告げようとするもので御座います。人間本然の愛に目覚めた私は、今こそこの世に新らしく生まれたものと思ひませう、私の生涯にとつて最も意義ある生活を、私の将来に於いてなすべく、あらゆる争闘と苦痛とに堪へおほせやうとする力を、今、強く私は自分のなかに感じてゐるものでございます。」と。際物として購入した人も、ここに至ってある粛然とした気持ちを抱いたのではないか。歌集を繰ると、全五三〇首が、「青光」、「鵲繞樹」、「桂花落」、「擢鬢」と漢詩風の各主題のもとに構成されている。ここには、阿佐緒の大正五（一九一六）年から大正十（一九二二）年までの、「なやみからなやみへの、さうして煉獄にひとしい苦悩の生活の推移を叙し」（序言）ている。三ヶ島葭子は、「『死をみつめて』の出版に就いて」（『玄土』大正十一年二月号）の中で、

阿佐緒さんが歌人としても人間としても非常に大切なところの純潔、熱情、真摯、率直、繊細といふやうないろ〳〵ない、素質を生れながらに持つてこられた人であることを、そしてそれがやつぱり一つの性質であるところの不断の努力と相俟つてその生命をます〳〵不朽なものにするのであることを、私は長い間一しよに居つたことによつて一層深く感じたのであります。

と、阿佐緒の人格の美質と、短歌への情熱と努力と才能とを、きちんと見定めて書き記している。先の『吾木香』序に阿佐緒が綴った葭子の歌への高い鑑賞力と同じものを、この葭子の文面からも感じる。短歌のミューズの前では、二人は純粋に歌のみに心を傾け合うのである。

この時代、阿佐緒の第三歌集『死をみつめて』は、際物と蔑《なみ》されたが、「アララギ」の修練を経た自然詠や、子を思う母の真情の歌を収めたこの歌集は現代において評価を得、短歌新聞社文庫にも収められている。

## 『新家庭』と『婦人公論』の特集

純と阿佐緒の恋愛の一大センセーショナルな新聞報道が鳴りを潜めた頃、婦人雑誌が特集を組み始めた。『新家庭』（玄文社）九月号（第六巻第九号）は「石原博士の戀愛問題　戀に囚はれたる石原純博士……記者、原さんへの公開状……杉浦翠子、私見……山

田（今井）邦子、事實を闡明す……三ヶ島葭子」の大特集を組み、アララギの三女流歌人が手記を発表した。杉浦翠子、山田（今井）邦子は阿佐緒の複雑で不徹底な性格を指摘し、覚悟を問う手厳しい内容だ。三ヶ島葭子は、阿佐緒と友情を培ってきたものとして、この恋愛の経緯を語り、最後に、阿佐緒を悪い女に言い立て、世間馴れない先生が誘惑されたとの報道に、「先生の戀を全然過失視し、先生をあり来たりの学者型に押し込め、先生に對し、無理な辯護をしようとするのではないかと思はれます　さうでしたらそれは先生の眞實な人間的苦惱を無視した同情で、先生に取つて却つて御迷惑なことだと思ひます。もう少し考へた心で先生の復活の道を講ずべきだと思ひます。」と純の内面に分け入った発言をしている。

葭子は、知っていたのだ。阿佐緒が下宿している谷町の葭子の家に純が滞在した時、アララギの島木赤彦、斎藤茂吉、古泉千樫、平福百穂らが日参して説得にあたったが、純は背を向けて押し黙った。その時、葭子は、世間的な見方しか出来ない男性歌人の本性を思い知る。そして、新聞報道の悪罵は今日の男性社会の反映そのものだ、と。だから、堂々と痛烈に批判したのである。葭子は『婦人公論』（中央公論社、大正五年一月号〜）の大正十年十月号（第六年第十号）の特集「石原博士と原阿佐緒女史　學者の詩・詩人の戀」にも、「生けるもの、悲しみ……三ヶ島葭子」と題して手記を発表した。『新家庭』と似た記述だが、最後に葭子は綴る。二人の恋愛には犠牲が払われていること、まず先生の奥様の悲しみを思わずにいられない、「けれど原さんは悲しくないでせうか。それから今の世の中の多くの人は……。生けるもの、すべてはみな悲しいのではないでせうか。」と。しかし、「人はその各自の悲しみに堪へられるだけ堪へて生きるほか仕方がないのではないでせうか。すべてはやがて犠牲者なのではないのでせうか？」と、葭子は全身から振り絞るように声をあげる。葭子はこの時、単身赴任中の夫に愛人がいることを知っていた。だから、恋愛における人間的な苦悩を、純に夫、阿佐緒に夫の愛人、石原夫人に自分、とそれぞれ置き換え、呻くように、「生けるもの、悲しみ」として、堪えて生きる道を探り出したのだ。葭子の捨て身な手記に比べると、「悲痛な過去の扉をひらいて……原阿佐緒、涙から祈禱へ……山中省二」の阿佐緒は弁明調だし、山中省二は読み物調で底が浅い。

　島木赤彦は、ジャーナリズム（男性社会）を敵に回すような葭子の手記をいまいましく思う。それに、九月十一日の子規二十回忌への出席も、十月用の歌稿の提出も無節操だと捉え、九月十六日付けの巻紙毛筆の封書に「今日にてはどうも責任を以て拝見の勇気出でず……当分御免除下され」と作品を返送した。葭子は、しばらく考えたのか、十月十日付の巻紙毛筆の封書に「阿佐緒さまと近しくしながら真実を尽くさなかつたことが先生の御心を傷つけた原因」と二人の恋愛を止められなかったための破門と受け止めた内容の返事を送った。「愚かなものによつて損なわれた先生の御不快とお悩み」に比べたら「拙い歌を見て貰えぬ悲しみなどかすかなもの」と思い切った一筆をしたためてはいるが、『アララギ』という発表機関を失うことは慚愧《ざんき》に耐えなかったであろう。それでも、葭子は阿佐緒との友情を選びとり、島木赤彦が際物《きわもの》とした阿佐緒の『死をみつめて』に一文を寄せたのである。

　阿佐緒はその過程を葭子の手紙で知っていたかどうか。十月には、純と共に信濃から安房保田に移り、松音《まつね》楼旅館《ろうりょかん》の一室で、『婦人公論』（第六年第十一号）の「戀愛の破産」（秋季特別）の二一七頁の大特集の、「三角關係の一頂角から　石原博士と原阿佐緒女史と私との戀愛關係……東花夫」の阿佐緒誹謗の手記に唖然とする。作者は小野青年にちがいない。阿佐緒は憤然と筆を執り、同誌翌月号に、「解剖臺上に横たはつて」と反論し、共に惨澹たる恋の残滓《ざんし》を晒している。

ちなみに『婦人公論』の同年の大正十年十二月号は、「白蓮女史の絶縁事件」の特集を組んでいる。これは、十月二十三日、『大阪朝日新聞』夕刊の紙上に、筑紫の女王とうたわれた女流歌人伊藤燁子《いとうあきこ》、柳原白蓮が、炭鉱王で無学な夫伊藤伝右門へ、十年間の虚偽に満ちた結婚生活を解消し新しく生きるという「絶縁状」を掲載したことによる。白蓮に六歳年下の弁護士宮崎龍介（宮崎滔天の息子）という恋人がいることも分かり、新しい女の大胆な行動に世間は驚愕し、新聞各紙は大きく報道する。しかし、白蓮が大正天皇の従姉妹にあたる公家華族出身であることから、阿佐緒の時のような、額に草履を投げ付けるような報道はされなかった。

# 第六章　紫花山房

## 1　安房の海辺

### 安房保田へ

十月初め、純は阿佐緒と共に、秋色深い信濃の富士見高原を発ち、青波きらめく内房保田《ほた》（現、鋸南町）の松音楼旅館に落ち着いた。大正八（一九一九）年に房総西線が館山まで開通し、画家や文人が気候温暖な海辺の町に別荘を建て始めた頃であった。二人の逃避行に手を差しのべたのは、「アララギ」同人で安房吉野村（現、鴨川市）出身の古泉千樫である（小野勝美『原阿佐緒の生涯』）。老舗旅館の主人昼田昇、愛夫妻の厚情で用意された離れの十畳間で、二人はようやく人心地をつく。この十月二十八日には斎藤茂吉が念願の欧州留学へと横浜港から出帆した。これに先立って「アララギ」同人による送別会が開かれ、島木赤彦、古泉千樫、折口信夫、今井邦子、杉浦翠子らが出席したが、石原純も、三ヶ島葭子も、原阿佐緒の姿も勿論ない。純は、弟の石原謙（明治十五〔一八八二〕年〜昭和五十一〔一九七六〕年、東京帝国大学哲学科卒、キリスト教史学者、のちの東京女子大学学長、文化勲章受章）がドイツ留学中だったので、茂吉に弟の住所を教えていたかもしれない。

科学ジャーナリスト石原純のもとへは、東京から編集者らが頻繁に訪れ、十二月末に、『相対性原理』（岩波書店）、『エーテルと相対性原理の話』（岩波書店）、『アインスタインと相対性理論』（改造社）と三冊が刊行されたちまち版を重ねた（和田耕作『石原純』）。保田を訪れる編集者は科学関係だけではない。歌集や詩集の出版を手掛ける「アルス」の鎌田敬止から歌集出版を勧められた純は、準備にとりかかり、執筆に疲れると阿佐緒と秋の海辺を散策し、旅館の主人と碁を打つ「静かでしめやかな」（『靉日《あいじつ》』序）日々を送っていた。

一方、阿佐緒はどうだったか。第三歌集『死をみつめて』を十月に刊行し、「婦人公論」十二月号に反論を執筆し、旅館の離れで自炊生活を送る。そのなかで『婦人公論』大正十一年二月号に「夜を鳴く鳥――この一篇を、わが為にかなしみを負へる人に、ともにかなしめるものより拝ぐ」の詞書《ことばがき》を添えて二十首を発表した。（このうちの一五首を第四歌集『うす雲』（昭和三年刊）の巻頭に収める。）

うら寂《さび》しひとの熟睡《うまゐ》を目守《まも》りつつさ夜《よ》ふけてきく五位鷺《ごゐさぎ》のこゑ
うつし世《よ》に女《をみな》と生《あ》れてもろともにかなしき道《みち》に相《あ》ひへだて泣く
うつし世《よ》に君《きみ》がひとりとたのめりし人《ひと》を吾《われ》にも守《も》り果《は》たさしめ
肩並《かたな》めてありくに馴《な》れし安房《あは》の海邊《うみべ》涙《なみだ》ながれて今日《けふ》はたてるを

霜やけに吾子《あこ》の手《て》さきのふくらまん頃《ころ》としなるを吾《われ》はかへらず

詞書の、「かなしみを負へる人」とは、純の妻逸子である。阿佐緒には、妻から夫を奪った、という贖罪《しょくざい》意識が離れない。純の寝顔を見ながら、夜鳴く不吉な五位鷺の声を聴く。そして、この世に女と生まれて、女ゆえのかなしい道を共に泣く、相隔てながらに、と歌う。阿佐緒は純と朝晩を暮らしながら、このような人、夫、父を自分が奪ってしまった、と改めて知ったのだ。そして、妻がそうであったように、自分がこの人を守り通していかねば、と誓ったのだ。だが、二人で並んで安房の海辺を歩きながら、涙が流れる。それは何故か。次の歌にあるように、思いは吾子ら、特に小学一年生の保美へと溢れていくのを止めようがない。

片假名の子が手紙かなし祖母病みていまだ綿入れも着ずとしいふを　（『玄土』大正十一年一月号）
遠くゐる母病むといへば君が邊にとどまるすべの今はあらなく　同
まがなしきさ夜床にして君が名を吾が聲にいでて呼べと宣《の》らせり　同
二三年つひにえ呼ばぬ君が名を涙流れてよびにけるかも　同
汽車ぬちにただに揺れ居り病む母と君がおもかげこもごも思《も》ひつつ　同

一、二首目、おそらく針の筵であろう故郷へ発つ。それは子と病む母が待っているから、と心に決めつつ、純を置いていくことも忍びないと、阿佐緒は煩悶する。それは、三、四首目の、性愛の極みに自分の名前を呼ぶことを欲する純に、涙を流しながら遂に応えてその名を呼んだ、との歌から知れる。心にわだかまるものがあり、二、三年呼べなかった純の名を呼びながら阿佐緒は何故、涙するのか、自分の身も心も素直に恋人に馴染んでいけた悦びか、いや、とうとう征服されたことへの悲しみか。阿佐緒の性と精神の矛盾のみなもとは深い闇の中に横たわっている。これらの歌は『玄土』大正十一年一月号「わかれ」、「旅上」合計二一首中にある。二人の恋の軌跡を辿る『玄土』は、あの事件以来、純の執筆は絶え、阿佐緒の発表も最後となるこの号のみ、裸体の男女が立ったまま抱き合う表紙を掲げている。

**石原純歌集『靉日』刊行**

大正十一（一九二二）年五月、純は第一歌集『靉日《あいじつ》』をアララギ叢書第十四篇としてアルスより刊行した。紫木蓮が描かれた函入り、天金の立派な造りの歌集である。多色刷りの装幀は津田青楓。挿画も、各七章の内容に併せて石井鶴三郎、平福百穂、山本鼎ら七氏が担当している。歌数は八一七首で三二六頁。目次は、「序」、「歌集に關することども」、「其一―信濃の秋、續信濃歌」、「其二―學究、平日」、「其三―みちのく、よそぐに」、「其四―歐亜行」、の四章に分かれている。「歌集に關することども」に、歌は、なるべく同じものをひと所にまとめて「讀むときの気分を持續して頂く」ようにしたこと、また、「各の連作はそのうちの各首の短歌をきれぎれでなく、却つて一篇の詩のつもりで最初から連續的に讀むで頂きたい」と記す通りの構成である。この歌集で特徴的なのは、既出歌の一行書きを、全て三、四行の分かち書に改めていることだ。「歌は多様の韻律を含んでゐるので、連作短歌の単調の感じを與へないために、視覚的にも単調さを与えないために、長詩の書き方と同様に、随處で行を改め」、「句讀點を正確に施して意味の斷續《だんぞく》を判《はっ》きりさせました。」（同前）と記す。「其二―學究」から三首を引く。

・夏の休み日の
實驗室は寂しかり。
鋼鐵《はがね》のうへの面銹《おもさび》を見る。
・眼を披《ひら》きもの見ざりけり。
我はいま
電子《でんし》のまはる様《さま》想ひゐる。
・美《いつ》くしき
數式《すうしき》があまたならびたり。
その尊さになみだ滲《にじ》みぬ。

純独特の理論物理学の世界の歌は、分かち書きも句読点も「意味の斷續を判きり」させるために有効な表現方法と思える。分かち書きは石川啄木がすでに行い、句読点は「アララギ」同人の釈迢空（折口信夫）が初期から施している。彼等の表現方法に関心を持ち続けてきたのか、初めての歌集を編む上で、純はこれまでの短歌と決別し、短詩や口語自由律の新短歌へと創造の場を広げていく。学究の道から科学ジャーナリストへと進んだように、あの、一大事件をきっかけにハンドルを切り換えたのだ。しかし、ひとつ気になるのは、「序」の最後に、「この集を私が多くの親愛を感じてゐるアララギ叢書の一編として出すことに對して、自分の満足を表明したいと思ひます。大正十一年四月一日安房保田に於て　著者」と記していることだ。「アララギ」はあの恋愛事件に関して、三ヶ島葭子と阿佐緒を事実上破門とし、阿佐緒の第三歌集『死をみつめて』の刊行は「キワモノ」として非難された。だが、「アララギ」の重鎮であった石原純は尊重され、歌集刊行も「アララギ」からの配慮があったようだ。阿佐緒は純を祝しつつ砂を噛む思いを味わっていたのではないか。「病に籠る原阿佐緒さん」（『讀売新聞』六月九日朝刊）に続いて、「痛々しく衰弱して入院の阿佐緒さん」（同月十五日朝刊）の記事が載った。知己の女医井手茂代は、元々体重は十貫位（三七・八キロ）だったが、今回は八貫七百目（三十キロ）しかない。「何分氣の弱いお母さん思ひ子供思ひの心の優しい人ですから昨年以来の心労からの衰弱です」と語ったとある。また、阿佐緒の談話として、「保田では一緒に畫を描き原稿用紙に向かい、『天上の愛』に高めたい、という先生の言葉に感激と感謝を捧げていること。故郷の母の『母を捨てて』の言葉が悲しく瘠せて了《しま》ひました」と結んでいる。

### アインシュタイン博士来日

大正十一（一九二二）年の晩秋から年末にかけて、純は阿佐緒を一人置いて保田を離れた。改造社の山本実彦の招聘でアインシュタイン博士夫婦が来日し、講演の通訳としてほぼ一カ月、全国を同行したためである。十一月十七日の『神戸新聞』は、北野丸で神戸に着くアインシュタイン博士夫妻の写真と共に、「現實の上に樹てられた高遠なる『真理』の人　アインスタイン博士は愈《いよい》よ今日東洋の第一歩を神戸に印象づく　いでや彼の光に接せん」と大見出しを掲げる。記事の最初は「彼によりて、ひろ〲とした宇宙が、私達の展望の可能な領域に、どれほど多く持ち越されたことだらう……」と、「石原博士をして謳はしめた偉大なる真理の人、アルバート・アインスタイン博士は」と始まり、続いても、「アインスタイン博士を最初に日本に紹介し且つ氏が我國に於ける唯一の知己である石原純博士は……」と石原純の語るアインシュタイン博士像を細かく伝える。一年前の恋愛事件のスキャンダラスな報道とは大違いだ。

翌十八日の記事は神戸港入着の夫妻の写真と共に、石原、桑木、長岡、愛知の諸博士らが迎え、「最も偉大なる真理の探求者で且つ最も輝かしい科学者」と「石原博士をして絶叫せしめた我がアインスタイン博士が日本の土に最初の一歩を……」と高揚した歓迎の記事、二十日は、「三田の大講堂を揺《ゆるが》したア博士の初講演　石原博士の通譯《つうやく》で子供を諭すやうに柔《やさ》しく而も嚴肅に長講演を終る」の見出しで、「黒紋付に袴を着け謹嚴な態度で通訳をした」とあり、熱気に包まれた会場の雰囲気が伝わる。丁度発売中の『改造』十一月号は、『アインスタイン全集』（編者及び翻譯者理學博士石原純他）「予約募集締切延期」の大々的な広告と共に、「アインスタイン教授講演　ニウトン引力を否定して我が物理学界の大革命者たるアインスタイン教授」の「相対性原理につき十八時間の連續講演をなす」との大広告を綴じ込みで掲載。まず、東京理科大学大講堂の特別講演から、慶應義塾大講堂、神田青年会館、京都公会堂、大阪中之島公会堂、の日程と共に、仙台、福岡、神戸、名古屋のうち二カ所で開く、とある。純はこの講演のうち、仙台のみ同行しなかった。アインシュタイン博士は再婚の夫人との来日で、純の私生活に助言もした。『改造』十二月号は「アインスタイン號」とし、純はそこに、実に一六頁に及ぶ長詩「黒く究まる光（アインスタイン讃稱詩）」を発表した。

形容のない風と炎、／捉み得られない宇宙エーテル、／幻覺、錯覺、／感情の誘惑、／それらが充ちわたつてゐる狭い地上にも、／あらゆる現生を超脱して／まつすぐに彼岸に達すべき／科學の流れが育つて来ました。

巻頭のこの部分だけでも、科学者、詩人石原純のとてつもなく天才的な才能が見出だされる。物理学の何たるかは知らなくても、詩に引き込まれて、深遠な宇宙の世界に近づけそうな気になる。それだけ魅力があるのだ。『思想』大正十二年二月号（岩波書店）にも純は長詩「ひとりの偉大なる科學者に接して」を一六頁にわたって発表した。その内容は、アインシュタイン博士が日本の群衆の歓迎ぶりに驚嘆し、「數學も力学も學んだことのない人が、物理学理論を正當に判断し得るか」と謙虚に疑問を述べたことに、「たましひの酔藥《すゐやく》を人間は欲しがる、彼等のなかに／あなたはほんたうの眼ざめ藥をまいてゆかれる」と純は答える。博士は能楽にひたすらな感興を覚え、「人間の神秘な藝術のひとつ」として、「私たちふたりは／かはりがはりに演壇に立ち上がつて／あの緩調を展開させて見やうではないか。／そして藝術が／人間のこゝろを魅するやうに、／私たちは／私たちの眞をそこに説かう。……」と「伴奏者」である純に語りかけた。このような二人であったから、その講演は大成功を収めたのである。

**『人間相愛』と有島武郎の死**

純の留守中、阿佐緒は宮床を訪れていた。『女性』大正十二年一月号（プラトン社）、「吾子に寄す」一〇首、また『女性改造』同年新年号（改造社）の「帰郷雑詠」二九首から知られる。

病《や》める子《こ》を遠《とほ》きにもちて見《み》さくればかくろひいゆく月《つき》もかなしき　（『女性』）
一年《ひととせ》を見ざりし吾子《あこ》よわが抱《いだ》けばはぢらひにつつ面《おも》よする吾子よ　（『女性改造』）
吾子見れば吾子に生くべくはるかなる人もかなしくまどひは深し　同

純の住む世界と大きく乖離した阿佐緒の世界。しかし救いはこの歌にあるように、阿佐緒の思いが子の母でありつつも、今は純の恋人としてあることだ。『女性改造』四月号の特集「愛の夫婦生活」の随想「丘の上より」に、阿佐緒は、「枯れ草の間から萌える小草を見出だし、いく度《たび》かふみにじられ、虐げられして、枯れかかつた草だった自分をあなたが見出だして、陽あたりのいゝ、そして肥えた土地に移して下さつた」と綴る。最後に「私のこの幸福が、感謝が、私たちの周囲のすべてに幸福があるやうに。私の子も親も、またあなたを忘れぬ人たちの上にも。私たちの愛の生活。それを全うしたい希《ねが》ひを持つことを、やましいと思ふことのないやうに。私に祈《い》禱《の》らして下さい。」と結ぶ。阿佐緒は、書くことで自分を納得させる。だが、そこには無理がある。純という温室で栽培される花になろうとしながら、阿佐緒の自我はかすかにもがき始めていると思われる文章だ。『婦人公論』五月号の「愛に根ざした生活」は、純との理想的愛の生活を語り、母の拒絶を悲しみ、子への真情、つまり阿佐緒の本心を語る。それは、「子供たちを獨力で育て、ゆけるだけの力を自分にそなへ得るまで」、「それを忍び、遂げしめる準備時代でなければなりません」という決意である。阿佐緒が純との愛の生活の、その先を見通していることを、ここで確認しておきたい。

では、純はどうなのか。「人間相愛」（『女性改造』大正十一年十二月号）の題で「相愛」の理想を説き、翌年三月号の同誌の「戀愛の理想價値について」では、恋愛に伴う性愛を「あらゆる愛のうちに輝かしい焦點を形づくるもの」と定め、翌四月号に「再び人間相愛について」として、さらに恋愛の理想的自我と性愛について論考を深めている。これらの論をまとめた感想集『人間相愛』（一元社）を、作家有島武郎に送ったところ、六月七日付の手紙が届き、そこには互いの自然に対する考えが隔たっていることや、「機会があればゆっくりお話しを伺へれば仕合せ」と結ばれていたという。それから二日後の六月九日、有島武郎は新聞記者で人妻の波多野秋子と軽井沢の別荘で心中し、一カ月後に発見された。『女性改造』八月号（第二巻第八号）は、「有島武郎氏追想號」の特集を組み、純は「有島武郎氏の死について」を執筆する。純は、有島武郎の「描かれた花」、「或る女」、「獨斷者の會話」などから、作家の心の深部に立ち入り、「愛の歡喜の中に死を迎へることが許されない」場合もある、として、「恐らくは私に小さき血族への人間的念願がなかつたとしましたなら、尚また愛人とのより良き生活の創造への人間的念願がなかつたとしましたなら、私はやはりその美しい死の歡喜を選んだでもありませう。……けれども人間として足りない私たちはその儘で神の國へ踏み入るまへに、この地上に於ける生命を幾らかでも良くするやうに努める義務を感じます。……あらゆる悲哀と苦驗とに面接することが私を只最後にこの道に救つてくれるでせう。」と自分自身の選んだ道を語り、最後に「死に關するあれ程嚴肅な行為を軽々しく取り扱ふことは、人格に對するこの上ない侮蔑でなければなりますまい。」と結ぶ。純の子らへの思い、そして阿佐緒への深い愛、世間の浅薄さへの違和が、静かに余すことなく綴られている。苦悩を経た精神性の高い愛の道。大正デモクラシーの恋愛のひとつの形を映しだす「人間相愛」である。

## 2 紫花山房の日々

### 関東大震災と保田

大正十二(一九二三)年八月十九日「石原純博士は休職満期」(『讀売新聞』)の記事に続き三十一日には、「戀の博士に叙位」の見出しで、「休職満限に付き在官中の功労を録し、正五位から叙従四位の一級被進」があったとの記事が載った。世間は二人の動向に未だ無関心ではいられなかったのか。八月二十七日付の『讀売新聞』に、純と阿佐緒が並ぶ二枚の大きな写真が載り、「寫眞説明」として、「(上)保田藪ヶ谷の◇靉日荘……と(右)◇書斎の外の石原純博士と原阿佐緒夫人(須藤鐘一撮影)」とある。浴衣姿で丈夫そうな純。純の肩程の小柄な阿佐緒が、浴衣に粗い縦縞の帯を結んでふっくらと艶麗に微笑む。いかにも幸せそうだ。それは、保田町本郷七七六の小高い丘の上に、西村伊作デザインの瀟洒な二階建て文化住宅がほぼ完成し、七月末に引っ越しをしたからだ。敷地面積は千坪、一階は食堂、書斎、アトリエ、サンルーム、ボイラー室、二階はバルコニー付きの寝室である。ここに純、阿佐緒、書生と、宮床の母が寄越した女中、庭仕事もするボイラーマンが住み込んだ。阿佐緒の次男保美は、夏休みなどに滞在したことがあり、後年、紫花山房について、「まことにしゃれた家でね、オレンジ色の瓦、煉瓦造りでした。お湯がタンクで二階までちゃんと出るようになっていて、これなんか当時の家としたら、かなり新しい設備だったんじゃないでしょうか。」と、作家永畑道子に語ったという（「恋の流離をかさねた歌人　原阿佐緒」『花を投げた女たち』）。建築費用四千円は松音楼の昼田夫妻が負ったという（小野勝美『原阿佐緒の生涯』）が、科学ジャーナリストとしての資金や、岩波書店、原家の援助もあったろう。純のもとを訪れる編集者らは、この洋館を歌集『靉日』からとって靉日《あいじつ》荘と名付けたが、純と阿佐緒はその名ではなく、いつからか「紫花山房《しくわさんばう》」と呼んでいた。これは『館山市史』（「館山と文芸（安房美術会と石原純・原阿佐緒）」）の記述にもあるが、純自身が、昭和二（一九二七）年六月二十日の『讀売新聞』「月曜付録」に「紫花山房」と題して海岸の二人の写真（阿佐緒はひどく痩せている）と随筆を発表している。

それによると、純は「自分の住居を勿体ぶって『靉日《あいじつ》荘』と呼ぶのはそぐわないと思っていた。一昨年、子規庵維持のために香取秀眞氏の銅印を頒つ企画があった。自分も銅印を愛用していたので求めようとし、枯れた草土手の面に紫の野すみれの花が咲いてゐる頃だったので、ぼんやりした廣い意

房州保田に愛の家を營む
石原純博士と原阿佐緒さん

The latest picture of Mr. Jun Ishihara, a scientist, and his wife Mrs. Asao Hara, a poetess.
Upper (right): "Our Home" painted by Mrs. Asao.
Upper (left): The poems by the same.

屢々《しばしば》問題《もんだい》を惹《ひ》き起《おこ》す程《ほど》、夫《そ》れ程《ほど》お睦《むつま》しい石原純博士《いしはらじゆんはくし》と原阿佐緒女史《はらあさをぢよし》の最近《さいきん》のお寫眞《しやしん》です。上《うへ》は阿佐緒女史《あさをぢよし》が自《みづか》ら描《ゑが》いた房州保田《ぼうしうほだ》の愛《あい》の家。左《ひだり》は同女史《どうぢよし》最近《さいきん》の心境《しんきやう》を語《かた》る近什「君とゐてわが生まゝくの子《こ》をほしとおもふ日《ひ》のあり悲《かな》しきはみに」

保田の石原純と阿佐緒
（阿佐緒の書と紫花山房の絵〔『婦人画報』大正14年11月号〕）

味で『紫花山房《しくわさんばう》』と刻印を頼んだ。それ以来、この住居をそう名づけてもいいと思っている」と綴る。植物採集の見本帖なども作っていた純らしい可憐な「紫花山房」の命名で阿佐緒も愛用している。

話を戻そう。二人が、新築の洋館に移り住んでほぼ一カ月後の九月一日午前十一時五十八分、関東大震災が発生した。阿佐緒執筆の『女性』大正十二年十一月号（プラトン社）の大特集「大震災から得た教訓と生活革命の叫び」中の、「再生の歓び　保田で拾つた命」によると、この時、純は松音楼で主人と将棋をうち、阿佐緒は書斎で原稿を書いていた。最初ドシン、と突き上げ、次にグラグラときて、「一どきに無茶苦茶に揺れ出し、もの、倒れるおと、壊れる音が錯綜して何とも形容することのできない物凄い音響」となっていた。阿佐緒は水着姿だったので、椅子にかけた着物を取ろうとしても風にあおられて取れない。「もう駄目だツ……」、「この新しいできたばかりの家で、一人で死ぬのだな……」と思ったという。裸足のまま丘の上に駆けあがってきた純は、地震で庭に出た途端、旅館の屋根がくずれ落ちた、と蒼白な顔で告げる。おかみさんのことが心配で二人で助けにいこうと丘を下ると、「みんな口々に海嘯《つなみ》が来ると云つて、いろんなものを背負つたり、泣いてゐる子供の手を引いたりして、倉皇《きよくわ》として」丘の上へと走って来る。たちまち丘の洋館は町の避難所と化した。阿佐緒は負傷者の手当てをしたり、女中を指揮して御飯を炊き通しで握り飯を配ったりした。旅館のおかみさんも無事で、津波がこないと分かり皆は帰ったが、それでも避暑客ら四、五十人もの人たちが残り、夜は余震を恐れ庭に寝た。鉄道が開通するまで半月あまり避難者との生活が続いたという。阿佐緒の震災の歌である。

夫ごころたふたくもあるか土に寝しわれの邊の蚊を追ひたぶるかも　（『うす雲』）
おほけなく吾生きのこる町の家ゐことごと倒れ人死にしなかに　同

地震の恐怖を共に体験し純との結び付きもより強くなったようだ。『鋸南町史　通史編』の「関東大震災」によれば、保田の地震の被害は大きく、死者六一名、負傷者一三六名、建物の全壊は二六四、学校も四校が全、半壊、海岸は一・五メートルの隆起を見たという。『讀売新聞』九月二十七日朝刊の「文藝欄」には「危く難を免れた石原純博士　保田で潰れないのは唯一軒　博士の洋館だけ」の見出しが載る。博士が被災者の収容所となった当時や、「今はアインスタイン全集の著書を續稿してゐるが、果たして出版界がうまく復活するか知らんと案じてゐます」と語ったとある。

震災後、純は『女性改造』十月号「大震災記念號」に対話形式の分かりやすい「地震に關する對話」や、『改造』十一月号に、地震の予知の必要性を説く「地震學の本質とその現時の缺陥について」を二五頁にわたって発表した。また発表誌は不明だが、理科ハウス所蔵の原稿用紙三十五枚（一枚目は欠落）の震災についての文章がある。そこには、地震発生時から数日間の保田の震災の様子が克明に理性的に描写されている。避難した人々のために町役場から白米が供給、農家から牛乳も配分されたが、三食握り飯で、味噌汁を啜ったのは五日目の夕方だったこと。また、災後の民衆による朝鮮人虐殺の報に慨嘆し、地震予言の噂で罹災者を脅かす卑劣さを怒る。そして、提言する。復興への手段としての節約は消極的な行為であること、天災に対して社会は公共的に十分な保険を営まなければならないことなど、あたかも二〇一一（平成二十三）年三月十一日の東日本大震災を体験した日本の社会や政府への啓蒙書である。特に最後の、「この災変が幾万の人命を滅ぼし巨億の財貨を失はしめたとしても、之を天譴とか天誡とか解することは、恐らくは神の真意を曲げ私するものではありますまいか。」は、現代を透過する予言に満ちた真言である。純は震災詩「舞臺の黒劇（短詩連作）」を『改造』十二月号に発表している。数編をランダムに引く。


大地の激動、／そして人間建設の一切の破壊、／そのおほいなるエネルギーよ。／一瞬のあひだに、／都會は幻滅に歸してしまふ。

きいきい響くのは、／あれはうつ梁を挽いて／壓死者をもとめる金属の怨嗟の聲か。／兩手を組んで膝を曲げて、／血まみれなその顔貌。／あ、　惨ましい生命の犠牲。

私の踏む両脚はまだふるえてゐる。／愛するものよ、おまへの脚もか。／大震後幾時間、／私たちはまだ安泰な地面を見出ださない。

海のかなたの空にとほく火焔が明るむ。／都会の町々はこの夜も焼けてゐるのであらうか。／あゝ、有形のもののすべては／かくて在りし日の俤もなく滅びてゆく。

あゝ、一九二三年九月一日、／深刻なる運命が／私たちの心の奥を刳つて過ぎた。／あらゆる現実の惨態が／黒く舞臺に演ぜられてゐる。（房州の一漁村にて）

マグニチュード七・九という関東大震災は、死者九万九千人、行方不明四万三千人、負傷者十万人という未曾有の被害をもたらした。純は、東京の妻子への思いもあるのだろうが、暗黒の劇と震災の惨状を伝えながら、大きな宇宙的な眼で捉えて歌っている。東日本大震災を体験した現代の我々にも十分に共感し得る、科学者の眼と詩人の心が融合した貴重な震災の詩である。

## それぞれの子の旅立ちへ

大正十三（一九二四）年の保田の正月は、門松をたてる家もほとんどなくひっそりとしていた。阿佐緒は紫花山房の書斎で、届いたばかりの女性雑誌の新年号を開く。『婦人画報』には「新春に立ちて」の題で、「震災後の第一春」を迎える心構えとして、「過ぎ去つた時の上に現れた、この痛ましい事実を、どう消すことも出来ないことを知つてゐる以上、徒《いたづ》らに過去の幻滅の相《さう》にのみ執着して、のこされた未来を忘れてはならない。これからのよりよい生き方によつて、とりもどさねばならぬおおくのものを持つてゐることを思はなければならない」と綴った。次に『女性改造』一月号の頁を繰り、特集「吾が児の成長を樂しみて」に寄せた小文「愛のかなしみ」を読む。わが子が十七歳になり、一人立ちの年頃を待つようになった、とまず記し、その成長を見届けられない環境は自分が選んだものだ、と自らに言い聞かす。漁村に住むようになった母と、狂気のように帰宅を迫る祖母の間で悩んだ息子から、「私はお母さんを信じます。そして私は誰の誹謗にも耳を貸しますまい。たゞ何も分からぬ弟が可哀さうです。」という手紙が来たことを阿佐緒は明かす。東京で学んでいた子は、震災後、郷里に帰り農学校へ転校した。それを嘆く母に、トルストイのように本当の芸術は土と汗から生い立つと考えて、絵や歌を毎日書き、短編小説も書いていく、と知らせてくる。阿佐緒は、子らにすまなく思いながら「この生活から自分を切り離すことの出来ない愛のかなしみ」を、いつか大人になって理解して貰える日を楽しみに成人を待つ、と結ぶ。

阿佐緒はこの頃のことを、河井酔茗編『現代婦人の手紙』(アルス)にも「なつかしい御父様へまゐらす─小包の着いたことを知らせかた〴〵」に、「私の愛する千秋さん。」の呼びかけで長文の手紙を綴っている。そこには、山の芋と百合根がたくさん届いたお礼がまず述べられている。以前、滋養のためにと送ってくれた鶏が腐りかけて届いて悲しかったことも書き添えて。また、油絵を始めるという千秋に「素描をしっかりやること、光と影を完全に見わけられるやうになるまででさえ大変。色彩に於ける感興《かんきやう》を養ふことも大事だがあせらずに御やりなさい」と助言をする。そして書き添える。「おばあさまと保美をいたはることを忘れないでね、畫が描けてゐたら送つて見せて下さいね、こないだのパブロヴの踊つてゐる姿を書いた鉛筆画のタッチが大変よく出来てゐました」と、千秋を一人前の大人として認め、母親の真情をしみじみと綴っている。

子の成長を願う思いは、純も同様であった。『女性改造』一月号の「科學の話」、二月号の「科學炉邊ものがたり」は、東京で暮らす五人の子らを思い浮かべつつ執筆したのではなかろうか(大正十五年、長男紘は旧制仙台二高理科に入学している)。また、同誌四月号の「本年卒業する諸姉に贈る言葉」は、「藝術を愛好し科学に信據する年若い姉妹たちよ」との呼びかけで始まり、東京女子大学に進学する石原家の長女雅代への、はなむけの言葉とも読める。若い女性が社会に出て制約を受けることを案じつつも、「心の奥にいつも正しい批判を用意すればよいのです。」と結ぶ。八月号に「恋愛と道徳」、十一月号に「愛の一つの相としての戀愛の本質」なども発表したのは、娘たちの心の成長への願いからか。親としての思い、互いの「愛のかなしみ」を心に沈めて紫花山房に暮らす二人であった。

### 房州歌壇と『日光』創刊

純と阿佐緒は房州の文化の向上に貢献した。『館山市史』の「館山と文芸（安房美術会と石原純・原阿佐緒）」によれば、地震の被害は房州特に北条、館山付近が甚大で復興もままならなかった。だが翌大正十三（一九二四）年七月、北条町のバラック建てのレストラン鏡軒で「安房美術会」の展覧会が開催され、石原純、原阿佐緒も作品を出品し大いに賑わった。純や阿佐緒の絵画数点は、今も鋸南町保田の篤志家が所蔵していると聞く。編物が得意な阿佐緒は、請われて村の娘たちに編み物教室を開いたり、展示即売会を館山で開いたりした。その腕前は確かで『婦人世界』（昭和五年三月号）に「軽快な春向きスエーターの編み方」が、阿佐緒のお洒落なイラストと丁寧な説明で紹介されているほどだ。

『館山市史』によると、房州の若い歌人たちは純と阿佐緒を慕い「保田短歌会」を起こして、月に一回松音楼で歌会を開き、月刊短歌誌『波止場』（二号まで）も発行した。古泉千樫や印旛沼の吉植庄亮もこの歌会に出席したのは阿佐緒の働きかけがあったからだ。阿佐緒の積極性は、成田市立図書館所蔵の原阿佐緒書簡（大正十三年三月五日消印）や歌誌『金鈴』の出詠歌や、同じく同館所蔵の『成田市史研究』（十一号、山田清吉「『日本シダの会』会長行方沼東の思い出」・同二十三号　山本侘介「行方沼東の受け取った書信」）等から知られる。阿佐緒が手紙を送った『金鈴社』とは、前田夕暮門の行方沼東を中心にした短歌愛好家の集まりで、大正二年四月から昭和五年五月まで『金鈴』を十一冊発行した。

大正十四年七月号に阿佐緒の「近作」九首を掲載している。

路に沿ふ野中に一つ膳すゑて祭りのみ酒《き》を供へてありけり
祭太鼓遠くにひゞきこのあたり人かげもなし春日照る野邊
青衣《あをぎぬ》のひたたれを着し老禰宜《らうねぎ》の詞《のりと》あげ居り人群るゝ野に
村人のなさけかなしもみ酒《き》嘗《な》めてすこやかなれと口々に云ふ

海辺の春の村祭を阿佐緒は歌う。瘦せて寂しげな阿佐緒に声をかける村人の優しさが胸に沁みる。

次に、阿佐緒が送った手紙だが、封筒に伸びやかな毛筆で書かれた宛先は、「千葉県印旛郡成田町成田四八一番地ノ二　金鈴社御中」。差出人は「千葉県保田町原阿佐緒」、中身は封書二通。一通目は、鈴のような三輪の草花の描かれた「ＭＩＴＵＫＯＳＩ」製の便箋でペン書きである。書き出しは、時候のあいさつなどなく、いきなり「さき程はわざ〳〵雑誌を御送り下さいましてまことに有りがたう御座いました、厚く御礼を申し上げます、皆様の御努力のほど遠くうれしく存じ上げて居ります。」で始まる。続いて、「さて来る四月（多分私宅にて）歌の会をすることになって居ります。もし御出かけになれますなら皆さんで御出かけになりませんか。東京から古泉千樫氏吉植庄亮氏などが見えられる筈で御座います。またこの地方の方々にも御よりになることになつてゐます。（中略）私たち友人や何かで『日光』といふ雑誌を出すことになりました。金鈴社の方々も歌を御よせ下さつたらと思ふものですから、一寸御話する気になりました。同じ千葉にいるのですから、私たち御一緒に勉強いたさうでは御座いませんか。（後略）」と『日光』への参加を呼びかけた（純も仙台市の「玄土」同人花輪庄三郎（東北学院教師）に投稿や購読勧誘の手紙を二月から四月にかけてしたためた。原阿佐緒記念館に数通所蔵）。

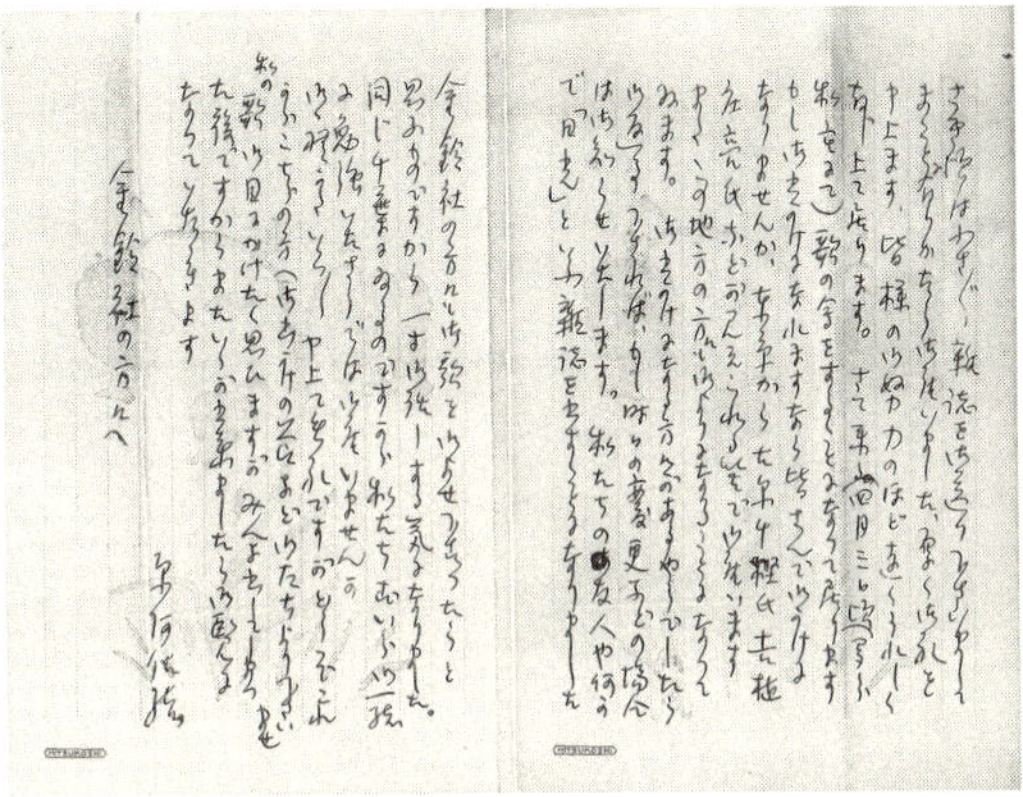
阿佐緒の成田町の金鈴社への書簡（大正13年３月頃）

さて、先も少し触れたが、阿佐緒の手紙の宛先の「金鈴社」とは、前田夕暮門の行方沼東を中心に、与謝野晶子調、窪田空穂門、アララギ調等混成の歌人の集まりで、大正二年四月から昭和五年五月まで『金鈴』を十一冊発行。手紙にあるように阿佐緒とも交流があり、阿佐緒の「近作」九首が大正十四年七月号に掲載されている（山田清吉「『日本シダの会』会長行方沼東の思い出」『成田市史研究』同三十三号山本侘介の「行方沼東の受け取った書信」）。

封書には他に印刷物が一枚収められていた。そこには『日光』発行の規約の「さだめ」と、発起人の石原純、土岐善麿、折口信夫、川田順、吉植庄亮、前田夕暮、古泉千樫、木下利玄ら一二名の名が並び、「日光を仰ぎ、日光に親しみ、日光に浴し、日光のごとく遍く、日光のごとく明るく、日光のごとく健やかに、日光とともに新しく、日光と共に我等在らむ。」の詩が刻まれている。

### 短歌の新形式と石原純

震災後、歌のありようを模索する歌人らによる超結社の月刊誌『日光』創刊に、純も阿佐緒も胸を熱くし、房州の歌人らに同行を求めたのである。振り返れば当時の歌壇は、島木赤彦による全国的な「アララギ」制覇の隆盛で宗匠的傾向を強め沈滞気味となっていた。ここに、北原白秋を中心とする前田夕暮、土岐善麿、木下利玄ら反「アララギ」派と、「アララギ」脱会派で、前々から「アララギ」の体質になじめず、斎藤茂吉が欧州留学後の大正十年末に選者を辞去した（釈迢空）折口信夫をはじめ、古泉千樫、石原純、原阿佐緒、三ヶ島葭子ら中堅歌人が結集した。さらに作家の島崎藤村、詩人の河合酔茗、大手拓次、画家の津田青楓、岸田劉生らの寄稿も得て、それぞれの個性を発揮し、折口信夫（釈迢空）の関東大震災詩の「砂けぶり」（大正十三年六月号）などの優れた作品を生み出した。昭和二（一九二七）年十二月に廃刊したが、歌壇に多くの刺激を与えた運動体である。

重ねて言うが、『日光』創刊は時代の必然であった。震災後、人心は動揺し伝統を固守するだけではない新しい表現の可能性や高い詩精神、美の領域を探ろうとしていた。歌壇ではいち早く石原純が、「短歌の新形式について」（『週刊朝日』大正十二年十一月十日）において、短歌形式はもっと自由に現代の語で思想的な内容を盛り込んで歌えないか、と長文の論考を発表し、「將に生るべき新短歌について」（『週刊朝日』大正十三年一月十三日）には、震災の短歌は思想的に貧弱である、現時の複雑な社会では短歌形式は不自由である、など新短歌について提言した。短歌史上画期的なこの石原純の論は、第二次世界大戦後に起こった第二芸術論の批判と内容が酷似している。前衛短歌運動が昭和三十（一九五五）年代に盛んとなり、塚本邦雄、岡井隆、馬場あき子らの、先鋭な批評意識による、韻律の改革や、暗喩の導入、主題制作、私の拡大などの表現領域を開拓する先鞭をつけたのが、この関東大震災時の石原純の論ではなかろうか。

純は、この『日光』創刊号から「短歌の新形式を論ず」や「現代語歌研究」を連載し、口語自由律短歌を理論的に推進していく。また、その実践というべき自由形式の短歌や新短歌、短詩など昭和二（一九二七）年十二月号の終刊号まで数多く発表している。しかし、阿佐緒の『日光』出詠歌は創刊年の八月までの四回、五八首のみである。何か人間関係に齟齬があったようだ。三ヶ島葭子は、創刊年の八月、脳溢血により右半身不随となるが『日光』出詠を杖として昭和二年三月に死去するまで四五一首もの最晩年の絶唱を発表した。阿佐緒はどうしていたのだろう。

## 足らぬはなきに

純が野菜を作り阿佐緒は家鴨《あひる》を飼い、保田の娘たちに編物を教えて即売会も開く紫花山房の日々。

ふたりのみの餉《け》は乏《とも》しけど君自ら培《つちか》ひし野菜今日も添へたり　（『女性』大正十四年七月号）

親しめる人来ればまづわが摘めるいちごをすすむ夏のわが家　同

水満たせる鉢にうかべし青胡瓜《あをきうり》すがしみにつつ餉《け》の臺《だい》に對《むか》ふ　同

父ゐまして夜釣りにえにし川魚《かはうを》を食卓にのぼせ食せし日を《を》思ふ　同

夏の野菜や魚のみずみずしさ、故郷への思いが素直に伝わる歌群である。震災後、阿佐緒は断髪にしたことで、村の学童らから「眼玉くり〳〵生き人形」などと囃された。純はこの断髪を気に入っていて、遠出から帰ると必ずその頭髪の上に手をのせた（「盟ひの證に」特集「断髪物語」『女性』昭和三年三月号）。カメラが趣味の純は、阿佐緒の美しい素顔や、女優のように華やかな化粧に総レースの衣装を着けた写真を写す。ジャーナリストや画家、歌人らの客も多く、元気な頃の葭子も娘みなみや夫らと何度か訪れた。原保美の回想（小野勝美『原阿佐緒の歌』序文）にも、十二歳の夏休みには長く滞在し、朝早くグラジオラスの花を町へ売りに行って小遣いにしたり、中川一政の娘桃子と遊びながら御嫁さんにしようと考えたり（後に結婚）と賑やかだった。だが、阿佐緒は何故か満たされない。

地をえらみたてし家ゐに君と居て足らぬはなきにかくも寂しき　（『日光』大正十三年四月号）

第五句目の「かくも」の強調に危機感が伺われる。震災後の文筆家の生活は次第に苦しくなっていったようだ。阿佐緒の「純へ」（特集「藝術家の妻から夫に與ふる書」『女性』大正十四年十月号）を読むと、家政にうとい阿佐緒に代わり純が財布や箪笥の鍵を保管した。寝食も忘れて歌に画業に熱中する阿佐緒を純は寛大に許す。阿佐緒は「体も弱く役に立たない自分を、まるで廃物利用のように、花を植えさせ歌を作らせ畫をかかせて役立てようとしてくれる」と自嘲する。たまに入った原稿料を渡すと、戯談《じょうだん》のように「これでも猫よりはましだね」と頭を撫でてくれるが、「共稼ぎの『と』にもならない」と、自分を貶《おとし》める。また、純の強情な一面として、間違ったことを言うと、「徹頭徹尾無言の制裁を報いる」と率直に綴る。その「無言の制裁」の元と思われる現実の厳しさを、『日光』大正十五年二月号の「冬頌」中の「大晦日」に純は歌う。

或るジャーナリストの資本家が／苦《にが》くふるへてもの言つてゐる。／この大みそかに、／私はひとりの文筆労働者として／彼れのまへに默然とゐねばならなかつた。／「なにがしの小説は一萬部以上賣れる……。」／賣れることのみを最上とする資本者には、／學究はもはや路傍の砂礫にも値ひしないのであつた。／かうして歳は暮れてゆく。／

「文筆労働者」、「學究はもはや路傍の砂礫」に純の自負と苦渋が滲む。阿佐緒はどこまで理解したか。昭和二（一九二七）年一月、『婦人公論』新年号に「黒い絵具――（小さやかなる自伝に代へて）」

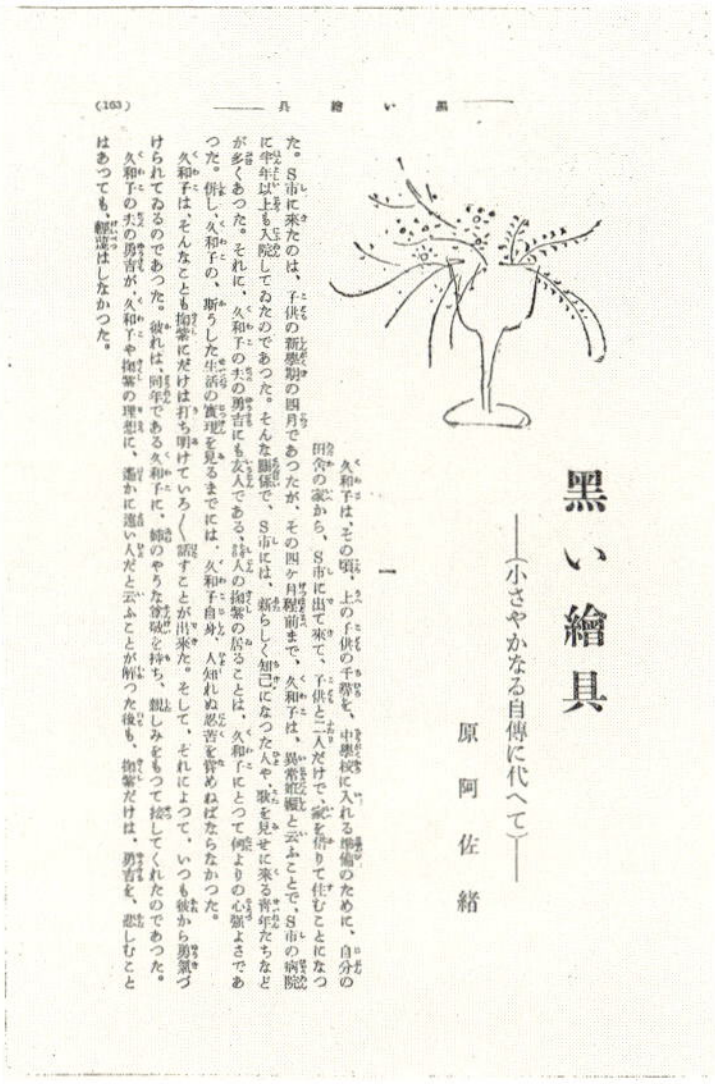
黒い繪具　――（163）

黒い繪具
――（小さやかなる自傳に代へて）――
原阿佐緒

一

久和子は、その頃、上の子供の千藝を、中學校に入れる準備のために、自分の田舎の家から、S市に出て來て、子供と二人だけで、家を借りて住むことになつた。S市に來たのは、子供の新學期の四月であつたが、その四ケ月程前まで、久和子は、異常姙娠と云ふことで、S市の病院に半年以上も入院してゐたのであつた。そんな關係で、S市には、新らしく知己になつた人や、歌を見せに來る青年たちなどが多くあつた。それに、久和子の夫の勇吉にも友人である、詩人の掬紫の居ることは、久和子にとつて何よりの心強よさであつた。併し、久和子の、斯うした生活の實現を見るまでには、久和子自身、人知れぬ忍苦を嘗めねばならなかつた。

久和子は、そんなことも掬紫にだけは打ち明けていろ〳〵話すことが出來た。そして、それによつて、いつも彼から勇氣づけられてゐるのであつた。彼れは、同年である久和子に、姉のやうな寛容を持ち、親しみをもつて接してくれたのであつた。

久和子の夫の勇吉が、久和子や掬紫の理想に、遙かに遠い人だと云ふことが解つた後も、掬紫だけは、勇吉を、悲しむことはあつても、輕蔑はしなかつた。

「黒い絵具」（自叙伝，第１回）
（昭和２年12月号〔11月号を除く〕まで１年間にわたり連載，『婦人公論』昭和２年１月号）

が掲載された。一六頁に及ぶ長文の自叙伝は、一年間（十一月号を除く）にわたって連載された。純は数回分の原稿を読んだのか、『藝術と自由』昭和二年一月号に次の詩を発表した。

ほんたうににがい／虐たげられたおまへの過去だ。／だが、もうすく〵と伸びても／　いいぢやないか。／
へんに憂鬱になつてはいけない。／おまへもすこし／聖安息日《び》の火を用意してはどうだ。／
自叙伝を書くつてね、――／もう夜になつても／なんにも鳴かない冬なんだ。
眼を借りて、／眼を貸して、／お互ひはこころの寂しみを／見やうぢやないか。

「自叙伝」を書くのは相当の覚悟がいる。自分の臓腑を切り刻むように「虐たげられた過去」を振り返り、書き進む阿佐緒。変名だが、庄子勇や小原要逸への復讐をひそませ、感嘆詞や会話を多用した主観的な内容に、純は「聖安息日《び》の火を用意してはどうか」と語りかけずにいられなかったのだ。

### 三ヶ島葭子と古泉千樫の死

昭和二（一九二七）年三月二十六日、三ヶ島葭子が四十一歳で死去した。三年前の夏に軽微の脳溢血で倒れ、右半身不随となった時、阿佐緒は見舞って次のような歌を作った。

かゝる日を今日しも見むと思はめや手も口も利かずなりし吾が友　（『うす雲』）

うつそみの悩みのかぎり堪へ来つる友がいのちよたゞに死なせがたし　同

静かにあきらめてゐる友のたうとさわれもしかあらむ生きられるだけ生きて　同

新詩社時代から阿佐緒の歌の同行者だった葭子。長く結核を病み子供とも離れて暮らす葭子。文学に理解のある夫だが、単身赴任先の大阪から戻って来た時、会社の若い事務員徳田富野が追って来て、三人の生活が二年以上続いた。葭子は弟夫婦に接する気持ちだったというが、内心はどうか。離婚に同意しなかったのは、娘みなみの親権を案じたからだ。富野に子供が生まれ葭子の次女として届けられた。夫たちが他所に引っ越しをしたのち、葭子は倒れた。見舞いに訪れた阿佐緒は、手も口も利かない葭子に驚き、このまま死なせてなるものか、と身を震わせて怒り悲しむ。やがて葭子は恢復《かいふく》し歌を必死に作る。全てを受容し諦観する姿に阿佐緒は啓示を得る。それを尊い、と思い自分の支えとしたのだ。その葭子が亡くなった。三月二十五日午前十一時、薬を届けにきた夫の会社の社員が、昏倒している葭子を発見した。脳溢血の再発だった。娘のみなみが祖父と所沢から駆けつけて、浦和高女に合格したと告げると、大きくうなずき、翌二十六日午前十一時に永眠した。阿佐緒は出棺に間に合わず玄関で泣き崩れたという。阿佐緒と純、葭子の夫倉片寛一との間に何か葛藤があったのか、四月二日、赤坂の霊南坂教会で行われた葬儀に、出席を懇願されたにも関わらず二人は姿を見せなかった。

『日光』六月号は巻頭に葭子の「病床雑詠」三四首をかかげ、「三ヶ島葭子追悼録」を編む。中川一政、若山喜志子、古泉千樫らと共に阿佐緒も純も執筆した。阿佐緒は「亡き友に贈る言葉」に「寂しい御病床にただひとつ歌をたよりに生命のすべてをそれに委ねて超然とお暮らしになられた人格に對し、以前から親しい私ながら頭の下がるのを覺えました。（中略）すぐれた人格や徳の反影または人生苦の孤獨な悩みが遺憾なくにじみ出てゐるのをどんなに私は涙ぐましくまた感謝しながら拝見しましたことでせう。今の歌壇でこれだけのすぐれた歌を見せてくれる誰があるとさへ思ひ信じてゐました。葭子様、あなたはそれだけで報はれたとお思ひになつてい、のです。」と悼みつつ、死出の旅にはなむけの言葉を贈った。純は、「葭子さんの印象」と題して、「葭子さんの晩年の歌は、その實生活を如實に率直に云ひあらはしてゐる點で實に光つてゐた。」と綴り、古泉千樫は病床で「聡明な眼」の葭子の歌について記した。七月二十四日には、作家芥川龍之介が三十五歳で自殺した。

ひそめゐしわれの心を示されしおどろきに読む自殺者の手記　―芥川氏の死　（『うす雲』）

阿佐緒は若い日から自殺願望を抱えていた。芥川龍之介の手記に自分の心を示されたと知って驚く。だが、阿佐緒は、それから一カ月も経たない八月十一日、結核のために四十一歳で亡くなった古泉千樫については、一首も一文も著していない。『日光』は追悼号は組まず、終刊となる十二月号に、釈迢空と北原白秋が後記のように一文を記したのみだ。千樫主宰の『青垣』は、大熊長次郎を編集発行人の下、昭和二年十一月の創刊号の二一八頁全てを追悼号として、多数の歌人や青垣会員が追悼文を寄せた。純も「千樫君を思ふ」を執筆し、伊藤左千夫の馬酔木時代からの親交や、純が保田に住んでから吉尾村の千樫の故郷のことなど懐かしく回想している。しかし、阿佐緒は追悼篇にも書簡篇にもその名はない。葭子の死から半年もたたないのに、今度は千樫と永遠の別れをせねばならない。阿佐緒の孤独は深まるばかりであった。

**第四歌集『うす雲』刊行と純との別れ**

昭和三（一九二八）年十月十五日、阿佐緒の第四歌集『うす雲』が不二書房より発行された。歌数四六七首。装幀は中川一政で、青い地に巻貝と小波が描かれ、裏表紙は青海波の模様で女性らしい。挿画は三点で、一点は阿佐緒画の色刷りの意志の強さを表わす椿の花、他の二点は中川一政画の保田の海浜や元名温泉のスケッチである。頁を繰ると最初に石

『うす雲』（昭和３年10月）

原純の「『うす雲』に序す」がある。そこには、「房州に住んで私たちはもう七年の歳月を殆んど完全に過ごしました。」として、大震災の被害に触れ、「生活の苦労も、殊には大震災後引き續いて私たちの上に襲ひか丶りました。」と綴る。少しの蓄えもなしに健康のみを頼りの生活は、階級闘争の激しい今日では当然だが、阿佐緒にはそれが堪えられなかった、集中にそういう歌が多く、自分の不徳を恥じる、と述懐する。最後に「いつも病身な彼女の、只生來の心まさりのみが彼女を激まして自分の道に精進することを努めさせて

ゐます。」と阿佐緒が勝ち気に文学に向かう心を語っている。阿佐緒は歌集末尾の「自序」で「『うす雲』を出すことで歌を止めるか、今までの羈絆《きづな》から切り離された寂しい自由から、あらゆる奔放さをもつて歌ひ放つか、それとも黙って世にかくれて畫を描き通すか」と悩みを綴り、最後に「このあやうい斷崖に、辛じて踏みとゞまらしてくれるものは、やはり私にとつては歌より外にないのだつたかも知れない」と自分に言い聞かせ、「昭和三年八月二十五日　紫花山房にて　著者」と日付を記した。

寒くすなと半ばねむりていふ君が言深く沁む病みてしきけば　（『うす雲』）
たのままく今はももとなともにゐて言荒き夫を見る日の多し　同
君とゐてわが生ままくの子を欲しと思ふ日のありかなしき極みに　同
信じあへりしか思ひつつなほ寂し何ごともあかさぬ夫と暮らして　同

純との暮らしも七年となる。病身で努力家の阿佐緒を労る優しさも少なくなったのか、あからさまに不機嫌を口にする。それも夫婦の馴れだろう。阿佐緒は二人の間に子供がいたら、と愛情をつなぎ止める手立てを考えたりもする。純の「無言の制裁」は、怒鳴られるよりもっと寂しい。それに、新短歌の雑誌『渦状星雲』の顧問となった純は、阿佐緒と異なる短歌観をはっきりと打ち出していく。これ以上、二人が共に生活する意味があるだろうか。こうして紫花山房の暮らしは破綻した。

九月二十六日、阿佐緒は純の上京中に書置きを残して宮床に帰った。全て準備をしていたのか、九月二十七日木曜日の『東京日日新聞』に「歌人原阿佐緒女史　愛の巣を飛び出す「曖日荘《ママ》」に石原純博士との八年の營み破れて」の大見出しの記事が掲載された。左横には、「母の家に歸る前に　原阿佐緒女史」の断髪に矢絣の着物で机の前に執筆しながら、大きな眼でぐっとカメラに向かう写真と、「無言の呵責　無言の虐殺　過ぎし日を顧みて　友にあてた手紙」の全文が五段にわたって掲載された。翌日の同紙にも、「彼女の不満は何　石原博士語らず」のインタビュー記事が載り、『河北新報』も二十八日に「原阿佐緒さん　愛日壮《ママ》を飛び出す　宮床の『山の白い家』の母と愛児の下へ　K女史に與へた手紙が總てを語る」の記事が載った。恋愛の始めは世間も耳目をそばだてるが、破局は予測されていたのか、新聞もそれ以上は書き立てなかった。かつて「アララギ」の島木赤彦は二人の恋愛を諫め、純に宛てて、次のような手紙を書いたことを平福百穂に知らせている。

同棲後ノ破綻ハ目ノ前ニ見ル心地ス貴下ニ分ラザル也（中略）貴下ニモ原ニモ斷ジテ幸福ナラズ萬人皆左様ニ信ズルヲ斷言ス（後略）

三月二十七日　俊彦

（『赤彦全集第八巻』八〇九、大正十年、平福百穂宛）

大正十四年に没した島木赤彦がもし生きていたら、自分の思った通りと頷いたろう。世間の感想もおおむねそのようなものであろう。しかし「斷ジテ幸福ナラズ」の二人の七年間だったか。房州保田の紫花山房で、二人はさまざまな困難を抱えつつ、愛の理想の生活に向かって努力を重ねた。しかしいつか歯車が合わなくなる。そこで無理やり片方が堪えるのか、一旦解体してみるか。阿佐緒は、もう無理はしない。精神を抑圧し歪めてまで暮らすことはない、と自ら飛び立ったのだ。阿佐緒は不死鳥だ。何度でも生き返る。庄子勇の時は、結婚生活よりも歌を選び取った。石原純の時は、子供を選ぶ。阿佐緒は逞しい。決して折れない。竹のようにしなやかに風にうち付しながら、風をやり過ごしてすっきりと笹葉を生い茂らせて立ち上がる。まだ四十歳だ、やり直しは十分にきく、こう自分に言い聞かす阿佐緒であった。

# 第七章　あけみの唄

## 1　グラスと女優

### モダン・ガール

九月末に紫花山房を出奔した阿佐緒は、仙台駅で息子千秋に迎えられ宮床に戻った。十一月には再び上京し四谷の女医井手茂代の病院に入院する。精神も身体も著しく疲弊しての入院治療だった。三ヶ島葭子の妹千代が付き添い、退院後も阿佐ヶ谷で共に生活した。その間に歌集刊行の話があったのだろう。翌昭和四（一九二九）年五月に『原阿佐緒抒情歌集』が刊行された。歌数は『涙痕』、『白木槿』、『死をみつめて』、『うす雲』の各歌集からの自選歌七八〇首で、改作した歌もある。版元は平凡社。発行者は社主の下中弥三郎。かつて日本女子美術学校で阿佐緒に短歌の手ほどきをした恩師である。装幀は中川一政。薄桃色の函、紺色の表紙に描かれた鏡台がいかにも阿佐緒らしい。中表紙は阿佐緒の自画像だ。栗色の地を背景に断髪に柿茶の羽織、二重顎

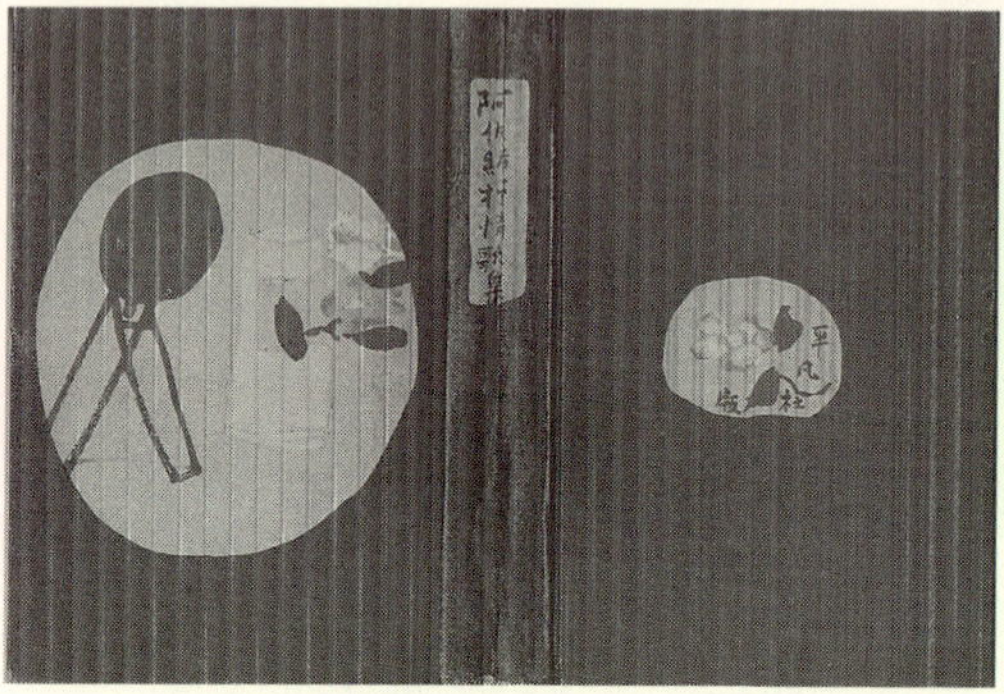

『原阿佐緒抒情歌集』（昭和4年5月）

の喉の白さもつややかに往年のフランス女優のように描かれている。「序言」に「自画像は、未知の方、田邊孝次様の薦めがあったから」とある。東京美術学校教授の田邊孝次は中川一政の紹介によるのか。次頁は見開き一面が「かなしくもさやかに—原阿佐緒—」の楽譜だ。作曲は、歌曲「からたちの花」、「この道」で有名な山田耕筰である。「序言」によれば、阿佐緒が依頼したいくつかの歌から、「かなしくもさやかに恋とならぬ間に捨てなんとさへ惑ひぬるかな」（『白木槿』）の一首を選び、阿佐緒の前で「ピアノを演奏しながら低い声で歌って下された」という。ゆっくりともの静かな変ホ長調の曲に阿佐緒は涙ぐむ。山田耕筰は、純と少年時代「自営館」で生活し、欧州留学中も交流があったという。『原阿佐緒抒情歌集』の刊行に、これだけの当代一流の芸術家らが惜しみない厚意を示す。こうして再出発はスタートしたのである。

阿佐緒は経済力を持とうとする。二十二歳の長男千秋は太平洋画会の研究所に通い、仙台二中に通学する十四歳の次男保美は音楽学校進学を希望している。子の夢を実現するためのひとつか、原阿佐緒記念館所蔵の昭和四年の写真に、小粋な帽子に軽やかなワンピース、ハイヒール姿の阿佐緒が、同じくパナマ帽に三つ揃いのスーツ、右手にステッキの美青年千秋と共に小型飛行機の前に晴れがましく並んだ写真がある。流行のモボ・モガスタイルの二人だ。千秋は数年後河合映画社に俳優として入社し、やがて振興キネマ（現、東宝）の助監督から監督となっていくので、映画関係のものかもしれない。後年、原保美は、当時の母は「『イートン断髪《クロップ》』の髪形でモダンガールの最先端だった」と語っている（永畑道子『花を投げた女たち』）が、それを裏付ける写真だ。

**なりはひの道**

昭和四（一九二九）年十一月、阿佐緒は歌舞伎座横のバー「ラ・パン」で月給一二〇円のマネキンガールとして働き始めた。寿屋（現、サントリー）が初の国産ウィスキーを発売しカフェーは全盛期を迎えていた。山手線の環状線の完成（大正十四（一九二五）年）や、上野、浅草間の地下鉄開通（昭和二（一九二七）年）等交通網が発達し「今日は帝劇、明日は三越」と銀ブラの語が生まれた。サラリーマンがカフェーやバーに通うのも珍しくはない。同年大流行した西條八十作詞の「東京行進曲」の「昔恋しい銀座の柳／仇《あだ》な年増《としま》を誰か知ろ／ジヤヅでをどつてリキユルで更《ふ》けて／あけりや彼女のなみだあめ。」（筒井清忠『西條八十』）の歌そのままの世界に阿佐緒は足を踏み入れたのだ。

『短歌月刊』昭和五年二月号（第二巻第二号）に、バーのカウンターの前で、イートン断髪というよりも、あどけないおかっぱ頭の阿佐緒が、右手の四本の指を全部広げて不器用に水差しを持ち、左手にワイングラスとタンブラーの載った盆を掲げる写真が載る。着物は新調ではない。保田時代の石原純と並んだ写真の時と同じだ。写真の下部に「バーの阿佐緒」と題して、「心いそいそ／三原抜越え

バーの阿佐緒
（『短歌月刊』昭和５年２月号）

て／今夜もゆきます／バー・ラパン／いとしかろかよ／原阿佐緒　急ぐ足どり／戀ゆゑでない／人の噂も恥ずかしく／生命もつ身のうきつとめ」の唄が書かれている。同誌には、「シヤンデリアの下で―バーで働く女になつての感想―原阿佐緒」の尾崎孝子のインタビュー記事が載る。それによると、『短歌月刊』の編集兼発行人の楠田敏郎に「歌舞伎座で働きたい」と勤め先を頼んだら実現したこと。「酒は飲めないので客の相手に不便だ、身体は本調子では無いがバーで立ち通しでも疲れない、帰宅は午前一時だが、今までと同じく遅く迄読んだり書いたりしている。繪は描かないが、勉強はしている。歌の傾向が違ったと言われるが、自分は、その時、その時の感興で、文語歌も口語歌も、行分けの形式もとる」と答えている。同誌の「酒場の歌」九首から四首を引く。

電車に揺れてゐて初めて心さだまる眉をひらきてわが店にゆかむ

酒場を仕事にはすれ自《し》が寂しさそこにまぎらさむとわが思はなくに
女のまして人妻のおほかたの寂しさを思ふ世をすこし知りて
女《をみなご》のなりはひの道乏しくて酒場すなるを人には恥ぢねど

酒場勤めに忸怩《じくじ》たる思いがあり、それをはねのけるように、ひそめがちの眉を開いて店に出る、と女性の自活の道の険しさを歌う。阿佐緒の歌は変わっていく。吉井勇編『現代新選女流詩歌集』の「ひたすらに歌ふ」（昭和五〔一九三〇〕年六月、太白社刊）二〇首を読むとその変化は顕著だ（これと同様の歌が、『讀売新聞』昭和五年一月二十七日、同紙昭和五年四月十五日に、阿佐緒の顔写真と共に、「名流和歌抄」へ五首ずつ載る）。

阿佐緒がのこるいのちを遺憾なく虐《しい た》げさせむ世にも人にも
母われが酒場いとなむを師に友に身を狭《せば》めゐると子は告げて来ぬ
酒は賣れどいやしきはせず吾子が師よ友よただに傷めそと遠く乞ふわれは

一首目、逆境の中での自立の難しさを阿佐緒は率直に歌う。自分を利用しようとする人に刃を向き立てて、自分の命を「虐げさせむ」と自虐的に鞭打つ。二、三首目は、中学生の保美から酒場勤めをやめて欲しいという手紙が来たのか、阿佐緒は胸を張って子に答える。酒は売っても何もやましいことはしていない、教師も友人もどうか子を苛めないで欲しい、と乞う。そして働く現場を歌う。

かつて知らぬ社会《よ》の相《すがた》をつぶさに見む恐れを感ずわが職業《しごと》ゆゑ
女《をんなご》は若くもあらねば職業《しよくげふ》を得られずといふ社會に吾《あ》も老ゆ

阿佐緒は酒場で、今まで知らなかった「社会《よ》の相《すがた》を」を初めて生身で知ったのだ。男たちの会話から、共産党の弾圧や小林多喜二の『蟹工船』の評判、世界恐慌、小作争議、東北各地の凶作で娘が身売りに出されている、等々。同時にプロレタリア短歌や、モダニズム、新感覚派、シュールリアリズムの芸術家たちの話題にも耳を傾ける。エロ・グロ・ナンセンスの語が流行し、ダンスホールも賑わっている、その混沌とした社会で女性が働くことが、どんなに大変か、阿佐緒は身をもって知るのだ。二十七歳の作家林芙美子が刊行して大ベストセラーとなった『放浪記』（昭和五年、改造社）も阿佐緒は共感して読んだ。主人公は仕事や住む家を転々としながら逞しくカフェーの女給として働く。だが、自分のように若くない女などは……、と嘆息する。阿佐緒が自身の老いを意識したのも、この酒場に勤めたからだろう。今まで自分を客観視することなどあまりなかった阿佐緒の意識改革。こうして自ら働くという経済的自立の上で、精神的自立もなされていくのである。

體の弱きわが子に土工《どこう》までさせて安き日のわれにあらめやは

朝なあさなにとり撫づる髪をうるさしと斷髪でゐてそしられにつつ
自《し》が力をうたがふいとまいまは持たず夫に悔ゆることせざらむとのみ

阿佐緒は憶することなく有無を言わせぬ迫力で胸中を吐露する。短歌の定型からはみ出してまで阿佐緒は言いたいことがあるのだ。これらの一連は、『うす雲』時代の精神の脆弱さを感じさせる歌よりもずっと生の手応えがある。生きて傷つき血を流す生身の阿佐緒が歌うことで、自分を支えている姿が見えるからだ。最後の歌は、別れた純への述志である。悔いることは自己否定につながる。阿佐緒は阿佐緒なりにあの紫花山房での純との暮らしを肯定しようとしているのだ。

### 心さだめて

昭和五（一九三〇）年春、阿佐緒は数寄屋橋に酒場「灑々園」を開き、『スバル』四月号（第二巻第四号）の巻末に「広告」を載せた。十二行にわたる挨拶文は、陽炎のたつ春、帝都復興のよろこばしい日から始まり、「新たに生まれた銀座西通りに、さゝやかながら明く華やかな、しかしまた上品に悠つくりと落ちついた酒場灑々園、阿佐緒の家を開きましたことを……」と知らせている。「……近代的な酒場の気分、一行の詩と一杯の酔とを味わつて戴ける方々に是非御立ち寄りのほど……昭和五年三月下旬　東京京橋銀座五丁目興業ビル一階（数寄屋橋外）『灑々園』にて　原阿佐緒」と、文学サロン風な「阿佐緒の家」へと誘う。宣伝用に、画家木村荘八や長谷川昇の絵葉書や、阿佐緒と三人の女給らが並ぶブロマイドが配られた。この店の出資者は石原純。阿佐緒の生計を助けるために紫花山房を担保に調達し「灑々園」の経理を預かったという（小野勝美

『原阿佐緒の生涯』）。

阿佐緒と別れた純は、『婦人公論』昭和四年一月号に「試練の姿（私とA子と或る世間の人々と）の手記」を発表した。阿佐緒が昭和三年十一月号の同誌に発表した「悲しい破局（心の悩みを涙ろともに封じて）」を受けて、阿佐緒の純真さ、激しさや、他者に扇動されやすい神経過敏さなどを記している。純は、新短歌の同人誌『三角州』を創刊（昭和三年〜五年）して新短歌の推進につとめ、岩波書店の『物理学および化学』を担当のため東京の阿佐ヶ谷や高円寺に転居していた。高円寺では一時阿佐緒と同居もしていたようだ。世間知らずの阿佐緒のバー勤めにやきもきし、自分が経理を、と思ったのかもしれない。店は大いに繁盛したようだ。だが、阿佐緒の内心はどうか。詩「憂鬱の器」（『スバル』昭和五年六月号）には、

風もあたらない／光もささない／憂鬱をひそめたこの器《うつは》を／誰か手を借して砕いてしまへ（中略）／寝部屋の鏡の前／帯をほどきながら泣いてゐる／わづかの酒に酔つた／自分の姿が悲しく。

と、胸中に深い憂鬱の器を湛える阿佐緒自身が歌われる。これは一生を通じてのものだ。プライドが高く、夢を追いかけ続ける。青い鳥はどこにいるのか。誰も与えることは出来ない。恋も今は遠い思い出だ。『スバル』昭和五年五月号の「低聲」九首からそれは知られる。

酒場に吾がゐるゆゑに意外なる人にもまみゆたがひに變りて
低聲に姉よと呼びしその聲のみ醉ひ帶びてゐぬに心うたるる
稚ければ傷《そこな》ふまじとひたに思ひて悲しめたりき過ぎてかへらねど
白髪のひとすじ見ゆとわが髪に觸りにけるのみに別れたるかも

阿佐緒本来の抒情性濃い歌である。昔自分を慕っていた青年が、十数年を経て酒場に勤める阿佐緒に逢いにくる。「たがひに變りて」の「たがひ」の認識が切ない。「低聲《こごゑ》」に、阿佐緒を姉と呼んだのは誰か。一人は『涙痕』の発行者で南米に渡った西野義雄、もう一人は石原純と愛を争った小野青年。いずれにせよ、阿佐緒が酒場にいるから訪ねることが出来たのだ。昔のように、低い小声で「姉さん」と呼ぶ、その声だけ酔っていない、真実自分を求めて呼ぶ声、と阿佐緒は胸を熱くする。そして、年下の青年を傷つけまいとしてかえって大きな痛手を負わせたことを思い起こす。「悲しめたりき」に何ともいえない悔いがある。しかし、過ぎたことなのだ。かつての恋人は、阿佐緒の髪に白髪が一本見えるといい、短い黒髪にそっと手を触れて、それのみに別れた。たっぷりと情感豊かな相聞歌である。だが、阿佐緒の身辺はなかなか一定しない。次の『スバル』昭和五年八月号に、

友も吾も赤兒を背負ひて來たりしこの家にいま吾の寢むとは（亡き友の家に來て）
吾子が來む頃とし思ふ暗き小路に線香花火がぱつと見えて消ゆ

ようだ。

と歌うように、かつて三ヶ島葭子の両親が住んでいた西巣鴨町宮仲の家に、千秋と一時暮らしていたようだ。

しかし、阿佐緒の状況は一変する。「心さだめて吾が去りぬべき時なりと静かに思ひて別れ来にけり」（『スバル』昭和五年八月号）の歌が示すように、開店して間もない「瀟々園」を出て大阪に向かうのだった。阿佐緒に何があったのだろう。『大阪毎日新聞』（昭和五年六月十二日）は、「阿佐緒女史に代つた美人女給るり子――銀座の酒場の主人に納まつた石原純博士をめぐる葛藤」の見出しで、阿佐緒とるり子、石原純の三人の写真を並べて、ゴシップ仕立てに書き立てている。阿佐緒は『婦人公論』昭和五年九月号に「純への絶縁状」の題で主観的な手記を綴るが、真相は定かではない。

## 大阪へ

大阪にどんなつてがあったのか。おそらく阿佐緒が保田時代に歌や文章を多く発表した文芸雑誌『女性』（大正十一年五月創刊～昭和三年五月号）や『苦楽』（大正十三年一月号～昭和三年五月号）との関連によるのか。『苦楽』（紅野敏郎「解題」）によれば、両誌の版元の大阪のプラトン社は、「クラブ化粧品本舗の中山太陽堂をバック。関西で珍しく長く続いた娯楽雑誌」で、小山内薫を『女性』の顧問とし、山本有三、岸田国士、久保田万太郎、谷崎潤一郎、菊池寛らが寄稿震災後の文壇をリードした。また、『苦楽』の編集人は、河中作造、川口松太郎、松阪寅之助らが交替であたり、『戯曲傑作集』として谷崎潤一郎の「お国と五平」、菊池寛の「父帰る」等刊行し演劇、映画の企画を立案して震災後の文壇をリードしたという。

阿佐緒は『女性』には、大正十二年一月号から昭和三年三月号まで短歌を合計六七首、短編小説、短文、合計八編を発表。さらに『苦楽』の大正十五年四月号には「石原博士との永い戀愛生活にお疲れもなく歌三昧に日を送られる阿佐緒さん」の、断髪にほっそりした竹久夢二風のグラビア写真が載る。これは歌人今井邦子がその美しさに驚嘆し「人間ばなれした美しい繪か人形を見る気がしました。」(「思ひ出す阿佐緒さん」『女性』大正十五年七月号)と書き綴ったほどだ。また『苦楽』の昭和二年九月号の「禁煙特集」には、

寝《い》ねぎはに吸ふ煙草はもゆるやけき煙に見入り心とがむる
ひと吸ひの煙草によりて荒らだてる憤りだに堪へつと思ふに
亡き父の晝寝の目覚めに吸ひつけてわがまゐらせし煙草なりしを

等の「禁煙の嘆き」一〇首を発表している。このように、阿佐緒の短歌も美貌も関西圏の文壇には知られていたことが分かる。阿佐緒が「瀟々園」の不如意を嘆けば手を差し延べる人が大阪にいる。阿佐緒はそれを頼りに銀座の蛍のように夜空をはかなく飛んでいったのだ。

では、大阪での暮らしはどうだったたか。『スバル』昭和五年十月号の「大阪所懐」八首から五首引く(『婦人世界』同年十二月号の「旅に働く」にこのうち五首が掲載)。

「黒い扉」

あてにならぬ人の情と思ふべきかくもあまたにむかへられつつ

座る間なき夜々なるゆゑに足むくみて靴のちいさくなりにけるかも
ゆきかへり吾が子を伴れて旅にはたらくひそかに思へば寂しきことなる
忘れたき人の名をしも心なく口にする客に遭ふは苦しき
歌よみの阿佐緒は遂に忘られむか酒場女とのみ知らるゝはかなし

恋多き美貌の女流歌人を一目見ようと、関西の文壇人やジャーナリスト等で店は大入り満員だ。客あしらいもうまくなった阿佐緒は、笑顔で酒を勧めながら、胸の底では冷ややかに人の心はあてにならない、と戒める。洋装の阿佐緒は、あまりの繁盛に座る間もなく足がむくんで靴がきつくなるほどだ。この頃、次男の保美は仙台二中から旧制桃山中学校に転校した。オペラ歌手志望の保美は名古屋帝国音楽院に進学するので、その学資を用立てるために働くのだ。客の中にはあからさまに石原純についてあれこれ言う人もいる。阿佐緒はそれも婉然《えんぜん》と聞き流す。このような毎日を送りながら阿佐緒は思う。自分の名前は、歌詠みとしてではなく今や酒場女としてのみ知られるようになった。悲しいのは勿論だが、生来勝ち気な阿佐緒は、それでいい、と自分に言い聞かせる。そして、歌詠みとして最後になるかもしれないと思いつつ、改造社から依頼された『現代短歌全集第十八巻』「今井邦子・柳原白蓮・若山喜志子・原阿佐緒・四賀光子」に収める歌を既刊の四歌集から抄出し、「黒い扉」（昭和三年一月〜昭和六年二月）と題した章も加え、年譜を作り、「この集の終りに」をしたためた。

この家にひとり住むべし炬燵買ひて俄かに心ひきたちにけり　（「黒い扉」）
雑巾の匂ひの沁みし自《し》が手すらあたりまへのことにいまは思へり　同
いささかの心足らひよさ夜中に起きて茶を飲まむ湯の沸きてゐし　同
車夫《くるまや》の提灯を借りて鍵開くる夜ふけて着きしひとりのわが家　同
安ものの襟巻の羽毛《はね》あまた落ちるを人前に恥ぢざるわがすがしさよ　同

阿佐緒（『苦楽』大正15年４月号）

一人で暮らす部屋にまず炬燵《こたつ》を買う。炬燵布団の柄も華やかに、急に部屋のなかも明るくなり、心がひき立つ。阿佐緒はせっせと雑巾掛けをするので手に臭いが染み付く。それももう気にならない。誰に遠慮もせず夜中に茶を飲もうとすると湯がたぎっている。それも嬉しい、と歌う。夜中にバーから人力車で帰るのか、待つ人のいない下宿の部屋の鍵穴が暗くて見えない。それで車夫に提灯を掲げて貰ったのだろう。気の毒に、と思われているのを知りながら。だが、阿佐緒は挫《くじ》けない。気張って毛皮の襟巻きを買った。

派手に巻き付けてはいるが、肩から外す時、羽毛がドレスの裾やハイヒールの下にぱっと散らばる。人は目をむいて驚くが、自分は何の恥ずかしいことはない、と平然とする。これが今の精一杯の私だから、と阿佐緒は胸を張るのだ。虚飾も媚びもない自分を清々しく思う阿佐緒がここにはいる。また、阿佐緒は『短歌雑誌』昭和五年五月号に「職業は苦し」と題して「女中應《ママ》募者のために」四首、「酒場の客に」五首を発表した（「黒い扉」所収）。

ひとしく女《をみなご》なるを眉目《みめ》のよしあしさだめざらむと目《ま》むかふ苦しさ
吾のもし職業《しごと》求むると人にゆかむその時のおもひに心は慄ふ
誰の目にも美《よ》しと見えざらむこの女を採りてやりたしとひそかにまどふ
看板の時ちかづけばおのづから勞《つか》れて客にうとくなりつつ
萎《な》え老《ふ》けしわが顔のみをうんぬんする人々にむしろ易くしたしめり

昭和の初め、女性が高額の収入を得る道はバーやカフェーだった。阿佐緒は応募してくる女性に面接をしながら世の不公平を思い、自分の老いも自覚していく。それでも働ける有り難さは格別だ。阿佐緒はこうしたバー勤めの「黒い扉」の歌を、「生活のために酒場で働きつゝ、自分の眞實な生活感情をひたぶるに詠んで来ている。」（『現代短歌全集第十八巻』「この集の終りに」）と、客観的に評して、精神的成長を物語る。また、阿佐緒は昭和初期の短歌の流れを的確に把握し論じる力を持っていることが「この集の終りに」から読み取れる。阿佐緒は現歌壇が激しい混乱と動揺に陥っている、として、プロレタリア短歌、アナルキズム短歌、モダニズム短歌、新興芸術派の一群の切実な主義主張を語り、自分はプロレタリアートの主張に関心を持つが、イデオロギーを含まないと芸術の価値を認めない主張に同意しかねる、ときっぱり述べる。その上で、自由律新短歌に転向した石原純を射程に入れて「短歌定型律の破壊運動」にも賛意出来ない、と断言する。純は大正六年一月に『短歌創造』を刊行し、毎号新短歌及び新短歌論を発表していた。阿佐緒が純と別れた理由の一つは、この短歌観の相違にあろう。阿佐緒は最後に、作歌生活二十年になり「今やうやく自分の行くべき道を見出したやうな気がする」と締めくくった。

ここから、阿佐緒の歌がどう進展していくか期待出来るのに、以後、ほとんど歌を発表しなかった。何故だろう。その一因は、『全歌集』の掉尾から二首目の一カ所の誤植に、ひどく傷つき絶望したからではないか。それは「客とねてわが悪口の樂書を壁に見出でたるばつのわるさ（酒場の中にて）」の歌である。「客とねて」は正しくは「客とゐて」である。これは、「この集の終りに」の中で、阿佐緒が「目標として表現形式の自由さと自然さを望む」としてあげた八首のなかに「客とゐてわが悪口の樂書を壁に見出でたるばつのわるさ（酒場の中にて）」と明記している。しかし、読者は本文の歌の、客とねて、自分の悪口の落書きを壁に見出す、と読むだろう。歌に通じている人は、歌の意味も続き具合もおかしいと気付く。そんなはずは、と思い阿佐緒のあとがきを読んで安堵し誤植を同情する。が、大半は一瞬ぎょっとし、阿佐緒がここまで墜ちたか、と思うだろう。阿佐緒の自尊心はうち砕かれる。「ねて」、「ゐて」の誤植が、阿佐緒を絶望の淵へと追いやる。阿佐緒が歌壇から省みられなくなった一因はここにあるのではないか。小野勝美編『原阿佐緒全歌集』は、「客とゐて」としていることを付す。

古賀政男作曲
「あけみの唄」

昭和六（一九三一）年四月、純と阿佐緒はそれぞれの人生へのスタートを切った。純は、阿佐緒が下阪して客足の途絶えた「瀟々園　阿佐緒の家」を畳み、岩波書店が四月に創刊した月刊誌『科学』の編集主任となった。署名はないが、「科學することの眞の樂しさを味つたとき、彼は一人の科學者であり得る」の創刊の辞はもとより、編集雑記に「寫眞圖版をできるだけ鮮明にすることは科學的事象に對し特に必要」として、よく光る「アートペーパー」を選んだのも、毎号の巻頭言を書き続けたのも石原純であった。ここで訂正したいのは、大原富枝『原阿佐緒』に、阿佐緒と別れた後の石原純を「無残な崩壊ぶり、この変貌、転落ぶり」などと書き連ねていることだ。小説としては興味深い人物像だろうが、現実の石原純はそのように悲惨でもなく軟弱でもない。短歌や詩、論文、随筆、戦時中も執筆し続けた『科学』の巻頭言、これらを読んでいけば分かることである。

一方の阿佐緒も人生に大きく舵を切った。上京し四月十日から市村座の「嘆きの天使」に主演したのだ。吉屋信子「時は償う」（『ある女人像』）によると、それは、マレーネ・ディートリッヒ主演のドイツ映画の名作の翻案で、謹厳な大学教授が曲馬団の妖艶な女に魅惑されて転落する内容という。「興業価値を狙っての手酷き仕打ち」（「市村座の原阿佐緒女史」『讀売新聞』昭和六年四月十七日）との評が全てを語る。

阿佐緒は映画にも主演した。おそらく大阪のカフェーで知己を得たのか、プラトン社の『苦楽』の編集者であった直木三十五の仲介で、「東亜キネマ撮影所長高村正次氏と会見の結果正式に入社と決定した。……早速女史主演の第一回作品立案に着手……スクリーンを通じ戀愛合戦苦闘の跡を転回する事であらう」(『讀売新聞』昭和六年六月十八日)との顔写真入りの記事が載った。「佳人よいづこへ」という阿佐緒の半生を描いた映画に主演したがこれも失敗に終わった。小野勝美編『原阿佐緒文学アルバム』の映画のスチール写真やブロマイド数点を見ると、細面でどこか凄みのある美人だ。

「佳人よいづこへ」のスチール写真（昭和6年）

阿佐緒は映画「佳人よいづこへ」の主題歌の「佳人よ何處へ」と「あけみの唄」をそれぞれ作詞し、何かつてがあったのか、作曲を「影を慕いて」で有名な流行作曲家古賀政男に依頼した。原阿佐緒記念館に、昭和七(一九三二)年四月二十二日に「スバル楽譜」から発行の「あけみの唄」、「佳人よ何處へ」の楽譜があり、両方にハーモニカ用の譜面も付いている。記念館所蔵のコロンビアレコード会社発売の「あけみの唄」のカセットテープを聞くと、曲想に「寂しく」とあるように、「影を慕いて」にどことなく似た哀しい調べのギターの伴奏と、ソプラノ歌手関種子の可憐で甘やかな歌声が歌詞にぴったりで、大ヒットしたというのも頷ける。歌詞の一、三番を引く。

一、あけみかなしや　何処《いづこ》へ行く
酒場の花と　ひとはいふが
醉ふてはさめる　酒のよな
戀はすまいぞ　人が泣くもの

三、あけみかなしや　何処へ行く
今さらさらに　思ふ我が子
揺籠《ゆりかご》ゆりて　笑《ゑ》みし日を
戀ひては泣くよ　母なればこそ

女としても母としても哀しい「あけみの唄」。阿佐緒を評して「流転の人生」とよく言うが、この歌詞の「何処《いづこ》へ行く」が元となっているのかもしれない。阿佐緒は幼い子をイメージして作詞しているが、千秋はすでに松竹蒲田に通う俳優だ。保美は名古屋帝国音学院を卒業後、オペラ歌手を志望して母阿佐緒と山田耕筰に面会したり、下八川圭祐に師事し、演技の勉強のために創作座に入団していた。

ちなみに息子たちは子供の頃から映画が好きだった。保美の「みちのく・母」(『原阿佐緒　生誕百年記念』)には、母にせがんでは仙台の仙集館(のちの日乃出映画劇場)によく行き、おんぶされた母の肩越しか膝の上で、尾上松之助の「自来也」を見た覚えがあるという。「息子達はつけて貰った道を歩くようにスムースにこの世界に足をふみ入れたように思う。おまけに母自身も映画に出たりしたのだし、舞台にも出ている。勿論ぼく達を育てなければならなかったが、好奇心もなくはなかったろう。」と、息子から見た阿佐緒を語っている。阿佐緒が女優になったのは、経済上からだが、自分の夢や憧れをかなえたい、という気持ちもあった。息子らもそんな母を受容する。母の夢は自分たちの夢でもあったからだ。母は女優となって息子の夢の道筋へ手蔓をたぐりよせていったのだ。

### 平塚らいてうの回想

こうした阿佐緒の姿を、平塚らいてうが、『平塚らいてう自伝　元始、女性は太陽であった　下　青鞜時代』で回想している。それによると原阿佐緒は「青鞜」の入会時に、本人の証拠の写真を送る規則（偽名や男性の入会を退けるため）に「可愛らしい男のお子さんを抱いた写真」を送ってきたという。らいてうは、『青鞜』に発表した阿佐緒の悲しみ深い短歌を年代を追って紹介したあと、初めて会ったのは昭和七（一九三二）年のこと、らいてうの娘の病気回復の慰労の会に阿佐緒が出席した時という。

そのころどこかの舞台に出ていられて、忙しいなかを時間の都合をつけて来て下さったとかで、舞台化粧のままの断髪の、小柄な原さんは、一目にはさながら日本のお人形のように見えましたが、お子さんを語り、子供のためにまだしばらくこうして働かなくてはならないなどとしみじみ話されました。見るからに弱々しいこの佳人が、いまは子供ゆえにこそ、生活とたたかう力を自分のなかに見出していられる姿は、おなじ母の身のわたくしにとっても感慨無量なものがありました。

平塚らいてうはかつての「青鞜」の同人に優しい。三ヶ島葭子に対してもそうだが、世間的な目ではなく、明治から大正へ、女性解放を共に目指した仲間として、阿佐緒についても心の目で真っ直ぐに見ている。だから、阿佐緒も安心して、今の心境をらいてうに語ったのだろう。

母・息子たちと
（右から，千秋，母，阿佐緒，保美，昭和６，７年頃か）

舞台や銀幕の仕事は長く続かなかった。作詞した「あけみの唄」がヒットしても、作詞者の報酬は少なかったろう。昭和四（一九二九）年に「東京大行進曲」が大ヒットした時、作詞者の西條八十の報酬は三十円、作曲者の中山晋平は五千円、歌手佐藤千夜子は二千五百円だったという（筒井清忠『西條八十』）から、阿佐緒が大阪の酒場の雇われマダムとなったのも納得出来る。「さすらいの恋の歌人、原阿佐緒女史来る」、この新聞記事を四国の山村で病気療養中の女学生、大原富枝は「うらぶれた暗い心持ちで読んだ」（『原阿佐緒』）という。

年表を繰れば昭和七（一九三二）年は、上海事変、満州国建国、五・一五事件、共産党全国代表者会議寸前一斉検挙、東京市世界第二の都市、軍需産業好況、農、漁村欠食児童二十万……と混沌とした時代の様相を映しだす。阿佐緒はこういう時代に大阪へ赴き、酒場「ニューヨーク・サロン」の雇われマダムとなった。生活のためもあるが、女優としては無理でも、華やかな世界でもう一度脚光を浴びたい、という気持ちもあったのではないか。

昭和八（一九三三）年五月三日、大阪の地下鉄、梅田〜心斎橋間が開通。程なくして阪急梅田終点の東北側、北区小松原六丁目にカフェー「あさをの家」を開店した。

戦を宣《の》りするごとく街頭にわが歌さらす自筆の立看板

阿佐緒はどんな歌を流麗な筆で立看板に書いたのか。「さらす」に自虐性が感じられる。阿佐緒はのちに、「全くこの歌通りの決死の気持ちでした」と、若き日本女子大学教授の青木生子に語ったという（「女人随想　原阿佐緒さんを訪ねる——横顔とその歌について」『青木生子著作集第八巻』）。

酒場は賑わったようだ。店主の阿佐緒は自分の裁量で女給を選べた。大原富枝『原阿佐緒』にこんな話がある。社会学者袴田茂樹の母は福山高女出身で大丸百貨店に勤め、父となる袴田陸奥男の左翼活動家のハウスキーパーとなって検挙逮捕された。そののち「文芸仲間のアララギ派の女流歌人原阿佐緒が経営する、文士やインテリの集まるカフェで働いた」というのだ。大原は、「せっぱつまって収入の必要な若い女たちが、働く場所が得られなくて困惑しているという、社会的状況が見すぐしがたく存在し……阿佐緒はきっと例の、この人たちを自分が救ってあげなければ、と思いこんで奮い立ったのであろう。そして事実、急場を救われた若い女たちが数多くあったであろう。」と、前掲の歌に通じる阿佐緒の気慨を語っている。時代の空気をひしひしと感じつつ、女性の立場を主軸に世相に抗う阿佐緒の姿がここに見える。

ジャーナリスト批判と室戸台風

しかし、阿佐緒のような女性が世の荒波を分けて泳いでいくのは容易ではない。その抵抗の証しとも思える原稿が原阿佐緒記念館にある。題名、署名ともにないが、帝都原稿箋四枚に、思いの丈をぎっしりと記した原稿の最初は、「現在の心境を語れ――と。」から始まる。「けわしい峠をやうやう登り終へさうにほつと一息して……まだしかしのぼり切つていない……」と拘泥した文章だ。そこから急に改まり、「ゴシップの材料にされるために存在してゐるかのやうに思はれる自分の存在、……反抗する力をさへ奪ひとられて了ひさうな辛らつなゴシップ。何がこんな世の中が面白いものか、だれが斯那きたならしい社会に生きてゐてやりたいものかと思ふ。併し、併し、私には幼い子供がある。……職業をえらぶ余裕すらもない生活の壓迫、さうした境地に立つて喘《あへ》いでゐるものは、あながち私ばかりでもあるまい。酒場の客はよくいふ。『生活の資力があつて、斯うした世界に浸つてゐることは面白いでせうね――』と。私が酒場へ出てゐることは、私自身の興味であり、趣味であると考へる人たち――。私はむしろさう思へる人達の幸福を羨ましく思ふ。と同時にある種の侮蔑に近い反感をさへ感じる。……これでも長年の修養でヂヤーナリストのゴシップ的中傷は馴れてゐる筈なのだが、年をとつたらどうも気短になり、時に拳を振りあげたくなる。……これからもう少し落ち着いた生活を築きあげて、映画俳優になつた子供をいかにもして、名優にしたてあげる工夫をしたいと思ふし、自分も好きな画の一枚も多く画けるやうにしたいと絶えず努力したいと思つてゐることは確かである。……」と胸中を告白する。大阪梅田のカフェー「あさをの家」を経営している頃であろう。阿佐緒は激しい。自分の美貌の衰えにも焦りがある、子供だってもうすっかり大人で阿佐緒にいっぱしの意見をする。それに「ヂヤーナリスト」らのゴシップ的中傷……。どれだけ苦しめられたか、もう馴れたと言い聞かせても、憤然とする時もある。この文章が活字になったかどうか分からないが、阿佐緒は酒場やカフェーの生活に疲れたのだ。映画俳優に子供をしたてあげて、好きな画業に専念したい、と告白する。では歌はどうしたのか。歌は勿論作る。改造社が昭和七（一九三二）年に創刊した『短歌研究』からも、最近依頼が来たのだ。阿佐緒は『短歌研究』昭和九年八月号に「病みて」八首、九月号に「夏雲」八首、十月号に「越木岩にて」八首を発表した。三首を引く。

いのち生きて吾がなさむことあるべしと思はれがたきけふのさびしさ　（八月号）
汽車の音たまたまけさは耳にとまる子が遠く行きいく日も経なくに　（九月号）
石《いは》の根にたぎちの流れかぶりつつまばたかずゐる河鹿の子らは　（十月号）

生来病弱な阿佐緒は、不規則な夜の勤めで体調を崩すことが多かった。具合が悪いと気持ちも沈む。一首目は、初句六音の字余りで歌い始めながら、それを感じさせない流れるような調べで結句の「さびしさ」に思いを収斂させている。阿佐緒本来の歌いぶりだ。二首目の「子」は、千秋か保美か。出かけて日も立たない子を思い、レールを走る汽車の音に早く目覚めたのだろう。何歳であっても子を思う母の気持ちは普遍的だ。三首目は、兵庫県西宮の越木岩神社での歌である。霊験あらかたな奇岩の根元に、河鹿の子らが激流の飛沫《しぶき》をかぶりながら瞬きもせずじっとしている。阿佐緒は故郷宮床を思ったのか、自然の中で心を遊ばせている歌だ。阿佐緒はこれらの歌もまとめて、第五歌集を刊行する心づもりでいた。題名は夜の酒場やカフェーを示す『黒い扉』と決めた。これまで発表した歌を各短歌雑誌から大学ノートに写しとり、頁の構成や歌の配置も考え歌集の体裁も整い始めていた。

その矢先だった。昭和九（一九三四）年九月二十一日朝六時、紀淡海峡を通過した台風が、午前七時五十五分、時速七〇メートル以上の旋風で京阪神を襲ったのだ。市内の小、中学校の校舎や四天王寺の五重塔は倒壊、電車の転覆、高潮による家屋浸水、死者二千七百名、行方不明者三百名以上、負傷者一万五千名と、この室戸台風は未曾有の被害をもたらした。阿佐緒はその時どこにいたのか、一人だったか、女給らや息子らと一緒だったか、大風に怯え、浸水した道をさまよってはいなかったか。家財道具や衣類、そして、歌集用の原稿を包んだ風呂敷包みは泥に浸かりはしなかったか。十一年前、房州保田で関東大震災に罹災した阿佐緒は、再び台風、という天災に遭遇した。しかし、今度こそ阿佐緒はうちのめされる。それは、避難したり、住居を移したりの最中に大切にひとまとめにしていた歌稿の包みを失ってしまったからだ。次男保美はこの時の母について綴る（「母・みちのく」『原阿佐緒生誕百年記念』）。

母の一生の痛恨事は関西風水害の時の創作の紛失だったと思う。自分でも云っているように、命のしたゝりにもひとしい未発表の歌のノートの紛失に、歌人の阿佐緒はあの時死んだのだろう。カフェー「あさをの家」も閉じ、阿佐緒が故郷宮床へ帰っていったのは、室戸台風の翌年、昭和十（一九三五）年のことであった。

## 2　ふるさと宮床へ

阿佐緒は昭和十（一九三五）年春、故郷宮床へ帰り、以後ほとんど歌を作らなかったという（小野勝美『原阿佐緒の生涯』）。が、原阿佐緒記念館所蔵の小型の手帳「歌　鯉と蘭」を開くと、いつ頃書かれたものか、心覚えのように歌が記してある。

山の秋草花

わが母が牡丹の花に千秋保美阿佐緒と名づけ三種そだてき
移植して萎えづきし牡丹根のまわり馬糞をしきぬ母が愛《を》しむに

いくつになっても母は有り難いものだ。三種類の牡丹に、一人娘と二人の孫の名をつけて、絢爛豪華な花を咲かせる母。奔放な娘の代わりに孫たちを育ててきた母しげにとって、映画監督や映画スターとなった千秋や保美の活躍は十分に報われるものであったろう。阿佐緒はその母の思いを受け継ぐように牡丹の根に、栄養となる馬糞を施す。路辺に落ちている馬糞をさらいながら、ふるさとに帰ってきたことをしみじみ思う。

明日の糧わが働きて得るならぬふるさとに帰りつゝまりは悔ゆ
ラヂオの民謡をききて涙あふるるよみがへる若き日も今もさびしく

しかし、阿佐緒の自我はどこに行っても満足を知らない。実家に帰って少しすれば、無為徒食のような自分に引け目を持つ。思えば意地を張ってそれだけで生きてきたような十年、つくづく長かった。ラジオから流れる民謡のメロディー。「あけみの唄」も流れたろうか。それらを聞きながら思い出される若き日々……。もう二度と逢うまい、と別れた人すら、老いの心ゆるびか、何となく恋しい。風の噂では石原純は、科学ジャーナリストとして科学書を次々に刊行し、「新短歌」の理論家として活躍し、『短歌研究』の「新短歌」欄の投稿歌の選者をずっと担当している。房州保田の紫花山房には、今どんな夏の花が咲いているかしら、と良い事ばかり懐かしく思うのも、年老いたからだろう。別れた人には他に、千秋の父小原要逸や保美の父庄子勇も含まれる。要逸は千秋の教育に関して随分助力してくれた。勇は阿佐緒と離婚後再婚し子供もいるらしい。今まで没交渉だったが、映画館の片隅でわが子の成長を喜んでいるかもしれない。だが、あの時も、今も自分は寂しい。そこから逃れるすべはないのかもしれない。

土用毎に母は薬草どくだみを摘むといふ毒だみはしげる陽光うすき庭
わが指図行はれて今年猛宗藪新竹の樹ちとみにふえたり
篁の根の這ひのびしかた土よねもごろにおろす栗の苗木を
書中の讀書をいつか勿体なしと思ふほどにわれ里になぢみし

阿佐緒は、薬草用に裏庭に繁茂する毒だみの花を母と摘み、猛宗竹を増やすように指示した通りに新竹が樹《た》ち並ぶのを仰ぐ。篁の根が這って硬い土を掘って、ねんごろに新しい栗の苗木を植える。そうした日常を送りながら、いよいよ宮床の人となっていくのを阿佐緒は感じる。今では、まだ日の高いのに読書や作歌をするのは、勿体ない、と思うほどに里になじんでいるのだから。かつて、

山深く子を守りゐるうるはしき母にてあらむわが相《すが》恋《た》ほし
（『うす雲』）

と、このように歌った阿佐緒の望みが、長い旅路を経てようやくかなったのである。阿佐緒はもう誰を恨んだり、貶められたりすることもなく、息子たちの映画の仕事などで、時々上京し、若い映画人とも知り合った。その一人、若き助監督木下惠介監督から阿佐緒に宛てた書簡が原阿佐緒記念館にある。

## 助監督木下恵介からの手紙

東郷平八郎元帥の四銭切手を二枚貼った封書の宛名は、伸びやかな達筆で「宮城県黒川郡宮床村　原阿佐緒様　拝」と記されている。消印の年月はインクが薄れていて判読しにくい。差出人の住所氏名は、「東京都蒲田区御園町二―八一　木下恵介」とある。開封すると、「相馬屋製9」の二百字詰めの原稿用紙にぎっしりと七枚に、若き助監督の思いが流れるように綴られている。映画史の一端としても貴重と思えるので紹介したい。

暫くご無沙汰致しまして申し訳御座ゐません、東京においでの折も一度もお目にかゝらず、非常に残念でした。その後御存知のこと、と思ひますが二月程病気をしまして郷里に帰っておりましたので保美君にお目にかかれず、やっと今日お会ひ致しました、お目出度う御座います。とても張り切ってセットの撮影をしておりました。お母様にもどんなにお喜びかと思って、それが僕にも一番嬉しく思はれました。保美君もお母様に此の撮影を見ていたゞきたかった様です。

お祖母様のお怪我はいかがですか、お伺ひ申し上げます。僕はすつかり良くなつて二十三日から出社しております。上京早々脚本の書き直しを言はれたものですから、吉お組の暖流の撮影合間に毎晩原稿にかぢりついてゐましたが、今晩やつと終りまして、眠られないままに引き続き失礼乍らそのままの原稿用紙と鉛筆で此の便りを書いております。

只今二時を過ぎてゐるでせうか、蟋蟀の音が静かです。僕の書きましたのも蟋蟀の音の様な物語です。古戦場物語「芒」秋の様な古風な話です。僕の最も好きな花、芒を題にしたのです。枯れても風情を残す芒の花が好きだからです。何故亡びる草と書くのでせう、草が亡びる季節を意味してゐるのでせうか、兎に角芒と彼岸花が大好きです。彼岸花は眞赤い一色に咲くから好きなんです。彼岸花の様に咲いて芒の様に枯れたいと思ふのです。秋は僕にさう思はせるのです。競走の劇しい此の社会に、どうでもいゝ、自分の生き方を極めてしまふと落付きが出て来るのです。助監督は皆んな競走をしてゐます。此頃それがとても劇しいのです。なんだか呼吸が苦しく感ずる程です。さうした気持を落付けやうと、何んでも気安く話せる人にこんな寝言を書いてゐるのです。お母様は寝言をつまらない寝言としか聞いて下さらない方ではないからです、子供は寝苦しいから寝言を言ひます、僕も寝苦しいからたわ言を言ってゐるのです、たつた今書き上げた脚本一冊に自分の前途が懸ってゐると思ふことはたまらない不安だからです。採用されてもされなくても平気になれるまで神経を疲れさせたくて喋ってゐるのです。喋ってゐるうちに気持を軽くさせて下さるお母様だからです。若い者の苦痛も、甘い気持ちも甘へて見たい気持ちも御存知の方だからです。さう言へば彼岸花の様に咲いた、芒の様に銀色に輝いて思へる方だ、秋の透明な日光は貴女の上に降りそゝぐでせう、

保美君は日輪です、輝き得ることを祈つてゐます。

やつと落付いて来ました、不思議なもんです、人の幸福を心から祝福しやうとしてゐるうちに、自分の苦痛を忘れて来るのです、人の不幸からその苦痛の戻って来ない事を願ひます、こんな気持を大我と云ふのでせうか、

何だか知らないがやっと眠むられさうです、雨も降って来ました、蟋蟀の声が愈々冴えへて来ました、ではおやすみなさい、

保美君は今夜は徹夜、明日で終りです、試写を楽しみにしております、御免下さい

九月二十八日　　　木下恵介

原阿佐緒様

机下

「二十四の瞳」（昭和二十九年）、「喜びも悲しみも幾歳月」（昭和三十二年）等の名作で日本映画界の巨匠と言われる映画監督木下恵介（大正元（一九一二）年～平成十（一九九八）年）は原保美より三歳年長で、昭和八（一九三三）年に松竹に入社した。文面から、友人で俳優の原保美の母阿佐緒が撮影所を訪れること、「吉お組の暖流」は、昭和十四（一九三九）年公開の映画「暖流」（吉村公三郎監督、池田忠雄脚本、主演高峰三枝子、水戸光子）なので、この手紙が十三年の秋に書かれたこと、書き直しを命じられた脚本を撮影の合間に執筆し、やっと仕上げたこと等が分かる。当時二十六、七歳の助監督木下恵介は、芸術家の表現の苦しみ、喜びを、歌人原阿佐緒ならば分かってくれるだろう、と真夜中、手紙を書き綴ったのだ。また、友人の母として何でも話せる、という安堵感、信頼感が思慕へと高まっていくのも文面から伝わる。阿佐緒はおそらくこうして青年の心を引きつけていたのだ。優しく温かく明るく、そして真摯に青年の真情を受け止めたのだろう。ゆえに若き芸術家は阿佐緒を女神のよう

に崇め、自分の乱れた不安な心を訴えることで浄化されていったのだ。

原阿佐緒記念館所蔵の阿佐緒の晩年の「歌稿ノート」に、出征する木下惠介を送る歌がある。「九月二十三日より二十四日　木下惠介氏の入営を知る」として、

いく度手にとるわれぞ思ひかけなき封書の葉書き中部第十三部隊と
大君のまた父母のこよなくもたのむ愛子ぞおのれ守り給へ

戦地へわが子を送る母そのものの歌だ。千秋や保美へのこうした歌は「ノート」に見当らない。長部日出雄『天才監督木下惠介』の、「昭和十五年十一月一日、二十八歳になろうとする木下惠介は、名古屋の中部第十三部隊輜重兵第三聯隊補充隊に入隊」の記述と符合する歌である。同書によれば、木下惠介は、肺疾で入院した南京陸軍病院で短歌を詠んでいたというから、阿佐緒とも歌のやりとりがあったかもしれない。内地送還となった木下惠介は、昭和十八（一九四三）年に監督第一作「花咲く港」を撮り、続いて原保美主演の「生きてゐる孫六」を撮った。保美は、大船撮影所の面接で、顔がよくない、体格も貧弱、と言われたが、巨匠島津保次郎監督に見出された。当時美男俳優の上原謙や佐野周二らが戦地へ応召されたので運が回った、と「原阿佐緒記念館だより」第5号（平成五年四月二十五日発行）に語っている。が、木下惠介が、阿佐緒への手紙に「保美君は日輪です、輝き得ることを祈つてゐます。」と記したように周囲を明るく照らす天性の何かがあったのだ。

璞の磨けるなへに光るとふ玉にしあれやみかけやも子よ

保美来と人づてにのみき丶て居りもてはやされてあやまちなせそ　同

（昭和十四年「歌ノート」）

自分のあら玉を磨き、慢心せぬように、と阿佐緒が気遣う前に保美は十分におのれを知っていたのだ。父と生別し、母も恋愛をして宮床に帰らず、祖母を母として育った保美。その心の内奥の寂寥や繊細な陰翳が、知的な風貌と相俟ってその後の映画人生を輝かしいものとしていったのであろう。

昭和十六（一九四一）年一月、保美の父庄子勇が五十七歳で死去。昭和十八（一九四三）年十二月三日には祖母しげが七十七歳で亡くなった。臨終を看取ったのは阿佐緒だが、撮影中で間に合わなかった保美の名ばかりを母は呼んだ、と阿佐緒は保美に告げたという。母と娘を巡る長い葛藤の円環はここで永遠に閉じられたのだ。母への思いを歌にすることで、乱れる心をととのえ、慰めたであろうに、それらの歌は残っていない。

# 第八章　糸吐く蚕

## 1　宮床の栗

### 最大の理解者
### ――扇畑利枝

昭和十九（一九四四）年、厳しい戦況の中、保美が洋画家中川一政の令嬢桃子と結婚した。宮床の白壁の家は一度に賑やかになった。空襲のない宮床に、結婚したばかりの桃子と中川一政夫妻をはじめ、長男千秋の嫁の益子が娘の香織と共に疎開してきたからだ。阿佐緒は息子らの家族のために、毎朝地下足袋を履き、手鉋を右手に籠を背負って山に行く。栗の実を拾い茸を採り、帰りに畑に寄って葱や青菜を採ってくる。川に行けば川エビが捕れ、鮎が釣れる。山鳥だって下男が猟銃で仕留める。それらを嫁や孫の栄養源とするのだ。阿佐緒は、妻子を宮床に預けた息子たちが安心して映画の仕事にうちこめるよう、いそいそと早起きをして山を歩き回る。そして、母しげが千秋や保美に無私の愛情を注いで育ててくれたことに今更のように気づく。その思いを返す気持ちもあって、母亡きのちの宮床で、疎開してきた息子らの嫁や孫に尽くしたのだ。

そんな阿佐緒のもとを、昭和十九（一九四四）年夏、仙台在住の女流歌人、扇畑利枝（大正五（一九一六）年〜　）が訪れた（扇畑利枝「原阿佐緒ノート」『原阿佐緒　生誕百年記念』）。戦時中のこととて、まだ嫁や孫たちもいた頃だろう。利枝は、東北帝国大学教授でアララギ歌人の扇畑忠雄の夫人である。古川市の豪商の娘だった利枝は結婚の時に母が贈ってくれた枕屛風が、阿佐緒の書と絵になるもので、その流麗な筆遣いや歌の調べに引きつけられたという。波乱の人生を送った阿佐緒が今はひっそりと宮床に暮らしている。歌は作っているのだろうか。この機会に原阿佐緒を訪ね、歌への思いを語って貰おう、そう考えての訪問だった。扇畑は「阿佐緒の純粋さに心打たれ、ひとつひとつ真実の言葉をつかむことが出来た」と前書に語っている。思えば阿佐緒はつくづく運が強い女性だ。晩年の生活は、息子保美とその妻桃子が支えた。歌人としての集大成は、最大の理解者、扇畑利枝が担ってくれたのである。

## 石原純の死

昭和二十二（一九四七）年一月二十一日（火曜日）、『朝日新聞』の朝刊は写真入りで、石原純の訃報を伝えた。

石原純氏（理博）十九日千葉県保田町本郷七七六の自宅で脳溢血のため死去、六十七歳、葬儀の日取りは未定。氏は東大理論物理学科を卒業、東北帝国大学を大正十二年辞して以来科学評論家、また歌人として有名で、アインシュタイン博士の相対性原理のわが国への紹介者でもあつた（「館山」）。

阿佐緒は、銀雪におおわれた宮床で、この記事をどのような思いで読んだろう。一月の保田といえば、丘には水仙の花が咲いている頃だ。きっと誰か、そう、松音楼旅館の昼田夫妻か、保田小学校の教師で、阿佐緒が七年間短歌の指導をした鈴木伊三郎が棺に白い水仙を手向けてくれたろう。阿佐緒は七ツ森の笹倉山に向かって手を合わす。阿佐緒は風の便りに聞いていたろうか。太平洋戦争が始まってから、時局柄、新短歌の理論家としても、科学ジャーナリストとしても、その自由主義者的発言が当局から睨まれ、執筆制限を受けていたことを（西尾成子「石原純をたずねて第三十一回」『科学』Nov 2010, vol. 80, No. 11）。その影響からか、『短歌研究』の「新短歌」欄の選評が昭和十七（一九四二）年六月以降、なくなっていたことも。

宮床の原家にて（昭和24，5年頃か）

また、西尾氏の前書に記されているように、純が昭和二十（一九四五）年十二月八日の早朝、千駄ヶ谷付近の路上でジープにはねられて倒れているのを発見され、右腕骨折全身打撲の重傷を負っていたが、身元不明のため留置場に保護されたこと。毎週木曜日に岩波書店へ『科学』の編集主任として出かける純が、金曜日になっても戻らず、岩波に問い合わせると帰宅したというので、保田の鈴木伊三郎が捜索願いを出し、純の弟石原謙に連絡して慶應大学病院に入院したこと。一命をとりとめ三カ月後退院して保田で療養生活を送ったが恢復することなく亡くなったこと、看病には長く付き添っていた堀内耐子が献身的にあたったこと、葬儀は、弟謙、妹露夫妻、岩波書店専務、松音楼旅館の昼田昇夫妻に鈴木伊三郎らでひっそりと行われたことなどを、いつか聞き及んでいたかもしれない。阿佐緒は純の、

照るための陽《ひ》ではない。夜をつくるための晝なのである。〈二つの手〉の存在を實證せよ

という『短歌文学全集　石原純篇』（昭和十二年、第一書房）の自由形式の歌を思い出す。哲学的、論理的、思想的な背景を多く有しつつ、読む者の胸に食い込む力のある暗示的な歌だが、難解歌として遠ざける人も多かろう。純は関東大震災後から、現代語法（口語）による自由形式の短歌を、『日光』、『藝術と自由』、『渦状星雲』、『三角州』、『短歌創造』等において提唱し短歌革新運動を行ってきた。だが、昭和十一（一九三六）年十一月の「大日本歌人協会」結成により、「歌壇の定型復帰の動きは押しとどめがたいもの」（三枝昂之『昭和短歌の精神史』）となり、衰退していった。科学者、歌人石原純の偉大さを知るにはこの時代はまだ十分に熟してはいなかったのだ。岩波の『科学』は昭和二十二年

四月号（第十七巻第四号）を「石原純博士追悼號」とし、岡田武松、柴田雄次、玉蟲文一、菅井準一らが、追悼文を執筆した。大正から昭和へ、石原純が理論物理学者として啓蒙家としてどれだけ優れ、日本の科学の裾野を広げたかを、四氏はこもごも語る。なかでも石原純が、「學問をするものの孤獨や苦しみに同情を持ち、『科學』の寄書欄に地方の教師や年若い學生などから原稿が送られてくると進んで採択する方針を主張された」（玉蟲文一）という文は心が暖まる。また、昭和初頭のイデオロギー闘争からファシズム独裁政治が進むなか、「科學者はその科學研究の精神に於いてはあくまでも自由主義を奉ずべき」と主張した石原純が、太平洋戦争突入の前夜、執筆封鎖を強いられた（菅井準一）との事実があったことも明かしている。阿佐緒はこのような人と七年間を暮らしたのであった。

純は今、谷中霊園の石原家の墓地に眠る。両親、祖母、妻、五人の子とその家族らの名が刻まれた正方形の大きい墓石は、遥かギリシアの青海原に向かって立つ白い崖を連想させる。いかにも自由主義者らしい石原純にふさわしい墓である。

## 宮床の栗

阿佐緒の孤独な心を潤すのは、やはり息子たちであった。千秋は昭和二十四（一九四九）年頃村の青年たちと開拓農場ユートピア農園を開いたが、農地改革で閉鎖と決まった時、その記念に映画「仔熊物語」を監督して撮った（扇畑利枝「原阿佐緒ノート」『原阿佐緒　生誕百年記念』）。村の人々も友情出演し、阿佐緒もかいがいしく食事を振る舞ったという。昭和二十五（一九五〇）年七月、ラジオ映画「仔熊物語　野生のめざめ」が公開、翌二十六（一九五一）年三月、大映の配給で「原作―長谷川伸、脚本―今村貞雄、解説―徳川夢声」が公開となったが興行は失敗し、多大な負債

扇畑利枝と阿佐緒（昭和30年頃）

を背負った阿佐緒は、担保として原家の財産を失った。一方、保美は昭和二十四（一九四九）年に、「悲しき口笛」に美空ひばりの兄役として主演、翌二十五（一九五〇）年、「暴力の街」に志村喬、宇野重吉、池部良らと出演、同年「きけわだつみの声」にも出演した。この映画が吉岡の町の小さな映画館で上映された時、場内アナウンスが、出演者の原保美の母原阿佐緒を紹介し、「薄闇の二階の席の色白で小柄でにこやかな表情に照明があてられ、満員の観客からの拍手に一礼した」（堀籠健「あとがき」『原阿佐緒　生誕百年記念』）という。阿佐緒は晴れがましかった。かつて舞台で浴びた時と同じスポットライトが自分一人に当たる。満場の客が自分だけを見つめる。その熱い視線と拍手を受け止めて阿佐緒はゆっくりと一礼する。胸の中は満足感で一杯であったろう。

しかし、阿佐緒の生活は困窮していた。扇畑利枝の「原阿佐緒ノート」前書によると、折々訪ねる利枝は遂に見兼ねて、阿佐緒の色紙や短冊の頒布会を開き、東京の歌人にも買ってくれるよう頼んだ。それには、昭和二十七（一九五二）年に、『未来』の近藤芳美が扇畑家を来訪した折り、

谷地のはて七つ鋭き山々や老いて原阿佐緒住むことも聞く

と、このように阿佐緒を歌ったことに意を得てであろう。利枝が阿佐緒に助力を惜しまなかったのは、歌壇から忘れられた故郷の歌人阿佐緒を、何とかもう一度世に出したい、という一念からであった。阿佐緒が願う「アララギ」復帰についても、上京の折りに五味保義や土屋文明ら上層部にかけあったが、自分が破門したのではないから、と埒があかなかった。夫の扇畑忠雄が創刊した東北アララギ会地方誌『群山』に入会するのは難しいし、阿佐緒も敢えて口にしなかったろう。そんな阿佐緒に、利枝は仙台の「小梅林」で開かれる歌会に出席を勧めた。当日、阿佐緒は黒い羽織を着て、自分で拾った栗を土産に持って訪れた。皆に挨拶する間、阿佐緒は小刻みに震えていたという。それだけ阿佐緒の短歌への思いは真摯で純粋だったのだ。阿佐緒は、故郷に戻ってからも人目を避けていたが、ようやく歌に関わりある人々と接する心が芽生えた。そのきっかけは、原保美の映画上映の折りの阿佐緒へのスポットライトであり、何よりも利枝の無私の支えが実を結んだことによる。

真鶴の歌稿ノート

## 2　海の彩雲

昭和二十九（一九五四）年三月三日、六十六歳の阿佐緒は病身のため、根雪の溶け始めた宮床を発ち、仙台駅で扇畑利枝らに見送られて、保美夫婦と幼い孫夏郎の住む神奈川県足柄郡真鶴へと旅立った。春の真鶴湾を一望に見下ろす絶景に建つ家は、嫁桃子の父中川一政画伯の別邸（現、真鶴町立中川一政美術館）である。阿佐緒は杉並区永福町に保美が家を新築するまでの五年間、四畳半の茶室で松籟に似た潮騒を聞きながら、歌を詠み絵筆を握り、三ヶ島葭子について時には中川一政と語り、穏やかな日々を送った。原阿佐緒記念館所蔵の晩年の歌稿ノートは昭和二十七年頃から昭和三十八年頃まで四十七冊ある。「落穂集」、「拾ひよせ」、「海の追憶」と題名がついたもの、保美から貰ったのか、映画会社「大映」のマーク入りだったり、裏表紙に、「母の日に　桃ちゃんよ里」（昭和三十二年）と記された微笑ましいもの、また「高杉の秀」と題した「俳句」（昭和三十四年）ノートもある。

阿佐緒は海辺の茶室で歌を詠む。ほぼ毎日、三、四首を記し、推敲の跡も見えるノートの中程に、思い出として書き付けたものか、「昭和廿七年七月十九日」の一連がある。

たち古りて大き板蔵《いたぐら》米入れず久しかりしを遂ひに賣りにしか
身のうちを風過ぐるごとし立ちて見るいま空しき蔵の跡どころ
季節には大根を干し柿を干す蔵の軒端の陽光《ひかげ》おもほゆ
門口《かどぐち》に年貢つけたる馬ならび父母もありき六十年の過去

これらの歌は、戦後の農地改革や千秋の映画制作の失敗で、原家が困窮を極め、遂に蔵も売った時の歌である。現実を直視した内容だが、さすがに歌語の扱いは手慣れているし、調べも阿佐緒らしく流麗だ。扇畑利枝の歌の会に誘われ出詠用に下書きをしていたものか。これ程の力量を保つには戦前戦中もノートに歌を作っていたのではないか、と思われる（四首のうち、二、三、四首は『短歌』昭和三十一年八月号「彼方の虹」一五首中に改作をほどこしつつ発表）。しかし、阿佐緒は、『短歌研究』昭和二十九年六月号に「歌はぬ二十年」と題して二十年間の歌への苦悩の日々を綴っている。

## 歌はぬ二十年

阿佐緒は、「歌を、生命のやうにいとほしみながら生きて来た一人の人間が、人生の現実に敗けて『死んだつもりなら、歌ぐらゐ捨てたつて何だ……』と云つた、窮迫した境地にもがきながら、辛らくも生きて居た、それが私なのです。」と、率直に筆を起こす。石原純と別れ、酒場に勤めたことで、特に歌壇人から不当な侮蔑を受けた、と敢えて記す。「歌よみの阿佐緒は遂に忘られしか酒場女とのみ知らるるはかなし」（『黒い扉』）の歌にあるように、歌壇の疎外感は余程こたえたのだ。重い病気をし恢復後、歌集をまとめようと一揃いにして、「宝石入れ」とまで呼んでいたそれを室戸台風の水害の折に紛失した。阿佐緒は絶望し「歌なんかやめてやる」と決め、歌わずにきた二十年。本当に一首も歌わぬ二十年か、いや、そうではあるまい。正確には、歌ってはいたが、発表の場がなかった、ということではないか。宮床に籠っていた戦前戦中の時代、短歌雑誌及び各結社誌は紙不足により、休刊や統合を余儀なくされていた。戦後、復刊され新しく創刊される歌誌も多かったが、すでに六十代の、しかも醜聞にまみれた阿佐緒に復帰する場はなかった。

昭和二十四（一九四九）年九月、女性ばかりの、それこそ『青轄』創刊を彷彿させる超結社の『女

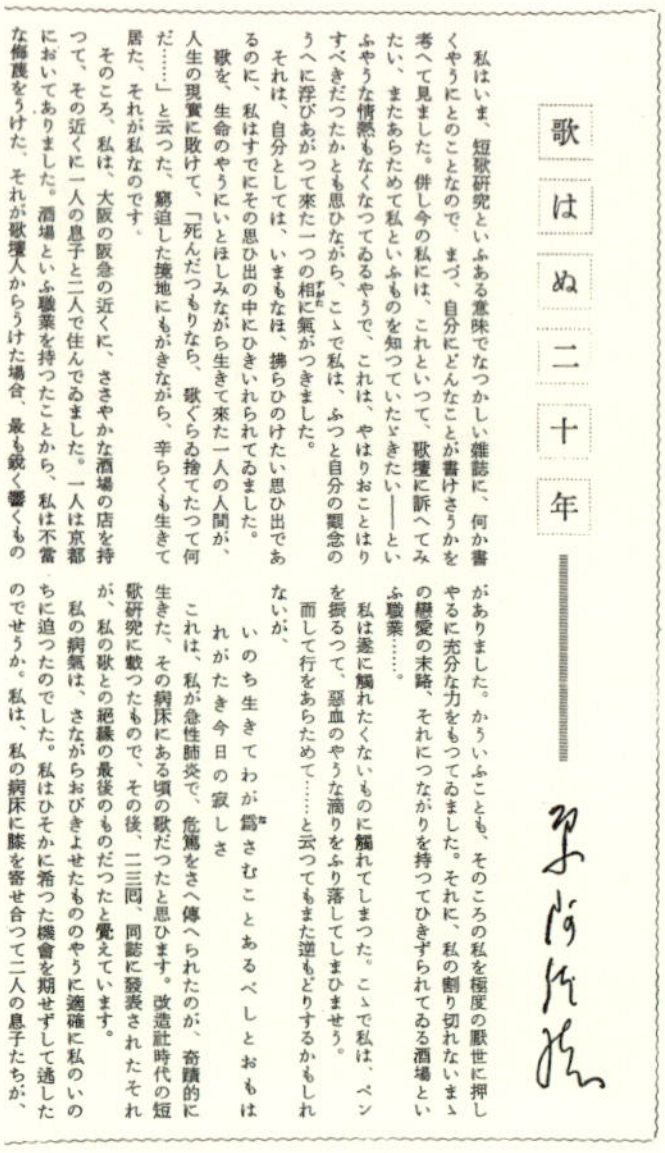
歌はぬ二十年
阿佐緒

私はいま、短歌研究といふある意味でなつかしい雑誌に、何か書くやうにとのことなので、まづ、自分にどんなことが書けさうかを考へて見ました。併し今の私には、これといつて、歌壇に訴へてみたい、またあらためて私といふものを知つていたゞきたい――といふやうな情熱もなくなつてゐるやうで、これは、やはりおことはりすべきだつたかとも思ひながら、こゝで私は、ふつと自分の觀念のうへに浮びあがつて來た一つの相《すがた》に氣がつきました。

それは、自分としては、いまもなほ、拂らひのけたい思ひ出であるのに、私はすでにその思ひ出の中にひきいれられてゐました。

歌を、生命のやうにいとほしみながら生きて來た一人の人間が、人生の現實に敗けて、「死んだつもりなら、歌ぐらゐ捨てたつて何だ……」と云つた、窮迫した境地にもがきながら、辛らくも生きて居た、それが私なのです。

そのころ、私は、大阪の阪急の近くに、ささやかな酒場の店を持つて、その近くに一人の息子と二人で住んでゐました。一人は京都においてありました。酒場といふ職業を持つたことから、私は不當な侮蔑をうけた、それが歌壇人からうけた場合、最も鋭く響くものがありました。かういふことも、そのころの私を極度の厭世に押しやるに充分な力をもつてゐました。それに、私の割り切れないまゝの戀愛の末路、それにつながりを持つてひきずられてゐる酒場といふ職業……。

私は遂に觸れたくないものに觸れてしまつた。こゝで私は、ペンを擲るつて、惡血のやうな滴りをふり落してしまひませう。

而して行をあらためて……と云つてもまた逆もどりするかもしれないが、

いのち生きてわが鳴《な》さむことあるべしとおもはれがたき今日の寂しさ

これは、私が急性肺炎で、危篤をさへ傳へられたのが、奇蹟的に生きた、その病床にある頃の歌だつたと思ひます。改造社時代の短歌研究に載つたもので、その後、二三回、同誌に發表されたそれが、私の歌との絶縁の最後のものだつたと覺えています。

私の病氣は、さながらおびきよせたもののやうに適確に私のいのちに迫つたのでした。私はひそかに希つた機會を期せずして逸したのでせうか。私は、私の病床に膝を寄せ合つて二人の息子たちが、

62

「歌はぬ二十年」

（『短歌研究』昭和29年6月号）


人短歌』が創刊され、扇畑利枝も「東北女人短歌会」の会員となったが、阿佐緒は入会していない。それは何故か。戦前からの実力歌人の五島美代子、斎藤史、生方たつゑ、阿部静枝（「玄土」時代の二木静枝）まで新しく有望な歌人として葛原妙子、森岡貞香らが創刊同人となって全国の女性の歌人に声をかけ、揚々と大海にこぎ出した「女人短歌」。阿佐緒は年齢と共に、強く憶するものがあり、入会に至らなかったのだろう。

「歌なんかやめてやる」と言いきった二十年、心は救われたか。救われなかったゆえに寂しい二十年、と阿佐緒は述懐する。しかし、文の最後は阿佐緒らしい。「私は歌はなかつた二十年の歌に於ける空白を、私のこれからの歌によつて埋めやうなどといふ大それた野心は持つてゐないのです。たゞ、山にこもつた長い間の孤獨沈默の生活によつて、内に何ものかを培つて来たと信じたいのです。」と結ぶ。この気概は見上げたものだ。自分を卑下したり、他者におもねたりしない、魂の高潔さがうかがえる。阿佐緒を愛した異性、特に結婚し同棲した異性たちは、阿佐緒のこうした激しい自尊の精神

性に気付いていたろうか。阿佐緒の純粋さ、芸術への憧憬、真面目、努力家、歌の才能等々の奥に潜む激情、高慢、自虐、孤独、怨情……を誰も十全には理解出来なかった。そこに阿佐緒の不幸があり、またそれが、歌人阿佐緒を生む源流となっていたのである。

## 海の彩雲

昭和三十(一九五五)年一月一日『河北新報』に「ふるさとの正月を語る　原阿佐緒さん」の四段抜きのインタビュー記事が掲載された。記事の中心に、日だまりの松林に屈み、遠くを眺める老いて淋しげな和服姿の阿佐緒の写真が載る。阿佐緒は宮床の正月の思い出を懐かしげに語って聞かせ、最後に、「母が亡くなって宮床へ戻ってからも旅人みたいな生活でしたが……今年は今までの生涯には体験できなかったような静かな境地で歌を詠むことができそうです。」と、真鶴で魂の安定を得たと締めくくる。宮城の読者らも、時の流れを遥かに思ったことだろう。阿佐緒は毎日海や空を眺める。晴れた日には目をこらして、遥か水平線の彼方の房総半島を思い描いたかもしれない。昭和三十年十月二十五日以降の歌に、「彩雲」と題した歌がある。

彩雲のおしよせせまる虹のまはり虹はいろ冴えて海にかたむく

雲の縁が七色に染まり吉兆をあらわすという彩雲。その雲が海の虹の回りに押し寄せる、と、珍しくも美しい雄大な歌を作っている。心が少しずつ開いてきているのだ。阿佐緒は一月五日も、若く美しい青木生子日本女子大学教授を迎え、夜の更けるまで語り合った。一部紹介する。

一世の艶名をとどろかした往年の女流歌人、原阿佐緒も今は六十八歳（数え年、以下同じ）となって、平賀元義の書簡の切《きれ》を床の間に掛けた茶室で、今日も私の訪れる前まで習字に余年のない有様のようであった。薄明りの中に次第に見きわめられてくる原さんの色白な小づくりな顔は、美しくとじられた小さな口もと、二重まぶたの下にくっきりはられた眼のはりといい、たっぷりした白髪をつげ櫛で束ねた頭つきといい、往年の美女の面影を十分想像できるのであった。それに話をしてゆくうちに原さんはますます若くなる。率直で純粋な心が熱っぽい言葉となってほとばしるのである。こんなに心も若く純粋でいられるとは、彼女はやっぱり芸術家なのだ。（「原阿佐緒さんを訪ねる――横顔とその歌について」『青木生子著作集第八巻』初出『いづみ』昭和三十年三月号）。

阿佐緒の四歌集を深く読み込み、三ヶ島葭子との交流の歌も高く評価する若き研究者の前で、良き理解者を得た阿佐緒の心は弾む。話し込んで夜も更けた頃、「石原先生を本当にお好きだったのですか」という突っ込んだ質問に阿佐緒は「そんなこと質問されたのはあなたが初めてよ」とややたじろぎながら、座り直して、人を愛することの難しさを語り、「女は子どもがあると純粋に恋愛に生きられないものね。」と告白したという。阿佐緒は、「昭和三十年一月五日　青木生子さん来る」として、

寝ねたれば熱いでたるらしたかぶりに語りつゞきてなほつかれはしらぬに
別室の臥床に君がいまの話嚙みわけなど居らば吾はおもはゆき生子さん

たまたまかたりあひおのづからほとばしるものもちてゐしことを久しくて知る

と心を開いて語り合えた一夜を歌ノートに記している。次の訪問者は、「短歌新聞」社の記者である。これは「昭和三十年五月十日　歌人歴訪　原阿佐緒の巻」に掲載されている。「往年の情熱歌人原阿佐緒女史」は、「童女といった感じ」、「小柄で色白で、目が大きくて耳も発声も達者」で「間断なく新生」を喫いながら、「最近では、葛原妙子さんの『飛行』の作品を推賞した。主題の豊富さは初期の三ヶ島葭子作品に通じるものがあるといわれたり、やっぱり文明さんあたりの作品には私達の歌えない深い境地が折にみられるといい、哀草果さんの地味な作品にも心引かれる」と話してから、「何て馬鹿なものにとりつかれてるんだと思う事もあるんです、一首の歌が作れなくて一晩中苦しむのよ」と語ったという。

いまはいまは一つのうたもわが吐ける息のごとくに惜しみ歌はな　　昭和三十年
老醜のおのれを強ひて見むと思ひきみのクロッキーのモデルうけあふ　　昭和三十二年
からだちぢまり糸吐くときの蚕《こ》といふべくわれはまづしく歌を吐きえず　　同

一首目は吐く息のように一首を惜しんで歌おう、と自身に言い聞かせる。二首目は、自己客観化の視線の歌で頼もしい。三首目は比喩が凄まじい。体を縮めて糸を吐き繭玉を作る蚕のように歌が作れたらいいのに才が乏しく歌の糸を吐くことが出来ない、と嘆く。いずれも晩年の阿佐緒を表出する。

## 原阿佐緒を囲んで

阿佐緒は昭和三十（一九五五）年八月、一年半ぶりで宮床に帰郷した。『河北新報』は、八月二十三日の学芸欄に、老いてなお艶やかに美しい阿佐緒の写真をかかげ、「思い出も新たに　原阿佐緒を囲んで　心のふるさと宮床」と題して十一段抜きの記事を掲載した。リード文に「戦後十年を迎え時の流れをひときわ感ずる折とて、大正、昭和の短歌の歴史は女史の生きた話題に一つ〳〵興味あふれるものとなった。」とあるように、戦後十年を区切りとして、郷土の歌人、原阿佐緒を再認識する機運が生じてきたのであろう。聞き手は扇畑利枝と本社の宮崎学芸部長、桜井同年鑑室長。阿佐緒は、女学生時代、絵画、明星、ロマンスと歌、などを語り、「赤いマントの馬のり」という質問には、憤然と、「裏地が赤のブルーのマント」だったと訂正する。また、「石原純と問題があってから歌壇で注目された」という質問にも、三冊目の歌集『死をみつめて』の後に石原純の歌集が初めて出たことや、「あの人の大学の勉強と匹敵するぐらいに歌は苦しんだ……」、歌と石原との問題を結び付けられるのは心外」ときっぱりと反論する。

燈《ひ》とどかぬ厨の土間に下駄さぐり出《いで》て見むとす月ふけたれど
寝しづまる家二つ過ぎなほゆきて川辺には見む月夜のふるさと
限られし帰郷の日時みぢかくてあふるる思ひは山にも川にも

久し振りの郷里宮床での万感の思いを歌った三首である。

## 3　空に虹見ゆ

阿佐緒は保美が時々買ってきてくれる『アララギ』の頁を繰りながら、関わりのあった人の名をほとんど見出せないことに気付き、つくづくと自分の長生きを思う。

### 結城哀草果と『赤光』の歌

阿佐緒は、「アララギ」入会は諦めたが、今度『赤光』に作品が載る。『赤光』は、斎藤茂吉の弟子で山形在住の結城哀草果（明治二十六（一八九三）年～昭和四十九（一九七四）年）が昭和三十（一九五五）年に創刊、主宰する短歌雑誌だ。哀草果は宮床にも真鶴にも訪れて阿佐緒に作歌を勧めてくれ、阿佐緒も送稿することにしたのだ。昭和三十一（一九五六）年九月二十九日、哀草果から「お歌お送り下さってありがたう　どうぞあまり遠慮なさらずに自負してやっていただきたく存じます。そして半ば私を信じてやって下さい。同じ時代に同じ東北に生れた仲よしの間柄ですもの。それでよいのではありませんか。」という親しげな葉書が送られてきている。斎藤茂吉記念館所蔵の『赤光』を読むと、同年十一月号から阿佐緒の歌が掲載されている。目次、作品Ⅰ欄に名はなく、Ⅱ欄の中程に「神奈川原阿佐緒」として一〇首掲載だ。次の十二月号も、翌年三月号、四月号もⅡ欄のままで、哀草果が添削を施すこともあり、以後送稿を辞したという（扇畑利枝談）。全三三首の掲載歌のどれが添削歌か、「赤光　昭和三十一年」（別名「海の追憶」と記した歌）の大学ノートと対比しても定かではない。唯、昭和三十三年頃か「ある日の手紙のかはりに」の下書きらしい用紙に、「疾く癒えてわが歌のよしあしもいひたまへまして君がうたおとろふなかれ」と、病む哀草果に宛てた歌があり、阿佐緒が添削に不満はあったにせよ、哀草果を歌の仲間として信頼していた様子がうかがえる。掲載歌を三首挙げる。

片雲の光まばゆく海白し虹たつところ翳《かげ》りもつ空　（昭和三十一年十一月号）
嫁の手も濡れて朝露のいちじくを掌にうけて爽やけき秋とぞ思ふ　（昭和三十一年十二月号）
丹にそまる沖空のもととぶちさき鳥らいたいたしあをき海原　（昭和三十二年四月号）

真鶴の海を大きく捉えた歌で新しい歌境が開けたようだ。しかし、他の掲載歌は全体におとなしい。添削の関連として、『赤光』昭和三十二年四月号に、

足もとにおちたる蝶はつがひにてむべとばざれば醒むるを掌に待つ

と、足下に落ちたつがいの蝶が飛ばないので醒めるまで掌に待つ、と阿佐緒にしては平板で「むべとばざれば」と理の勝った歌があるが、「歌稿ノート」の昭和三十二年八月二日では、

足下にばさと落ちたる蝶は雙つなりき死にたるにあらず醒むるを掌に持つ

と、「ばさ」と擬音語を加えて緊迫感を出し、雙つの蝶は死んだのではない、醒めているのを今掌に持っているのだ、と字余り、句跨がりの揺り返す調べで情熱的な歌としている。先の歌が添削されて、生彩の乏しい歌となったのかは断定出来ないが、阿佐緒が『赤光』送稿をきっかけとして、娘時代の、「生きながら針に貫かれし蝶のごと悶えつゝなほ飛ばむとぞする」の歌に通う意志的な思いを再び胸に点じたと考えてよいだろう。

## 句帖と水原秋桜子

阿佐緒は冬も温暖な伊豆半島の真鶴に暮らしていたが、病弱で薬餌が絶えなかった。往診を頼む主治医の宗久月丈から俳句を勧められ、嫁の桃子の母暢子が、水原秋桜子夫人と懇意だったので、秋桜子に師事するようになったという（小野勝美『原阿佐緒の生涯』）。原阿佐緒記念館所蔵の歌稿ノートの中に、「高杉の秀」（昭和三十四年）という句帖も遺されている。そこには秋桜子が阿佐緒の句に、◯、◎を付し、更に添削し意見を述べたものもある。

◎沈丁花香を太く吸ひ胸ためむ　（昭和三十二年十一月）

◎冬庭のわがまへばかりかげり居り　（昭和三十三年十二月）

（この句御心境までも出てゐて、まことに見事です。）

◎志ぐれすぎふるさとの山に虹たてる　同

阿佐緒の俳句を読むと短歌より心を開放している感じを受ける。言葉の斡旋も巧みだし、対象を把握する力も備わっているが、何か端的に言い切っていないもどかしさがある。次は、水原秋桜子が昭和三十四（一九五九）年七月二十日に、宮床に一時帰郷中の阿佐緒に宛てた俳句の添削の一部である。

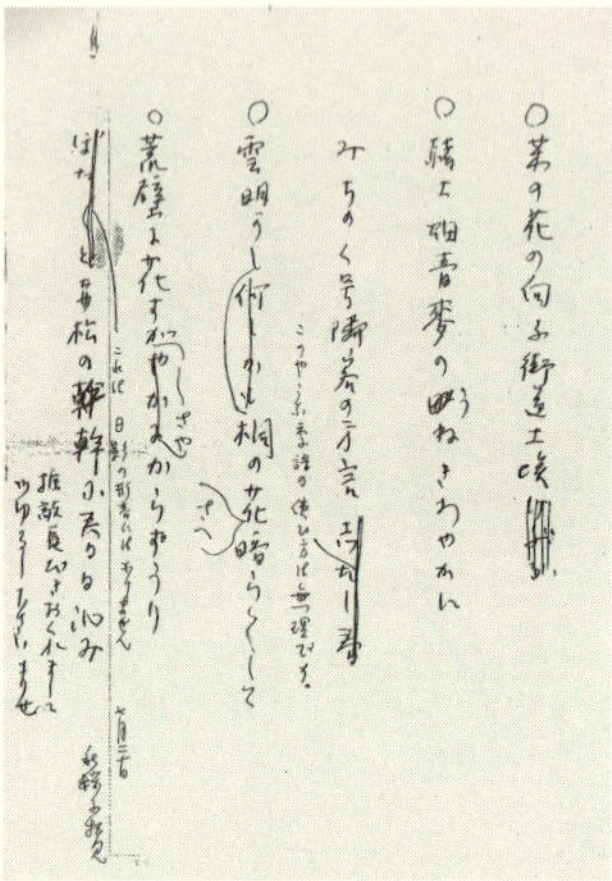

水原秋桜子の添削
（昭和34年7月20日）

みちのく号隣客の方言志たし春
このやうな季語の使ひ方は無理です。
○荒壁に花すがやかにからすうり
しさや（添削）

添削や誤用への指摘はどれも適切で十分納得出来るものだ。阿佐緒は何年頃まで師事したのか、秋桜子が主宰する『馬酔木』の三十年代の句誌に、原阿佐緒の名も俳号「阿孤」の名も見当たらなかった。七十代で新たに俳句を学んだ阿佐緒だが、やはり、阿佐緒にとっては三十一文字の調べにのせて、おのれの思いを述べる方が合っていた。

**歌碑建立**

昭和三十四（一九五九）年十一月、阿佐緒は杉並区永福町の保美の新居へ移った。保美は前年からNHKテレビの「事件記者」（八年間のロングラン）に長谷部記者役で出演し「ベーさん」の名で親しまれていた。新居の居間で、阿佐緒を中心に保美と桃子が並ぶ、潑剌と嬉し

**第一歌碑**（昭和36年６月建立）
（大年寺山の野草園内）

そうな家族の写真があるが、特に阿佐緒が心から満足げだ。その笑顔には、来夏、阿佐緒の歌碑が建つことへの期待も含まれていた。仙台の扇畑利枝の尽力で、「原阿佐緒歌碑建立建設委員会」の発会式が開かれたのが一月。会長を一見赳夫仙台市立病院院長が引き受け、島野仙台市長らも会員となって、寄付金を募ったところ、予定の額より多く集まったので、仙台の大年寺山の野草園内と宮床の白壁の家に、一度に二基の歌碑を建立と決めた。

昭和三十六（一九六一）年六月二日、大年寺山の野草園内に建立した第一歌碑「家毎にすもも花咲くみちのくの春べをこもり病みて久しも」の除幕式が行われた。来賓は原保美、三浦知事、岡村仙台市助役、菅野河北新報社長、歌人結城哀草果他。七十三歳の原阿佐緒も出席し謝辞を述べた。続いて、同年七月三十日、宮床の阿佐緒生家に建立の第二歌碑「沢蟹をここだ袂に入れもちて耳によせきく生きのさやぎを」の除幕式が行われた。

阿佐緒はにぎわいの去った生家の庭先で何を思ったろう。こんな歌をノートに記していたのを思い出したろうか。

**第二歌碑**（昭和36年7月建立）
（宮床の生家）

転落とあげつらはれて来しわれをうべなはず来て長く生きたりし

世間や歌壇の人々は、自分の歩んだ半生を流転や転落、などとあげつらった。でも自分はそれを認めなかった。生きるのに必死だったからだ。噂は噂として聞き流して、こんなに長く生きたことだ。この歌を作った頃は、歌碑が建立されるなどと、夢にも思わなかったろう。しかし、「うべなはず来て」という静かな矜持があったからこそ、世間はその人生が決して「転落」などではなかった、と認めるに至り、生前に二基の歌碑を建立して、歌人としての業績を称えたのである。

## 空に虹見ゆ

昭和四十四（一九六九）年二月二十二日、『読売新聞』をはじめ、『河北新報』（写真入り）等に阿佐緒の訃報記事が載った。『河北新報』の記事を紹介する。

原阿佐緒さん（歌人）

二十一日午後八時十分、老衰のため東京都杉並区永福町三一一の自宅で死去。八十一歳。宮城県大和町出身。与謝野晶子、斎藤茂吉に師事、アララギ派の歌人として大正から昭和の初めにかけて活躍。石原純博士（東北大教授）とのロマンスなど、悲しい愛の遍歴を経た女流歌人として知られた。作品集に『死をみつめて』『うす雲』『白木槿』『原阿佐緒抒情歌集』などがある。葬儀は二十三日午後一時から二時まで、告別式は同二時から三時まで自宅で行う。喪主は次男保美氏。

最晩年の数年はあどけない赤子に還っていた阿佐緒は、静かに眠るように逝ったという。阿佐緒の面倒をみた嫁の桃子は、納棺の時、仙台から駆けつけた一見医師の「楽な顔だなあ、少しも苦しんでいないなあ」とおっしゃたことや、お骨を拾う時、係の人が「お年寄りなのに、こんなにしっかりしたきれいなお骨は珍しいです。」と言ったことを、わが子を褒められたような気がした（「母　原阿佐緒との二十五年」『原阿佐緒　生誕百年記念』）と綴る。桃子から見た阿佐緒は、「いつも淋しげだった」、「いつもそこにないものにあこがれる、いまある現実には何か満ちたりない思いだけをいだいていた人」（同前）とも回想している。

消ゆるまで見つつあらめとわが仰ぐ虹はもかなしたまゆらに消ゆ　（『死をみつめて』）

阿佐緒はこのように、はかなくあえかに消える虹のようなものを常に追い求めていたのだろう。阿佐緒の法名は生前自分で用意していたという「赤晃朗歌大姉位」。朗らかに歌う、というのか、「朗歌」の文字が天真爛漫な阿佐緒らしいし、天国に行ってもなお歌い続けるのか、と切なくもある。阿佐緒の墓は白壁の家からさほど遠くない竜厳寺に建つ。子どもたちと沢蟹をとった川を渡り、青田を見下ろす小高い丘の上の墓所だ。

父上のみ墓にゆくとのぼりゆく栗の落葉にうづもれし道

（『うす雲』）

かつて阿佐緒が歌った父の墓や祖父の墓にまるで見守られるように、こんもりと丸い自然石に中川一政の書で原阿佐緒の名を石刻した墓が立つ。森の彼方には七ツ森の笹倉山がはるか聳えている。

笹倉の秀嶺たまゆら明るみて時雨来たれば空に虹見ゆ

（『死をみつめて』）

一生をかけて虹を追い求めた阿佐緒に、故郷の空は折々くっきりと虹をかかげて、波乱に満ちた、しかし矜持を持って生き、歌った阿佐緒の魂を慰めているだろう。

# 終　笹倉山の蝶

昭和六十三（一九八八）年五月三十一日から一週間、仙台三越で「原阿佐緒生誕百年祭展示会」並びに講演会が開催され、原保美、桃子夫妻がテープカットを行った。十月二十五日には、七ツ森の南川ダム湖畔の宮橋公園に第三歌碑「夕霧にわが髪はぬれ月見草庭にひらくを立ち見つるかも」が建立された。主催は原阿佐緒生誕百年記念事業実行委員会で、除幕式は阿佐緒の親友三ヶ島葭子の遺児で『野稗』主宰の倉片みなみ（七十四歳）も出席した。

平成二（一九九〇）年六月一日、宮城県黒川郡大和町宮床八坊原に原阿佐緒記念館が開館した。これは、原阿佐緒の生家が、明治初期の疑似洋館造りで大和町内に唯一残されていることを、地元の文化財保護委員会（渡辺丈夫初代館長）が町に進言し、町が管理運営を宮床の記念館保存会に委託したのを受けて、阿佐緒の誕生日の六月一日に開館したものである。式典は、本間知事はじめ市町村関係者、歌壇からは短歌新聞社の石黒清介社長、長沢美津、扇畑利枝、倉片みなみ他多数、遺品協力者や原保美はじめ縁故者数百名で挙行され、「あけみの唄」を合唱した（「原阿佐緒記念館だより」平成三年四月一日)。

阿佐緒は、白壁の洋館が記念館となったことを泉下で知り初めて平穏な心になったのだろうか。そんなことはない。明治、大正、昭和と、女性の生き方が大きく変わった時代を阿佐緒は短歌に体現しながら生きた。女として、母としての悲しみ、喜び、苦悩を歌に託して一人で迷いながら生き続けた。

原阿佐緒記念館

第三歌碑（昭和63年10月建立）

苦しく何度も捨て鉢になりそうになりながら、二人の子を世に生かすために歯を食いしばって生きた。歌壇から忘れさられ、さまざまに言われてもなお生きた。そして、わずかにこぼれ出てくる胸の思いをそれこそ、「とはずがたり」に歌い続けた。

死んで安らぎを得た、と人が思うのならそれでもいい。でも自分では生きている間に安らぐこともたくさんあったのだ。「転落とあげつらはれて来しわれをうべなはず来て長く生きたりし」と、人のどうこうは「うべなはず」に、ずっと生きて歌ってきた。「うつし世に女と生れてもろともにかなしき道に相へだて泣く」の歌の「かなしき道」の「かなしき」は、「悲、哀、愛」の道だった。何も後悔はない。自分はありのままを、女として、母として、弱く迷うばかりの道を、昔からの、そしてこれからの女の人たちへ何かつながるものを探りながら、歌ってきた。

阿佐緒の静かな声は蝶となって風に乗り、笹倉山の山頂の石灯籠へと舞いあがっていくのだった。

# 主要参考文献

原阿佐緒『涙痕』大正二年五月、東雲堂。

原阿佐緒『涙痕』改訂版、大正二年七月、東雲堂。

原阿佐緒『死をみつめて』大正十年、玄文社。

原阿佐緒『うす雲』昭和三年、不二書房。

原阿佐緒『現代名歌女流短歌集』昭和二年、交蘭社。

原阿佐緒『原阿佐緒抒情歌集』昭和四年、平凡社。

『涙痕』、『白木槿』、『死をみつめて』、『うす雲』の抄出歌が参考になる。各歌集への作者自身の解説も自ずと耳を傾けさせる筆力がある。

原阿佐緒『現代新選女流短歌集――ひたすらに歌ふ』昭和五年、太白社。

原阿佐緒『現代短歌全集　第十八巻　原阿佐緒集』昭和六年、改造社。

原阿佐緒『現代短歌全集　第二巻『涙痕』』昭和五十五年、筑摩書房。

原阿佐緒『死をみつめて』平成七年、短歌新聞社文庫。

原阿佐緒『原阿佐緒自伝・黒い絵具』みやぎ文学館シリーズ、平成九年、耕風社。

原阿佐緒「なつかしいお父様へまゐらす」河井酔茗編『現代婦人の手紙――原阿佐緒』大正十三年、アルス。

小野勝美編『原阿佐緒全歌集』昭和五十三年、至芸出版社。

小野勝美『原阿佐緒の生涯――その恋と歌』昭和四十九年、古川書房。

小野氏の前二著は、原阿佐緒研究の底本となる貴重な労作である。各雑誌からの初出、各歌集の「解題」も有益だ。

小野勝美『原阿佐緒の歌――人を恋ふる心を堪へて』平成二年、古川書房。

小野勝美『涙痕――原阿佐緒の生涯』平成七年、至芸出版社。

小野勝美編『原阿佐緒文学アルバム』平成二年、至芸出版社。

大原富枝『原阿佐緒』平成八年、講談社。

吉屋信子「時は償う〈原阿佐緒　石原純〉」『ある女人像――近代女流歌人伝』昭和四十年、新潮社。

青木生子「原阿佐緒さんを訪ねる――横顔とその歌について」『青木生子著作集　第八巻　女人歌人篇』平成九年、おうふう。

阿部光子「原阿佐緒」『恋と芸術への情念――人物近代女性史』瀬戸内晴美編、平成元年、講談社文庫。

「特集・原阿佐緒――生誕百周年記念」『短歌』昭和六十三年九月号、角川書店。

標宮子『とはずがたりの表現と心――「問ふにつらさ」から「問はず語り」へ』平成二十年、聖学院大学出版会。

次田香澄校註『とはずがたり』日本古典全書、昭和四十一年、朝日新聞社。

円地文子監修『日記に綴る哀感――馬場あき子　後深草院二条』人物日本の女性6、昭和五十二年、集英社。

折口信夫『世々の歌びと――女流短歌史』昭和二十七年、角川文庫。

永畑道子「恋の流離をかさねた歌人――原阿佐緒」『花を投げた女たち――その五人の愛と生涯』平成二年、文藝春秋。

平塚らいてう「青鞜時代『青鞜』の作家・歌人たち」『元始、女性は太陽であった――平塚らいてう自伝』下、昭和四十六年、大月書店。

らいてう研究会編『『青鞜』人物事典――110人の群像』平成十三年、大修館書店。

中山栄子『宮城の女性』昭和四十七年、金港堂出版部。

中山栄子『宮城の女性』続、昭和六十三年、金港堂出版部。

仙台文学館編『歌人　原阿佐緒展――生きながら針に貫かれし蝶のごと…』平成十五年。

松本和男編『石上露子をめぐる青春群像――下中弥三郎のこと　小原無絃のこと』上巻、平成十五年、私家版。

原阿佐緒記念館保存会『原阿佐緒　生誕百年記念』昭和六十三年。

原阿佐緒記念館友の会編『原阿佐緒のおもいで』平成八年、原阿佐緒記念館。

『宮床村史』昭和三十年、宮城県黒川郡宮床村史編纂委員会。

内ヶ崎卓郎『黒川郡誌』昭和三十四年、黒川郡誌発刊後援会。

黒崎茗斗『緑の故里七つ森を語る』昭和四十八年、七つ森刊行協会。

まほろばまちづくり協議会編『大和町まほろば百選――未来への伝言』第一巻《史跡・名称編》、平成十四年。

まほろばまちづくり協議会編『大和町まほろば百選――未来への伝言』第二巻《人物編》、平成十六年。

まほろばまちづくり協議会編『大和町まほろば百選――未来への伝言』第三巻《七ツ森編》、平成十九年三月。

宮床宝蔵常設展示案内書「伊達の村　宮床宝蔵」平成十五年、宮城県大和町宮床宝蔵。

今村清『みやとこの方言』平成十七年、中村印刷。

石川眞郎『七ツ森の四季――石川眞郎写真集』平成四年、斎藤コロタイプ印刷株式会社。

村田孝子編『近代の女性美――ハイカラモダン・化粧・髪型』平成十五年、ポーラ文化研究所。

道明三保子監修『すぐわかるきものの美――髪飾りからはきものまで』平成十七年、東京美術。

「宮城学院女子大学」ホームページ。

秋山佐和子『NHK短歌　新歌人群像〈原阿佐緒――白木槿のひと〉』平成十七年、日本出版放送協会。

石原純『靉日』大正十一年、アルス。

石原純『現代短歌全集　第十三巻　古泉千樫、釈迢空、石原純』昭和五年、改造社。

石原純『現代短歌　第五巻　前田夕暮、石原純、結城哀草果、橋本徳壽、高田浪吉』昭和十五年、河出書房。

石原純『短歌文学全集（石原純篇）』昭和十二年、第一書房。

石原純『現代短歌全集　第五巻　『靉日』』昭和五十五年、筑摩書房。

和田耕作編『石原純――科学と短歌の人生』平成十五年、ナテック。

和田耕作編『石原純歌論集』平成十六年、ナテック。

和田耕作編『石原純全歌集』平成十七年、ナテック。

和田耕作編『石原純随筆集』平成二十三年、ナテック。

西尾成子『科学ジャーナリズムの先駆者――評伝石原純』平成二十三年、岩波書店。

　科学者・石原純の全貌を解き明かす後世に遺る書である。石原純を知る上で必携の名著。

三枝昂之『昭和短歌の精神史』平成十七年、本阿弥書店。

倉数茂『私自身であろうとする衝動――関東大震災から大戦前夜における芸術運動とコミュニティ』平成二十三年、以文社。

館山市史編纂委員会「館山と文芸――安房美術会と石原純・原阿佐緒」『館山市史』昭和四十六年。

「通史編　郷土と文芸　石原純と原阿佐緒」『鋸南町史』平成七年、鋸南町史編纂委員会。

『鋸南歴史史料館――人物　石原純と原阿佐緒』平成十五年、鋸南町歴史民俗史料館。

村山馨『恋の顚末――石原純と原阿佐緒』平成九年、耕風社。

三ヶ島葭子『現代短歌全集　第四巻『吾木香』』昭和五十六年、筑摩書房。

倉片みなみ編『定本三ヶ島葭子全歌集』平成五年、短歌新聞社。

倉片みなみ編『三ヶ島葭子日記』上・下巻、昭和五十六年、至芸出版社。

倉片みなみ編『三ヶ島葭子往復書簡抄』昭和五十七年、至芸出版社。

三ヶ島葭子編集委員会編『三ヶ島葭子』平成六年、所沢市教育委員会。

倉片みなみ・調まどか編『生けるもののかなしみ――三ヶ島葭子から原阿佐緒へ宛てた手紙』短歌―女人群像1、昭和六十三年、水の原社。

大原富枝『今日ある命――小説・歌人三ケ島葭子の生涯』平成六年、講談社。

秋山佐和子編『三ヶ島葭子全創作文集』平成十二年、ながらみ書房。

秋山佐和子『歌ひつくさばゆるされむかも――歌人・三ヶ島葭子の生涯』平成十四年、TBSブリタニカ。

古泉千樫『屋上の土』昭和三年、改造社。

橋本徳寿・安田稔郎編『定本古泉千樫全歌集』昭和三十二年、石川書房。

橋本徳寿『古泉千樫とその歌』昭和十四年、三省堂。

橋本徳寿編著『アララギ交遊編年考・一（古泉千樫私稿）』昭和五十七年、至芸出版社。

橋本徳寿編著『アララギ交遊編年考・二（古泉千樫と原阿佐緒）』昭和五十八年、至芸出版社。

橋本徳寿編著『アララギ交遊編年考・三（大正四年～九年）』昭和五十九年、至芸出版社。

北原由夫『歌人古泉千樫』平成十一年、短歌新聞社。

折口信夫『折口信夫全集　第二十五巻（歌論歌話篇）古泉千樫』昭和五十一年、中央公論社。

岡野弘彦『歌を恋うる歌』平成二年、中央公論社。

『左千夫全集　第一巻（歌集）』昭和五十二年、岩波書店。

『左千夫全集　第七巻（歌論・随想二）』昭和五十二年、岩波書店。

『斎藤茂吉全集　第一巻　歌集『赤光』』昭和四十八年、岩波書店。

『斎藤茂吉全集　第二巻　歌集『暁紅』『ともしび』』昭和四十八年、岩波書店。

『斎藤茂吉』新潮日本文学アルバム14、昭和六十年、新潮社。

『与謝野晶子』新潮日本文学アルバム24、昭和六十年、新潮社。

香内信子『與謝野晶子と周辺の人びと――ジャーナリズムとのかかわりを中心に』平成十年、創樹社。

与謝野光『晶子と寛の思い出』平成三年、思文閣。

『石川啄木全集　第五巻　日記Ⅰ』昭和五十三年、岩波書店。

『石川啄木全集　第六巻　日記Ⅱ』昭和五十三年、岩波書店。

小高賢編『近代短歌の鑑賞77』平成十四年、新書館。

筒井清忠『西條八十』平成十七年、中公文庫。

上村鞆音『直木三十五伝』平成十七年、文藝春秋。

長部日出雄『天才監督木下惠介』平成十七年、新潮社。

冨士田元彦『日本映画史の展開――小津作品を中心に』平成十八年、本阿弥書店。

石坂善久『東京水路をゆく』平成二十二年、東洋経済新報社。

来嶋靖生『大正歌壇史私稿』平成二十年、ゆまに書房。

道浦母都子『女歌の百年』平成十四年、岩波新書。

加藤克己『現代短歌史』平成五年、砂子屋書房。

岡井隆監修『岩波現代短歌辞典』平成十一年、岩波書店。

篠弘・馬場あき子・佐佐木幸綱監修『現代短歌辞典』平成十二年、三省堂。

歴史学研究会編『日本史年表』平成五年、岩波書店。

# 主要参考文献

原阿佐緒関係、石原純、三ヶ島葭子、古泉千樫、アララギ関係、短歌史の順に配列した。

原阿佐緒の歌は、なるべく初出誌にあたるようにした。よって旧漢字、旧仮名遣いもそのまま生かすこととした。但し、作品によって新字としたものもある。

本書に引用した文献と、参考にしたなかで特に有益だったものを一括して掲げた。雑誌、新聞、書簡等の初出は本文中にそのつど明記した。

# あとがき

歌人・原阿佐緒を一言で言い表すとすれば、蝶のような人だろうか。どこからともなく舞い、こちらの歩みに先立つかと思えば、くるくると空の高みに飛翔してゆくえを見失う。そんな彼女の歌と人生を辿ってみたいと思い、十年近くも関わってきたのは、今まで伝えられてきた彼女の一生が虚像ではないか、と思えるからだ。勿論、実像に近い部分もある。どうしても理解出来ない部分もある。だが、いつのまにかそれらが魅力となっている。だから追い求めてきたのだろう。

今回「ミネルヴァ日本評伝選」に歌人・原阿佐緒を加えて戴いたのは、ひとえに芳賀徹氏のご厚情に寄る。まず、お礼を申し上げたい。氏との出会いは、十数年前、ある短歌雑誌の巻頭に、氏がアララギの女流歌人、三ヶ島葭子の短歌の優れた鑑賞を寄稿されたことによる。たまたま拝読した私は大いに勇気づけられた。三ヶ島葭子の自立した精神に関心を寄せ、これまでの貧、病、苦の歌人、というだけではない、葭子像を探っていたからだ。氏に手紙を書き、所属していた岡野弘彦主宰の『人』に連載中の「三ヶ島葭子と『青鞜』」の拙稿をお送りした。その後、学者でも研究者でもない、歌人といってもほとんど無名の私を、氏は「近代の女たち——その表象と自己表現」(一九九六年、国際日本文化研究センター）の研究会に誘って下さり、さらに『歌ひつくさばゆるされむかも——歌人三ヶ島葭子の生涯』（二〇〇二年）を刊行する道を開いて下さった。それから暫くして、「ミネルヴァ日本評伝選」への執筆の機会を与えて下さったのである。これには、杉田啓三ミネルヴァ書房社長の深いご理解とご決断あってのことと深く感謝申し上げたい。

阿佐緒は葭子の二倍を生き、歌集も葭子より三冊多く、交遊関係も広い。それに、葭子へは一気に感情移入出来たが、阿佐緒の場合、理解し難いことも多かった。けれど、その歌は葭子と違う魅力で私に語りかけてきた。

評伝を書く過程で、上横手雅敬氏、芳賀徹両氏の「ミネルヴァ日本評伝選」の「刊行の趣意」を指標とした。そこには「……先人たちの書き残した文章をそのひだにまで立ち入って読み、彼らの旅した跡をたどりなおし……注意深く観察しなおす——そのとき、はじめて先人たちはいまの私たちのかたわらによみがえってくる。彼らのなまの声で歴史の智恵を、また人間であることのよろこびと苦しみを、私たちに伝えてくれもするだろう。……」と記されている。原阿佐緒は歌人として曲解されることが多い。ここで真の像を結ばなくては、と阿佐緒の歌を読み込み、自分の手と足で阿佐緒の足跡を辿ってきた。非力さをかみ締める時が何度もあったが、とにかくこつこつと向き合っていこう、とくじけそうな時はこの文章を読み、心に折り畳んだ。それに多くの方々が協力をして下さった。

数年前の三月末は、阿佐緒ゆかりの笹倉山に登った。山頂の薬師堂の近くに、阿佐緒の病気平癒を願って明治三十六年四月八日に奉納した石灯籠が今もあると知り、どうしてもこの目で見たいと思ったからだ。標高五〇六メートルの山なので一人で登るつもりだったが、雪も残り熊も出るかもしれないということで、山林を見回るついでにと、大和町教育委員会の職員の方々が道案内をして下さった。熊避けの鈴の音が響き渡る細く急峻な山道をのぼり、ようやく山頂に辿り着いた。薬師堂は閉じられている。その薬師堂にまむかう形で一メートルほどの石灯籠が立っている。笠は欠けているが、奉納した年月日が彫られ、原浅尾、の文字も読む事が出来た。写真を撮っていると、いつのまにか、どこからか、褐色の翅を広げた蝶が舞い始めた。一輪の花も咲いていないのに、どうしてこんな山頂に、と思わずその姿を目で追うと、いつのまにか番《つがい》になっている。二匹の蝶は我々をねぎらうようにひらひらと、阿佐緒の石灯籠から薬師堂へと、ひととき舞いながら、木々の間に消えていった。蝶を見送りながら、これは阿佐緒の魂が語りかけているのかもしれない、と実感した。

また、思いがけない出会いもあった。それは、石原純の孫の森裕美子氏が、阿佐緒から純に宛てた手紙を原阿佐緒記念館に寄贈されたのが縁で、森氏と交流が始まったことである。氏は、石原純の真の姿を伝えたい、と科学のさまざまな実験を楽しみながら体験できる「理科ハウス」を、逗子市内にオープンされて数年になる。そこから日本大学名誉教授の西尾成子氏へと交流が広がり、『科学』別冊の「石原純を訪ねて」の連載を送って戴くようになった。昨秋、氏の労作『科学ジャーナリズムの先駆者——評伝石原純』(岩波書店)が刊行され、石原純が新たに見直されていくのを喜ばしく思っている。

内房の阿佐緒と純が暮らした保田も何度か訪れた。紫花山房は現在、石原純を敬慕する地元の篤志家によって整備され平屋の貸別荘となっている。庭の樹木や海の眺めは昔そのままと思われる。

思い起こせば仙台のアララギ歌人、扇畑利枝氏にもお世話になった。初めは三ヶ島葭子の親友としての原阿佐緒について伺うことが多かった。困窮した阿佐緒に助力することを、悪く言う人もいたという。「でもね、敵が五百人いたら、味方も五百人、と思ってやってきましたよ。」と朗らかに笑っておっしゃった言葉が忘れられない。

三月十一日に東日本大震災が起った。丁度終章へとワープロを打ち叩いている時、東京郊外の自宅も激しい揺れに襲われ、書斎の本もファイルも書棚からなだれ落ちた。余震や計画停電の報に怯え、ワープロを抱えて家の中を右往左往しながら、何もかも津波に襲われ、書類も泥流にまみれたのではないのに、無力感や焦燥感、空虚感が長く続いた。期日の迫った担当の「原阿佐緒賞」の選歌を始めると、いやでも応募者の住所が目に入る。ニュースで毎日報道される被災地の地名も多い。応募歌の締切りは一月末だったから、皆津波の前の日常を歌っている。それらの歌を読むのも、身に応えた。六月半ば、東北新幹線も開通し「原阿佐緒賞」の表彰式のために、大和町に向かった。原阿佐緒記念館の学芸員の高橋郁子さんから、大和町は内陸部なので地震の被害は比較的少ないが、建物の内部は漆喰の壁の亀裂など何カ所か損傷があるとのこと、さらに、いつも阿佐緒の墓参をする私に、ショックを受けないで下さい、と断り、山の墓のこととて被害が甚大だと教えてくれた。

心づもりをして墓に詣でたが、やはり声を失った。阿佐緒の楕円形の墓石は、台座から地面にうつぶせに落ちたままである。これでは息が出来ない、苦しかろう、と思うがどうしようもない。あたりを見回すと、今まであまり気に止めなかった、背の高い墓石が二基、うつぶせの阿佐緒の墓を見守るように、台座から少し身をせり出している。何と、それは阿佐緒の父・原幸松と、祖父・原忠見との墓石だった。ああ、父も祖父もこうして阿佐緒を気遣っているのだ。きっと元に戻るだろう、と私は得心して、山の墓地を下った。墓はそののちほどなくして修復されたと聞く。

原稿はなかなかまとめられなかったが、半ばあきらめかけていた、阿佐緒の歌やエッセイの資料も新たに発見することが出来た。ようやく完成したのは年末であった。それからは、編集担当の堀川健太郎氏との的を射た懇切丁寧なやりとりの中から阿佐緒像がよりはっきりと形づくられてきた気がする。氏には一昨年の秋、大阪梅田の阿佐緒が働いていたと思われるバーの近辺を案内していただいた。ともに深く感謝申し上げる。

完成に至るまでに、多くの方々から、貴重な資料のご提供、書簡の復刻へのご協力、ご助言、ご質問、ご意見、励ましのお言葉をいただいた。ここにお名前をあげて（五十音順、敬称略）お礼申しあげたい。

青木生子、秋葉四郎、秋葉輝夫、我孫子誠也、安部定太郎、石原喜美子、扇畑利枝、大河原惇行、岡井隆、小野勝美、岡野弘彦、神尾武則、倉沢寿子、香内信子、紅野敏郎、小宮山久子、近藤幹雄、近藤直子、齋藤秀明、酒井佑子、佐藤通雅、清水善衛、標宮子、関谷英雄、田井安曇、千野明日香、島村輝、竹西寛子、西尾成子、花山多佳子、原夏郎、藤井裕二、本多真紀、松本和男、宮崎由美子、森裕美子、矢生満つ江、山本侘介、吉崎敬子。渡邊澄子、渡辺丈夫、和田耕作。この中で扇畑氏、紅野氏、標氏、渡辺氏に完成した一冊を読んでいただけないことが残念でならない。

また、伊藤左千夫記念室、神奈川県立近代文学館、鋸南町歴史史料館、国立国会図書館、神戸市立

図書館、斎藤茂吉記念館、仙台文学館、大和町教育委員会、成田市立図書館、日本近代文学館、日本現代詩歌文学館、原阿佐緒記念館、町田市立図書館、三ヶ島葭子資料室、立命館大学図書館、天理大学附属天理図書館、房日新聞社等の方々に資料検索や複写サービスなど、親身に対応していただいた。お礼申し上げる。

特に、原阿佐緒記念館の学芸員の高橋郁子さんは、評伝への多大なご協力はもとより、館内の展示物や刊行物にも常に新しい試みを行っておられ、心強く思っている。また、『玉ゆら』の歌友・鈴木久美子さんの、傾聴と励ましは執筆の原動力であった。昨冬亡くなった姉・堀内弘子の無言の支えを杖とした一年でもあった。最後に家族の存在も大きな力となった。以上の方々に心からの感謝を捧げたい。

原阿佐緒は東北人の誇りと強さと激しさをもって明治、大正、昭和の時代を生き抜いた。心弱い時もそれを隠さず、正直に生きようとした。歌のため、子らのため、そして自分自身のために。その彼女を知るまでに長い年月がかかった。彼女の「なまの声」を聞き取ろうとした年月だった。阿佐緒は、まだまだ、というかもしれない。それでもいい。いつか、また新たに原阿佐緒を知ろうとする人が現われるだろう。この一冊がその礎《いしずえ》となればいい、と今は願っている。そういう私もまた歩き出したくなっている。

平成二十四年三月三日

原阿佐緒記念館に飾られた享保雛を思い浮べつつ……

秋山佐和子

# 原阿佐緒略年譜

| 和暦 | 西暦 | 齢 | 関係事項 | 一般事項 |
|---|---|---|---|---|
| 明治二一 | 一八八八 | 0 | 6・1宮城県黒川郡宮床村宮床四十五番地（現、大和町宮床字八坊原）に生まれる。父原幸松と母しげの一人娘。 | 落合直文「孝女白菊の歌」。和歌改良論争起こる。 |
| 二八 | 一八九五 | 7 | 4月宮床村尋常高等小学校に入学。 | 『文庫』創刊。『帝国文学』創刊。 |
| 三三 | 一九〇〇 | 12 | 4・5父原幸松死去。享年三十五歳。10・22祖父忠見死去。享年五十六歳。 | 『明星』創刊。 |
| 三四 | 一九〇一 | 13 | 4月県立宮城県高等女学校（現、宮城県立第一高等学校）に入学。 | 与謝野晶子『みだれ髪』。 |
| 三六 | 一九〇三 | 15 | 肋膜炎のため、女学校を三年で中退。 | 『馬酔木』創刊。 |
| 三七 | 一九〇四 | 16 | 日本女子美術学校に入学。国語漢文の教師下中弥三郎から和歌の手ほどきを受ける。英語・美術史の教師で翻訳家、小原要逸（号、無絃）を知る。 | 与謝野晶子「君死にたまふことなかれ」『小扇』。島崎藤村『藤村詩集』。（日露戦争始まる。） |
| 三八 | 一九〇五 | 17 | 7月宮城県高等師範学校在学中の養嗣子真剣が肺結核のため死去。阿佐緒が家督を相続する。 | 『女子文壇』創刊。山川登美子・茅野雅子・与謝野晶子『恋衣』。 |

| | | | | |
|---|---|---|---|---|
| 三九 | 一九〇六 | 18 | 小原要逸との恋愛問題で日本女子美術学校を退学。奎文女子美術学校に転入。 | 伊藤左千夫『野菊の墓』（ホトトギス）。島崎藤村『破戒』。 |
| 四〇 | 一九〇七 | 19 | **3月**奎文女子美術学校卒業。**12・15**長男千秋を出産。 | 前田夕暮「向日葵《ひぐるま》」。観潮楼歌会始まる。 |
| 四一 | 一九〇八 | 20 | **4月**故郷で小原との結婚披露宴を行うが同年離婚。この頃から作歌に熱中する。 | **10月**『阿羅々木（アララギ）』創刊。**11月**『明星』百号で終刊。 |
| 四二 | 一九〇九 | 21 | **4月**『女子文壇』に投稿した一首が与謝野晶子選で天賞となる。**同月**宮城女学校（現、宮城学院）の絵画の教師となる。**7月**仙台の文芸誌『東北文芸　第二』に参加。山中波泉の勧めで「新詩社」入社。この年の掲載歌数約二一首。 | 『スバル』創刊。北原白秋『邪宗門』。石川啄木「食ふべき詩」。与謝野晶子『佐保姫』。 |
| 四三 | 一九一〇 | 22 | 『スバル』三月号に二首初掲載。この年の掲載歌数八一首。 | 吉井勇『酒ほがひ』。『創作』創刊。 |
| 四四 | 一九一一 | 23 | 『スバル』をはじめ『女子文壇』に歌掲載。この年の各誌掲載歌数九二首。 | 『青鞜』創刊。『詩歌』創刊。 |
| 四五（大正元） | 一九一二 | 24 | **11月**仙台の文学愛好家らにより文芸誌『シャルル』創刊。賛助員となる。この年の各誌掲載歌数約一七八首。 | 石川啄木『悲しき玩具』。岡本かの子『かろきねたみ』。**4・13**石川啄木没（二十七歳）。**7・30**明治天皇崩御。 |
| 大正　二 | 一九一三 | 25 | **3月**「アララギ」会員となる。**5月**第一歌集『涙 | 北原白秋『桐の花』。斎藤茂吉 |

| | | | | |
|---|---|---|---|---|
| | | | 痕』上梓。歌数四六四首所収。7月改版本、歌数四一九首所収（与謝野晶子序文、吉井勇序歌）。12月『スバル』終刊。この年の各誌（『スバル』、『アララギ』）掲載歌数約四〇二首。 | 『赤光』。7・30伊藤左千夫没（五十歳）。 |
| 三 | 一九一四 | 26 | 1月『スバル』の後身の『我等』創刊（同年十一月号で終刊）。4月庄子勇と結婚。9月上京し内藤新宿に住む。10月神田猿楽町の三ヶ島葭子・倉片寛一夫妻の下宿を訪ね親交が始まる。この年の各誌掲載歌数約一六〇首。 | 与謝野晶子『夏より秋へ』。木下利玄『銀』。島木赤彦『アララギ』編集のため上京。（第一次世界大戦開戦。） |
| 四 | 一九一五 | 27 | 1・28次男保美誕生。帰郷し夫と別居。7・28～8・23与謝野寛・晶子夫妻の子息の光、秀が宮床の原家で夏休みを過ごす。この年（主に『青鞜』）の掲載歌数約八六首。 | 柳原白蓮『踏絵』。島木赤彦『切火』。今井邦子『片々』。若山喜志子『無花果』。 |
| 五 | 一九一六 | 28 | 2月『青鞜』無期休刊。8月三ヶ島葭子、宮床に四十日間滞在し「アララギ」入会を決める。9月東北帝国大学付属病院に入院。11月第二歌集『白木槿』を上梓。この年から斎藤茂吉に師事。この年の各誌（『アララギ』、『詩歌』、『ビアトリス』等）掲載歌数約二三二首。 | 片山廣子『翡翠』。中村憲吉『林泉集』。12・9夏目漱石没（五十歳）。 |
| 六 | 一九一七 | 29 | 島木赤彦に師事。3月上京し本郷の克誠堂書店の事 | 東雲堂『短歌雑誌』創刊。茅野 |

| | | | | |
|---|---|---|---|---|
| | | | 務員となる。庄子勇と同居。『ビアトリス』四月号に小説「疑惑」掲載。9月東北帝国大学付属病院に入院。勇との離婚訴訟起こる。12月入院中の阿佐緒を東北帝国大学理科大学教授で「アララギ」重鎮の石原純が見舞う。この年の各誌（『アララギ』、『詩歌』、『短歌雑誌』等）掲載歌数約一七一首。 | 雅子『金沙集』。杉浦翠子『寒紅集』。萩原朔太郎『月に吠える』。（ロシア革命。） |
| 七 | 一九一八 | 30 | 1月退院。この頃から石原純を中心とした仙台のアララギ歌会に出席し添削を受ける。7月末三ヶ島葭子宮床を再訪。この年の掲載歌数約八四首。 | 岡本かの子『愛のなやみ』。川田順『伎芸天』。有島武郎『生れ出づる悩み』。 |
| 八 | 一九一九 | 31 | 6月庄子勇との協議離婚成立。この年の各誌（主に『アララギ』）掲載歌数約一三九首。 | 有島武郎『或る女』。（朝鮮各地で独立運動。） |
| 九 | 一九二〇 | 32 | 8月仙台の文学愛好家の青年らが石原純を中心に文芸誌『玄土』を創刊。阿佐緒も参加。10月末麻布谷町の三ヶ島葭子の借家に身を寄せる（翌年五月初めまで）。この年の各誌（主に『アララギ』、『玄土』）掲載歌数約一三二首。 | 島木赤彦『氷魚』。九条武子『金鈴』。村山槐多『槐多の歌へる』。『左千夫全集第一巻 左千夫歌集』。（日本初のメーデー。） |
| 一〇 | 一九二一 | 33 | 2月末石原純再上京し阿佐緒と共に葭子宅二階に同居。5月伊豆伊東に石原純の病気療養をかねて滞在し6月帰仙。7・28石原純東北帝国大学に病気を理由に辞職願提出。三十日より新聞各紙が大々的に報 | 斎藤茂吉『あらたま』。三ヶ島葭子『吾木香』。若山牧水『くろ土』。窪田空穂『青水沫』。吉植庄亮『寂光』。北原白秋『雀 |

| | | | | |
|---|---|---|---|---|
| | | | 道。10月石原純と共に房州保田の松音楼旅館に投宿。10月第三歌集『死をみつめて』を玄文社から上梓。歌数五三〇首。「際物」と批難される。この年の各誌（主に『アララギ』）掲載歌数約一二六首。 | の卵』。中原綾子『真珠貝』。 |
| 一一 | 一九二二 | 34 | 『玄土』三月号に『死をみつめて』（評　三ヶ島葭子）。11月石原純、アインシュタイン博士来日に伴い、東京、名古屋、京都、大阪、神戸、福岡各地に随行。この年の各誌（『婦人公論』他）掲載歌数約六二首。 | 5月石原純『靉日』。佐佐木信綱『常磐木』。青山霞村・西村陽吉編『現代口語歌選』。 |
| 一二 | 一九二三 | 35 | 7月末「靉日荘」（紫花山房）完成。建築主は西村伊作。9・1関東大震災。避難した人々に半月余り住居や食事を提供。10月葭子、保田訪問。この年の各誌（『女性』他）掲載歌数約三九首。 | 6・9有島武郎心中。9・1関東大震災。9・16伊藤野枝、大杉栄ら虐殺。11月石原純「短歌の新形式について」（『週刊朝日』）発表。 |
| 一三 | 一九二四 | 36 | 3月成田町の「金鈴社」の行方沼東に『日光』への出詠と保田での歌会参加を呼びかける。4月帰郷。葭子と共に同人となる。6月房州富浦に鎌田敬止らと遊び印旛沼の吉植庄亮を訪問。7月北条町での安房美術会展覧会に石原純と共に絵画を出品。8月葭子、脳溢血で倒れ半身不随となり見舞う。この年の各誌（『日光』、『読売新聞』、『婦人画報』等）掲載 | 4月北原白秋、前田夕暮、古泉千樫、釈迢空、石原純らが反アララギ系文芸誌『日光』創刊。渡辺順三『貧乏の歌』。会津八一『南京新唱』。谷崎潤一郎『痴人の愛』。宮沢賢治『春と修羅』。『文芸戦線』創刊。新感覚派起 |

| | | | | |
|---|---|---|---|---|
| | | | 歌数約一〇五首。 | こる。 |
| 一四 | 一九二五 | 37 | この年『日光』への掲載なし。3月『アララギ』同人結城哀草果が保田訪問。近所の子女に編物を教える。この年の各誌（『女性』、『金鈴』）掲載歌数約四一首。 | 釈迢空『海やまのあひだ』。古泉千樫『川のほとり』。（治安維持法。プロレタリア文芸連盟。） |
| 一五<br>昭和元 | 一九二六 | 38 | 1月館山で編物の講習と展示即売会を三日間開催し好評。この年の各誌（『女性』、『詩歌時代』、『アサヒグラフ』、『苦楽』等）掲載歌数約三一首。 | 7月「短歌は滅亡せざるか」（『改造』）12・25大正天皇崩御。 |
| 二 | 一九二七 | 39 | 『婦人公論』一月号より「黒い絵具——小さやかなる自伝に代へて」を十二月号まで十一回連載。『日光』六月号「三ヶ島葭子追悼録」に石原純と共に追悼文を執筆。『女性』六月号に「吾が友三ヶ島葭子逝く」二二首等、この年の各誌（『女性』、『婦人公論』、『婦人』等）掲載歌数約三二首。 | 『青垣』創刊。『日光』廃刊。石原純、新短歌雑誌『渇状星雲』監修。無産者短歌広がる。3・26三ヶ島葭子没（四十一歳）。7・24芥川龍之介没（三十五歳）。8・11古泉千樫没（四十一歳）。 |
| 三 | 一九二八 | 40 | 9・25石原純に無断で保田を去り帰郷。新聞に報道されるが石原純は沈黙する。10月第四歌集『うす雲』を不二書房から上梓。歌数四六七首、序文石原純。11月上京し四谷の井出病院に入院。三ヶ島葭子の妹千代の世話になる。この年の各誌（『女性』『女 | 古泉千樫『屋上の土』。「新興歌人連盟」結成。石原純、新短歌雑誌『三角州』監修。『赤旗』創刊。9・17若山牧水没（四十三歳）。（治安維持法改正。） |

| | | | | |
|---|---|---|---|---|
| | | | 人藝術』等）掲載歌数約一二首。 | |
| 四 | 一九二九 | 41 | 5月下中弥三郎の勧めで自選歌集『阿佐緒抒情歌集』を平凡社から上梓。歌数七三〇首。6月高円寺に転居。11月から翌年5月まで歌舞伎座横のバー「ラ・パン」にマネキンガールとして出る。『短歌雑誌』十二月号に詩「陰影」。 | 館山一子『プロレタリア意識の下に』。小林多喜二『蟹工船』。（世界大恐慌始まる。） |
| 五 | 一九三〇 | 42 | 3月数寄屋橋に酒場「瀟々園　阿佐緒の家」を開く。『短歌雑誌』五月号に「職業は苦し」九首掲載。6月店は繁盛したが経営をあずかる石原純と種々紛糾し別れて大阪へ去る。『現代新選女流詩歌集』に「ひたすらに歌ふ」一二〇首所収。この年の各誌（『讀売新聞』、『スバル』等）掲載歌数七六首他、詩（『スバル』）二篇。 | 釈迢空『春のことぶれ』。前川佐美雄『植物祭』。福田栄一『冬艶曲』。土屋文明『往還集』。短歌前衛社編『一九三〇年版プロレタリア短歌集』。林芙美子『放浪記』。カフェー全盛。モダニズム・エログロナンセンス文学流行。（金輸出解禁。） |
| 六 | 一九三一 | 43 | 3月改造社版『現代短歌全集　第十八巻』に「原阿佐緒集」として三六四首収録。4・10より市村座で「嘆きの天使」に出演。6月直木三十五の世話で東亜キネマに入社。千秋は河合映画会社に俳優として入社。のち、振興キネマ（現、東映）に移り、助監督から監督となる。 | 中村憲吉『軽雷集』。今井邦子『紫草』。石原純、岩波書店創刊の『科学』の編集主任となる。（満州事変勃発。） |

| | | | | |
|---|---|---|---|---|
| 七 | 一九三二 | 44 | 作家久米正雄の紹介で映画「佳人よいづこへ」に出演。原阿佐緒作詞、古賀政男作曲、関種子歌の「あけみの唄」、「佳人よ何處へ」が流行。大阪梅田で酒場「ニューヨーク・サロン」や「あさをの家」を開く。 | 前田夕暮『水源地帯』。プロレタリア歌人同盟解散。10月『短歌研究』創刊。（上海事変、五・一五事件。） |
| 九 | 一九三四 | 46 | 9・21室戸台風に遭い大阪から京都貴船へ引っ越す。この時、整理しておいた未発表の歌稿を全て失う。この年の各誌（『短歌研究』、『婦人運動』）掲載歌数約二七首。 | 『三ヶ島葭子全歌集』。北原白秋『白南風』。石原純、新短歌雑誌『立像』を創刊する。 |
| 一〇 | 一九三五 | 47 | この頃宮床に帰郷する。 | 3・26与謝野寛没。 |
| 一二 | 一九三七 | 49 | 「歌　鯉と蘭」と題したノートに、「名古屋にて　昭和十二年か十三年七・八頃」と記し一五首記載あり。 | 岡本かの子『母子叙情』。（蘆溝橋事件、日中戦争。） |
| 一三 | 一九三九 | 50 | **秋頃**原保美の友人でのちの映画監督木下惠介から阿佐緒宛に、芸術上の悩みを綴った長文の手紙が届く。 | 『支那事変歌集・戦地篇』。『支那事変歌集』。（国家総動員法公布。） |
| 一四 | 一九三九 | 51 | 「歌　鯉と蘭」と題したノートに「宮床にて昭和十四・五年か」と記し五〇首記載。 | 前川佐美雄『くれなゐ』。2・18岡本かの子没（五十歳）。 |
| 一六 | 一九四一 | 53 | 1・23保美の父、庄子勇死去。享年五十七歳。 | （12・8真珠湾空襲。） |
| 一八 | 一九四三 | 55 | 12・3母しげ死去。享年七十七歳。保美「海軍」出演。 | 石原純『随筆集夾竹桃』刊行。 |
| 一九 | 一九四四 | 56 | 保美、洋画家中川一政の長女桃子と結婚。千秋の妻 | 7月弾圧により改造社解散。 |

| | | | | |
|---|---|---|---|---|
| | | | 子、中川家も宮床に疎開。歌人扇畑利枝を知る。 | |
| 二〇 | 一九四五 | 57 | 終戦。12・8石原純進駐軍のジープにはねられ重傷。 | （疎開命令、本土空襲。）8・6、9長崎、広島に原爆投下。8・15無条件降伏。 |
| 二一 | 一九四六 | 58 | 地元の青年らに短歌の指導をする。 | 宮柊二『群鶏』。第二芸術論。（日本国憲法公布。） |
| 二二 | 一九四七 | 59 | 1・19石原純、脳溢血により逝去。享年六十七歳。4月雑誌『科学』石原純博士追悼号を発行。 | 釈迢空『古代感愛集』。桑原武夫「短歌の運命」。近藤芳美「新しき短歌の規定」。太宰治『斜陽』。 |
| 二六 | 一九五一 | 63 | 千秋が監督、撮影した映画「仔熊物語」が失敗、多大な負債を負い原家の土地を手放す。阿佐緒の困窮を知った扇畑利枝が、地元の有志並びに広く歌壇に呼びかけ色紙、短冊の頒布会を行う。 | 山田あき「紺」。塚本邦雄『水葬物語』。釈迢空「女人の歌を閉塞したもの」（『短歌研究』）「モダニズム短歌特集」（『短歌研究』）。 |
| 二七 | 一九五二 | 64 | 仙台の「小梅林」にて「原阿佐緒を囲む会」を開く。 | 佐藤佐太郎『帰潮』。 |
| 二八 | 一九五三 | 65 | 胸を病む。10・20千秋の父、小原要逸死去。享年七十七歳。原保美「ひめゆりの塔」、「ここに泉あり」に出演。 | 五島美代子『母の歌集』。森岡貞香『白蛾』。斎藤史『うたのゆくへ』。2・25斎藤茂吉没（七十一歳）。9・3折口信夫没（六十六歳）。 |

| | | | | |
|---|---|---|---|---|
| 二九 | 一九五四 | 66 | 3・3原保美・桃子夫婦の住む神奈川県真鶴町に迎えられ仙台を発つ。『短歌研究』六月号に随筆「歌はぬ二十年」。同誌八月号に「回想の三ヶ島葭子」。 | 葛原妙子『飛行』。中城ふみ子『乳房喪失』。寺山修司『チェホフ祭』。『短歌』創刊。（ビキニ水爆実験で第五福竜丸被災。） |
| 三〇 | 一九五五 | 67 | 1・1『河北新報』に「ふるさとの正月を語る　原阿佐緒さん」のインタビュー記事。新作二首。1・5日本女子大学教授青木生子訪問。『短歌新聞』五月十日号に「歌人歴訪　原阿佐緒の巻」のインタビュー記事。医師の勧めで俳句を作り始める、のち水原秋桜子に師事。俳号「阿孤」。俳句の下書き帖あり。8月宮床に帰省。8・23『河北新報』に扇畑利枝との対談「思い出も新たに　原阿佐緒を囲んで心のふるさと宮床」の記事と写真。近詠四首。 | 『津田治子歌集』。中城ふみ子『花の原型』。馬場あき子『早笛』。上田三四二『黙契』。釈迢空『倭をぐな』。 |
| 三一 | 一九五六 | 68 | 『短歌』八月号に「彼方の虹」一五首掲載。結城哀草果主宰『赤光』十一、十二月号に各一〇首掲載。 | 大西民子『まぼろしの椅子』。前衛短歌の運動広がる。 |
| 三二 | 一九五七 | 69 | 『赤光』の二、四月号に計一三首。昭和二十七年より三十八年頃までの「歌稿ノート」四十七冊あり。 | 山中智恵子『空間格子』。尾崎左永子（松田さえこ）『さるびあ街』。四賀光子『白き湾』。 |
| 三四 | 一九五九 | 71 | 扇畑利枝を中心に「原阿佐緒歌碑建立建設委員会」設立。杉並区永福町に次男保美の家新築落成し同居 | 武川忠一『氷湖』。斎藤史『密閉部落』。葛原妙子『原牛』。 |

| | | | | |
|---|---|---|---|---|
| | | | する。 | （安保闘争、樺美智子死亡。） |
| 三六 | 一九六一 | 73 | 6・2第一歌碑大年寺山の野草園内に建立。7・30宮床の阿佐緒生家の庭に第二歌碑を建立。阿佐緒も出席し謝辞を述べる。 | 岡井隆『土地よ、痛みを負へ』。岸上大作『意志表示』。 |
| 四四 | 一九六九 | 81 | 2・21午後八時十分死去。死因、心不全。享年八十一歳。2・23葬儀並びに告別式。3・27宮床竜巌寺に納骨する。法名「赤晃郎歌大姉」。 | 岡野弘彦『折口信夫の晩年』。加藤克己『球体』。島田修二『青夏』。 |
| 五五 | 一九八〇 | | 『現代短歌全集　第二巻』に『涙痕』収録。 | 竹山広『とこしへの川』。 |
| 六三 | 一九八八 | | 1・8千秋死去。享年八十歳。 | 小池光『日々の思い出』。 |
| 平成　二 | 一九九〇 | | 6・1原阿佐緒記念館（生家）開館。 | 栗木京子『中庭《パティオ》』。 |
| 九 | 一九九七 | | 11・19保美死去。享年八十二歳。 | 前登志夫『青童子』。俵万智『チョコレート革命』。 |
| 一二 | 二〇〇〇 | | 「原阿佐緒賞」（宮城県大和町）制定。現在に至る。 | 石川不二子『高谷』。河野裕子『家』。小島ゆかり『希望』。 |

略年譜作成にあたっては、小野勝美『原阿佐緒全歌集』所収「年譜」昭和五十三年、至芸出版社。和田耕作『石原純――科学と短歌の人生』所収「石原純自筆年譜」平成十五年、ＰＨＮ叢書第二篇、ナテック。篠弘・馬場あき子・佐佐木幸綱監修『現代短歌大事典』平成十二年、三省堂。岡井隆監修『岩波現代短歌辞典』平成十一年、岩波書店。小田切進編『日本近代文学年表』平成五年、小学館。歴史学研究会編『歴史年表』平成五年、岩波書店を参考にした。

# 人名索引

## あ行



## か行

## さ　行



## た　行



## な　行

## は　行



## ま　行



## や　行

## わ　行

《著者紹介》

秋山佐和子（あきやま・さわこ）

1947年　山梨県生まれ。

1970年　國學院大學文學部文學科卒業。岡野弘彦に師事。

1974年　岡野弘彦主宰の『人』短歌会入会。

2003年　『玉ゆら』創刊。

現　在　『玉ゆら』主宰。日本歌人クラブ中央幹事，現代歌人協会会員，日本文藝家協会会員。

著　書　『空に響る樹々』砂子屋書房，1986年。

『晩夏の記』砂子屋書房，1993年。

『羊皮紙の花』砂子屋書房，2000年。

『秋山佐和子歌集』現代歌人文庫49，砂子屋書房，2004年。

『彩雲』砂子屋書房，2005年。

『茂吉のミュンヘン』21世紀歌人シリーズ，角川書店，2008年。

『半夏生』砂子屋書房，2008年。

『母音憧憬』（歌論集）砂子屋書房，1996年。

『歌ひつくさばゆるされむかも――歌人三ヶ島葭子の生涯』TBSブリタニカ（現阪急コミュニケーションズ），2002年，（第一回日本歌人クラブ評論賞受賞）。

『三ヶ島葭子全創作文集』（編著）ながらみ書房，2000年。

『現代語訳　樋口一葉　ゆく雲・たけくらべ・大つごもり』山梨日日新聞社，2005年。

『安田純生監修　夭折の歌人　山川登美子の世界』（共著）青磁社，2007年。

『森岡貞香監修　女性短歌評論年表――1945～2001』（共著）砂子屋書房，2008年。

ミネルヴァ日本評伝選

原《はら》　阿佐緒《あさお》

――うつし世に女と生れて――

2012年4月10日　初版第1刷発行　〈検印省略〉

定価はカバーに
表示しています

著　者　秋山佐和子
発行者　杉田啓三
印刷者　江戸宏介

発行所　株式会社　ミネルヴァ書房
607-8494　京都市山科区日ノ岡堤谷町1
電話（075）581-5191（代表）
振替口座　01020-0-8076番



共同印刷工業・新生製本

ISBN978-4-623-06337-6

Printed in Japan

# 刊行のことば

歴史を動かすものは人間であり、興趣に富んだ人間の動きを通じて、世の移り変わりを考えるのは、歴史に接する醍醐味である。

しかし過去の歴史学を顧みるとき、人間不在という批判さえ見られたように、歴史における人間のすがたが、必ずしも十分に描かれてきたとはいえない。二十一世紀を迎えた今、歴史の中の人物像を蘇生させようとの要請はいよいよ強く、またそのための条件もしだいに熟してきている。

この「ミネルヴァ日本評伝選」は、正確な史実に基づいて書かれるのはいうまでもないが、単に経歴の羅列にとどまらず、歴史を動かしてきたすぐれた個性をいきいきとよみがえらせたいと考える。そのためには、対象とした人物とじっくりと対話し、ときにはきびしく対決していくことも必要になるだろう。

今日の歴史学が直面している困難の一つに、研究の過度の細分化、瑣末化が挙げられる。それは緻密さを求めるが故に陥った弊害といえるが、その結果として、歴史の大きな見通しが失われ、歴史学を通しての社会への働きかけの途が閉ざされ、人々の歴史への関心を弱める危険性がある。今こそ歴史が何のためにあるのかという、基本的な課題に応える必要があろう。評伝という興味ある方法を通じて、解決の手がかりを見出せないだろうかというのも、この企画の一つのねらいである。

狭義の歴史学の研究者だけでなく、多くの分野ですぐれた業績をあげている著者たちを迎えて、従来見られなかった規模の大きな人物史の叢書として、「ミネルヴァ日本評伝選」の刊行を開始したい。

平成十五年（二〇〇三）九月

ミネルヴァ書房

法然 今堀太逸
慈円 大隅和雄
明恵 西山厚
親鸞 末木文美士
恵信尼・覚信尼 西口順子
覚如 今井雅晴
道元 船岡誠
叡尊 細川涼一
*忍性 松尾剛次
*日蓮 佐藤弘夫
一遍 蒲池勢至
夢窓疎石 田中博美
*宗峰妙超 竹貫元勝

## 南北朝・室町

後醍醐天皇 上横手雅敬
護良親王 新井孝重
赤松氏五代 渡邊大門
*北畠親房 岡野友彦
楠正成 兵藤裕己
*新田義貞 山本隆志
光厳天皇 深津睦夫
足利尊氏 市沢哲
佐々木道誉 下坂守
円観・文観 田中貴子
足利義詮 早島大祐
足利義満 川嶋將生
足利義持 吉田賢司
足利義教 横井清
大内義弘 平瀬直樹
伏見宮貞成親王 松薗斉
山名宗全 山本隆志
日野富子 脇田晴子
世阿弥 西野春雄
雪舟等楊 河合正朝
宗祇 鶴崎裕雄
*満済 森茂暁
一休宗純 原田正俊
蓮如 岡村喜史

## 戦国・織豊

北条早雲 家永遵嗣
毛利元就 岸田裕之
毛利輝元 光成準治
*今川義元 小和田哲男
*武田信玄 笹本正治
*武田勝頼 笹本正治
*真田氏三代 笹本正治
三好長慶 天野忠幸
*宇喜多直家・秀家 渡邊大門
*上杉謙信 矢田俊文
島津義久・義弘 福島金治
吉田兼倶 西山克
山科言継 松薗斉
*雪村周継 赤澤英二
織田信長 三鬼清一郎
豊臣秀吉 藤井讓治
*北政所おね 田端泰子
*淀殿 福田千鶴
前田利家 東四柳史明
*黒田如水 小和田哲男
蒲生氏郷 藤田達生
*細川ガラシャ 田端泰子
伊達政宗 伊藤喜良
*支倉常長 田中英道
ルイス・フロイス エンゲルベルト・ヨリッセン
*長谷川等伯 宮島新一
顕如 神田千里

## 江戸

徳川家康 笠谷和比古
徳川家光 野村玄
徳川吉宗 横田冬彦
*後水尾天皇 久保貴子
光格天皇 藤田覚
崇伝 杣田善雄
春日局 福田千鶴
池田光政 倉地克直
シャクシャイン 岩崎奈緒子
*田沼意次 藤田覚
*二宮尊徳 小林惟司
末次平蔵 岡美穂子
*高田屋嘉兵衛 生田美智子
林羅山 鈴木健一
吉野太夫 渡辺憲司
中江藤樹 辻本雅史
山崎闇斎 澤井啓一
山鹿素行 前田勉
*北村季吟 島内景二
貝原益軒 辻本雅史
松尾芭蕉 楠元六男
*ケンペル B・M・ボダルト＝ベイリー
荻生徂徠 柴田純
*雨森芳洲 上田正昭
石田梅岩 高野秀晴
前野良沢 松田清
平賀源内 石上敏
本居宣長 田尻祐一郎
杉田玄白 吉田忠
上田秋成 佐藤深雪
木村蒹葭堂 有坂道子
*大田南畝 沓掛良彦
菅江真澄 赤坂憲雄
*鶴屋南北 諏訪春雄
良寛 阿部龍一
*山東京伝 佐藤至子
*滝沢馬琴 高田衛
平田篤胤 山下久夫
シーボルト 宮坂正英
本阿弥光悦 岡佳子
小堀遠州 中村利則
狩野探幽・山雪 山下善也
尾形光琳・乾山 河野元昭
*二代目市川團十郎 田口章子
与謝蕪村 佐々木丞平
伊藤若冲 狩野博幸
鈴木春信 小林忠
円山応挙 佐々木正子
*佐竹曙山 成瀬不二雄
葛飾北斎 岸文和
酒井抱一 玉蟲敏子
孝明天皇 青山忠正
*和宮 辻ミチ子
徳川慶喜 大庭邦彦
島津斉彬 原口泉

*古賀謹一郎 小野寺龍太
*栗本鋤雲 小野寺龍太
塚本明毅 塚本 学
*月 性 海原 徹
*吉田松陰 海原 徹
*高杉晋作 海原 徹
ペリー 遠藤泰生
オールコック 佐野真由子
アーネスト・サトウ 奈良岡聰智
緒方洪庵 米田該典
冷泉為恭 中部義隆

## 近代

*明治天皇 伊藤之雄
*大正天皇 F・R・ディキンソン
*昭憲皇太后・貞明皇后 小田部雄次
大久保利通 三谷太一郎
山県有朋 鳥海 靖
木戸孝允 落合弘樹
井上 馨 伊藤之雄
*松方正義 室山義正
北垣国道 小林丈広
板垣退助 小川原正道
長与専斎 笠原英彦
大隈重信 五百旗頭薫
伊藤博文 坂本一登
井上 毅 大石 眞
井上 勝 老川慶喜
*桂 太郎 小林道彦
渡辺洪基 瀧井一博
*乃木希典 佐々木英昭
林 董 君塚直隆
*児玉源太郎 小林道彦
*高宗・閔妃 木村 幹
山本権兵衛 室山義正
高橋是清 鈴木俊夫
小村寿太郎 簑原俊洋
*犬養 毅 小林惟司
加藤高明 櫻井良樹
加藤友三郎・寛治 麻田貞雄
牧野伸顕 小宮一夫
田中義一 黒沢文貴
内田康哉 高橋勝浩
石井菊次郎 廣部 泉
平沼騏一郎 堀田慎一郎
宇垣一成 北岡伸一
宮崎滔天 榎本泰子
*浜口雄幸 川田 稔
幣原喜重郎 西田敏宏
関 一 玉井金五
水野広徳 片山慶隆
広田弘毅 井上寿一
安重根 上垣外憲一
*グルー 廣部 泉
*永田鉄山 森 靖夫
東條英機 牛村 圭
今村 均 前田雅之
蔣介石 劉 岸偉
石原莞爾 山室信一
木戸幸一 波多野澄雄
*岩崎弥太郎 武田晴人
伊藤忠兵衛 末永國紀
五代友厚 田付茉莉子
大倉喜八郎 村上勝彦
*安田善次郎 由井常彦
渋沢栄一 武田晴人
山辺丈夫 宮本又郎
武藤山治 阿部武司・桑原哲也
西原亀三 森川正則
小林一三 橋爪紳也
大倉恒吉 石川健次郎
大原孫三郎 猪木武徳
*河竹黙阿弥 今尾哲也
イザベラ・バード 加納孝代
*林 忠正 木々康子
森 鷗外 小堀桂一郎
二葉亭四迷 ヨコタ村上孝之
夏目漱石 佐々木英昭
巌谷小波 千葉信胤
樋口一葉 佐伯順子
島崎藤村 十川信介
泉 鏡花 東郷克美
有島武郎 亀井俊介
永井荷風 川本三郎
北原白秋 平石典子
菊池 寛 山本芳明
宮澤賢治 千葉一幹
正岡子規 夏石番矢
高浜虚子 坪内稔典
与謝野晶子 佐伯順子
*種田山頭火 村上 護
*斎藤茂吉 品田悦一
*高村光太郎 湯原かの子
萩原朔太郎 エリス俊子
*原阿佐緒 秋山佐和子
*狩野芳崖・高橋由一 古田 亮
竹内栖鳳 北澤憲昭
黒田清輝 高階秀爾
中村不折 石川九楊
横山大観 高階秀爾
*橋本関雪 西原大輔
小出楢重 芳賀 徹
土田麦僊 天野一夫
岸田劉生 北澤憲昭
松旭斎天勝 川添 裕
中山みき 鎌田東二
佐田介石 谷川 穣
ニコライ 中村健之介
出口なお・王仁三郎 川村邦光
島地黙雷 阪本是丸
*新島 襄 太田雄三
木下広次 冨岡 勝
嘉納治五郎 クリストファー・スピルマン
津田梅子 田中智子
*澤柳政太郎 新田義之
河口慧海 高山龍三
山室軍平 室田保夫
大谷光瑞 白須淨眞
*久米邦武 高田誠二
フェノロサ 伊藤 豊
三宅雪嶺 長妻三佐雄
*岡倉天心 木下長宏
志賀重昂 中野目徹
徳富蘇峰 杉原志啓

竹越與三郎 西田 毅
内藤湖南・桑原隲蔵 礪波 護
岩村 透 今橋映子
西田幾多郎 大橋良介
金沢庄三郎 石川遼子
上田 敏 及川 茂
柳田国男 鶴見太郎
厨川白村 張 競
大川周明 山内昌之
西田直二郎 林 淳
折口信夫 斎藤英喜
九鬼周造 粕谷一希
辰野 隆 金沢公子
シュタイン 瀧井一博
*西 周 清水多吉
*福澤諭吉 平山 洋
福地桜痴 山田俊治
田口卯吉 鈴木栄樹
*陸 羯南 松田宏一郎
黒岩涙香 奥 武則
宮武外骨 山口昌男
*吉野作造 田澤晴子
野間清治 佐藤卓己
山川 均 米原 謙
岩波茂雄 十重田裕一
*北 一輝 岡本幸治
中野正剛 吉田則昭

満川亀太郎 福家崇洋
杉 亨二 速水 融
*北里柴三郎 福田眞人
田辺朔郎 秋元せき
*南方熊楠 飯倉照平
寺田寅彦 金森 修
石原 純 金子 務
J・コンドル 鈴木博之
辰野金吾 河上真理・清水重敦
*七代目小川治兵衛 尼崎博正
ブルーノ・タウト 北村昌史

## 現代

昭和天皇 御厨 貴
高松宮宣仁親王 後藤致人
*李方子 小田部雄次
吉田 茂 中西 寛
マッカーサー 柴山 太
石橋湛山 増田 弘
重光 葵 武田知己
市川房枝 村井良太
*池田勇人 藤井信幸

高野 実 篠田 徹
和田博雄 庄司俊作
朴正熙 木村 幹
竹下 登 真渕 勝
*松永安左エ門 橘川武郎
鮎川義介 井口治夫
出光佐三 橘川武郎
松下幸之助 米倉誠一郎
渋沢敬三 井上 潤
*本田宗一郎 伊丹敬之
井深 大 武田 徹
佐治敬三 小玉 武
幸田家の人々 金井景子
*正宗白鳥 大嶋 仁
大佛次郎 福島行一
*川端康成 大久保喬樹
*薩摩治郎八 小林 茂
松本清張 杉原志啓
安部公房 成田龍一
*三島由紀夫 島内景二
R・H・ブライス 菅原克也
金素雲 林 容澤
柳 宗悦 熊倉功夫

バーナード・リーチ 鈴木禎宏
イサム・ノグチ 酒井忠康
川端龍子 岡部昌幸
藤田嗣治 林 洋子
*井上有一 海上雅臣
*手塚治虫 竹内オサム
山田耕筰 後藤暢子
古賀政男 藍川由美
*吉田 正 金子 勇
武満 徹 船山 隆
*力道山 岡村正史
*西田天香 宮田昌明
安倍能成 中根隆行
サンソム夫妻 平川祐弘・牧野陽子
和辻哲郎 小坂国継
矢代幸雄 稲賀繁美
石田幹之助 岡本さえ
*平泉 澄 若井敏明
安岡正篤 片山杜秀
島田謹二 小林信行
前嶋信次 杉田英明
保田與重郎 谷崎昭男
福田恆存 川久保剛
井筒俊彦 安藤礼二
佐々木惣一 松尾尊兊

*瀧川幸辰 伊藤孝夫
矢内原忠雄 等松春夫
福本和夫 伊藤 晃
*フランク・ロイド・ライト 大久保美春
大宅壮一 有馬 学
今西錦司 山極寿一

*は既刊
二〇一二年四月現在